ひとり
異世界攻略
の
JN109217
life.7
そして踊り子は
黄泉返る
五示正司
author Shoji Goji
イラスト 榎丸さく
illustrator Saku Enomaru

これが天罰、これが神様のやる事……。
幸せに暮らしてる人達を
魔物の群れに襲わせるのが宗教《かみのおしえ》なら
私は絶対に絶対に許さない、
そんなの許せる訳が無い！
遥
Haruka
スライム・エンペラー
Slime Emperor
ネフェルティリ
Nefertiri

アンジェリカ
Angelica
委員長
Iincyo
シャリセレス
Shariceres
メロトーサム
Merotosam

メリエール
Meriel
セレス
Ceres
「「…………よろしくお願いします！」」
「絶対に見てはなりませんよ」

ひとりぼっちの異世界攻略

life.7 そして踊り子は黄泉返る

Lonely Attack
on the Different World
life.7 And the Dancer Gets Back from the Darkness

五示正司
author ― Shoji Goji
イラスト ― 榎丸さく
illustrator ― Saku Enomaru

CHARACTER

委員長
Iincyo

遥のクラスの学級委員長。集団を率いる才能がある。遥とは小学校からの知り合い。

遥
Haruka

異世界召喚された高校生。クラスで唯一、神様に“チートスキル”を貰えなかった。

アンジェリカ
Angelica

「最果ての迷宮」の元迷宮皇。遥のスキルで『使役』された。別名・甲冑委員長。

副委員長A
FukuiincyoA

クラスメイト。馬鹿な事をする男子たちに睨みをきかせるクールビューティー。

副委員長B
FukuiincyoB

クラスメイト。校内の「良い人ランキング」1位のほんわか系女子。職業は『大賢者』。

副委員長C
FukuiincyoC

クラスメイト。大人の女性に憧れる元気なちびっこ。クラスのマスコット的存在。

STORY

二人の王子の暴走で王国は混迷を極めていた。謀反を起こした商国派の第二王子、そして「辺境地平定軍」を率いて辺境の侵略を企む教国派の第一王子——遥は二つの問題の対処に迫られる。

そんな折、王都に潜入した遥が着手したのは御土産屋王都前支店と孤児院支店の開店であった。遥の狙いは第二王子を裏で操る商国の排除。物資不足の王都で高品質の商品を大量に流通させ、暴利を貪る商国に経済戦争を仕掛けたのだ。

さらに遥は実力行使に出た商国の切り札・大陸最強の魔剣士ヴィズムレグゼロを撃破。小田や柿崎ら男子達による商国の物流ラインの破壊も成功し、ついに商国は王国侵略から手を引いた。

残る問題は「辺境地平定軍」。急ぎ辺境へ舞い戻った遥は、たったひとりで数万の平定軍兵士と対峙することになり——!?

ビッチリーダー
Bitch Leader

クラスメイト。ギャル５人組のリーダー。元読者モデルでファッション通。

図書委員
Toshoiin

クラスメイト。文化部組に所属するクールな策略家。遥とは小学校からの知り合い。

盾っ娘
Tatekko

クラスメイト。大盾で皆を守る真面目っ子。攻撃を受けてよく吹っ飛ばされている。

ギョギョっ娘
Gyogyokko

クラスメイト。異世界で男子に追い掛け回されて男性不信気味。遥のことは平気。

シャリセレス
Shariceres

ディオレール王国王女。偽迷宮の罠による“半裸ワッショイ”がトラウマになる。別名・王女っ娘。

セレス
Ceres

シャリセレス王女の専属メイド。幼い頃から王女の影武者として修練を積んできた。

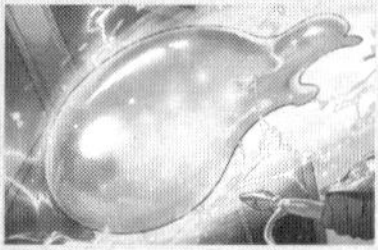

スライム・エンペラー
Slime Emperor

元迷宮王。『捕食』した敵のスキルを習得できる。遥のスキルで『使役』された。

イレイリーア
Erailia

ヴィズムレグゼロの妹でエルフ。重い病に侵されていたが辺境産の茸による治療で快復。

ヴィズムレグゼロ
Wismregzero

イレイリーアの兄でエルフ。元・商国七剣の魔剣使い。現在は王都で王宮の護衛を務める。

尾行っ娘
Bikokko

調査や偵察を家業とするシノー族の長の娘。「絶対不可視」と称される一流の密偵。

メロトーサム
Merotosam

辺境オムイの領主。「辺境王」「軍神」などの異名を持つ英雄にして無敗の剣士。

メリエール
Meriel

辺境オムイの領主の娘。遥に名前を覚えてもらえず「メリメリ」という渾名が定着。

棺《ひつぎ》から溢《あふ》れ出す紫色に輝く魔力と、琥珀《こはく》色の芸術品のような姿態。その中には蜜蠟《みつろう》で倣った美術品のように美しい女性の像……だけどヤバいのはこの魔力、これは大迷宮で見た死なない木乃伊《ミイラ》達《たち》を操っていた『黄泉返《よみがえ》り』のスキル！

「うん、正直に言うと、そのお姉さんの露出な素敵バディーの方がヤバいよねって言うのは内緒で黄泉返り……つまり、おっさんがアンデッドおっさんな無限湧きで結局おっさんで、無尽のおっさんが無限に湧いてずっと加齢臭のターン!?」

死体が蠢《うごめ》き始める、串刺しに貫かれた重甲冑《じゅうかつちゅう》達が一斉に動き始める……もちろん中身はおっさんだ！　うん、蠱惑《こわく》の姿態をガン見している場合ではなさそうだ！

たったの一手で、今まで打った手が全て引っ繰り返された。たった一人の出現で、無駄に無意味にうじゃうじゃ湧くおっさんの存在価値も凌駕《りようが》してるけど、あのお姉さんも棺もヤバい物だ。多分止めようが無いし、あれは勝てないもの。

「つまり万のおっさんがぎゅうぎゅう詰めで城内に犇《ひし》めく過密おっさん！　おっさん率400％は軽く超えるであろう超密集おっさんがおっさんのおっさんによる、おっさんだけの満員確定!?」

やはりこの異世界は非業だ、この異世界は最悪だ。だってじっとしてる美少女と、わらわらと侵入してくる無限のおっさん！　うん、異世界なら美少女が来ようよ!?

「まあ、突っ込んでも無理か……あれは別世界だよ」

奥の手の奥に隠された最強位のカード、そのカード効果だけでおっさん地獄。そして羅神眼でも視《み》えない棺と踊り子さんの様な美女。なのに、来るのはおっさん。ずっと、おっさん。もうネバーエンドでおっさんだったのに、黄泉帰ってエンドレスおっさん。無尽の死者の軍勢が武器を構え押し寄せてくるが、おっさん。うん、これ軍隊じゃなくて群体だよ!?

「時間を稼いで継戦能力も削りきったのに、アンデッドって切り札1枚でこれまでの手札《カード》が全部引っ繰り返されちゃってるよ……つまりあの美人さんが教国の鬼札《ジョーカー》。うん、美人局《つつもたせ》だったら殺《や》られてたな!?」

うん、引っ掛かるんだよ？　だって、鬼札《ジョーカー》でも、おっさんより美人が良いよ！

「美女とおっさんなんて秤《はかり》に掛けるまでもないのに、おっさん増やしても逆効果だよ！　それ、増やしてもマイナス効果が増大の一途《いっと》で、俺は一途《いちず》に美人のお姉さんが良いんだよ？」

犇めく甲冑が煩《うるさ》く金属音を立て、城内に反響して城中が騒音と加齢臭に満たされていく。狭い城内で3万の敵兵《おっさん》に追い詰められる……うん、この最終防衛線《ムリムリ城》もう駄目くない？　だって、お城におっさん成分染み付き過ぎなんだよ？

俺も抱き合って歌って踊りたかったのに、俺がいた時はおっさんしかいなかったんだよ！

69日目　夜　御土産屋《おみやげや》　孤児院支店

熱気に包まれ歓声で揺れる王都。籠城の閉塞感から開放され、内乱の混乱の時が終わり、療養されていた王が王妃様方を連れ立ち、王女様を伴って姿を見せられるのだから沸き起こる大歓声。そこへ辺境伯まで現れ舞台《バルコニー》で手をふる大団円《フィナーーレ》。

「笑え、テリセール。これが我らに託された役割、命懸けで笑って見せよ」

「はい、メロトーサム様」

血も流さず、陥落もせずに王都が湧く。そしてこの喝采の裏で軍に売国貴族や役人達が捕縛されていく。これで諸外国は付け入る隙を失った、長きに亘《わた》って浸透し侵略していた影響力さえ根刮《ねこそ》ぎに潰されたのだから。

王国は救われた。これは祝祭に相応《ふさわ》しい、これこそ英雄譚《たん》に謳《うた》われるであろう偉業。そう、王都と王国は救われた……辺境を犠牲にして。そう、あの少年をたった御一人で生贄《いけにえ》に捧《ささ》げて。

「もう、大丈夫そうだね」「はい、貴族も反乱を起こす余地すら無かったと」「ありがとうございます」「まだだよ」「そう、辺境だって落とさせないんだから。だから遥《はるか》君が行ったんだからね」

歓声と喝采。これが大団円《フィナーレ》。そのせいでオムイ様達と連絡が取れるまでに思いの外時間を取られてしまったけど、やっと打ち合わせと相談も済んだ。そして状況も確認できた、もう王都は大丈夫。

「みんな準備は」「「「万端だよ」」」

王都民は誰も血を流す事も無く、飢える事も無く、完全に平和裏に解放された。もう売国貴族も商国の配下も何もできない。全部が遥君が望んでいた通りに終わった。

「こんなに人がいたんだねえ」「ええ、これが本当の王都です……ありがとうございます」

広場に集まって喜びの声をあげ、王から振舞われたお酒と開放感に酔いしれ踊り出している人々。あの重苦しかった王都の雰囲気は一変し、笑顔が溢れ賑《にぎ》やかで楽し気な都へと変貌していた。ずっと重苦しいと思っていた王都の本当の姿は、幸せそうな人々が抱き合って喜び合う幸せな街だった。

「うまくいきましたね」「「うん、美味《おい》しそうだったもん！」」

そう、争う事なく終わった、血も流れず騒ぎも無かったから素直に笑える。その為《ため》に王都の門前で大バーゲンを開催して、王都中の奥様達《おばちゃん》に門を解放《突破》させた。

そう、既に御土産屋に押し入ろうとした憲兵隊も貴族の私兵集団も、みんな地下直行で遥君命名のおっさん地獄に突き落とされているの。そんな手薄な門の警護で、万の奥様《おばちゃん》暴走《スタンピード》を止められる訳が無いんだから。

　貴族に従い無駄に止めようとした者は突き飛ばされ、踏まれ踏み躙《にじ》られて朽ち果てて王都の堅牢《けんろう》な門は瞬く間に突破された。そう、蒲焼《かばや》きの販売で匂いに誘われた老若男女が門から溢れ出してきたの。私達のお口からも涎《よだれ》が溢れ出していたし、みんな美味しそうに食べていた。味見もとっても美味しくって、みんな販売と味見で大忙しだったの！

「「「うん、あれは決定的だったね？」」」

　そう、だって遥君は王都で鰻《うなぎ》と赤酒を見つけていたのだから。

「あれには抗《あらが》えないよ！」「「「だね!!」」」

　そう、その時に王都は既に落ちていた。だって蒲焼きだもの！

「奥様どころか、みんな出てきてましたよ!!」

　そう、みんなでパタパタと団扇《うちわ》で扇《あお》ぎ、その匂いを風魔法で王都に流した。うん、それって……出て来ちゃうよね？　だって、もうあれこそが美味しい匂いだから。もう、あれが耐えられるなんて鼻詰まり以外にあり得ないって言う位に良い香りだったから！

　だから、この騒動は絶対に上手《うま》くいくって最初から決まっていた茶番。もうとっくにお膳立てされていた絶対に上手くいく作戦だった。だって遥君が決め手と呼んだ『波及の首飾り　ＭｉＮ・ＩｎＴ50％アップ　アンチレジスト　効果波及浸透』を持った図書委員ちゃんの扇動《アジテーション》付きだったんだから。

　後はそのきっかけさえ用意すれば良いだけだったの。そして群集心理は蒲焼きと魔法で巧みに誘導操作《コントロールそうさ》されていたんだから、王都はとっくに最初から落ちていた。ただきっかけとタイミングを待っていただけで、もう落ちるって勝手に決められてたの？　だって止《と》めが蒲焼きだもん！

「摘《つま》み食いを耐えるのが試練だった」「「「うん、あれが一番過酷な戦いだったよ！」」」

だから王都なんて当然落ちた。後は大団円《フィナーレ》のお芝居を待つだけだった。開け放たれた門から近衛《このえ》師団と辺境軍が旗を掲げて入場し、王都民の歓声に包まれながら入城した。そうして難攻不落にして鉄壁と謳われた王都は――戦いすら起きずに陥落した。

「しかし、こうも呆気無《あっけな》く」「「「うん、蒲焼さんは究極兵器だから！」」」

昔話でも物語でも絶対なる城壁と讃《たた》えられていた堅牢な王都の城。それは王国の秘宝『究極の錠前《プロテクション》』の完全封鎖と完全防御を兼ね備えた完全侵入禁止の城塞。更には『千古不易の罠《わな》』の無限に生み出される罠。その全てが何の意味を為《な》さず、出番すら無く落ちた。

「しかも、さりげなく王国の秘宝の『千古不易の罠』なんてパクられたままだよね！」

「「「だったね!?」」」

そうして大団円――王様も予定通り《シナリオ》回復して、瞬く間に王宮や王都から商国派も教国派も一掃された。腐敗貴族達も逮捕され、逆らっても次々に無力化されている。商国は逃げ時を見失い、教国は退路ごと内通者を失った。

「良かったね」「ええ、やはり毒だったと……本当にありがとうございます」

そして王様はやはり毒を盛られていた。王家伝来の宝具で命は取り留めていたけど、致死量を超える毒に侵されていたらしい。でも、辺境名物「茸《きのこ》の伝道師」さんの用意した特級茸に掛かれば即完治だった。念のためにと大量の治癒用の茸を渡されていたオムイ様は涙を流し遥君の手を握って何度も何度もお礼を言っていた。うん、遥君は手を握られて滅《め》茶《ちゃ》嫌がっていたの？

「私達は行くから、気を付けてね」「皆様こそ、お気を付けて」

そうして堂々と旗を掲げて近衛師団と辺境軍が大軍で王宮を囲む様に王都に入城して来たのだから、最早《もはや》貴族からも抵抗すら起きない。そして、そのまま第二王子《さる》も捕獲されたらしい。

「よし、行こう」「「「お――――!」」」

そうして王が復活し、王都は解放された。これでお芝居は大団円《おしまい》。王都は拍手と喝采に包まれて、人々は歌い喜びを叫び、こんなに沢山の人が王都にいたのかと驚く程に賑わっている。みんなが平和が来た喜びに湧き上がっている。これでもう王都は大丈夫、だから行く。

「お留守番よろしくね、みんなもちゃんといい子にできる？」「なるべく早くお迎えに来るからね」「「「ちゃんといい子で待ってる！　いってらっしゃい」」」

ヴィズムレグゼロさんは王宮の警護に売られて行った。遥君が渡した高位の装備に身を包み、そのマントにはドナドナと書かれていた。うん、流石《さすが》にちょっと可哀《かわい》そうに見えた。

その妹のイレイリーアさんは子供達と仲良くなっていて、留守の間も面倒を見てくれるそうだ。エルフの巫女《みこ》さんだったらしく、魔法職みたいだけど雰囲気から見て結構強いみたいだし安心そうなの。

　そして王家からも御土産屋さんの警護を派遣してくれていた。この御土産屋は王都の恩人だからと特別豪華な警護が用意されているらしい。だからもう大丈夫、これでもう子供達は大丈夫――だから行く。今、王国で一番大丈夫じゃない事をたった一人でしている人の所へ。

「うん、行くよ」「「「おう！」」」

　アンジェリカさんは先に辺境に向かった。一緒に出ても私達よりもアンジェリカさんの方が移動速度が速い。そして一刻でも早く遥君の元へ誰かに行って欲しい。だって待ちきれないくらいに焦燥していた、だから真っ先に先行して貰《もら》った。

　だって遥君なら下手すればもう偽迷宮に着いているかもしれない、だって一人だと遥君は空を飛ぶ可能性がある。何で未《いま》だに着陸する方法が発見されていないのに気軽に飛んじゃうのかは分からないけど、飛べば移動はとんでもなく早いし、その墜落までもが超高速らしいの？　うん、何故《なぜ》だか自慢気に語ってたけど当然結構痛いらしいの？

「完全武装状態で高速移動だから装備はきちんとできてる？」「「「大丈夫、行けるよ！」」」

　みんな気が逸《はや》っている。遥君が一人戦っている、そこで待っている。たった一人で――だから気が逸る。

「出発、先行は体育会系でお願い」「「「了解《ヤー》！」」」「「「いってらっしゃ～い、お兄ちゃんにもお迎えを待ってるよ~って言ってね!」」」

遥君が出立前に配っていた御手製《メイド》の綺麗《きれい》な可愛《かわい》い服を来た子供達《たち》が笑って手を振る。フリフリな可愛いドレスに、お澄ましな半ズボンスーツのおめかし正装でお見送りをしてくれている。だから笑顔で子供達に手を振り返して答える。

「「「うん、行ってきます」」」

ちゃんと王都は遥君の願い通りに、誰も巻き込まれて怪我《けが》したり死んだりする事も無く、火災も騒乱も起こさせずに怒濤《どとう》のお祭り騒ぎで一気に平和になった。

だから辺境に行く、そこに遥君はいる。私達が孤児を見て助けてって遥君にお願いした、きっと……あの時に遥君の計画はズレたはず。それでも孤児院を立てて貧民街も整備してくれた。私達がお願いなんかしなくても、きっと救けてくれたんだけど……って言うか、お願いする前から何のかんのと理由を付けて貧民街を勝手に魔改造していたんだけど……でも、あれで最低1日はズレたはず。

そして商国からの船が途絶えたのは小田《おだ》君達が商国側まで攻め入っているからだった。遥君はそれを聞いて驚きながら嬉《うれ》しそうだった。小田君達が怒っている事に、自分達の意思で判断して戦っている事に……でも、それで小田君達の帰還が遅くなる。遥君の計画は、またズレたはず。

だから、きっと遥君は一人で何もかもを無理矢理守り抜いて、無茶して何もかもを無理矢理幸せにしようと戦ってるはず。だから私達が守るのは遥君だ! 異世界の事なんて何もかも他は全部遥君に投げちゃって良い、私達は自分自身まで投げちゃう遥君だけを守る。だって、もう私達は知っている。遥君はどうしようもなくなれば、自分の命なんて簡単に手札《カード》にして使う。遥君は死ぬと分かっていたって、きっと他人の命を守ろうとしちゃう。だから毎晩延々と話し合われた女子会の総意は、私達だけは他の何を置いても遥君を守る事。

だから毎日延々とLvを上げ、武装を整え訓練を重ねて来た。それは全部遥君のために戦う為。そう、それこそが女子会の決定。

「先頭交代しま〜す。前異常無しで〜敵影も無し〜」「了解、次は使役組でお願い、出過ぎないでね」「わかってる、速度このままで良いの」「うん、疲労させたら駄目。遥君は万全でって言ったからね」「「「了解」」」

遥君の隣りにいられなくたって危険《リスク》を減らせるだけで良い。囮《おとり》になって敵を分散させられるだけでも、ただの案山子《かかし》でも何でも良いの。陽動だって補助だって何だって良い……ただ役に立ちたい。何もかもを背負わせたくないの。ほんのちょっとでも手伝いたい。

だって遥君は戦争こそが危険。それは遥君のLvやHPや色々な問題は山積みだけど、それは良い。でも、遥君がたった一人で死を決意する事が嫌なの。あの時みたいに、たった一人で死にに行かせたくないの！

遥君はきっと最後はそうする。だから最後の局面なんて迎えさせない。私達が遥君の手札《カード》になれれば、後は遥君がきっととんでもない手で相手を騙《だま》して叩《たた》き潰して虐《いじ》めてくれる。

だから遥君《はるか》の手札《カード》でありたい。ただ、それだけで良い。だって遥君が全ての手を失って、たった一人で死にに行く様なのはもう嫌だから。これが延々と話し合われていた女子会の総意、私達だけは他の何を置いても遥君と共にいる。

「朝まで速度このままで良いかしら」「文化部もまだ余裕ありますよ」「急がなくて良いって言われてるし、未《ま》だお呼びも掛かってないから安全重視で行こう」「どうして3万の敵に対して一人でいるのに、未だ援軍が急がなくて良いんでしょう?」「まあ、心配しただけ無駄になるんですけど」

露払いでも被弾役でも、お使いでも囮でも何でも良いの。ただ手札《カード》であれば良い。きっと今もたった一人で未だに増え続けている3万の軍を相手に、どうせ私達には理解できない事をしているんだろう。だから行ったたって何の役に立てないかもしれない、でも役に立てなくても、いざという時の予備札でも良い。

だって、傍《そば》にいないと何もできないから。役割1つ貰えればそれでいい、遥君が捨て札にならなければ何だって良いの。それだけが異世界に来てから、ずっと延々と話し合われた女子会の総意で……私達は遥君に付き従う。もう絶対に独りでは死地になんて向かわせない!

「アンジェリカさんが先行してるけど、朝までには無理だよね~?」「遥君はもう敵に接触しちゃってるのかな?」「敵軍は偽迷宮まで来てるはずだから、あとは遥君が何処《どこ》で迎え撃つかだよね？」

　こまめに注意しないと段々速度が上がって行く。未だお呼びは掛かっていないし、尾行っ娘《こ》ちゃん一族からの連絡も無い。でも近付けば近付く程、何かの役に立てるかもしれない。だからみんなの足が速くなって行く。

　来る時はこの道を辿《たど》り王都を目指して遥君を追って来た。着いたら御土産屋《おみやげや》さんが出来ていた？　そして、今はその道を逆走して辺境を目指す……うん、何か出来ていないかが凄《すご》く心配なの？

「3万の軍相手に遥君は何をする気なんだろうね？」「考えちゃ駄目！　あれが分かる様になったら常識さんが終わりだよ」「「「だね!!」」」

　遥君が心配していたものは何だか分からない。でも、あの顔は心配していた。何かあるなら其《そ》れまでに間に合いたいから、焦ってみんなが急ぐ。うん、もう慣れちゃって、最高速に近い高速移動で牛丼が食べられる様になっちゃったの？

「美味《おい》しぃー……って、何でまた牛丼？」「「「さあ？」」」

　女子的に色々と問題だけど、早いのは確かだし暗くて見えない内に食べちゃおう。

「お味噌汁《みそしる》が付いていれば言う事無いのにね～」「お味噌が恋しい！」

　でも、流石に片手に丼を持って牛丼を食べながら高速移動しつつ、更にお味噌汁まで啜《すす》るって女子的にどうなの？　うん、お新香まで付いたら女子力の危機だよね？

「早く行って美味しい物を集《たか》っちゃおう！」「「「おおおおっ！」」」

あれ、何を目指してるんだっけ？　美味しい物？　お饅頭《まんじゅう》はあるのかな!?

異世界人は俺の振りは無視するのに、俺には振って来るらしい？

69日目　夜　御土産屋　偽迷宮隣り街側

教会派の貴族軍が三々五々と集まって来る。恐ろしい事に3万人を超えるおっさんだ。だって見渡す限りの見苦しいおっさんの海原。絶対に此処《ここ》にだけは飛び込みたくはないものなんだよ……これは酷《ひど》い。

「これは本当に効果があるのだろうな」

生まれてからこんなにも恐ろしく見苦しく、むさ苦しい光景は見た事が無い。だって3万って、おっさん率１００％の街みたいなものなんだよ——超嫌な街だ！

「試したらいいじゃん。駄目だったら返品でも交換でも返金でもするんだよ？　ただ時間切れまでは知らないからね。石から光が消えて行って、真っ暗になったら効果切れだから時間切れって言うか魔力切れなんだよ？　だから迷宮の中のストーン・ゴーレムがちょっとでも動いたら返金するけど、叩いたりして攻撃したら動き出すんだから、それは知らないよ？　でも大人数な団体おっさん《おつさん》だから特別割引価格で、今ならなんと１００個買う毎《ごと》に辺境茸ペナントも１枚付けちゃうんだよー！　うん、結構売れ残ってるんだけど。何がいけなかったんだろう？　他はみんな完売だったのに？　みたいな？」

やっと御土産屋偽迷宮本店の営業が間に合った、危ない所だった。いや、結構ギリギリで『空歩』で飛んでなかったら間に合わないところだったよ……うん、痛かったんだよ！

「いらん、もっとマシなサービスはないのか！」

しかし何時《いつ》になったら着地スキルが取れるんだろう？　うん、なんだか墜落スキルが先に取れそうだ！

「食料も必要な量を言ってくれたら仕入れて来るから前以《まえも》って言ってよね？　前金半額で仕入れて来るから、残りの6割は引き渡しの時で良い良心価格で、手付は別に1割なんだよ？　足すと色々と数学的な難解で難問な定理が展開して来るから、足しちゃ駄目だけど仕入れて来るんだよ？」

店も何も無い廃墟《はいきょ》の街、その名も……隣り街？　つまり近くにお店が全く無いから、今なら独占ぼったくり販売でお大尽様確実。商国からは大儲《おおもう》けしたんだから、教国からもぼったくらないと差別主義者の烙印《らくいん》を押されて罵られてしまう事だろう。

「払おう。実はここに着く前に糧食を運ぶ部隊の荷が奪われ、心許無《こころもとな》かったのだ。すぐに仕入れて来い」

そう、貴族軍に食料の余裕は無い。だって王都からの帰りがけに、貴族軍の後続の荷車の上に落ちていた食料は全部拾ったから無いはずだ。

「まいど？　でも前金と手付金が無いと仕入れに行けないから、お金かき集めておいてね。

まあ、仕入れ担当が行くから俺は御土産販売で、今ならなんと茸《きのこ》ペナントがお買い得なんだよ？」

うん、売ったら売った物を拾って仕入れる、ずっと安心の半永久在庫計画なんだよ？

「この店が無かったら補給が途絶えて危なかったな」「しかも、この饅頭と言うのは美味《うま》いぞ」「この通行手形なるものでストーン・ゴーレムの動きが止められるなら、被害も最小に抑えられるしな」「ああ、高い買い物だがその価値はある（ニヤッ）」

協力者として扱い友好的な振りをして物資の補給をさせ続けて、偽迷宮を落とせば用済みで俺を消せばお金は取り返せると思っているんだろう。

だから湯水の如《ごと》く言い値で現金を払ってくれる。うん、儲かるけどお饅頭は売り切れそうだ。きっと全部食べたのがバレたら、このおっさん達は委員長様のお仕置き鞭《むち》攻撃で惨殺と言う名のお説教を喰《く》らうんだろう！　でも。委員長さんって、ふと見たらいつも両手でお饅頭を持って、ちょびちょびと齧《かじ》って栗鼠《リス》みたいに食べ続けていたんだけど……カロリー計算は大丈夫なんだろうか？

そして有料で用意してあげたテーブルの上に図面が広げられて作戦会議が始まる。勿論《もちろん》の事だが、心配りがばら撒《ま》かれて絨毯《じゅうたん》爆撃だと言われるくらいに気遣いできる俺はちゃんと別料金で椅子も出してあげているんだよ？　さらに追加料金で、お茶とお饅頭を配って心配りが飽和気配りなお大尽様だ！

「しかし面倒な迷宮だ」「ああ、ゴーレムが動くと全く進めん」「通行手形をいくら購入しても足りん、輸送物資は現金最優先だ」

作戦と言ってもただの人海戦術。土魔法部隊と人力の土木作業部隊が罠《わな》を埋め立てて行く力技。先行する土魔法部隊がマッド・ゴーレムを作って進み、罠に掛かると泥のゴーレムが土に戻って埋め立てる。とにかく物量で偽迷宮を無力化していく作戦の様だ。

「魔法使いも足りん」「兵士にも作業させろ、とにかく急げ」「全く面倒だな」

マッド・ゴーレムではストーン・ゴーレムには対抗できないから、ストーン・ゴーレムは通行手形の大量購入で停止させ続ける心算らしい。まあ本当はストーン・ゴーレムを止めてもラフレシアさん達が待っているんだけど、ラフレシアさん達はおっさんだから隠れて貰《もら》ってる。だって、おっさん触手攻め地獄とかマジ地獄だよ！　見たくないよ、それこそが男子高校生の心の発禁だよ!!

「第6班はどうした」「今は右の通路を優先すべきだろう」「ああ、橋を架けてしまえば渡れそうだな」「よし、部隊を集めさせろ」

作戦に合わせて大量の兵達が進み、魔術師達が総出でマッド・ゴーレムを作って罠を埋め立てながら進んで行く。それでも次々と罠が作動し尽きる事が無い、だって今も追加中だし？　うん、目の前で作戦聞かされたら用意するんだよ？　だってどこに橋を架けるかも、何処を埋め立てるかも、どの道を進むのかもみんな聞かせてくれてるのに用意しないとか空気読まなさ過ぎなんだよ？

「ここを通るか」「うむ」

だって貴族のおっさん達《たち》がみんなで俺の前で「ここ通るからね」とか、「ここだよ、ここ」とか、「ここだ、ここだ」って振って来るんだよ？　そこまで振られたら空気読んじゃうよ？　うん、ちゃんと罠も置いといたんだよ？

「断崖通路が架橋後に崩落との事です」「被害はありませんが資材が全滅しました」「「「またか！」」」

そして延々と目の前では作戦会議、それを聞きながら罠を設置していく多忙な内職だ。うん、セットで1万エレのぼったくりなお茶とお饅頭もどんどん売れていくんだけど……太るよ？　太ってるけど？

「増援を入れろ、とにかく埋め立てろ」「魔石も使っていい、とにかく急げ」

きっと、じわじわと進めていると思っているんだろう。だって、じわじわと偽迷宮が延びてるとは思っていないんだろう。

そして作戦会議に参加しながら終始無言でメモを取り続けている一団、あれが教会の部隊だ。貴族達は自分達が偽迷宮を潰す為《ため》の捨て石だと気付きもしていない。それは教会の誠実さを信じているのか、教国の信義を信じているのか、はたまた爺《かみ》の正義を信じているのか知らないけど……歴史を知って、あれを信じられるならオタ達が健全に更生する未来や、莫迦《ばか》達が知的に学問を語る将来も信じられるんだろう。うん、なかなかの皆無な可能性に挑む挑戦者《チャレンジャー》さん達だな？

「よし、左通路の沼を埋めて橋を架けろ」「魔力が続かないなら魔石の使用も許可する」

「土木兵。左側盛りが薄い、何やっている！」

「土産屋の小僧、茶の追加だ」

魔導士達が魔力を使い果たすと、今度は湯水の如く魔石を消費しながらマッド・ゴーレムを増量して偽迷宮を埋め立てて行く。ストーン・ゴーレムを足止めする為に通行手形も飛ぶように売れていく。うん、動けない振りしてるストーン・ゴーレム達も大変そうけど、達磨《だるま》さんが転んだで練習させた甲斐《かい》はあった様だ……あっ、今ぴくってした！

「第3通路の埋め立てが完了したそうですが、次も三叉路《さんさろ》との事です」「またか、斥候を出せ」

それにしても大盤振る舞いで金貨がザクザクと積まれて行く。あの魔石や金貨を援助し続ける後方の一団が教会の騎士団。偽迷宮を埋め立てさせ、ムリムリ城まで攻め込ませて、罠や武器を消耗させる為に貴族軍を支援して囮《おとり》にして煽《あお》り立てている。うん、お得意様だな？

「偵察が済み次第、図面を起こせ」「他はまだか」「第8通路は行き止まりだったと、他は攻略中です」「遅い、急がせろ」

しかし、これほど莫大《ばくだい》な予算を使い、人と物資と魔石を注ぎ込んで偽迷宮を埋め立てるなら、その予算を俺にくれたらすぐ埋めちゃうんだけど？　誰もくれない様だな？

「またか」「ああ、分岐路の迷路だな」「進む程、分岐していくとは」

うん、進行具合に合わせてあるんだよ？　簡単には進ませずに、絶えずぼったくりながら奥に引き込んでいく。貴族軍を完全に止めたり、ましてや潰したりすれば教会が奥の手を使う可能性がある。今は早過ぎる、だから遅滞戦術ｗｉｔｈぼったくりｆｅａｔ．お大尽様で行進中。

そう、せめて貴族軍に綺麗《きれい》なお姉さんな部隊でもいればラフレシアさん達も出番があったのに残念だ。うん、ラフレシアさんもだけど俺も残念だ。

「罠が大きい方が本命だろう、どれが大きかった」

左の何も無さそうに見えてツルツル油坂が正解なんだよ？　まあ、上り坂が滑って進めないんだけど？

「真ん中の通路が巨大な穴です」「よし、真ん中の通路に兵を集めて進めろ」

真ん中らしい。それなら右の出口に繋《つな》いでループにしてみよう。うん、やはり目の前で作戦図を描いて貰えると大変分かり易《やす》い、中々気の利いたおっさん達だ。

教会の一団は黙々と作戦図を写し取っては部下に手渡している。ならば教会の本隊は迷宮外の後方にいるんだろう。その後方から延々と金貨を積んだ荷馬車がやって来ては通行手形と食料を買い漁《あさ》って行く。これだけのお金があるなら辺境から普通に魔石買えば何の問題も起きなかったのに……全く、お陰でこっちは富んだお大尽様なんだよ？

「小僧、武器を売ってくれ」「2部隊ほど武器が溶かされた。全く忌々しい迷宮だ」

食料も武器装備も通行手形も飛ぶように売れていくのに、茸型ペナントだけが売れない？　やっぱり、もう少し目立つところでアピって見た方が良いのだろうか？　うん、何でだか委員長さん達が目立たないところに仕舞い込んじゃったんだよ？

「次の荷が入りました」

　仕入係の振りをした荷運びしてる振りした尾行っ娘《こ》一族のおっさんがやって来た。

「まあ、男ばっかりの所にお姉さんよこすと良くないのかもしれないんだけど、これ以上密閉された迷宮内でおっさん濃度を上げてしまうと、臨界点に達しておっさん融合が始まって巨大おっさんが生まれ出しそうなんだよ?　あれっ、魔物のジャイアントさん達っておっさん融合で生まれてたのかな!?」

　まあ殺すけど。だってノーマルでもジャイアントでもおっさんだ。尾行っ娘一族のおっさんは小声で「動き無し」とだけ告げ荷を下ろす振りだけして戻って行った。何とかギリギリおっさん融合が免れたようだ……危ない所だったんだろうか?

「まだ動いてもないし、間に合ってもいないか。まだまだ引き延ばして、ぼったくり作戦が延長かー……儲かるな?」

　今もせっせと埋めている大穴を底でせっせと深くしていたりする。だけど既に4割近くは進まれている。進ませない訳にもいかないからしょうがないけど、おっさんに喜ばれると何か悔しいんだよ?

「やっと繋がったか」「忌々しい迷路だ」

　うん、悔しいから通路を繋ぎ換えてるんだけど、貴族軍を引き込まないと後ろの教会の部隊が入ってこれない。あれを引き込んで封殺しなければヤバい。うん、あれが王国側で開放されれば止める術《すべ》は無い、だから王国と辺境の狭間《はざま》の偽迷宮とムリムリ城の間で戦うしかない。

そして、いざとなれば最後の手段まで使ってくるんだろう。止めれば暴走するなら、やらせて叩《たた》く。叩けなければ偽迷宮とムリムリ城が最後の要。だから、ここは呼び込み付きの背水の陣で、お持て成しなぼったくり御土産屋さんだ。

「土産屋、食料を5千人分追加してくれ」「飲み水も忘れるなよ」

まだ敵軍が増えているらしい。もう傭兵《ようへい》崩れに野盗も盗賊も集められ、おっさん大集合に拍車が掛かっておっさん凝縮率が止《とど》まる所を知らずに飽和限界を超えて行く。きっと、今なら加齢臭だけで迷宮王すら倒せる程だろう！　うん、犬系の迷宮王とかなら絶対泣いて逃げ出すよ、だって俺も逃げ出したいんだよ!!

「やはり奥へと続くのは左の様です」「忌々しい、登って縄をおろせ」

ようやく正規ルートに辿《たど》り着き、上り坂なツルツル油通路を上り始めたようだ。まあ、滑る上に『溶解』効果付きの油だから靴が売れるはずだし、こっそり量産しておこう。転べば靴以外の装備も破壊されて行くし売り上げはますます順調だ。

「嗚呼《ああ》、何処《どこ》も彼処《かしこ》もおっさんだらけだよ、夜なのに男子高校生的なお楽しみ要素が皆無な地獄の様な光景だって文学的に嘆いてみた？」

そう、誰もが口を揃《そろ》えてあの王弟のおっさんは役立たずだと罵ってたけど、あの王弟のおっさんはちゃんと美人女騎士さんを連れて来てエスコートまでさせた異世界初の良いおっさんだったんだよ！　なのに、この貴族達と教会のおっさん達は使えない。教会なら美人シスターさんだし、せめて美人女探検者《トレジャーハンター》さん連れて来て先行してくれれば、ちゃんとラフレシアさんのお部屋までサクサクとご案内したというのに何故《なぜ》おっさんばかりで踏破できると思ったんだろう？

だって、踏破できたのは王女っ娘だけ、つまりそういう事なんだよ？　うん、おっさん率が高いほど難易度が上がり、安全性も下がって行くのに全員おっさんなんだよ？

セルフ遅滞戦術と情報漏洩機能付きでぼったくり放題なお得意様だ。

70日目　朝　御土産屋《おみやげや》　偽迷宮隣り街側

最悪な異世界転移でこの世界にやって来て、随分と最悪な日々を過ごしたが……今日こそが最も最悪な朝だった。だって3万を超えるおっさん達と朝を迎えるとか、男子高校生にとってこれ以上の悲劇なんてあり得ないんだよ！

「小僧、早いな」「よし朝食を30人分用意しろ、いや40人分だ」

早くないよ、寝てないよ！　だっておっさん3万とかむさ苦しくて寝られないよ!!

しかも、こっちで貴族軍に補給しながら、あっちではムリムリ城側に罠仕掛けなきゃいけないから大忙しだ。

そして朝から作戦図の前でああでもないこうでもないと貴族達が話し合う。まあ、こいつ等《ら》の無駄な指示のおかげで楽ができているのだから役には立っている。だって現場の兵達が即断即決で行動すればこっちは罠が追い付かない。何せ3万人って言う数は偽迷宮を埋め尽くせる数で、物量を活《い》かし一気に一斉に速攻を仕掛けられたら遅滞戦術も使えずに、ストーン・ゴーレムによる撤退戦のみになっていただろう。そうなれば、ぼったくれないし教会の動きまで早まっていただろう。

「夜までには城攻めに入りたいものだ、我らの様な高貴な身がこんな穴倉で過ごさねばならぬとは」

「まあそう言うな、今日1日の我慢だ。それにこれで我らが一族は迷宮踏破者の英雄の一族、これで田舎者のオムイ等にでかい顔をさせんで済む」

なのに貴族達《こいつら》っていちいち命令して、いちいち報告を呼ぶセルフ遅滞戦術の情報漏洩《ろうえい》機能付きな実に使えるおっさん達だ。しかも、ぼったくり放題なお得意様《カモ》なんだよ？

「英雄の一族は悪くないが、こうも色気が無くてはな」「それこそ辺境に入ればより取り見取りだろう、田舎女だが辺境の女は見目も良く味も良いと噂《うわさ》だぞ」「うむ、それは味わってみんとな。ならば尚《なお》の事《こと》さっさとこの穴倉を潰してしまえ」

うむ？　色気が足りないのは男子高校生的に大賛成で異論は無いんだけど、味見って頭齧《かじ》っちゃうのだろうか？　まさかビッチ達の仲間だったとは恐ろしい敵が隠れていたようだ！　でも、滅茶《めちゃ》弱そうなんだけど？

って言うか、このおっさん達で棍棒《こんぼう》の街を襲ってもフルボッコされて終わりなんだよ？　うん、あそこはマジ修羅なんだよ。あそここそが辺境の恐怖なんだよ。だって棍棒装備の奥様《おばちゃん》達がぞろぞろといる魔境なんだよ！　絶対、頭齧る前に頭割られちゃうんだよ……わりとマジで？

「今度は沼だと、忌々しい」「埋められんのか」「架橋の方が早かろう」

やっと中間地点の飛び石の沼だ。沼の中の飛び石を飛んで渡るだけの簡単なコースだけど、ちゃんと沼の水は腐食効果の溶解液になっている。まあ、コツコツと地道に埋め立てて橋を架けるらしい。まあ正しい判断で、おっさん裸祭は見たくないんだよ？

「渡って縄をかけろ、何をしておる！」「使えん奴《やつ》らだ」

そう、あの飛び石の何個かに油が塗ってあるのに……何故かみんなあれに引っ掛かって進めない。わざわざ色まで変えてあげてるのに、みんな飛び乗っちゃうんだよ？　そんなもん滑って落ちるよ！　何故に作り手の気持ちを理解してくれないのだろう？　まさか振りだと思って空気読んで飛び乗っちゃってるの？　「踏むなよ踏むなよ！」みたいな？

「渡るだけで構わん」「橋が架かればそれでいい、急げ」

沼底を深くして邪魔をしても良いんだけど、おっさん裸祭は見たくないからここは進ませよう。うん、だって凄《すご》く嫌なんだよ！

そして罠《わな》階段の間だ。何列もの階段が続く階段の間は、外れの段を踏むと滑り台になって下まで落ちるという、これは結構作るのに苦労した罠なんだよ。うん、腐食液も流れ出すから、下まで滑って真っ裸確定な罠だったりする。

「だって、これって委員長さんが一生懸命に絵まで描いて持ってきた企画だったから、面倒そうだったけど断れなくて採用しちゃったんだよ？」

なのに未《ま》だ誰もここまで辿り着いてなくって、全く出番が無かった罠だった。そう、王女っ娘達《たち》がここを通らなかったって話していた時の委員長さんは、とっても悲しそうで可哀想《かわいそう》だった――落としたかったらしい？　もしかして王女っ娘の服を溶かしちゃいたかったのだろうか？

「仕掛けです、階段が坂に」「えーい、誰か一気に登って縄をおろせ！」

そして、おっさん達の群れが延々と滑り続けて、その仕組みを理解するまでに1時間掛かり。そこから罠の段を見つけ出しきるまでに更に1時間……その間ずーっと延々と滑り落ちて服が溶けていくおっさん地獄絵図！

「はっ、まさか委員長さんはこれが見たかったの！　ちょ、委員長様のおっさんストリップ趣味疑惑発覚？」

うん、訊《き》いたらボコられそうだ。そして3万人分の昼食が売れていく。もう備蓄が尽き始めたのだろう――パクってるから？

「配り終わった？　うん、メニューは孤児っ子達直伝の薄い水のような野菜くずスープに、カチカチのパンの欠片《かけら》だけど量はいっぱいあるんだよ」

孤児っ子達はこれを毎日ずっと食べていて、その量すら僅かだった。そうやって必死に生き抜いていた。だからこの料理に文句は言わせないけど料金はボッタクリ価格なんだよ？　うん、辺境の人々を殺しに行く人間には最後の晩餐《ばんさん》でも勿体《もったい》ない程だ。

「配膳は終わり、第三師団の一般兵は皆逃げ出しました。変化はありません」

こっそりと尾行っ娘一族が手引きして、一般の兵隊さん達を逃がしている。この第三師団の中枢は貴族の子弟が集まっていて、それで王軍である第三師団が乗っ取られ王族の力が削《そ》がれた。そして子弟と言いながらおっさんだから、焼いても問題ない奴等だ。

「しかし……これ、夜までに出られるのかな？」

このままだと3万を超えるおっさん達と一昼夜洞窟内で共に過ごしてしまうという、男子高校生にとって屈辱的な記録が残ってしまう。だって、もう24時間焼くの我慢してるのに、未だ出口すら見えないまま忍耐力の限界が試されている！

「あああ、焼きたい焼きたい焼き払いたい。おっさんなんて灰燼《かいじん》にしたって良いおっさんにはならなくて、良いおっさんとは生まれて来なかったおっさんだけなんだよ？」

もう甲冑《かっちゅう》委員長さんは、こっちに向かっているはずだ。それで1つは止められるがまだ早い、委員長さん達は早くても明日だ。まあ、今日の夜は流石《さすが》に無理だから明日の朝、普通に考えれば昼過ぎまでは掛かるだろう。そしてメリ父さん達は精鋭のみでも2日以上は掛かるはず。そしてオタ莫迦《ばか》達とスライムさんは……間に合わないだろう。だから間に合っても3つまでしか止められない、4つ目と5つ目でこっちは退《ひ》くしかない。

「うん、最悪の時は狼煙《のろし》を上げてね？　祝詞とかのりしろじゃ駄目なんだよ？」

「それ、どうやったら上がるんですか!?」

無理だとしても尾行っ娘一族に見張りを頼む。オタ達はまあ良い。まさか攻め込むとは想像もしていなかったけど、あれで良い。やっと本当に異世界にやって来たのに、それが同級生と一緒だったから気持ちが閉じこもっていたけど……どうやら、やっと自由になった。やっと怒れた。やっと異世界まで来て自分達が怒っていた事に気付けた。

だから良い。やっと全てから自由になれたんだから、これぱっかりは仕方がない。無茶するかもとスライムさんを付けておいたら、正解だったよ……うん、やっと異世界の勇者様が1組お目覚めだ。まあ、莫迦達は目覚めずに、ずっと寝てそうだから考えない事にしよう。うん、あいつらは闘えれば良いだけなんだし？　だって、あいつらは端っから戦う事しか求めていない。ただ、それだけを求めて生きてきて、ずっと叶《かな》わなかったものをようやく異世界《こ こ》で手に入れた。まあ、どうせ何も考えてないんだからどうでも良いや？

そして俺は結局はまた失敗したらしい。全部なんて無理に決まってるのに、どうにかしようとしたツケだ。そう、ツケてしまったなら払わなきゃいけない。もう支払っても許されないけど、どっかの首無し王弟さんと一緒で俺だって他に払える物なんて何も持ってないんだよ？

だから止められるものだけは止め、守れるものだけでも守る。もう、それしかできないみたいだ。結局いつも最後は数が足りない。でも、わかっていた事だ――43人。それだけの人数で異世界にやって来た。なのに、もう13人もいない。俺が見殺しにして一人は俺が殺した。だから、いくら都合よく計算したってきっと足りる訳はない。

だから足りない分は購《あがな》おう、他に支払える物なんて持っていない。きっと今頃は愚王な王弟さんは代王を返上して愚弟に戻って、皆から罵られている事だろう。ずっと自分の首を抱えて王国中を駆け回り、最後の最後まで何の役にも立たなかった無能なおっさんだ。

だから俺の番だ、おっさんみたいに救えなくても首くらいは持って駆け回ろう。

「おい、小僧。靴は売っているか」「無かったら仕入れてこい、急げよ！」「いや、靴はたっぷり作ってあるけど、おっさんの靴を作っても何も楽しくなかったんだよ？」

だからすぐできるモカシンブーツにしたのに、何故か大盛況でまた増産する羽目になっている？　うん、儲《もう》かるんだけど楽しくないんだよ？　調整《フィッティング》はしないよ？　おっさんの足に触り回るなんて絶対に嫌だ！

もうおっさん嫌だから偽迷宮ごと崩落させて埋め立てたら一番早いし、スッキリ爽快なんだけど教会はいまだ準備だけは進めているから引き込み続けるしかない。

やっと辿《たど》り着いた泥沼地帯も埋め立てて、物量動員で押し通るらしい。

「ここは男子高校生が丹精を込めて、きっと泥塗《まみ》れなお姉さん達が泥んこでストーン・ゴーレムにあられもない姿で挑み、当然ポロリもあるかもと期待しながら、期待と心を込めて造った『腐食』効果付きの泥を敷き詰めた思い入れ深い泥沼さんなのに……おっさんに埋め立てられていくんだよ（泣）」

まあ、泥まみれのおっさんの半裸とか需要は無いから良いんだけど、凄くやるせない気持ちでアンニュイな気分？　駄目だ、おっさん成分が濃過ぎて拒絶反応《ネガティブはんのう》が出始めている。

外はもう日も暮れるだろうし、この調子だと明日の朝まで御土産屋さん主催の偽迷宮おっさんぼったくりツアーが続きそうだ。

「もう嫌だ、おっさんなんて見たくもない！　マジ嫌だ嫌だ嫌だ、もうお家《うち》に帰りたいって言うか、甲冑委員長さんを大至急連れて帰ってジャグジーで沫《あわ》塗れたい！」

このままだと禁欲過ぎて悟りとかが開けちゃって、神《かみ》の元まで到達して爺《かみ》の髭《ひげ》とか毟《むし》り回ってしまいそうだ！　まあ、あんな爺よりも甲冑委員長様こそが緊急に必要なのだ。もう、宗教戦争になったってこっちの甲冑委員長様《美人女神》の圧勝間違い無しだよ！　それはそれはもう御利益も破壊力も見た目の超絶セクシー破壊力も圧倒で圧勝だ!!

「落ち着いて――アンジェリカ様が来られました、外で隠れて頂いております」

ぼやいていると尾行っ娘《こ》一族のおっさんの知らせが届いた。女神さまが降臨されたらしい……これで1つ。

「ちょ――っと1時間だけ男子高校生的な事情で放出しなければ大変な事になる出血大放出しに行かなければならないから店番頼める？　うん、もしかすると2時間になる可能性も、やる気もいっぱいあるんだけれど……ここって、ほっといても夜までは動き無いと思うし、何かあった時だけお知らせ頼める？」「お任せを」

ダッシュで廃墟《はいきょ》の街まで。あらん限りの神速で偽迷宮を掛け抜けて――甲冑委員長さんを見つけるや否や、即座に廃墟な元宿屋に連れ込んで速攻で甲冑を外しておっさん濃度の削減に努めて努めて努めきったのは言うまでも無いだろう！

「いや、マジおっさん許容量が限界で焼き払う寸前だったんだよ？　まあ、俺の目付きについて意見を述べたおっさん数人は地底で永遠の反省で謹慎中だけど、他のおっさんは焼き払わずに我慢し続けて耐え忍んで偶《たま》に埋めるだけで我慢していたんだよ？　うん、頑張っていたんだからしょうがないよね？」

お返事《お目々バッテン》はない。だって俺の中の男子高校生が、その本来の姿を取り戻してお説教の呪縛を解いて疑縮体でうねってエネルギーが延々と再起動だったから……しょうがない？　つまり、やっちゃった。（テヘペロ?・）

そう、問題は今からが本当の戦いが始まろうかと言うのに、最大戦力の甲冑委員長さんが撃沈中！　うん、どうしよう？

まあ、怒《ボコ》られるのは決定だから、怒《ボコ》られるように前から約束していた麻の帽子を作っておいてあげよう。お説教は免れないんだけど、喜んでくれればそれで良い。大してあげられる物なんて無いんだから、帽子くらいで喜んでくれるならそれで良い。

起こさないようにそっと頭を撫《な》でてから帽子を手で作り上げていく。あの深く暗い迷宮の底から連れ出しちゃったけど、それ自体は全く後悔も反省も無いんだけど、アンジェリカさんは幸せになれたんだろうか。俺はちゃんとできて……ないのはそれとして、連れ出しただけの事はしてあげられたんだろうか。

女子さん達もいるし、仲良くなった。子供達も懐いてた。スライムさんだって帰って来るし、オタ莫迦達……は、まあいいや？　ちゃんと幸せになれたんだろうか、幸せで……いて欲しいな。うん、お顔は……幸せ《ヘヴン》そうだな？

女子の恥はもっと牛丼問題を気にした方が良いと思うが怖くて言えない。

70日目　深夜　廃墟な隣町

やっと着いた。途中で補給部隊を見かけて強奪していたから手間取ってしまったけど、補給を断つのがヘイヘイホーの第一歩なんだと遥《はるか》君は言っていたの。うん、どこかの樵《よ○く》さんから聞いたんだろう？

「アンジェリカさん、遅くなってごめんね」「遥君は無事……って言うか何かしでかしてない？」「アンジェリカさんがいるなら、まだ戦闘は始まってないんだね」

アンジェリカさんは完全武装なのに、大事そうに胸に麻の帽子を抱えて立っていた。兜《かぶと》の上から被《かぶ》るんだろうか？

「これ……お」

そして、手渡されたのは遥君からの手紙……って言うか指示書？　まあ暗号より難解なのは何時《いつ》もの通りで、どうして私は解読できるようになっちゃったんだろう？

一緒にいた尾行っ娘一族のお姉さんの話では、たった一人で3万の敵と戦っていると思われていた遥君は、戦う処《どころ》か3万の敵を御客《おきゃく》にして独占販売でぼったくり中だった。

そして偽迷宮内の御土産屋本店が大繁盛で、貴族軍から大人気で営業中で大儲けで大忙しなんだそうだ。そんな毟られ続けている可哀想な貴族軍は遥君の協力で偽迷宮を騙《だま》されながら突破中らしい……うん、聞いても意味が分からないけれど、きっと遥君のお手紙だって意味は分からないだろう。だって、今まで分かった事が一度も無いの！

『拝啓　名前なんだっけ？　まあ皆様方？

本日は大変お日柄がどうだかは俺は知らないんだけど、異世界の暦とかマジ知らないんだよ？　いや、だってお忙しい中お呼びたてって言うか呼ぶ前に来てるから俺は悪くないんだけど、いらっしゃい？

さてお話は変わるんだけどって言うか、ここからがお話って言うか、実はこれは何を隠そうお手紙なんだよ？　みたいな？って言う訳で一緒に入っている地図があるじゃん？って言うか有るんだよ？　無かったら入れ忘れ？　ヤバいな？

まあ、その地図にばってんがあるのが辺境外の迷宮なんだけど、1〜3は恐らく確定で、4〜5は多分間違い無し？　6からは今のところ大丈夫な感じ？　なんだよ？　みたいな？っていうか地図を見ようよ？

で、一番でかくて深そうでやばい本命っぽい1は甲冑委員長さんに頼んで有るっていうか頼んだから良いんだけど、2と3のどっちが先かが分からないんだけど先に出て来た方を出口で潰してくれないかな？　でも、ヤバかったら逃げてね？

うん、なんか教会の天罰って迷宮の人工氾濫《スタンピード》っぽいんだよ？　で、誘導できるみたいだから辺境に向かうはずなんだよ。でも下手に先に潰すと誘導できないまんま氾濫しちゃうみたいで王国マジやばな感じじって言うか、あれがどっかにバラバラに散ったら抑えきれないから氾濫待ち？　みたいな？

だから甲冑委員長とジト委員長達《たち》で2つ止めてくれている間に3つ目にメリ父さん達が間に合えば良いけど、間に合わなかったら辺境まで退いてね？

こっちは貴族軍をムリムリ城へご案内中なぼったくり中で大儲けでおっさん塗れの正にこれが地獄だ！　な感じで教会が動くまで動けないし、動いたら育てて建て替えで本命が解放すると思うんだよ？　多分？　いや、まあ聞いてないから知らないんだよ？

多分っていうか距離と時間から考えてスライムさんもオタ莫迦《ばか》も間に合わないし、4と5が氾濫したらもう退くしかないんだから無理はしたら駄目なんだよ？　こっちは退けるようにしておくから、マジで危ないしヤバいしなんだけど頼んじゃっても良いかな？

だから、ちゃんとみんなで話し合って女子会で決めてね？　20人全員が揃《そろ》わなかったら即退くんだよ。でも長々と女子会始めたら先に氾濫始まっちゃいそうだから早めじゃないと意味ないんだよ？

まあできたらお願い。できなかったら辺境を頼むからどっちでも良いんだけど、急いで帰って来ても――お饅頭《まんじゅう》は売り切れなんだよ？　うん、貴族のおっさん達が喰《く》い尽くしたから、万が一逃げてそっちに行ったら説教《ボコ》してあげると良いと思うよ？　だって俺は悪くないから買ったおっさん達のせいで、ぼったくって大儲けでお大尽な今日この頃でいかがお過ごしですか？　葬送？』

長いの！　あと草々だからね。葬送ってどんだけ殺《や》る気満々なお手紙な……って言うかこれって本当にお手紙なの？　何がそんなにも疑問なの!?

そして……分かった事はたった一人で3万の軍と対峙《たいじ》していると思われていた遥君は、貴族軍に協力者として重宝がられながら、せっせと偽迷宮の攻略をお手伝い中だった。まあ確かに遥君の協力無しに偽迷宮を攻略するのって無理だとは思っていたんだけど、だからって協力するのもどうなんだろう？　引き込みつつぼったくると言えばそうだけど、普通に見ればお金を貰《もら》った裏切り者なんだけど……その相手も裏切るって言うか罠《わな》に嵌《は》める気満々だし、もう誰の味方か分からないって言うよりみんなの敵だったの？

「遥君が警戒してたのは、これだったんだ」「迷宮の人工氾濫なんてやられたらどんな国だって滅びちゃうよ！」「しかも迷宮を5つとか……やっとみんな幸せになれたのに……なんでこんな酷《ひど》い事するのよ!!」

これが天罰、これが神様のやる事……。幸せに暮らしてる人達を魔物の群れに襲わせるのが宗教《かみのおしえ》なら私は絶対に絶対に許さない、そんなの許せる訳が無い！

「私はやるからね。絶対に止めてやる」「うん、絶対に外になんて出させない！」「私もやりますよ。だって初めて遥君にお願いされたんですから……11年で初めてですね」「絶対に行くし、何があっても止めるから！」「辺境を固めたって……王都には子供達もいるんだから、迎えに行くって約束したんだから!!」

５つ全てを止められれば王国全てが救える。でも３つが限界で、辺境を守れば辺境以外には大きな被害が出る。王都は大丈夫だろう、子供達は大丈夫なはず……でも、街や村の沢山の人達が死ぬ。そしてまた孤児が生まれて行く。

そして、もし偽迷宮を貴族軍が突破できなければ、教会は迷宮氾濫で一気に偽迷宮を破壊する気だったんだろう。だからわざわざ引き込んで時間を稼いで……ついでにぼったくっている。でもまだ時間が足りないんだ、そして手札も……足りていない。

「でも５つは……」「小田《おだ》君達が間に合っても厳しいのに、間に合わないなら」「なんであいつ等《ら》深入りして攻め上がってるのよ！」「もう帰って来たら私もオタ莫迦って呼んでやる!!」「でも～、小田君達が攻め上がってお舟沈めたから、私達早く出られて間に合ったんだよ～？」「きっと獣人の国で何かあったんだよ。じゃないと小田君達が攻撃に出るなんて考えられないもん」

恐らくこの意味不明な手紙から察するに、遥君は遅滞戦術で引き込み時間を稼いでいる。たった一人敵陣の中で……御土産屋を営業している。うん、物凄《ものすご》く儲《もう》かってるみたい？

そして小田君達をあえてお使いに出していた、あれはきっと意味のある事だったんだ。だって小田君達が自らの意思で戦っている。遥君が最強と言った小田君達が戦い始めた。強いんだけど全力ではなく、いつも余力があるけど無理しない。上手《うま》いし効率的だけど最強は似合わない受け身な戦い方、でも受け身なのに一度も崩れた事が無いくらいに強かった。

　それは守りを固めてからとか、反撃で弱点を突く効率的な戦い方だけではない何かが有った。あれは何時も周りに合わせて上手に効率的に戦っていただけだった。それが自分達から攻撃に出るなんて考えられない事、きっと意味があり、その為《ため》に行かせたんだろう——だからこれはもうしょうがない。

「貴族軍をご案内中でぼったくり中って、まあ戦闘じゃないから大丈夫なのかな？」「大丈夫な訳がないよね～、だって遥君は絶対に一番危険な所にいるはずだから」「きっとこの『本命』って言うのが氾濫《スタンピード》より危険な物なんだと思うよ」

　貴族軍の3万ですら囮《おとり》。本隊は後ろの教会軍で、それが「本命」を持っているらしい。しかも通常使わずに氾濫《スタンピード》が失敗したら解放するっていう、制御不能な破壊兵器な可能性すらある危険物。

　そして、そんな危険な物について何も書いてないって言う事は遥君も分かっていないし、まだ推測すらできていないから注意もできない。そして——私達が辺境に退《ひ》けるように、たった独りでそれを潰す気なんだ。

「やっとここまで来たのに、2か3を見張るならまたここから離れちゃうよ？」「お手紙を渡したって言う事は、遥君はもう出て来られないんだよ」「もう戦争が始まってるか、始まろうとしているか……」

3万の軍を破れば教会軍が出て来る。この偽迷宮もムリムリ城も超え、辺境軍にすら勝てるだけの手段を用意した教会の軍隊。そして教会軍を倒せば氾濫がおきて、それを止めても「本命」が解放される。これが神様の教えを語る教会の、神の教えを騙《かた》る教会の軍。遥君が珍しく本気でずっと目の敵にしていた。アンジェリカさんの事で怒ってるんだろうと思っていたけど、其《そ》れも是《これ》も全て最悪な目の敵どころか人類の敵で害虫以下の知的生物の恥だ。史上最低最悪で最も下劣で愚劣な恥辱的生物だ！　こんなの怒って当たり前で、これを知ってて怒らずに信仰してる人はもう神様狂《狂人》いの信者だ。

「女子会を開きます。20人揃わないなら撤退だからね！　迷宮に行く人は挙手」「「「行く！」」」

やる前から分かっていた。遥君も小田君達や柿崎《かきざき》君達もいない、女子だけの20人で迷宮の氾濫は危険過ぎる。なのに全員が手を上げてしまう、分かっていたけど——全会一致。

「本当に危険なんだから撤退命令だけは絶対に守ってね！　約束だよ」「「「はーい」」」

せっかく偽迷宮の前まで来てるのに、あの中で遥君が一人で戦って……なくて、ぼったくってるんだけど。まあ、好意的に超広義な意味合いで、酷く善意的解釈で贔屓目《ひいきめ》で逆説的に見れば戦っている。なのに、私達が与えられた戦場に行かないといけない。

だけど、これが私達が望んだ事。私達は遥君の手札《カード》で良い。まだきっと手札《カード》が足りていない、間に合っていない。でも、できる事は全部やる。

だって、遥君が私達にお願いしてくれた。危ない事なんて絶対させたがらない遥君が、やっと頼ってくれた。ようやく私達を手札《カード》に入れてくれた。だから、それだけで良い。だから、絶対にそれをやり遂げる。

だって異世界に来てからやっと私達は遥君に必要とされたんだから。ここでヘタレたら女子の恥だから！

女子校生ムニュムニュならともかくおっさんボムボムとか需要は無い！

71日目　朝　偽迷宮

辺り一面の落とし穴と言う落とし穴を全て埋め立てて、物量押しで軍隊が侵攻し続けている。これ以上長引かせるのは限界の様だ。

教会の部隊も動きが忙《せわ》しなくなっているし、迷宮の氾濫の準備も進んでいるらしい。それに、そろそろ動けない振りしたストーン・ゴーレム達が可哀想《かわいそう》になって来たんだよ？うん、プルプルしてるし？

そうして遂《つい》に扉の間だ。広間一面に並べられた扉の罠、だけどその数よりも圧倒的な人数で片っ端から扉を開けて行く。罠で数百人減っても痛くも痒《かゆ》くも無い人海戦術で、一気に扉の間が破られていく。まあ、おっさんしかいないからトリモチで接着して腐食してからが出番のラフレシアさん達には隠れて貰ってる。

「救助はいい、とにかく開けてしまえ」「急げよ、穴蔵は飽き飽きだ」

だってトリモチで身動きのできないおっさん達を腐食効果で装備や服を溶解し、半裸にしたところで触手生物達が現れる！って見たくないんだよ!!　俺はそんな見苦しい物の為にこの偽迷宮をせっせとせっせと改装したんじゃないんだよ——何時かきっと美人女冒険者さんに巡り合えるって運命《ディスティニー》を信じて造り上げたのに、それだけを夢見てちっぽけな触手な展開だけを信じて用意したんだよ？　ここまで実現するのがどれだけ大変だったかも知りもしないで、ワラワラワラワラワラおっさんを注ぎ込みやがって！　純粋な迷宮に懸ける男子高校生的な夢を踏みにじられたんだよ!!

「やっと出口か。先に破落戸者《ならずもの》の部隊に先行させろ」

兵を使い捨てで進行させて罠を調べ、罠に掛かったら罠ごと埋め立てる物量押し。ストーン・ゴーレムさえ無効化すれば、後は力技で押しきる大物量の人海戦術だ。もう通行手形だけでどれだけの予算を注ぎ込んだか分からない、既に商国からぼったくった分と比べても遜色ない程度には浪費させたはずだ。

そして最後の滑り台で１００人以上が滑って入口に戻されたが、これで罠は尽きた。もう、あそこは偽迷宮の出口——計算外だった。

「まさか３万人以上もの突破者が出るとは……うん、そんなに突破記念品のタワシ用意していないんだよ？って言うか後続まで来てるから４万人御来場記念？　まあ正規攻略じゃだし？

うん、街までタワシ買いに行くのも面倒だし。どうせおっさんなんて磨いてもおっさん無いから賞品は無しで良いかな？　おっさんだし？」

後ろから距離をとって教会の部隊も付いて来ている。もし氾濫《スタンピード》を起こすならこいつ等は逃げているはずだ、だからまだ氾濫《スタンピード》は使っていない、温存しているはず。

「ようやく外に出られたか」「あれが城か。あれは落とすのが骨だが、今なら兵が少ないはずだ、数で押せば落ちる」「今から戦闘の準備をさせれば夕方までには攻城戦を始められるか」「うむ、夜戦なら向こうも視界が効くまいて」「小僧。テーブルと椅子を用意しろ、金は士官から受け取れ。茶と饅頭も用意しろよ」

また、作戦を教えてくれるらしい。まあ聞くだけ聞いてから戦闘で良いだろう。もう、ここから先は用意されたお互いの手札の潰し合い。準備した策で殴り合い、互いの手段を潰し合う消耗戦で持久戦。始まれば、もう終わりまでノンストップの潰し合いだ。

「はあー、長くなりそうなんだけど、まあ時間は欲しいよね」

未《ま》だ辺境軍が間に合っていない。それでも2つ足りないけど、最後はここで迎え討つしかない。もうこれ以上の被害は止められない、俺には止められなかった。

「第三師団の武装を配布し終わりました、貴族軍と傭兵《ようへい》で3万弱の長槍《ちょうそう》重装歩兵が戦線に出せます」

「魔法隊も配備完了、ただ迷宮で魔力を使い過ぎており長時間の戦闘は不可能です」

「攻城用の魔道具、もうじき配置済みます。現在教国の御支援で魔石を集積中です」

近距離を重装歩兵で守りながら城壁にとりつき、魔法部隊と魔道具で長距離攻撃が本命の様だ？　なのに教会が兵を集め出している。前線に出る様子は無いけど、魔法部隊にも見えないし魔道具を使うんだろうか？　貴族軍を使い潰す前に出て来る気になるとは意外だけど、それにしては様子見な雰囲気が変わっていない。

だったら、まだ何か持っている。全く碌《ろく》な事じゃないのは確かだ。効果付きの高価な武装の豪華な騎士団とは別に、雑兵の様な一軍が確認されている。企《たくら》んでいる、貴族軍が交戦に入り乱戦になった時に仕掛ける気だろう。今から戦う者にしては動きがおかしいし、空気が他人事《ひとごと》過ぎる。

ならば動くのは雑兵達《たち》の部隊だけなのか……Lvも低い装備も貧弱な数だけの、軍隊と呼べるような集団行動もとれていない有象無象の群れ。どう考えても攻城戦には不向きそうなのに何を企んでいるんだろう。

そして最後尾の部隊よりはるか後方に配置された小部隊、あれが本命。ならば奥の手が迷宮の氾濫……だとすると搦《から》め手《て》の雑兵達は一体何を狙っているんだろう？　本命は全てが失敗した時の為の破壊で、あれは非常手段だから最後まで出さないはず。出させないまま帰ってくれると楽なんだけど、持たれていると使われる可能性が残ってしまう。そう、破壊できるものなら破壊したいが下手にちょっかいをかけるにはヤバ過ぎるもの。

だって、今迄《いままで》に「天罰」で滅んだ話の殆《ほとん》どは、どう見たって人工の迷宮氾濫。どうやっているかが分からないけど、常に方向が限定されたスタンピードだ。そして、稀《まれ》にだけど強力な軍や英雄がスタンピードを抑えたにもかかわらずに滅びている例がある、そっちが「本命」の仕業なら恐らく……強い。

スタンピードを抑えられる程の軍や英雄クラスの剣士か冒険者がやられるだけの強さならば、甲冑《かっちゅう》委員長さんでも危ない可能性がある。だから甲冑委員長さんには一番危険で遠い迷宮を頼んだ。ここにいさせれば危ない。

一人で城門前の平原をぼやきながら歩く、平原を隔てたムリムリ城の門前に立って振り返る。ここからはお得意《カモ》さんは敵さんだ。辺境へはたった一人も通さない、たった一人だって殺させない。だからここで殺し合い。

「やっぱ異世界なんて碌な物じゃないよ。前の世界だって充分に碌な物じゃなくて年がら年中何処《どこ》か彼処《かしこ》で戦争だってしてたけど、男子高校生一人におっさん4万の相手とか酷《ひど》い話は聞いた事が無いんだよ？　うん、お姉さん4万だったら是非お相手を御願《おねが》いしたいって言うか参加したいんだよ！」

でもおっさんだ。魔力を乗せて声を平原の向こうに対峙《たいじ》するおっさんに届け？　まあ、それが声でも、思いでも届ける相手がおっさんだと全て台無し感が凄《すさ》まじい！

「まあ、土産屋は一時閉店で此処《ここ》から先は普通の……無職？　あれっ、無職が城門で防衛戦？　でも、お給料出ないから無職であってるんだよ⁉　だけど、少なくとも絶対に引き籠もれてないよね？　何で引き籠もりが王国駆け巡って縦断往復で大忙しなの、そりゃあ忙し過ぎて就職できずににーとくらいなっちゃうんだよ？　まあ、ぼっちは……ぼっちだからいいや？って言う訳で此処まで営業終了でこの先に進むなら戦争だからね？　後で文句言わないでね？　後は無いから文句も言えないんだけど、殺しに来たんだからここから先は殺し合いでしか進めないからね？　まあ、そう言う事なんだよ……戦争って」

騒《わめ》めき喚いている、必死に通行手形を手に持って叫んでいる。次々に城壁から現れるストーン・ゴーレム達を止めたいんだろう、ちゃんと迷宮内のストーン・ゴーレムが対象だよって説明したのにお話を聞いてないからそう言う事になるんだよ？

「まあ。あれって動けない振りさせてただけなんだけど、ちゃんと迷宮内では動かなかったから契約は果たしてるんだよ？」

うん、だからお金は返さない！　そしてストーン・ゴーレムを見た貴族軍が慌てて陣形を整える、狭い平原で4万近くなった軍が犇《ひし》めき合っているんだから慌てると大混乱だ。

「あのクソガキ我らを誑《たぶら》かしやがって」「一気に落とすぞ！　突撃」「「「うをおおおっ！」」」

空気が震える、4万のおっさんの咆哮《ほうこう》だ。うん、凄《すご》くウザい。

長槍を突き出した重装歩兵の突進、だが第三師団の装備を身に着けた貴族軍だから練度が低い。何割か遅れ出して、他もばらけて集団突撃になっていない。それでも大軍が地を揺るがす物量による怒濤《どとう》の突撃《スキル》だ。これこそが第三師団装備の力「突撃」、その突進力で破壊する重装歩兵の装備効果。これが一斉に3万も突っ込んでくれば狭い迷宮内ならともかく、平原だとストーン・ゴーレム達ですら屠《ほふ》れる。うん、平原なら？

「思えば異世界に突然放り込まれて毎日毎日茸《きのこ》の森で茸を食べて暮らしていたんだよな～（遠い目）」

それが今ではこんな所で3万のおっさんの突撃を受けるなんて。って言うか前の世界だってままならぬものだったが、異世界って言うのも分からないものなんだよ？　まさかずっと茸の森で暮らしていた俺が……筍《たけのこ》の里を作り出す事になるなんて本当ままならないものなんだよ？

平原中の地面を『掌握』している魔力に、『木魔法』を混ぜる。ちゃんと植えて待ってたんだから、育てるだけの簡単なお仕事だ。

「育てって言うか、伸びろって言うか、本当は筍が食べたかったんだけどなぜか戦略兵器になっちゃって食べる前に竹槍《たけやり》って言うか竹林被害で大被害？　まあ伸びてね？　筍も残るかな～とフラグも立てておくんだよ？」

流石《さすが》に竹林被害が大問題になるだけはある。魔法育成だから成長が速くって、更には頑丈。一瞬で竹林……そう、美味《おい》しそうだった筍は竹になってしまった。

「ぐはあああっ！」「な、何がっ、がぐあぁぁ」「下だ、足元か……ごうぉおっ」

突進するおっさん達は竹藪《たけやぶ》に突っ込んで竹にぶつかっては竹に弾《はじ》かれて引っ繰り返り、重い甲冑で転がり回っている。そして後続からは竹藪の中は見通せないし、味方が密集しているんだから攻撃もできずにただ唖然《あぜん》としている。

そして俺も3万のおっさんも停止している、だから制御も簡単だ。3万本の『魔手』さんが甲冑の隙間を貫き通る、辺り一面からは断末魔の声が上がり消えていく……ちゃんと地面に魔石が仕込んであるんだよ。そして静寂と共に重装歩兵3万は死に絶えた。

このまま後衛の魔法部隊を一気にやりたかったんだけど……動いた。

竹藪に入って来たのは教会の用意していた雑兵達の部隊だけ、Lvも低いし装備だって大した事がない素人軍隊が突入して来る。いやな予感しかしないから遠距離からアース・ニードルの槍衾《やりぶすま》で突き刺すと、刺された雑兵達が次々と爆発していく。

死兵──爆弾テロだ。あれは狂信者を集めて爆発物を括《くく》りつけて自爆させる術式か魔道具。自爆もありそうだから囲まれるとヤバい、死ねば爆発するから近付かれると殺せない。

その後ろで教会騎士団と貴族軍の残党の魔法部隊が動き出している。これは引くしかない。一人で籠城戦とかどうするんだよって感じだけど、あの自爆兵の人海戦術がヤバ過ぎる。あれは女子高生ムニュムニュ押《お》し競饅頭《くらまんじゆう》の爆発おっさん版だ、そんなもん嫌過ぎる！絶対に嫌だ、何が悲しいっておっさん達に押し競饅頭されながら爆死する男子高校生なんてそんな悲惨な死亡原因は今迄聞いた事がないし聞くのも嫌だが被害者とかもっと嫌だ!!

「これを聞いたら世界中の男子高校生達が号泣するくらいの嫌な死に方ナンバー1だよ！絶対イヤだよ!!」

数だけでも減らす為《ため》に竹林一帯に『魔手』さんでワイヤートラップを仕掛けて、ムリムリ城まで引く。嫌がらせに王宮で拾った『千古不易の罠《わな》：【無限に指定範囲に罠が作成され続ける】』で罠を張巡らして、あとは城壁の中まで下がるしかない。自爆の人海戦術と後方からの範囲魔法攻撃は相性が悪過ぎる。

「援軍無しの籠城って言うだけで死亡フラグなのに、一人ってどうしろと？　引き籠もり？　あれ、得意そうだった！」

うん、俺って働きたくないでござっちゃうの？

全編100%おっさんのおっさんによるおっさんの駄目なおっさんだ？

71日目　昼　ムリムリ城　城内

竹藪って言うか竹林で絶叫が続く。ただ逃げるのも悔しいからワイヤートラップと落とし穴を大量生産して来たから、未《いま》だお外ではボンボコボンボコと爆発音が鳴り響く。それでも100や200程度だと減った気がしない大量のおっさん達。しかし、なんで異世界のおっさんはみんな俺の方に寄って来るのだろう？　そして、この世界はやっぱりおっさん率が因果律的におかしいよ！　もう、根本の因果関係から調査が必要なようだ!!

既に城内に入られて防衛戦から屋内ゲリラ戦。まあ、現状どっちかって言うと気分は爆弾《ボンバー》な人《マン》？　そう、問題は俺が爆破される方だから何も面白くない。

「うん、敵に爆弾しかけられるだけでクソゲー決定なのに、その敵キャラが全部おっさんとかもうやる前から画面ごと破壊したい気分だよ！　しかもおっさん実写版……せめてデフォルメしてくれないかな!!」

　まだ残りが1万以上はいるし、偽迷宮の隠れてた教会の部隊も集まって来ている。しかし予想外だった自爆攻撃が厄介で、誘い込んだのに迂闊《うかつ》に接近戦に持ち込めない。だけど下手に魔法なんて撃ってたら速攻で居場所がバレて囲まれて爆破《BANG》される。

　ゲリラ攻撃で掻《か》き回しながら誘い、追いかけてくるおっさんの群れを誘導して罠で潰す。だけど、余りに余ったおっさんの数が多過ぎて余剰が過剰で、罠に嵌《は》めても爆発させても次々とおっさんが湧いて来る。囲まれたら終わりだから攪乱《かくらん》しては数を減らしながら、孤立させては突撃戦で即撤退なゲリラ戦だ。

「寧《むし》ろおっさんわらわらで生物《バイオ》な危険物《ハザード》!?　うん、それはコラボしたら駄目だと思うんだよ……主に制作会社《メーカー》的な理由で！」

　ムリムリ城を抜けられたらこっちの負け。だから此処《ムリムリ》で引き付けない訳にもいかないんだけど、おっさんと引っ付くのは絶対に嫌だ！　無理!!　そして出会うと爆発なキレやすいおっさん達、だけど城を抜けられちゃうと辺境領内で迷宮氾濫《スタンピード》をやられたら軍が出払っている辺境は負けだ。村も街も片っ端から壁を作って廻《まわ》ったけど全部なんてできていないし、農地は荒らされて流通だって壊滅する。しかも教会軍って言うのは歴史的に言っても人質とるのが大好きな下衆《げす》と決まっているんだよ。だから城《ここ》からは出せない。

「3つ目は……無い、か」

朝のうちに狼煙《のろし》は2つ上がっていた、委員長達が来てくれた。もう迷宮を監視してくれているだろう。これで2つは抑えられる。

こっちも手を打ちたいけど、あの教会の騎士団は強い。数こそ数千だけど、その中でも一際豪奢《ごうしゃ》な甲冑の一団がずば抜けている。だから完全に城まで引き込んだ、これであいつ等《ら》は迷宮氾濫《スタンピード》が使えないはず。使えば自分達も巻き込まれるし、引き返せば偽迷宮で挟み撃ちされる。だから俺を殺すまでは使えない。そうなると「本命」を出すかもしれない、まあそれこそが最悪なんだろう。だから減らせるだけ減らしておきたい、未《ま》だこっちも3つ目の狼煙は上がらない。そして……4つ目は上がる事も無いだろう。

俺は長期戦こそが不利なんだけど、こうなると待つしか手が無い。駄目でも最後まで引き付けて、できるだけ多く潰したい。

「せっかく作った偽迷宮も、ムリムリ城も全部おっさんだらけとか流石教会はやる事がえげつないんだよ。これって男子高校生に対する戦闘意欲《モチベーション》破壊工作だよ！　何で俺があんなにずっと延々とビラまで撒《ま》いて看板まで立ててハニートラップが良いって何度も何度も言ってフラグ立てたのに、3万も4万もおっさん引き連れて来るの!?　しかも狂信者ってマジな爺《かみ》フェチの変態さんじゃん、爆発したいなら爺《かみ》に抱き着いて爆発しろよ!!　うん、爺《じじい》フェチなんだし？」

全く爺《かみ》だのリア充だのなら幾ら爆破したって文句は言わないのに、つつましくも真面目に暮らす謙虚堅実な男子高校生さんにおっさんの爆発ハグとか要らないんだよ？

「全く、爆発的なおっさんの抱擁じゃなくて、情熱的な爆発身体《ダイナマイトバディー》なお姉さんの抱擁だったらたとえ罠でもそっちが良いんだよ？　もう自分から飛び込んでもいいぐらいなんだよ？　うん、絶対に飛び込もう!!」

しかし偶然にも王宮で拾った『千古不易の罠：【無限に指定範囲に罠が作成され続ける】』が思わぬ大活躍で、ムリムリ城中に罠を張巡らして敵を潰してくれている。あの教会騎士団は流石に無理でも、あのウザい爆発《ボンバー》おっさん達《たち》だけでもいなくなれば接近戦に電撃戦に奇襲も強襲もできるようになる。あれこそが最大の想定外で予定外のお客様だった。

魔力は温存したいが接近できない、引き付けたいが囲まれたら死ぬ。かと言って辺境に向かわれたら困るんだけどどうしよう？

そうだ、基本に帰ろう。ずっと弱いままでＬｖも上がらない、だけど小技は増えて装備も充実した。だが、だからこそ見失ったものがある。そう、最初は何も持たずに戦ってたんだ、できない事だらけの中で戦ってきた。だから初心に帰る。そう、あの頃の基本に立ち戻る。

「ひゃっはあああ――っ！」

こっそりと近づいて後ろから殴る。爆発《ボンバー》おっさんを避けながら殴って即逃げる。うん、懐かしい気分だ。

「おっさんは消滅だ――っ！」

だって汚物なら消毒で済むけど、おっさんは消毒してもおっさんだから消滅させないと解決しない。そして、殺さず気絶って言う加減が難しいけど、死ぬと爆発するし、意識があるとやっぱり自爆する。

「やっぱ、おっさんはどうやったってウザくて面倒だ！　しかし、まさかの異世界でリアル体験なボンバーおっさんなんだけど、俺が爆破される方って言うのがおかしくない？」

こんな事なら弓矢でも習うか、ボウガンぐらい用意とけばよかった。逃げ回れば有利にはなるし、思いの外おっさんを殴るとスッキリする。だって、偽迷宮での高濃度おっさん地獄で、ストレスが異世界を駄目にするくらい溜《た》まってたんだよ！

「試しに毒茸も撒いてみたのに案外おっさんは拾い食いしないらしい!?」

うん、まだ3匹しか引っ掛かってない。おっさんの弱点が分かれば一気に殲滅《せんめつ》できるのに……異世界から？

そして教会騎士団は分散しないから狙えない、後続にいた小部隊を守る様に固まっている。だったらその間に魔法部隊と爆発《ボンバー》おっさんだけでも潰しておきたいのに、まだ貴族軍の残り物の傭兵《ようへい》や盗賊がいて邪魔臭い。そうしてストレスが溜まるからおっさんを殴ってストレス発散？　うん、この世からおっさんを駆逐しない限りはストレスが再発生の無限循環らしい！

この状況なら『千古不易の罠』の能力『無限に指定範囲に罠が作成され続ける』でムリムリ城は罠だらけ。俺だけが『トラップリング：【罠を自動的に解除する】』で無効化して自由に動ける。だからゲリラ戦に持ち込んでるのに、爆発《ボンバー》おっさん達が邪魔過ぎて教会の部隊には近付けない。そして屋内だから囲まれたら終わる、爆発から身を隠す遮蔽物は多いけど、限定された空間だから爆風は直進距離が長いんだよ。

魔纏《まてん》を全開で使えばどうにでもできるんだけど、自滅ダメージで長期戦は無理だ。そして使わなければ身体能力《ステータス》の差で追い詰められるから、小出しに制御《コントロール》しながら纏《まと》っては戦い、即逃走でしてるんだけど……このままだと、こっちが先に潰されてしまう。

まだ夕方にもなってないけど、このまま時間稼ぎでは追い詰められていく。それでも未だ準備すら整っていないから仕掛ける訳にもいかない。王国の第一師団は国境を守っていると言っていたから動けないはずで、第二師団は王都の守備が専門らしい。近衛《このえ》だけが王女っ娘《こ》とメリ父さんに付いて辺境を目指しているはずで……この状態で王国内部から迷宮氾濫《スタンピード》が起きれば無防備なまま王国は蹂躙《じゅうりん》される。

「だから辺城《ここ》で迎え討ちたいんだけど、あれよあれよと城内にまで入り込まれて追い掛け回されてるって、美少女ならともかくおっさんに追いかけられても嬉《うれ》しくないんだよ！」

おっさんに捕まるのも抱き着かれるのも嫌だ。リア充ならまだしも、おっさんと爆発されるのなんて絶対に嫌だ！　殺すと爆発するから杖術《じょうじゅつ》で払いのけ、突き倒しながら自爆から逃れつつ駆け回って逃げ回る。

しかし、こいつ等は教国から来たはず。だとすると不味《まず》いかも——辺境は田舎だったし外部との接触が少なく、情報の行き来も無かった。だから異世界神道夢想流杖術協会から苦情は来なかったんだけど、教国に神道夢想流杖術異世界支部があったら怒られそうだ!? まあ、杖術と言い張るのも限界に近い気はするけど、傭兵団の射手を杖術で狙撃しながらテラスへ飛び降りる。

「こんな事なら、ありったけの魔石手榴弾《しゅりゅうだん》を渡しちゃうんじゃなかったよ」

全く魔の森で魔物から逃げ回り、隠れて奇襲していたあの頃のままだった。相も変わらずに装備もそのままで、走り回って殴る。違いと言えば相手がゴブからおっさんに変わったくらいで、違いが良く分からないから相変わらずだ。

身を低くして一気に間合いを詰め、長棍《ちょうこん》に伸ばした杖《つえ》で手前の爆発おっさんの足を払う。転がした隙に走り抜けざま傭兵《おっさん》を二人斬り捨て、もう一人《おっさん》を突き飛ばし角を右手に飛び込むように曲がる! すると後ろから爆風——全くHPもViTも少ないんだから連爆されたら即死だよ! 1発でも至近距離だと危ない。装備で1発2発は耐えられそうな気もするけど、おっさんと熱々とか試してみたくないんだよ?

奇襲と罠で千や二千は減らせたと思うんだけど、未だうじゃうじゃとおっさんが湧いている。どこから湧き出してるんだろうか? まさか教会の奥の手が人工おっさん氾濫だったら、もう異世界は駄目だろう。

「うん、それだけは救う方法が無さそうだ。うん、異世界ごと滅ぼすよ!」

やっと外は暗くなってきた。狼煙は未だ白2つ。氾濫も無いけど、辺境軍も来ていない。あと1日は掛かるだろうけど、そこまでの長期戦はこっちがヤバい。

こっちは中からは自爆、外からは遠距離攻撃に切り替えられて動きが取れない。今迄《いままで》出番が無かった『魔獣の革鎧《かわよろい》　SpE50%アップ　ViT30%アップ　斬撃無効　魔法回避　物理回避　分身』の『分身』スキルで攪乱してるけど、初めて使ったから効果が今一だ。

「だって今迄ずっと『分身』とかしてるより、突っ込んだ方が速かったんだよ?　うん、実は途中から忘れてたと言う噂《うわさ》もあるけど、装備のミスリル化候補を考えてた時に久しぶりに思い出したくらいに全く使ってなかったんだよ?」

だって普段なら『分身』なんてしてる暇があったら、先に鉄球の射程距離から逃げる!　そして、この『分身』さんは幻影だけだから逃げ回る時くらいしか使えないし、お説教から逃げる時は分身なんかしている場合じゃない!!　今迄、遠距離攻撃とか多人数からの狙撃とかされた事無かったから、これと言って対策もしていなかった。

「うん、普通の男子高校生って避難訓練くらいは受けてても、あんまり弓矢で連射されて逃げ回ったりはしてないんだよ?」

現代教育の欠陥のようだ。しかし厄介だ——気配を消しても見付けられる、高速移動でも追尾されている。あの教会騎士団が指揮を執っていやがるのが厄介で、じわじわと追い詰められている。だから、抜け穴から抜け出す。そこからゲリラ戦法で何人かボコっていると、また捕捉されてじわじわと追い込まれる……から、隠し通路を通って逃げる。

そして、またこつこつとボコボコとボコってると又々囲まれて……隠し扉から脱出する。うん、大忙しなんだよ。まあ、ここって俺が作ったから詳しいんだよ?

魔力を節約しながら、あちこち改装して廻っている。だから向こうは地図が作れず、追い込めないから囲い込めない。そして多分向こうも準備しているっぽい。何の準備か分からないけど何かをしようとしているのなら、お邪魔したいんだけど忙しくって近付けない。お互いに手詰まりの消耗戦。あっちは兵力を消耗して、こっちはおっさんに囲まれて男子高校生的エナジーが損耗している。補給したくても甲冑《かっちゅう》委員長さんもいないし、いてもここでは怒られるだろう。うん、せめてジト目成分さえあればおっさん濃度にも対抗できるんだけど、それすら無い。虚《むな》しく魔力吸収で魔力だけがじわじわと回復していく。

うん、ちょっと修羅の街まで戻って、ギルドの受付ジト目委員長さんのジト目を久しぶりに補給してきたら駄目かな？　だって、きっと未だあの掲示板の依頼は変わってない様な気がするんだよ？

異世界に放流して繁殖したら生態系破壊でお魚君誕生？

71日目　夜　ムリムリ城　城内

長い夜になりそうだ。どうしておっさんに囲まれて追い掛け回されながら長い夜を過ごさなきゃならないかが分からないんだけど、分かりたくもないし分かり合う気も毛頭ない。

なのに毛頭の無いおっさんが追いかけて来るんだよ？

「まあ、追ってくれれば罠《わな》で自滅していくし、暗くなれば『羅神眼』のある俺の方が有利だから……まあ、意味はあるんだけど、むくつけきおっさんとの虚しい追いかけっこに意味なんて求めたくないんだよ！」

　城内に悲鳴と爆発音が反響してウザい、黙っててもおっさんだからウザい！

「だって、おっさんと『待て～』、『捕まえてみ？』からの『『わ～、キャッキャウフフ♥』』とか嫌だよ！　しないよ！　お断りだ!!」

　消耗戦は……だけど逃げ回っていれば時間はこっちの味方のはず。まだ迷宮氾濫《スタンピード》を起こさないなら、もしかしてスライムさんやオタ莫迦《ばか》達が間に合う可能性も出て来るし、王国軍だって準備を始めているだろう。

　しかし長時間戦闘は考えていなかったから誤算は誤用で大誤爆だ。俺は未《いま》だに魔纏だけで自滅ダメージを受け続けて行く。いくら『再生』していても延々と身体《からだ》が破壊され続けるのだから長期戦には向いていない。って言うか痛いんだよ？

　そして魔力を極力温存しながらだと接近戦しか攻撃手段が無くて、遠距離攻撃を受け続ければジリ貧。しかも接近戦は自爆おっさんと相性最悪だ。うん、おっさんと相性良好《なかよし》も嫌なんだよ？

「はあ――。予定外で想定外で業務外なんだよ。引き付けて時間稼いで、教会が隠して温存している『最強』だけ潰せばいいと思ってたのに……まさかの伏兵って言うか、爆発《ボンバー》おっさん達なんて想定しないよ。どんなおっさんだよ、おっさんだけで迷惑なのに、おっさんが爆発だって迷惑条例さんにも大迷惑なんだよ？　もうおっさん規制法でおっさんを存在禁止とか生存不許可にしようよ？」

だがまだだ、まだ早い。こっちが取って置きを出して潰されるのは悪手、向こうの取って置きを出させてから潰すべきだ。だから長期戦になってジリ貧なんだけど、被害は向こうの方が大きく既に半分近くは減っている。そう、思いの外に『千古不易の罠』の大活躍なんだけどメイドっ娘が怒っていたから取り上げられそうなんだよ？　俺が拾ったのに？

大体『吸着のブーツ：【壁や天井に立てる】』の効果で屋内戦は有利だと思っていたら、自爆って計算外にも程がある。正直全く考えていなかったんだよ……教会なら狂信者の部隊があったっておかしくはないって言う事に。信者なんて神様《じじい》が大好き過ぎて、他人の命も自分の命も踏み躙《にじ》る狂人だっていう事を計算に入れていなかった。

そろそろ向こうが痺《しび》れを切らすと思うんだけど動かない。迷宮氾濫《スタンピード》だとこっちが困るけど、待ちきれなくて先に最悪さんが登場なら一気に事が動いてしまう。我慢比べな根競《こんくら》ーべだが教会だからコンクラーべは得意そうだ！　とにかく節約しながら仕込みを増やし手札を増やして保険をかけながらおっさんを殴る、コツコツと働きゴツゴツと殴る？

長棍にした世界樹《ユグドラシル》の杖を回しながら打ち払い、薙《な》ぎ払って踏み付けて突破する。すぐに逃げないと狂信者が自爆するけど、自爆すると他のおっさん達も巻き込まれるから数は減って行く。

援軍に出していたデモン・サイズ達《たち》も自爆攻撃でダメージを受け過ぎているからもう使えなさそうだ……茸《きのこ》塗ったら治るのかな？　まあ、気休めで塗っておこう。錆《さ》びない？　うん、大丈夫かな。塗り塗り？

そして魔力の高まりを感じる。うん、やっぱり教会騎士団達の所だ。羅神眼に陽炎《かげろう》のように立ち昇る魔力の溢《あふ》れ出す様子が視《み》える。

大魔法を使う気なのか、やっと騎士団が動くのか……迷宮氾濫《スタンピード》を起こす気なのか。それとも、最後の手段を出す気なのか。

おっさん達が退《ひ》いて行く。ついでに挽《ひ》いて逝ってくれれば良いんだけど、退くだけみたいだ。全く気が利かない使えないおっさん達だ。

そして教会騎士団が動いた、こっちに向かっている。最後の手段の小部隊も一緒、そして溢れ出す魔力と紫色の輝き。あれ、どっかで見た事がある？　中央に置かれたのは……人形？　いや、棺《ひつぎ》……ツタンカーメンの黄金の棺？

「でも、デザインはなんか違ってちょっと洋風な感じ？　みたいな？」

そして、あれはヤバいものだ。

「まあ、でもツタンカーメンっぽいあれで、紫色の光が溢れ出して見た事ある感じって言ったらあれなんだよ？　うん、スフィンクスと木乃伊《ミイラ》達のあれだよあれ！　えっと、何だったっけ？　あ、『復活』だったっけ、『再生』？　いやいや『ゾンビ』……ってそんなスキル見た事無いよ！　あれだよあれ、え～と確か～……『黄泉返《よみがえ》り』だ！」

途中まで出ていて思い出せないと脳の記憶の連結が途切れるらしい。だけど、ちゃんと思い出せれば改めて再接続されて関連情報として脳内で処理されると言う。つまりこれで俺の脳は正常で、俺は真っ当で健全な男子高校生だと言う事が証明されたのだ！

「うん、永きに亘《わた》る俺への冤罪《えんざい》の数々が晴らされて、ついに俺は悪くないと言う事が脳細胞から導き出されたんだから俺は悪くないんだよ？」

大丈夫だ。あの綺麗《きれい》な生脚は決して大丈夫じゃない凄《すご》いものだが、R18より間一髪のちょっと向こう側だからギリギリセーフと言えるだろう。うん、ギリギリ危険な部位は隠されているから男子高校生でも年齢制限は乗り越えたんだけど、あの妖艶なお姿は男子高校生的な純情な感情は全く大丈夫ではないだろう！

そう、黄金の棺の中に拘束された妖美で妖艶な美麗の美女。いや、若いから美少女？その透け透けのストールを巻き付けた中に、細かな鎖で編み込まれたドレスと言うか、ビキニと言うか、ベリーダンスのドレスっぽいエロ衣装。その煌《きら》びやかさの中に、美しくも艶《なま》めかしい姿態が露《あら》わなペルシャ系なエジプシャンなスペシャルな美女さんになるのだろうか？　まあ美人さんんだ。

その銀色に輝く細い鎖で編み込まれたビキニだけの美しい身体に、透けた長いストールを幾重にも巻き付け。下半身には細い鎖が簾《すだれ》の様に垂れパレオの様に腰に巻かれているが、その美しくて長い脚はさらけ出され、その上はビキニのブラ以外はお腹《なか》も何も見え見えで透け透けだ。もうこれでベリーダンスが始まったら、即今迄ぼったくった巨額の金貨をお

ひねりに投げ続ける事だろう。うん、見たいです！

　そして装備と言えるのは鎖編みのエジプシャンスタイルのビキニとパレオ。だがパレオ風なチェインフリンジから何から何まで鎖で、その先端には鏢《ひょう》が付いている。だから、ただの有り難い透け透け空き空き出し出しで、生肌を晒《さら》し捲《ま》くっているだけの素敵衣装と言う事は無いのだろう。

「あの鎖がこそが武器……だとすれば鎖で攻撃をすればする程に、鎖を沢山使えば使う度に衣装の鎖部分が減って行って露出が増えて行くはず！　歓迎でお待ちしよう!!」

　このままガン見していたいくらいの綺麗な姿態なんだけど、あの紫色の光が溢れてるから其《そ》れ処《どころ》じゃない。そう、あれは『黄泉返り』。嘗《かつ》て委員長さん達が全滅しかけたスフィンクスの特殊効果《スキル》。その効果は無限の死者の復活劇場だ。

「生き返る訳じゃなくてゾンビみだけど、殺せないままに何度でも甦《よみがえ》る黄泉返るって……それって、おっさん復活無限湧じゃん！　スキル『加齢臭』まで甦ってたらどうしよう!?」

　お姉さんの素敵な露出鎖攻撃の前に、おっさん無限湧きｗｉｔｈ猛毒《かれいしゅう》攻撃。大変だ、何せ駐屯地用に大きめに造っているとはいえ、ムリムリ城に4万ものおっさんが詰め込まれて行く。もう空間辺りのおっさん率は６４０％を超えただろう。きっともうムリムリ城からおっさん臭さが消える事は無いんだろう。

「全く目の前に拘束された半裸ベリーダンサーなナイスバディーなお姉さんがダンスｗｉ

ｔｈ男子高校生でしゃるうぃ〜って誘われて、男子高校生の夜《ナイト》がふぃーばーなのに……おっさん無限湧きとか湧かないでくれるかな？　うん、温泉湯煙沸きなら大歓迎でエジプシャンなお姉さんと湯煙と怪光線を駆使した素敵な温泉レポートで心の旅にお出かけで、浴衣な帯で『あ〜れ〜』な行け行け《オーレ》なんだけど温泉ならともかくおっさん湧いても要らないんだよ！　温泉なら浸《つ》かるんだけど、おっさんには浸からない!!　絶対だ!!」

死にたて新鮮だからなのかゾンビの割には動きが良い。だけど大半は重装歩兵装備だから足は遅い。流石《さすが》に爆散したおっさん達は復活しないようだから、外からの加齢臭を避けてムリムリ城の最奥で頂上の楼閣まで逃げ込む。うん、引き籠もりなのに立て籠もりでお困りだ、だが引き籠もったからには住処《すみか》ではないが俺のターン。

もう下は４万のゾンビおっさんと生おっさんのブレンド。配合率はどうでも良い。だって興味無いんだよ？

そして、結局こっちも手札《カード》を切らされる。向こうの方が手札《カード》が多いのに、一気に詰められたのはこっちだった。まあ、もうしょうがない、もう無理だ。既にずっと限界は超えていた、此処《ここ》が極限で後は無い。

だって――もう、おっさん臭さに耐えられない！　こんな城嫌だ!!

「だあ〜いぶぅ！　いぃんとぅうざあ……すぅかあああ〜い！」

空歩で空を駆け抜け宙に飛び込む。だって、きっともうムリムリ城からおっさん臭さが消える事は無いんだよ？　うん、完全崩壊で全面建て直しだよ？

爆音と共に火柱が上がる。４万のおっさん入りの旧ムリムリ城が灼熱《しゃくねつ》の豪炎を巻き上げながら炎上し、轟音《ごうおん》を立てて崩れ激震と共に崩落していく。俺は旧ムリムリ城の裏にさっき生えて来た、新ムリムリ城へと空歩で移動し着陸する。うん、前以《まえも》って造って地面に埋めて置いたんだよ？　敵４万は埋めたけど、これで先に切り札が１枚無くなった。魔力も激減で差し引きだけなら大損だ。

旧ムリムリ城は対軍隊とのスキル戦闘用の戦争城塞だったが、新ムリムリ城はそれに魔物の大襲撃に耐えられる堅牢《けんろう》強固な城壁を加え、全体を強化改装した新設計の城塞だ。そして旧ムリムリ城は地下に埋まりながら地盤ごと沈下して深く広い穴になっている。これを掘《ほり》って言うか池って言うか、まあ水張っておけば魔物もおっさんも溺れ死んでくれるかもしれない。せめて進軍速度だけでも落とせれば、その突進力は減衰できるはず。

「うん、平和になればギョギョっ娘《こ》達を放流しても良いかも？　増えたらどうしよう？」

ここが迷宮氾濫《スタンピード》を抑えきれなかった時の最終防衛線。隣領の村や町は壊滅するだろうが、辺境だけは守る為《ため》の最後の砦《とりで》だ。

何かあれば責任者のせいだし責任取らなかったら責任者じゃ無いんだから無責任？

72日目　夜明け前　新ムリムリ城　城内

魔力は激減で、残存の魔力では『救命』も発動できないだろう。今日の為に魔石は売らずに貯《た》め込んで魔力バッテリーを増強してきたのに、予定より城の崩壊がキツかった。

「だって、まさかのおっさん復活で3万追加とか考えてなかったんだよ！　うん、全部おっさんだったんだよ!?」

しかも『黄泉返り』でまた蘇《よみがえ》っても動けない様に、念入りに崩壊させて地下に埋めて封じ込める必要があった。だから、余計に魔力を消費させられた。先に仕掛けをしていなかったら危うく魔力が足りない処だった。

そう、最初の筍《たけのこ》の里の竹林だって、前以って筍を植えておいたから木魔法で育てただけ。あれで魔力消費はアース・ニードルよりはるかに節約できたし、旧ムリムリ城の罠だって『千古不易の罠《わな》』で作られた罠だから俺の魔力は殆《ほとん》ど消費されなかった。寧《むし》ろ、その間逃げ回りながら『魔力吸収』で回復できたくらいだ。

そして旧ムリムリ城には偽迷宮で御土産屋《おみやげや》を営みながら柱や壁に亀裂《クラック》を刻んで、綺麗に押し潰して崩壊する様に仕込んでおいた。爆発炎上だって隠し部屋や隠し通路に王都で見つけた揮発性の油を大量に放置してから火を付けたから、案外と魔力は使っていない。

それなのに『黄泉返り』のせいで一気に使わされたのが最大の計算外。それでも新ムリムリ城は迷宮氾濫《スタンピード》対策だったし造らない訳にはいかない。基礎部分は造って埋めてあったから、一から造るよりははるかに省エネなんだけど、それでも魔力残量的には大損害だ。

「仕方は無いけど先に手札を切らされて魔力は一気に半減って、こっちの大損だよ!?」

だって教会騎士団や、あの棺のお姉さんは炎上や崩落では倒せる訳が無い。甘く見過ぎていたけど、あの騎士団は同級生29人と互角くらいの力があるんだろうし、装備も強そうだった。そして……あのお姉さんは無理だ。うん、あのセクシーバディーで艶めかしい琥《こ》珀《はく》色の引き締まった御美脚様のすらりと長くて、それでいて鍛えられたむっちりな脚とお尻で腰が縊《くび》れちゃって、お臍《へそ》もお腹も艶《あで》やかで、もう男子高校生的に絶対ムラムラな無理々々なんだけど……あれって甲冑《かっちゅう》委員長さんとかスライムさん級《クラス》なんだよ？　うん、勝てないから、あんなもん！

だけれど教会の魔術師や騎士までが魔法か何かでお姉さんの拘束を解きながら制御しようとしていた様に視えた。羅神眼で視たあの魔力の流れは『支配』系の何かのはずだ。だから使いたくなかったんだろう。

「だったら使うなよ！　迷宮皇クラスって勝てないよそんなもん!!　しかも制御がヤバいとか下手に暴走されたら辺境どころか王国まで滅びて、大陸の危機だよ？　それって暴走して教国に来ちゃったら、ちゃんと自分達で止められるの!?　何でそんなヤバい物出しちゃうの。いや出された物はとっても素敵な御脚で、それはもう露出度と言い衣装と言い美人度と言いスタイルの良さも併せて出してくれてありがとうって感じなんだけど、それはそれで出されたらヤバいんだって！　いや、見たいんだよ？」

深い窪《くぼ》地《ち》になった旧ムリムリ城跡地に川の水が流れ込み、そのうち予定通りに池になりそうだ。遂《つい》に水着回に突入なんだろうか！　まあ、ビキニと言えばビキニな鎖編みのビキニな棺入りの拘束お姉さんに、騎士団達《たち》が結界を張ったまま進んで来る。まだ50人以上残っていやがるんだよ。真面目に戦うとヤバい——もう、奇襲で決めるしかない。

「っったく最近の餓鬼は躾《しつけ》がなってねええなあぁ！　神の御標《みしるし》を身に着けた教会の使者様に頭下げて這《は》い蹲《つくば》る事ぐらい教え込んどけよ。ったあくぅ、これだから汚らわしい辺境のド田舎は神の尊さも分からねえ愚図どもが屑《くず》な事しかしやがらねえっ、神に逆らう汚《けが》れた汚《よご》れ共がああっ」

「ガラ悪ぅ！って言うかやっぱ爺《じじい》の信者のレベルなんてこんなもんだよ？　所詮、爺フェチの変態集団な挙句におっさんって救いが無いのに、顔も頭も悪そうなのに変態爺好きの変質者集団に知能なんて求めたのが間違いだったんだよ。うん、あの禿《は》げ髭《ひげ》爺の教義だ教育だのの前に、まず知的生命体に布教しろよ？　なに、この下品な無能な無駄な生き物。あの禿げ髭爺は神なんて名乗る前に、この下衆《げす》い生き物を発生させせんなよ！　これ製造者責任法で、無恥無能不細工罪で通報する前から爺ごと有罪決定だよ!!」

　豪華で高価な全身甲冑に身を包んでも中身はチンピラだ。むしろ金毘羅《こんぴら》だったらご利益が有りそうだけど、チンピラだったら御迷惑しか無いから潰してしまおう。あのお姉さんの封印を解かれる前に殺しきって……あとは抱き着いてでも『止壊』の自爆で崩壊に持ち込むしかないな。うん、最悪原子核崩壊ものだけど、それしかこのお姉さんは倒せないだろう。そして何より美人さんに抱き着くのは得意だし、大好物です！　頂きます？

「あああぁん、この糞餓鬼《くそがき》が神に向かって爺だと！　こりゃああっ天罰の前に、拷問かけて改心させて泣かしてやらねえとなぁ～っ、あああっ？」

「ああんって、天罰って自分達でやっといて天のせいって図々《ずうずう》しいんだよ？　うん、本当に天罰を信じてるんなら悪させずに祈ってろ？　祈るだけでできたら天罰だよ、自分達でやったらただの虐殺だよ。教会《じぶんたち》の外道な非道を他人のせいって何なの？　まあ爺の教義《おしえ》に虐殺しろって書いてあるんなら爺の責任？　まあ、神なんて者がいるんなら世の中の悲劇の全部はそいつの責任だし、責任も取らないんならそんな奴《やつ》は神じゃないんだよ？　つまりそう言う《神は死んだ》事でそう言う《生きてたら殺す》訳なんだよ。だから、おっさん達はただの爺性愛変質者《フェチ》で、虐殺犯の犯罪者で、変態爺好きの変質者集団として死ぬんだよ。まあ、死ね？」

　迷宮氾濫《スタンピード》を止めるのはもう無理だ。あのお姉さんがいる以上、余力だとか魔力だとか残すどころか、もう生き残るのも無理そうだ――だから最低でも騎士団は潰す。あのお姉さんはそれからどうにかしよう。どうにかなりそうにはないけど、美人のお姉さんをどうにかするのは大好きで大得意だから頑張ろう！　だから、まず……。

「この爺フェチ達を爺の白い部屋送りだ。そこで勝手に爺と愛好《フェチ》してろ！」

「巫山戯《ふざけ》んな、邪教徒の穢者《えしゃ》があああああぁっ！」

　出し惜しみ無しで全開で、あのお姉さんが拘束されているうちに倒しきる。瞬時に『魔《ま》纏《てん》』で自己崩壊しながら、『転移』も『重力』も『止壊』も『掌握』も制御不能なまま片っ端から纏《まと》って全開で強化していく。魔力も出し惜しみ無しで、ありったけを世界樹《ユグドラシル》の杖《つえ》に注ぎ込む。みるみる魔力を吸い込み杖が脈打ちうねり出す。うん、もう出るものは分かってる……だって珍しく自白してたんだよ？　うん、七支刀《しちしとう》――まだ剣は『次元刀』と『天叢雲剣《あまのむらくものつるぎ》』の2本しか入っていないけど、神槍《しんそう》『宿木《ミステイルティン》』に神剣多数で次元斬付きだ。50メートルの距離を一歩で進み踏み込み、次元ごと一閃《いっせん》で薙《な》ぎ払う。魔力を全部ぶち込んで、制御不能状態のままの次元斬。

何もかもを斬り裂いて、5㎞以上離れた偽迷宮の岩山まで斬られている。きっと教会の取っておきの魔道具や装備の、豪華な防御効果『斬撃無効』や『物理減衰』とか『魔法反射』で無敵気分でいたんだろう。

「うん、次元ごと斬れるんだよ？　神剣で放つ空間切断で――無効《不可能》くらい斬れない訳無いじゃん？」

ただ、魔力が一気に全て吸い取られ意識が朦朧《もうろう》としていく、だけど全身の筋肉が千切れ骨が砕け散って血管が破裂してる痛みって言うか、激痛で逆に意識が戻って丁度いい？

「って良くないよ！　良くはないけど、気絶する訳にもいかないし？　うん、痛いな？」

教会騎士団は全員真っ二つだが――棺《ひつぎ》は無傷だ。これで切り札2つが無くなり、ついに魔力は空っぽで身体《からだ》は襤褸襤褸《ぼろぼろ》。

全身の筋肉は千切れ果てて動かないから、『木偶の坊《でくのぼう》』で操作し一歩進み、身体中の骨が砕け散って崩れ落ちるのを『掌握』で無理矢理固めて一歩進む。ありとあらゆる血管が破裂してるのを『健康』で誤魔化して一歩進み、あと一歩で棺に届くのに……身体が壊れ崩れていく。

せめて甲冑委員長さんとスライムさんが二人一緒なら良かったんだけど、あの二人でも単独なら負けるかもしれない。殺されてしまうかもしれない。委員長さん達では無理だ、太刀打ちすらできない。

みんなが死んでしまうかもしれない――だから、あと一歩。操作しようにも、もう魔力が無い。あとは神剣に懸けるしか無いんだから、もう一歩だけ前に出てくれないかな？

「うん、届かないんだよ？　いや、だって……あれ？」

神剣って言うか、七支刀な世界樹《ユグドラシル》の杖と、それを握ってるはずの俺の腕が無い。ああ……捥《も》げてるわ。だったら体当たりか。うん、美人さんだしスタイルも抜群だし、ぶつかる事に否は無いんだよ！　だから一歩前に進んでくれないかな？　うん、届かないんだよ？

「くそっ、罰当たりな異教徒如《ごと》きがあああっ、神の使いたる我らに逆らうなど……鍵語《キー》『神の名において神の敵を殺し尽くせ』！　そいつと、その仲間と神に逆らう汚れた地の穢者共を皆殺しにし……ぐうわはあぁぁっ！」

最後の最後まで此《こ》れだよ？　まだ結界張って隠れていやがった。この司祭がお姉さんに何かの『支配』を掛けている術者だ。もう戦う力も無いのに、拘束されていても脅威だったお姉さんが解放らしいんだよ？　もう襤褸襤褸で腕も捥げて武器も失い、全身から血を噴き出して脚も捻《ね》じ曲がり折れ曲がった俺を見て……ようやく姿を現した教会軍の指揮官、大司祭様だ。

そして――狼煙《のろし》が上がってる。こいつらがやりやがった。白が3本、辺境軍が間に合った。だが赤も3本、3つの迷宮が氾濫を起こそうとしている。

1ヶ所でも氾濫して暴走を始めれば、途中の村も街も何もかもを見捨てて辺境《ここ》まで引くしかない。もう、ここで辺境だけでも守るしかない。4つ目の狼煙が上がればそうなる。なのに、こんなのが此処にいたら不味《まず》い。こんなのと戦えば誰かが死ぬ、下手すればみんな死ぬ。そして俺がここで死ぬと新ムリムリ城が奪われる。はぁ――っ、最悪だよ。

なのに一歩も進めないまま、さらに最悪になる。4つ目の赤い狼煙が上がった。

これで辺境は全滅だ～。ああ～、もう終わりだ～？　まあ～大変？　うん、教会のおっさん達も逆転勝ちで、とっても嬉《うれ》しそうだ。でも――おっさんの笑顔なんて見たくもない。最後の手札が足りなくて、もう切り札も残ってなかったのに……ありがとう？

「…………っ！」

お姉さんが近付いて来る――湾曲した刀、三日月刀《シミター》の双剣を手に持ち近付いて来る。拘束は解かれたが、支配されたまま命令に従っているんだろう。なら魔力が集中している、あの首輪が支配系の呪具だ。

羅神眼で診る。『従属の首輪：【強制的に服従される首輪】』、これで支配《コントロール》されている。だが棺に拘束して、誰も決して傍《そば》に近寄ろうとしていなかったから完全ではないんだろう。まあ、全身に凄《すさ》まじい魔力を纏っているから、触れる処《どころ》か近付く事もできない。

これが教国の最終兵器で最強の切り札だ、遂に奥の手を出した……うん、俺も出そう？

いっぱいあるし？　取《と》り敢《あ》えず完全回復茸《きのこ》を飲み込み、魔力回復茸も齧《かじ》って進む。

「うん、だって切り札なんて無くても、茸はいっぱい持ってるんだよ？　大繁殖？」

そして『魔纏』してお姉さんに近寄る。偽りの回復だけど動ける。もう手札は無いし奥の手は使い切ってたけど……禁じ手は有るんだよ。うん、有るって言うか、あって欲しくないから禁じてたんだけど、もう……しょうがないんだ。

だって天秤《てんびん》の片側に辺境やみんなの命が掛かっている、ならば逆に乗せられるものはもうこれしかないから。

「俺が払う最大の犠牲、それは最後まで諦めなかった俺の最後の物、そう——俺の好感度さんだ——！」

身体は完全回復したが痛い、これは痛い。だってこれは俺の心の痛みで、魂の叫び。これは磨《す》り潰されて行く俺の好感度さんの痛みの絶叫なんだ！

「だって痛いんだよ……この『夢魔の眼帯』って全盛期で暴走中な中学2年生でも余りの痛さにのたうち回る驚異の痛デザインで、魔法陣の描かれた黒革の眼帯に鎖の縁取りだけで倒れそうな痛みなのに、真ん中に宝石まで付いた究極の激痛アイテムなんだよ！」

だから、これだけは封印しようと隠していたのに、まさか自分の手で装着する事になるとは——だが禁じ手だ、『夢魔の眼帯　MiN・InT50％アップ　魔眼強化（極大）　幻術　催眠　魅了　傀儡《かいらい》　記憶改変　意識支配　精神汚染』で精神支配されてるお姉さんも、司祭や残りの隠れてた騎士団も固まっている。

でも、教会なんて精神攻撃が大の得意な下衆の集まり。対抗策は持っているだろうし、お姉さんの『従属の首輪』は強力だ。意識支配では負ける、すぐに無効化《レジスト》される。

だから一瞬だけ動きの止まっているお姉さんに近付いて、『プロメテウスの鎖　束縛全能力無効化』で縛り無抵抗にしてから、手を伸ばして首に『服従の首飾り：【強制的に絶対服従される首輪】』を巻く。うん『従属の首輪』の上位互換の外道アイテムさんなんだよ？　上位上書きで命令権を奪う。だって、こんな素敵なお姉さんが落ちてるのに、拾わないとか失礼なんだよ？　いや――……、ちょうど手札が切れて絶望的だったのに、こんな素晴らしい物を頂いてありがとう？

「ううぅ……」

「えっと、大丈夫って言うか男子高校生にいきなり精神支配かけられて、一瞬の隙に全身を鎖で拘束で無力化されて、その間に絶対服従の首飾りかけられるって……うん、これ以上無いくらいに大丈夫じゃない気しかしないんだけど、気にすると大体負けっていうか惨敗で冤罪《えんざい》でお菓子作って買収で散財だから気にせずどんまい？　うん、この状態で俺が大丈夫だよって言っても、何故《なぜ》だか全然全くさっぱり大丈夫そうじゃないうえに、この厨二《ちゅうに》すらも怯《おび》える痛い眼帯の痛々しい男子高校生に好感度を求めるのは間違ってるのだろうか？って尋ねる前から大間違いなんだけど、きっと全然全く欠片《かけら》もそんな気はしないと思うんだけど大丈夫なんだよ？　うん、詳しく俺に何が大丈夫なのかお尋ねされても困っちゃうくらいの複雑怪奇な大丈夫状態なんだけど、深く考えずに大丈夫しててくれるか

な？　その間に爺フェチ達《たち》を爺に返品して大丈夫にして来るから、ちょっと座って待っててね？　あっ、これお菓子とお茶ね。お腹空《なかす》いてたら、これお弁当だから食べて良いよ。置いとくって言うか積んどくけど、敢えて言っておくと過食《わんもあせっと》な責任問題だけは大丈夫じゃないから行ってきます？　みたいな？」

（コクコク？）

良いみたいだ？　ちょびちょびとクレープを齧っているから、きっと「ＯＫ～」って言う事なんだろう。しかし、みんな喋《しゃべ》らずお返事するからいつもいつも俺って独り言状態な可哀想《かわいそう》な人みたいだからちゃんとお返事してくれないものだろうか？　まあ、食べるのに忙しそうだから無理そうだな。食べにくそうだから『プロメテウスの鎖』だけ外して、アイテム袋の奥底へ再封印する。きっと今更再封印しても色々男子高校生的な好感度問題が大恐慌で大暴落し過ぎて大暴投でどっか行ってそうだが、先に狂信者のおっさん達だ。

「貴様、何を！」

流石《さすが》教会特性の高級装備だ、この痛い『夢魔の眼帯』をレジストし始めている。うん、剝いでみよう？　勿論《もちろん》おっさんの装備を剝いでも何も楽しくないんだけど、高級装備には違いないから使えるかも知れない。赤い狼煙が上がっていたんだから1時間以内には氾濫が始まるんだろう。装備も武器も全部剝ぎ取り、序《つい》でにお財布と金目の物も落ちていたから拾っておく。うん、剝ぎ取って地面に積んだから落ちてたんだよ？　俺のだよ？

「無礼者が、我を誰だと心得……ぐうぉおおおうっ！」

装備のレジストも無くなり完全に『意識支配』で傀儡化してるけど……おっさんの傀儡とか誰得だよ！　いらないいんだよ!!　でも時間が惜しいし、ほっとけば良いんだから楽は楽だが今迄《いままで》のおっさん地獄の苦しみを考えればほっとくのもムカつく？　だから全員にお互いの頭から毛を毟《むし》り合う様に命令しておいた。うん、禿げるが良い？

さて、急がないと撤退の黒い煙が上がったら迷宮の氾濫《スタンピード》だ。ここはもう撤退して来られるようになった。だから、あの４つ目を潰しに行く……うん、だから身体さんちゃんと動いてくれないかな……時間が無いんだよ！

やっとおっさん地獄を抜け出したのだから、おっさんはスルーなのは言うまでも無いだろう。

72日目　夜明け前　３番迷宮前

大地は揺れ、魔物達の咆哮《ほうこう》で空気が震える。国さえ飲み込む迷宮の氾濫《スタンピード》が怒濤《どとう》の如く押し寄せる。地獄が其《そ》の口を開き、世界を飲み込もうとその牙を剝《む》き出す。だが、やらせん！

「誘い出して挟み潰せ。正面は引きながら耐えよ、側面潰せ！」「第４波迎撃。氾濫は小康です」「急ぎ怪我人《けがにん》を下げろ、正面は入れ替われ。まだまだ魔物は腐る程いるのだ、死ぬ事は許さん！」「「「はっ！」」」

迷宮の中でも魔物は手強《てごわ》い、だが氾濫《スタンピード》は桁が違う。数々の複数の特性を持った魔物達が混ざり合い、一気に出て来るのだから弱点や特性を狙った攻略はできない。怒濤の勢いの魔物相手に力押しの戦いで押しきるしかないが、そこに階層主や迷宮王が混じればそこは地獄と化す。

だが押し通る。我等《われら》、辺境の軍は未来も希望も無くとも戦い続けて来た。先祖代々が滅びの未来と、苦しみの現在と悲しみの過去だけを抱え耐え抜き戦い抜いて来た。ならば今の我等に「できぬ」と言う言葉が吐ける訳が無い、我等は「成し遂げる」のだ。何故なら我等の後ろには幸せな現在と喜びの未来がある。連綿と続く辺境の悲劇は終わり、夢見る事もできなかった程の幸せが我等の後ろにはある。

辺境には行かせぬ。だができるなら迷宮の出口で殺しきりたい。この氾濫は誘導されているらしい、だから魔物達が散る事は無いであろう……それに我等の後ろには未《ま》だ避難も済まぬ町や村がある。そしてこの隣領ナローギには、もう領主も無く軍すら無い……民を守るべきものが誰もいないのだ。

「再編成完了しました！」「2陣、交代します」「治療完了です、出られます」「待機せよ、休憩できるうちに休め！」「「「はっ！」」」

死をも覚悟しながら死など許されぬ戦いに挑んだが、やはり魔物の氾濫は強い。まさしく滅びを起こす災厄の脅威だ。だが、我らの方が強い。説明も聞き、頭で理解し訓練も重ねていたが……やはり実戦は違うものだ。ああ、我ら辺境の軍の方が圧倒的に強い！　これが最古の大迷宮の武具、そして効果《スキル》付きどころか効果《スキル》満載の防具。

効果《スキル》で力増し速くなると言う事、それが即《すなわ》ち強さだ。魔物をただ蹴散らし薙《な》ぎ払う、魔物に追われ負け戦で戦ってきた辺境の貧しき軍が、最強の武具で魔物達を圧倒していく。

これこそが辺境が求め続けた民を守る力だ。これなら氾濫が尽きるまで持ち堪《こた》えられるかと思い始めれば、よくぞ毎日毎日凶報が届くものだ——そして最悪だ。

「間違いないのか！　確認は!!」「教会の騎士団で間違いありません。騎兵のみで3千。ただし最強級の装備との報告でした、おそらくは教導騎士団かと」

無理なのは承知の上だ、今現在が既に奇跡だ。迷宮の暴虐に翻弄され壊滅し続けていた我等辺境軍が、迷宮の氾濫を出口で食い止めながら殲滅《せんめつ》し続けている奇跡。その武器と防具で圧倒的な力を持つ幾多の魔物達を狩り続けながら、崩れる事無く持ち堪えている。歴々のオムイが成し遂げられず散って逝った勝ち目の無い迷宮の氾濫《スタンピード》と戦えているのだ、ようやく辺境は戦い民を守れる力を手にしたのだ。

「部隊を出せるか？　足止めだけでも構わん」

圧倒的な破壊力の武器の数々。何気無くあの少年がお礼だの叩《たた》き売りだのぼったくりだのと言って、我らの為《ため》に用意してくれた最高級の武具が魔物を倒し続けている。

「予備兵力はありません」「遊撃も皆、前線です」

そして、いまだ崩れない兵達を守る鎧《よろい》装備の堅牢《けんろう》さ。あの王国最高とまで称されながら、満足な鉄すら手に入らない辺境の貧しさに満足な武具も作れない中で、屑鉄《くずてつ》まで集めながら辺境の為に武器や鎧を作り続けてくれた男の渾身《こんしん》の防具達が兵を守っている。最高の鍛冶師《スミス》に最高の設備と素材をあの少年が渡したのだ——だからこそ、この防具で魔物如きに殺されては顔向けができぬ！

「予備兵力無しで部隊を割いても、相手が教導騎士団であれば足止めにもなりません」

そして後ろにはシノ一族が援護をしてくれている。少年には名前を覚えて貰《もら》えずに未《いま》だ尾行っ娘《こ》一族と呼ばれているらしいが、私より先に覚えられたらそれはそれで許しがたいが、帰参したあの一族のおかげで戦うしか能の無い辺境軍に目と耳と口ができたのだ。

今も瞬く間に情報が手に届き、共有されて命令が伝達されて行く。3千に届かぬ寡兵でも万の軍勢の戦いができるのはシノ一族の働きだ。そしてそのシノ一族は戦闘力こそないが、少年から大量の薬品と茸を渡されており兵を回復して廻《まわ》ってくれている。そして危険な階層主や大量の魔物が密集して出て来た時には、少年手製の『魔石手榴弾《しゆりゆうだん》』で援護して助けてくれている。未だ隣り街に付いた事を気に病んでいる様だが、これまでの働きにこの活躍は胸を張り誇るべきだ。あれは辺境の宝だ、これほど頼もしい味方はいない。

だが、後ろを取られた。まだ教会軍が入り込んでいた。しかもよりにもよって教導騎士団。皆殺しの虐殺団、異教徒狩りの教国最強騎士団が入り込んでいたとは。第一師団が国境の防衛を担う前に国境にいた第三師団が引き込んでいたのだろう、そして最悪な時機に動き始めた。

「辺境軍は動けません。シノ一族が足止めに出ると申し出ております」

「止《と》めろ！　それは死ぬ気だ、自ら死を選ぶことは許さん。それは少年の想《おも》いを汚す事だと言い伝えよ」

このままでは我等か黒髪の少女達が後ろから攻撃を受けてしまう。だが、こちらに向かっているのは近衛《このえ》師団のみ。相手が教導騎士団では王女閣下が率いる近衛師団でも分が悪過ぎる。教国の独占した魔石加工技術と莫大《ばくだい》な富を注ぎ込んだ豪華な装備で武装された敵だ、我らなら少年と最高の鍛冶師の装備で引けなどとらぬが、近衛は王国では最上の装備と言っても数段格が落ちる。ぶつからせては不味《まず》い。

「それに……間に合わぬな」

こちらが先に後ろを取られて魔物の氾濫と挟まれる。そして向こうは騎兵だ、魔物の氾濫からも逃げ切れる精鋭なのだろう。最早《もはや》、撤退もできぬなら騎士団くらいは道連れに付き合わせねば気が済まん。

「シャリセレス王女の近衛師団がこちらに向かっています。ですが……間に合いません、辺境への撤退を開始しましょう」

「どのみち4つ目から氾濫が始まれば撤退するしかなかったとはいえ、なんと無様だな。あの城では少年が一人で4万の敵と対し、迷宮の氾濫の2つまでも少年の仲間が戦ってくれているのに、我等は1つすら諦めて退《ひ》かねばならないのか」

馬鹿王子の内乱騒ぎで第三師団が崩壊していなければ、まだ王国には3万の兵が残っていたはずだった。それが敵になり、むざむざと数千の騎兵に良い様に荒し回されて民を見捨てて退かねばならんとは。

「オムイ様は辺境の御領主。王国の民を思われるお気持ちは分かりますが、辺境の民の為にお退き下さい」「雑魚3千か、精鋭1千くらいなら私が突撃して大将の首を取って来るんだが……いや、3千ならいけるか？　うむ、1千が3つだからいけそうな気がしてき」

「駄目です！　お退き下さい！　遥《はるか》様とも約束しましたよね、辺境の恩人とのお約束を破られる御積《おつも》りですか？」「……くっ、後衛から撤退準備だ。急げ！」

せめて数だけでも魔物を減らしておきたい、それだけでも後の被害が減るかも知れない。だが引き際を見誤るは愚策、退くなら素早く秩序立てて退く。

「速報。シャリセレス王女の近衛師団が教導騎士団に対し高速突撃を敢行、騎士団は壊滅的な被害です。近衛師団はそのまま4つ目の迷宮を目指して転進しました！」

高速突撃――この短期間に近衛の装備まで用意していたのか。だが、あの距離から騎兵への長距離高速突撃など、少年の作った装備以外では考えられない。そして少年の装備を王国の精鋭近衛師団が装備しているならば、それは辺境軍にも劣らぬ戦いができる。

しかし、普通ならば高レベルになればなる程に装備が不足していくものだが、高レベルな兵に高レベルな装備を大量に揃《そろ》えられればここまでに強くなれるものなのか。これこそが一騎当千の兵《つわもの》だ。

「よし――此処《ここ》で止めるぞ。これで我等が崩れれば近衛の兵に笑われる、4つ目は王女様にお任せしよう」「「「はっ、お任せを！」」」

しかし5つ目がある。少年からの知らせでは最低3、恐らくは5。そして万が一が7で、最悪が9とあった。シノ一族の調査では9つに教会が手を付けていたが、最終的に何かをし続けていたのは5つ。その5つ目の戦力が足りん。いや、今が出来過ぎだ。本来ならば国を挙げ総力を結集して1つの氾濫を潰すのだ。3つ止められているだけで奇跡、そして4つ目まで止められそうだからこそ、後は1つだけと欲が出てしまう……未練だな。

「階層主、出ます」「出るぞ、前を空けよ！」

この非常時だというのに——部隊の命に責任を負い、民の暮らしを守らねばならんと言う責任重大な役目だというのに。全く困ったものだ、血沸き肉躍り叫び出したい程の高揚感だ。全身全霊を以《もっ》てして戦えるだけの武具を身に纏《まと》い、命を懸けられるだけの剣を拵《こしら》えられて眼前には階層主だ。己より強い敵があり、その敵と戦える武具がある。身体《からだ》の奥底から笑いが込み上げ全身が戦慄《わなな》く。

「押し返して迷宮に叩き込め！　突撃！」「「「ううをおおおお——！」」」

守りきれない戦いを続けて嘆き、いざ守れるようになってようやく気付いた。守っているから勝てなかったのだと。いつからか命を懸けて魔物の脅威に耐え、抗《あらが》い続けてきていた。我等は一体いつから……勝ち滅ぼす事を忘れていたのだろうか。

古《いにしえ》のオムイの始祖が大陸の魔物達と戦い続けて、辺境まで追い込み滅ぼそうと試みた。そして辺境での最後の戦いで伝説は終わりを告げた——大陸から魔を殲滅し、あと少しと言う所で勇者達《たち》は倒れた……味方の人族からの裏切りで。そして、仲間達を後ろから斬り付けた裏切り者達こそが今の教会。そうして勇者と英雄を率いたと言う戦女神は最古の迷宮に落とされ、多くの英雄と勇者が命を落とし、魔を滅ぼす力は大陸から失われたと伝えられる。それからは延々と続く辺境の悲劇の歴史、英雄のいないまま繰り返される敗戦の為だけの抵抗戦。

「だが、今我等は戦えている。戦えるのだ。古《いにしえ》の伝説の時代の言い伝えの様に、嘗《かつ》て全ての魔と戦い打ち倒して戦って来た英雄達の物語の様に！」「「「はい!!」」」

長い長い歴史の中で、繰り返し続けられた滅亡の連鎖に我らの心には諦めが刻み付けられていた。知らぬうちに抗う事しか考えが及ばなくなっていた。それは暗に未来の滅亡を認めていた、何故《なぜ》なら不可能だったからだ。どれ程までに犠牲を強いて抗おうと常に守りきる事などできずに、叩きのめされ死者だけが増えて行くだけだった。

心が諦めていた。滅びを認めていた。だから抗う事しかできず、それすらも負け戦だった。心が、魂が折られていた。それは……諦めていたのだ。

だが今は違う。我が辺境軍も近衛師団さえもが抗おうなどと考えてもいない。討ち滅ぼし、殲滅し殺し尽くして蹂躙《じゅうりん》する気しかない。それ以外など考えもしていない。

もう我等は見てしまった、万の魔物を殺し尽くし、迷宮を殺し尽くした少年を。我等にはもう不可能などと言う言い訳は無い、それが可能だと見せ付けられ、それがなせる武器までが与えられたのだ。

「嘗て戦女神様が率いられた精鋭達は、皆が勇者の如《ごと》く戦う英雄達の群れだったと謳《うた》われていましたが」「彼らも見てしまったのだろうな。それが可能だと言う事を、そして見上げてしまったのだろう……遥《はる》かなる高みの強さを。そして憧れ、目指してしまったのだ——それこそが英雄譚《たん》なんだな」

そう、誰もが絶望を当たり前として生きる世界で、たった一人何もかもを諦めずに戦い続ける者。きっと、それこそを人は英雄と呼んだのだろう。

きっと本人は死ぬ程に嫌がるだろうから言えないが、誰もが感謝を捧《ささ》げ誰もが憧れ誰もが目指してしまう常識破壊者《えいゆう》は、たった一人で万の敵を薙ぎ払って辺境を守ってくれているのだ。だから我等《われら》はできぬなどとは言えぬ。諦める事など許されぬ。我等はもう目指してしまったのだ。あの少年の強さを、あの少年の見せてくれた幸せという名の夢を。

「迷宮王を囲め、我に続け全軍突撃《ぶっころせ》!」「「「「ううをおおおおぉぉぉーっ!」」」」

先《ま》ずは名前を覚えて貰う事を目指さねばならないが、迷宮の氾濫などその難事に較《くら》べれば路傍の石に違いない。ならば踏み潰すのみ! 死んどけやあああぁ!

ニキビ問題が再発生で「豚剣が駄目なら、犬牙で潰せば良いじゃないの」な新展開だった?

72日目　夜明け　7番迷宮前

失敗した。私達はみんなから信頼されて、全てを任されて情報網の管理を一任される程の栄誉を賜った。辺境を裏切り、裏切りの街の為に働いていた私達シノ一族が、オムイ様からも「辺境の目にして宝」とまで言って頂き、更には王国の王女様からも「頼む」とお願いされてしまった。

一族の悲願を果たしあり余る栄誉に身を戦慄かせながら、みんな一生懸命に働いた。恩返しだってまだまだ済んでなんていない、それなのにこんなにも信頼されて——なのに私達は失敗してしまった。

みんなが信じて任せてくれたのに、その為に遥さんは安全の為にって高価な魔石手榴弾をありっ丈私達に渡してくれたのに。絶対に失敗しちゃいけなかったのに……失敗してしまった。

監視は残してあった、定時連絡も問題は無かった。なのに、氾濫を起こしている。

5つ目に注意が行き過ぎてたんだろうか、もう無いって油断してたんだろうか、何が失敗だったんだろう。脳裏に後悔が溢《あふ》れ出す。でも、そんな事はどうでも良い。

「急ぎ狼煙《のろし》を上げて知らせて。手遅れでも知らせないと大変な事になる」「はっ！」

そしてこの氾濫は味方の逃げ道を塞いでしまう。裏切り者の私達に許しを与え重用して下さったオムイ様達が、身分すら無い私達に声をかけて下さりお褒めの言葉も頂いた王女様達が、いつも私に優しくしてくれる黒髪のお姉さん達が逃げ場を失い挟み撃ちにされてしまう。そして我が一族の救い主で私の命の恩人の遥さんは、今もたった一人で戦っているのに完全に孤立したまま氾濫《スタンピード》に襲われてしまう——それだけは絶対に駄目だ。

「狼煙です……赤と黒が2本！」「再確認、間違いありません。赤と黒……氾濫《スタンピード》です」

2か所も見逃した、致命的だ。これは私達の失策で、私達の責任だ。私達に「辺境の目」と言って下さったオムイ様、そして「情報こそが武器で、武力なんて他の脳筋にでも任せれば良いんだよ？　まあ、危ないからこれ装備と武器？　あと新製品魔石手榴弾も付けるから委員長達には大人買いは黙っててね？」って武器も装備も身を守る為《ため》に過剰なまでの支度をしてくれた遥さん。そんな皆《みんな》からの信頼を裏切った。裏切り者のシノ一族に皆が命を預けてくれた、その信頼まで裏切ってしまった。だから、これは私達の責任だ。

「皆に装備させている魔石閃光《せんこう》爆音粘着状態異常付き爆発手榴弾を集めて下さい！　私が……氾濫《スタンピード》を足止めします。その間に一番近いアンジェリカ様に女子会組に合流して、辺境へ引くように伝えて下さい。これは命令です、お願いします！」「「「お嬢様！」」」「きっと向こうを頭首である父が止めていてくれるはずです、オムイ様と王女様も撤退してきます。時間がありません、早く！」「「「……はい」」」

そして迷宮が震えている、迷宮の入り口が戦慄くように震えている。もう直《じき》ここから魔物達が溢れ出し、氾濫《スタンピード》が始まる。もう、私にできる事は、腕が捥《も》げるまで遥さんが私達の安全の為に作ってくれた魔石手榴弾を投げ込み続ける事だけだ。

遥さんが私達を信じて持たせてくれた。だから最後の一個まで投げ込んで氾濫《スタンピード》を遅らせる……って、本当に腕が捥げそう!?　一体、遥さんはどれだけの敵から私達を守る気だったんだろう？　部隊の魔石手榴弾をかき集めただけで、私の後ろに小山が出来ている。これを全部投げ込むと私の腕が捥げるか、魔物さんが全滅するんじゃないだろうか？

そして気配が動くと同時に投げ込む！　眼《め》を灼《や》く輝きと轟音《ごうおん》の連鎖――魔石閃光爆音粘着状態異常付き爆発手榴弾は遥さん御手製の超心配性過剰護身兵器で、投げ込むと閃光と爆音で戦闘不能になった魔物が粘着で接着されて状態異常にもなって、その倒れている所を後続の魔物達に踏み潰された所で爆発して、更に粘着で接着されてるところに閃光と爆音で麻痺《まひ》してまた爆発に巻き込まれる……って言う、護身兵器なんだそうだ？

「迷宮の氾濫《スタンピード》を殲滅《せんめつ》できる護身用兵器って、護《まも》り過ぎにも程があるけれど……これでみんなが助かる」

きっと、辺境が助かる。きっと看板娘ちゃんも助かってくれるはずだから。腕が痛い、息が苦しい――延々と響く地鳴り、爆音と魔物の叫び声が空気を震わせる……どれだけ投げ込んでも、どれだけ焼き払っても無尽蔵に湧き出す魔物達。これが迷宮、これが辺境が戦っていたもの。

もう時間の感覚も、鉛のような腕にも感触が無い。際限無く続く爆音と閃光で耳が聴こえなくなり、目も霞《かす》んで来た。もう腕が重くって爪も剝がれて……ちょっぴり疲れちゃった。

でも最後の一個まで投げる。だってこれは遥さんから貰《もら》ったものだから。

遥さんからは沢山沢山一杯のものを貰った。この超心配性な過剰護身兵器だって、身に着けている高価な装備だって、一族がオムイ様の為に働けるのだって、裏切り者の一族がみんなから信用して貰って優しくして貰えるのだって。一杯食べた美味《おい》しいご飯も、甘美味しいお菓子もしょっぱ美味しいおやつだって。私が今も笑っていられるのだって、私の命だって何もかもが遥さんに貰ったものだ！　全部私の宝物だ！　だから絶対に無駄になんてしない、遥さんが私達を護ろうって作ってくれたこの武器で最後までみんなを守る。失敗しちゃった私達はきっと許される、でも私達は許せない。だって、こんなに幸せになって、幸せにして貰って、みんなの幸せを守れないなんて絶対に自分を許せないから。よく見えない——聞こえない——気配だけを頼りに投げる。もう、ちゃんと投げられているのかもよくわからない……気を抜けば倒れそう。なのにちゃんと立っているのかすらわからない。

ぼんやりとしか見えなくて、何も聞こえなくって……前にもこんな気分で、遥さんに頭を撫《な》でて貰った事を思い出した。あの時も、もう会えないんだなって最期に思ったな。手探りで拾い上げる。山のように積まれていた魔石手榴《しゆりゆうだん》弾はあと少しだけ、だけど入り口は粘着液でベトベトで魔物の屍《しかばね》も溜《た》まってバリケードになっている。中で騒ぎが感じられるから状態異常効果で錯乱した魔物が中で暴れて邪魔してくれている……もうみんな逃げられたかな？　もう、大丈夫なのかな？　疲れちゃった、目も見えなくなってきたし？　でも、未《ま》だ魔石手榴弾が残ってる。まだ魔物は尽きていない。

反響と絶叫、怒号と地鳴り。もうなんにも見えなくて、気配だけを頼りに投げ続ける。

もう、どのくらい時間が経《た》ったんだろう。魔石手榴弾はあと3つ。きっともう何百個も投げたんだ、もう手も腕も感覚が無くて、とっても疲れてしまった……でも、あと3つ。そして其《そ》れで御終《おしま》い。

前回は、もう駄目だなって思った時「最期に遥《はるか》さんに頭を撫でて欲しかったな」って思ってたら、本当に撫でて貰えた。あの時は吃驚《びっくり》したな……嬉《うれ》しかったな。

でも、もう駄目だ。魔石手榴弾はあと3つあるけど……階層主には効いていないみたい。きっと、もう一つの迷宮でもお父さんが迷宮の氾濫《スタンピード》を止めているだろう……みんな逃げられたかな？　もう駄目でも良いのかな？

最期の力を振り絞って魔石手榴弾を3つ共投げてみたけど、やっぱり倒せなかった。でも、もう全部やり遂げたんだ……できる事は全部やれたんだ。

やっぱり最期になると遥さんに頭を撫でて欲しくなる。最期まで頑張ったんだからご褒美が欲しくなる。

「私、最期まで頑張りました。だから頭を撫でて欲しいな……遥さん。さような……らあがっ？」

撫でられないで叩《たた》かれました。不当な扱いには断固とした抗議を……したいけど？

巨大な狼《おおかみ》の階層主が「キャイン、キャイン」って鳴いて蹲《うずくま》っている。周りに集まっていた犬や狼の魔物達も「キャン、キャン」って鳴いて悶《もだ》えている。倒れて身悶える狼達の中心で遥さんが鼻を摘《つ》まんで立っている。

ズルい。私はもう手が動かなくって超酸っぱいのに我慢してるのに、自分だけちゃっかり鼻を摘まんでる！

「おひさ～、って言うか久しぶりにおっさん以外の生き物を発見で、心からお喜び申し上げようかと思ったら何でまた死にかかってるの？　またニキビ出来たの？　だからワンちゃんの牙で潰したら不衛生なんだよ。うん、オークの剣も駄目だけど、だからって何でワンちゃんに噛《か》まれるの？　いや、なんかワンチャンありそうな響きだけど、ワンちゃんは駄目だと思うよ？　だってあのワンちゃんに頭齧《かじ》られたら痛いんだよ？　大きいからきっとビッチ・リーダーに齧られるよりも痛……いや、あっちの方が狂暴そうだ！　あれはキャンキャン鳴かないでギャンギャン齧るんだよ！　うん、コボ達もアッチの方が怖いって言ってたよ!!　いや、聞いてないけど？　多分？　みたいな？」

そう言いながら頭を撫でてくれる、また遥さんだった。いつもいつも遥さんで、やっぱり遥さんだった。私はやっぱり泣いちゃって、周りはずっと……鳴いちゃってた。きゃんきゃん？

いつの間にかポーションで回復されて、視界が戻ると——そこは美しい幻惑の殺戮《さつりく》の舞踏会。倒れ込む狼達の大群の中で舞い踊る、妖艶な踊り子さんが狂乱の舞を舞う殺陣《たて》。

未《いま》だ迷宮から氾濫し続ける大量の魔物達が微塵《みじん》斬りに斬り刻まれて、血と肉と惨劇と悲劇に斬り散らされて分解されて行く。死の中を舞い踊る美しい死神さんの舞踏、舞い廻《まわ》る度に無数の銀線が踊り、斬線が魔物を穿《うが》ち刻んでいく剣舞。悶え狂う様に踊り、狂喜乱舞

する様に舞う度に膨大な数の魔物達《たち》が消え失《う》せる。

螺旋《らせん》を描きながら旋回し魔物達を斬り刻み斬り散らす、触れる事も叶《かな》わずに魔物達は舞散る様に吹き散って逝く。

綺麗《きれい》だった。残酷な迄《まで》に壮麗で華麗な迄に地獄——それは死の舞踏。全身から無数の銀の鎖を振り撒《ま》いて踊り、手に持った双剣の三日月刀《シミター》で斬り払う。もう迷宮の氾濫《スタンピード》は魔物の美しい処刑の演武に変わり、魔物の氾濫が集団自殺になっている。強い、誰だろう？

「お——い、そこの踊り子さんって言うか踊りっ娘《こ》さん？って言うか助《すけ》っ人《と》さんは強制服従なのに報酬はお菓子で殺《や》る気満々な、もうそれって首輪も首飾りも関係無くって実はクレープ食べたいだけの素敵な衣装のお姉さん？　うん、なんだか超余裕な楽勝展開っぽいけど、ここ任せても良いかな？　多分……もう一箇所お莫迦《ばか》なおっさんが一人で手榴弾抱えて頑張ってるみたいなんだけど、そろそろヤバい、って言うかまたボンバーおっさんでおっさんは爆発だ？　いや、爆破したいんだけど、おっさんじゃなくて魔物を破壊って言うか破滅って言うか排除なんだけど、ちょっと行って来ても良いかな？　みたいな？」

「クレープ　追加　了承？」

お話がまとまった様だ。お父さんを助けに行ってくれるんだ、きっと……まだ一人で戦っているんだ。

でも、迷宮から氾濫して溢れ返る魔物の大群を前に二人でクレープについて交渉中で、怒《ど》濤《とう》の如《ごと》く押し寄せる魔物達が面倒そうに屠《ほふ》られて消されて塵《ちり》になって行く……遥さんはともかく、あのお姉さんは強過ぎる！　遥さんとクレープの交渉をしながら面倒そうに右手だけブンブン振り回している、そこから伸びる幾千の銀の鎖が舞い荒れ魔物を斬り散らしてるけど……二人とも見てもいない！　どうやらクレープは5個追加でまとまりそうだけど、今度はトッピングが未だ決裂中で魔物が抹殺中みたいだ。

銀色の鎖で編み込まれた衣裳《いしょう》の扇情的な姿態の踊り子さん。脚もお腹《なか》も肩も剝《む》き出しな妖艶な美人さん。もう美人なんて言葉では足りない壮絶な絶世の美女が艶《あで》やかな肢体を振り回して、クレープ欲しさに地団駄踏んでいる？

そして突然首根っこを摑《つか》まれたかと思うと、私は空の上にいた。空から見たこの残酷な世界は、とってもとっても——綺麗だった。

どうやらこの世界は決して何があろうとも「ああ」とは言わせない気らしい。

72日目　朝　6番迷宮前

ここにも莫迦がいた。一体、異世界に来てからどれだけの莫迦を見て来ただろう……まあ、5匹はこっちの自前だけど？　でも、後はみんな異世界産の莫迦さん達だ。左の手首が捥げて、横っ腹も食い破られ、左足も膝から下が千切れ掛かったおっさんが地面に突き立てた槍《やり》に縋《すが》り付き、摑まりながら魔石手榴弾を投げ込み続けている。

莫迦だった、ああ莫迦だった、莫迦さんだ？　だから、あれが尾行っ娘一族の当主で、尾行っ娘のお父さんその名も……まだ無い？　まあ、おっさんだからずっと無くても問題は無いだろう。

「お〜い、おっさ〜ん？って言うか尾行っ娘一族のおっさん、まあアレなんだよ？　何て言うか重力に導かれて引力の呪縛って言うか落ちるから衝撃波に気を付けてね〜？　うん、音速墜落だからもう音が着いたらもう落ちるんだ……」（ドッカーン！）

尾行っ娘は『重力』魔法で重さを消し、魔力で『掌握』して衝撃と慣性を減衰させて保護したから無事だと思うんだけど……目とお口が開いたまんま硬直している？　まあ、ちゃんとお口には茸《きのこ》突っ込んであるから大丈夫だろう。

災い——遂《つい》に氾濫《スタンピード》で地上へと出て来た魔物さん達は、不幸な墜落事故でお亡くなりになった様だ？　うん、ちょっとブレーキ代わりに世界樹《ユグドラシル》の杖《つえ》で地面叩いたのが不味《まず》かったんだろうか。何かクレーターみたいになってるし？　そう、迷宮の前に穴。氾濫してはボトボトと穴に転落する魔物さん達……取《と》り敢《あ》えず毒茸の粉を撒いてみる？

（（グギャアアアアアアアア——ッ!?））「うわー、叫んで藻掻《もが》いて悶えてるけど、おっさんとか魔物の悶えとか要らないんだよ？　うん、あと五月蝿《うるさ》いんだよ？」

踊りっ娘のお姉さんはクレープで買収した、今はたった一人で7番目の迷宮を任せてある。だって、あれは甲冑《かっちゅう》委員長さんやスライムさん並みで、心配する方が間違っている。何せ辺境に近いとはいえ、たかが辺境外のしょぼい迷宮。辺境最強の迷宮皇クラスに傷一つ付けられるとは思えないけど、あの綺麗で艶《なま》めかしいお肌を傷付けたら許さない！

「だがしかし、後で茸塗り薬でさわさわと塗り塗りな治療も捨てがたい!?　そして我が手はきっと滑るのだ、あの素晴らしき頂を目指して両手で力一杯に滑ろう。絶対だー!!」

最初に駆けつけた4番目では王女っ娘が戦っていた、王族の誇りと近衛《このえ》を従えて迷宮の氾濫する魔物達を殺していた。殺し尽くしていた。王国の民を守ると、みんなで自分の首を持って駆け回るデュラハンみたいな王族だった。だからこそ、その誇りは揺るがない。だから任せた。

7番目の迷宮ではまた尾行っ娘が莫迦な事して、爪も剥がれて内出血で腫れあがった小さな手でフラフラになりながら魔石手榴弾を投げ続けていた。もう投げる力も残ってなくって、迷宮の入り口のすぐそばまで擦り切れながら這《は》い寄って、爆風を全身に浴びながら血だらけになって投げ続けていた。

「もう、莫迦ばっかりでマジ嫌だ？」

うん、ムカついたから殴っておいた。お口に茸突っ込んでおいたから、もうすぐ回復するだろう。

「全く尾行っ娘が怪《け》我《が》したり何かあったりしたら看板娘が泣くんだよ、大泣きだよ！　そしたらスライムさんがお怒りで、俺が怒られて女子さん達からもお説教で大変なんだよ！　うん、みんなもう少し俺の迷惑って言うものも考えて欲しいものだよ？」

今は親子でお口に茸を咥《くわ》えたまま倒れているが、まあ良いや？　そして、もう分からなくなってしまった。分からないから適当に皆殺せば良いだろう。全部殺せば良いだろう。まだ5番が残ったまま警戒していなかった6番7番が氾濫だ、だとしたら離れてはいるが8番9番だって分からない。

あっちは離れ過ぎていて尾行っ娘一族も無警戒のはずだ。とりま6番だ、後の事は後で考える事にしておけば考えなくて済む場合が多いんだよ？　まあ大体手遅れになるんだけどバレない様に証拠《まもの》は隠滅すればいい。全部殺し尽くせば世の中大体解決で、魔石にすれば証拠が報奨《ボーナス》でお大尽様で万々歳だ？

だから、出し惜しみ無しに『魔纏《まてん》』して、纏《まと》い捲《ま》くって全部乗せな豪華トッピング状態で躍り込む。どうせこの身体《からだ》の状態で考えても無駄だ。斬り払われた魔物は突き殺され、連続突きで前に出れば魔物は後ろから斬り飛ばされる？　うん、意味不明だけど諦めよう。

「ひゃっは――？　下手な考え休まずボコれ？　みたいな？」

穴から這い出してくる魔物達。それを何だか分からないままに斬りまくると、何だか分からないままに魔物の死体が積まれて行く。きっと魔物さん達も訳が分からないだろう。うん、自分が何しているか理解できないまま戦うのって結構大変なんだよ？

「中2の頃に嗜《たしな》んだ独学殺陣《KUROREKISHI》が、まさか異世界で大活躍って……やってて良かった？」

乱撃に斬り刻まれて穴へと転がり落ち、苦悶《くもん》し絶叫する魔物さん。そう、この意味不明な乱撃は突破されやすい。

「穴があったから良かったけど、無かったら追い掛け回さなきゃいけない所だったよ」

まあ、墜落跡地なんだけど？　深いな？

「散々おっさんに追い掛け回されて、やっと飛んで来たら魔物を追い掛け回すとか嫌過ぎだよ？って言うかおっさん達が魔物を追い掛け回せば全て解決だったんだよ！」

だって、本来はその為《ため》の軍。民を守る為の貴族達だったんだから。

「そう、俺って全然関係無いんじゃん！　異世界美少女氾濫ならじゃんじゃん追い掛けられて、じゃんじゃん追い駆けるんだけど……どっかで氾濫はしないのかな？　うん、おっさんとか魔物ばっかりで美少女成分が不足してるんだよ？ってフラグってみた？」

身体が軋《きし》む。魔力不足で万が一に備えて貯《た》めておきたいからって、節約すると結局世界樹《ユグドラシル》の杖で殴る事になる。穴から出て来た魔物をボコボコボコボコと殴る。

「ふっ、所詮異世界なんて結局は魔物叩きで、魔物の達人には程遠いんだよ！」

個人的には魔物魔物レボリューションの開発が待たれるが、待ってる間に全滅しそうだ。

そして、やっと終わりが見えて来て「勝ったな」って言おうと思ったら、赤い狼煙《のろし》が2本追加された。そして続けざまに黒い狼煙が2本。つまり迷宮に氾濫された。そう、どうしても異世界は何があろうとも、「ああ」って返事させない気らしい！

「もう全部が無駄なんだよ」

結局オタ莫迦達は間に合わなかった。きっと、やるべき事があったんだろう。そして自分でやると決めたんだろう。だから、もう間に合わない。

そして間に合わないから射出した様だ？

「たまや～？って言うか玉って言うか……まあ丸いんだよ？」

千里眼には2つの迷宮から溢《あふ》れ出す魔物達の海、大洪水だ。8番9番の迷宮の氾濫。既に外に溢れ出して、辺境を目掛けて暴走《スタンピード》を始めている。距離が遠い分広範囲な暴走で、もう軍でも抑え切る事は不可能な数の暴力。だけど……食べる事なら可能みたいだ？

(((ポヨポヨ♪)))

空一面を覆う玉、玉、玉の絨毯《じゆうたん》爆撃。そして爆食。だって無限に広がるぽよぽよの群れ、無量大数に増殖で暴走の暴食さんに食べきれない物は無い！

「でも好き嫌いはあるんだよ？　魔物がGの群れとかだったら逃げて来そうだな？」

まあオタ達は間に合わないと見て何か考えたのだろう、莫迦達は考えなかっただろう。そして何かを造ろうとして、何かが出来てしまったらしい？　それは恐らく長距離弾道スライムさん大砲、それが打ち上げられて空中で『分裂』して降り注げば……ただの氾濫暴走《スタンピード》の2つくらいごちそうさまで終わるに決まってるんだよ。

(((((プルプル、プルプル♪)))))

獣人の森で何を食べて来たかご不明だけど、見事な『分裂』で大地が一面のスライムさん達の大群。もう、迷宮の魔物の氾濫とか死語なんだよ？　あれは迷宮の魔物の踊り食い、きっともうスライムさんだけで世界は滅ぼせるんだろう。だって世界ごと食べそうだ？

「うん、食費が心配だな？　まあ、魔物さんは食べ放題《プライスレス》？」

羅神眼の『千里眼』で遠見って言うか、余所《よそ》見しながら魔物を叩《たた》いているけどあっちはもう大丈夫みたいだ。きっとあのピンボールみたいに跳ね回って、階層主とか迷宮王とかをボコっているのが本体のスライムさんなのだろう。うん、大丈夫を超えて迷宮王苛《いじ》め問題が発生しそうな程の圧倒的な力の差だ。

これで1番は甲冑委員長さんがいる。あそこが一番深くて大きいけど、迷宮王が出てきても迷宮皇さんがお待ちかねで、「だから何？」って言うお話だ。

2番は委員長さん達が抑えてくれている。って言うか力を温存しながら殲滅《せんめつ》しているから、あれは指示があれば他も狙う気だ。

3番は辺境軍が頑張っているって言うか、防衛戦なのに包囲殲滅から突撃戦を繰り返している。うん、見なかった事にしよう。

4番は王女っ娘と近衛師団、メイドっ娘もお供しているんだろう。苦戦はしながらも的確な指示で戦列を維持し、大物が出れば王女っ娘とメイドっ娘が飛び込んで一蹴する剣の女王の率いる王国精鋭の軍だ。

6番は今ボコってるんだよ？　うん、まだボコボコとおボコり中？　だってまだ出て来るんだよ、ここはしょぼいみたいだ。

7番は、あれはもう別世界の何かだ。あれは甲冑委員長さん達と同じもので、底が無いから考えても分からない。ただ、あのお姉さんが敵に回れば最強の敵だけど、こっちに最恐の味方が二人揃《そろ》ったから抑えられるはず。まあ、押さえちゃうとつい手が滑って色んな所を押さえて揉《も》んで脱がしそうだが、きっと押さえられる！　うん、寧《むし》ろ俺の男子高校生的な最狂が抑えられずに、あのエロボディーに同調《シンクロ》が超えて暴走モードが爆走でスタンピードで男子高校生暴走が大変そうだ！

そして8番9番はもうただの御馳走《ごちそう》で御馳走様だった。無限のぷよぷよに無限に食べて終わるだけのただの御馳走の群れ。もう全部出しきって、全部がギリギリで何とかなった。もう素寒貧の空っぽで、奥の手どころか手札も隠し札の1枚たりとも残っていない。全て出し尽くした。

なのに5番から赤い狼煙と黒い狼煙。あそこはムリムリ城に一番近い、そして今のムリムリ城は頑丈なだけの無人の建物だ。もう誰もいないし手札も何も無い。俺はまた駄目だったのか。

その戦乱の教訓はわざわざ歴史の書に記さなくってもみんなが知っていると言う。

72日目　昼過ぎ　新ムリムリ城

今迄《いままで》辺境を守り抜いた偽迷宮は、もう崩れ埋め立てられた。全ての罠《わな》を潰されて、砕け朽ち果てた。もはや魔物の氾濫《スタンピード》を止める力は残っていなかった。もう辺境を守護し続けた偽迷宮という城門は崩壊した。

その守護神であったストーン・ゴーレム達《たち》は、その強固な守りを魔物と言う物量に潰され、砕け散りながら戦い抜き、やがて再生する間もなく破片へと砕かれた。

最期の仕掛け――偽迷宮崩落と大爆発に炎上付き、序《つい》でに毒と異常状態の粉をぶっかけた粘着汁付も突破され。偽迷宮を支え続けた2体の岩山マスター・ゴーレムの両側からの押し潰しも、その膨大で圧倒的な数の魔物を全滅はさせられなかった。大ダメージは与え、その数は激減させたが壊滅はさせられなかった。そう、偽迷宮の最期の仕掛けでも止められなかった。

残されたのは新ムリムリ城と名付けられたばかりの城塞のみ。だが、その城壁から怒号が飛ぶ。

辺境を目指し氾濫した魔物の群れが暴走を始める。だが無人の城塞の門は開け放たれて、籠城する事も無く魔物の大群に一気呵成《いっきかせい》に鬼神の群れが逆撃を加える。

それは地獄絵図だった、正に蹂躙劇《じゅうりん》の幕開けだった。最早《もはや》守るべき者のいない辺境へ向かった魔物の大群と言う名の滅び。それが怒号に叩き潰され引き千切られて行く。

守る者など誰もいなくとも、そこは最果ての地。大陸最悪の魔の領域。其処《そこ》で暮らす者、そこで生きる者全てが最果てで生き延びた者の子孫達。魔物が跋扈《ばっこ》し暴走を繰り返す辺境で、永い永い時を生き続けて来た勇者達の末裔《まつえい》が暮らす場所。

その地に生きる住民がか弱き守られるべき者だと誰が決めたのか。その地で死ぬ事無く家族を為《な》し、子を産み育て守り抜いて来た勇者達の末裔が何故《なぜ》守られるだけの者達なのか。

弱き者は淘汰《とうた》され、強き者だけが生き残る。そんな過酷で残酷な辺境で生き続けてきた人達が――何故に弱者だと思えるのか。

その地で生き延びて来た者達は皆が英雄の子孫。先祖の誰一人も子を為す前に死なず、子を守り抜いた者の末裔。それが何故、辺境外の魔物等に怯《おび》えてやらねばならないのか。

「我らが受け取った全ての物は、我等《われら》の父母達が代々守り抜き勝ち取って来た物だ！　奪わせるな!!」

「「「「うをおおおおおおっ！」」」」

何も持たぬ者ですら助け合って来た。何もかもを失っても立ち上がって来た。だから辺境の人々は未《ま》だ滅びていない。それこそが強さ、それこそが強者。

その辺境に奇跡は起きた。

ずっと皆が夢に見た。それは儚《はかな》い夢だ。

ただ皆が笑って暮らす。ただ、それだけの幸せだ。

たったそれだけの為に辺境はどれだけの血を流して来たのだろう。

たったその夢を守る為に、どれほどの人達が我が身を犠牲にして来たのだろう。

そうやって生きて来た。そして生き延びて来た。

災厄の地に負けず、最悪の魔物と戦い、最恐の恐怖の中で生き暮らして来た。

そして、やっと摑《つか》んだ幸せ。やっと皆が笑えた。

何故それを諦めなければいけないのか。

どうして、それを手放せると思うのか。

そして……どうして奪われるだけの弱者でいなければならないのか。

諦めれば全ては終わる。

辺境が幸せになるまで諦めなかった者達がいた、辺境に夢を齎《もたら》そうとした者がいた。

どうして、その託された思いを諦める事ができるのか。

どうやったら、そんな想《おも》いを無にできると言うのだろうか。

そして辺境に諦めない少年が現れて、夢見ながらも奪われて行った全ての夢を奪い返してくれた。それを諦める様なら……もう、辺境からは夢見る資格すら失われる。

「汚れし魔境と呼ばれようとも、最悪の地と蔑まれようとも、祖先が守り抜いた我等が故郷をやらせはせん！」

数え切れない程の命が守ってくれた辺境の夢、その命を託された者こそが辺境の民。

「あの少年にたった一人で戦わせるな。軍がいないなら我らが戦えばいい、勇者がいなければ我らが勇者になれば良い。ここは我がムリムール・シム・オムイの名が冠されたムリムリ城、決して落とさせぬ！　決して通さぬ、辺境は守り魔物どもは血祭だ!!」

「「「うをおおおおおおおおおっ！」」」

辺境の冒険者達、村や町を守る男衆。軍を退役した老人や狩人《かりゅうど》、男も女も老人も、子供も戦える者は皆集まった。

最果ての魔境たる辺境の最強最悪の魔物達を殲滅して幸せにして貰《もら》ったのだ、それ程までの対価を血と肉と痛みと苦しみで購《あがな》われ受け取った。

その辺境の夢をたかが辺境外の魔物の群れ如《ごと》きにくれてやるものか。

そんな事が許されるはずが無い。

「冒険者は階層主と迷宮王を狩れ、あとの有象無象は踏み殺し殴り殺せ！」

守られるだけの辺境なら救われた意味は無い、それを守り抜けぬならその想いを全て無《む》下《げ》にする。

「我らに手渡された棍棒《ぶき》は敵を叩き潰す為の物、それは奪おうとする全ての物を叩き潰せと渡されたのだ！」

「「「「うをおおおおおおおおおっ！」」」」

ただでさえ偽迷宮の崩落で深手を負い、深い沼地に阻まれた所に逆撃を受ける。もう魔物達は突進力を削《そ》がれ、足が止まり密集で動けない。ならば――後はただ殺し尽くすのみ。

「遊撃部隊予備兵力、蹂躙《OKUSAMA》部隊突撃せよ！　皆殺しにして魔石に変えて晩御飯のおかず代に変えてやれー!!」

「「「「うわあありゃあああああ――っ！」」」」

進撃を止められ動かない群衆と化した魔物達の暴走《スタンピード》は、今まさに奥様達《おばちゃん》の暴走《スタンピード》に飲み込まれる。先陣をきるは先代の姫騎士「暴虐のムリムール」がドレスの上に甲冑《かっちゅう》を纏《まと》い、強大な大剣を薙《な》ぎ払いながら血道を切り開く。その後ろから棍棒《こんぼう》を振りかざした奥様達《おばちゃん》が濁流の如く魔物達を飲み込んで行く。蹂躙の群舞で魔物達を踏み躙《にじ》り、踏み潰された魔物達は棍棒で叩き潰されて晩御飯のおかず代に変えられていった。

へそくりになったものも多かったと後世に伝えられている。

嘗《かつ》て少年がその名を名付け恐れたと言う、修羅の街の修羅達が解き放たれたのだ。

そして、その手には戦える装備がある。棍棒を持った奥様達《おばちゃん》に挑む愚かな害獣共は駆除さながらに駆逐され、踏み躙られて消滅した。何故ならば彼女らは皆辺境最恐の決戦場である乙女戦争《バーゲン》の覇者達だ、英雄の少女達と日々争ってきた覇者達だ。辺境外の魔物如きが挑んで良い相手では無かったのだから。

そうして王国の戦争は終わりを告げた。後に数々の歴史の書に記されたこの戦乱の教訓は皆「奥様《おばちゃん》怖い！」だったのは言うまでも無いだろう。いやマジで？　みたいな？

やはりこの城はおっさんが憑き物の呪われたお城みたいだ。

72日目　夜　新ムリムリ城

皆が笑い歌い踊る。全てが終わった、やっと平和が訪れた。みんなが平和を勝ち取った。

だから……。

「「「「宴会だー！」」」」「「「「うをおおおおおおおっ！」」」」（ポヨポヨ～！）

飲めや歌えや、お菓子も作ってねの大騒ぎ。饗宴《きょうえん》が供宴と共演で競演で大賑《おおにぎ》わいと大燥《おおはしや》ぎの協演なの。

「唐揚げさん追加だって〜、マヨネーズも付けてね〜」「「「だが、レモン汁は許さない！」」」「串盛りを盛り盛りで盛っちゃってね！　もう串刺し侯爵さんって言うくらい盛っちゃって！」「きゃあああ、かば焼き、かば焼き！」（プルプル!?）

狂乱の宴《うたげ》の犯人達はみんなお知り合いだった、でもフライドポテトも追加してね！　ケチャップさんもいっぱい付けちゃってね!!

そんな大騒動大宴会の喧騒《ワイワイガヤガヤ》の中、一心不乱に御馳走を食べている超絶な美女。絶世の美女なアンジェリカさんと並んでも遜色無いまでの美貌に、妖艶な雰囲気を纏いながら焼きそばを啜《すす》っている。

その印象は、世界を変えた美貌って言われるクレオパトラさんってこんな綺麗《きれい》な人だったのかなって思い、そのまま見惚《みと》れてしまう優雅さと艶《あで》やかさで……今度はかつ丼を頬張っている。

そして美貌だけでなく遥君《はるか》が迷宮皇級と言い切るアンジェリカさんやスライムさんと比肩する実力の持ち主で、その戦いを間近で見た尾行っ娘《こ》ちゃんが「綺麗でした。夢幻の様に舞って魔物が舞い散らされていました」と夢見る様に答えていた。うん、だって遥君は「エロかった！」と喜んでるだけだったの？

迷宮皇クラス二人の戦いを見た事のある尾行っ娘ちゃんが断言して陶酔するレベルの強

さ。その力で串盛りの奪い合いに颯爽《さっそう》と参加して、串カツに齧《かじ》り付いている。

髪はロングなおかっぱ、前髪ぱっつん。だけど、それがまた綺麗な顔を際立たせている。そして凄《すさ》まじく煽情《せんじょう》的な出《い》で立《た》ちは何故か遥君に用意された学校ジャージで隠されていて、今はお口にはお饅頭《まんじゅう》が咥《くわ》えられているの？

「「「かんぱ――い！」」」「「「うをおおおお――っ！」」」

もう駄目かと思われた5番迷宮の氾濫はこのムリムリ城まで届いた。だけど其処で潰《つい》えた、辺境の人達が自らの力で守り抜いた。やっぱり異世界でも奥様《おばちゃん》達は怖かったらしい！

何日も前から何の情報も無く、領主も不在な何も分からない状態だったらしい。それでも、みんなが城《ここ》までやって来た。それがたとえ無駄であろうとも、自らの手で自らの幸せを守りにやって来た。そうして辺境は守られた、だからお祝い。

「「「うめえぇぇ！」」」「これが黒髪の国の料理」「マジでヤベえ」（プルプル）「「「なんでスライムさんがドヤってるの!?」」」

実際あの街の棍棒は全て効果付きの品ばかり。辺境では普通でも王国では特級品のレベルの武具なんだそうだ。そして奥様《おばちゃん》がバーゲンやお買い物で買い漁《あさ》っていた服はみんな魔石コーティングされたマルチカラーの服、あれは魔力で守られた軽鎧《けいがい》に匹敵する強度があるから辺境ならば護身用でも……そこが辺境外なら立派な武装。

それなら当然に奥様《おばちゃん》無双になるはずだ。ましてや偽迷宮の最終手段である崩壊防衛で消耗し、弱り切った辺境外の魔物程度に奥様《おばちゃん》達が後れを取るはずが無い。うん、戦友《バーゲン仲間》と書いて宿敵《ライバル》さんなの！　だから、ちゃんと偽迷宮は最後までみんなを守りきった。最期は無残に崩落して爆発し、炎上しながら崩れ落ちた辺境を守る門だった偽迷宮は……その役目を果たし終えて消え去って行った。うん、さっき見たら新偽迷宮になっていたの？

　被害も軽微で全員が茸《きのこ》で回復した。あの絶望的な戦いで死者は無し。中でも最も深くて危険な迷宮だと言われていたアンジェリカさんの方は、何の問題も無かったようで「楽しかった、すっきりした」って喜んでいた。世界の終わりとも呼ばれる迷宮氾濫《スタンピード》は娯楽遊戯《アトラクション》扱いで終わったらしいの。うん、きっとあの悪い使役者さんの影響だね！　でも、あの使役者さんだと賞品が出なかったって騒ぎ出すに決まってるの？　うん、騒いでたの？

「「「美味《お》しいぞー、おかわりー！」」」（プルプル♪）

　オムイ様も王女様も疲れ切ってはいるけどやり切った顔で、きっと人が一皮むけたってこういう事を言うんだろうか。今迄《いままで》とは違う自信と強さが感じられる、その笑顔は不敵な迄に鋭くなっていた。

　そして尾行っ娘ちゃんとそのお父さんは皆にお説教されてしょげていたけど、これぱっかりはしょうがないの。辺境を救ったのはその二人なんだけど、それでも死ぬのは許せないから。だって誰にも死んで欲しくなくて戦っているの、きっと誰も死なせたくなくて死ぬ思いで駆け回っていたの。だからお説教は当然だからね。

　それに遥君が『羅神眼』で確認して、あれは多分お姉さんの解放と黄泉返《よみがえ》りの余波で、教会の仕掛けが暴走したんだだから兆候が読み取れないのはミスじゃないって言い切っていた。言い切っていたから本当かどうか怪しいけれど、真実はもう誰にも分からなくて遥君が良いって言えばそれで良い。だってもしもサボってたとか、下らないミスだったら遥君は何も言わないだろう。もう口を利く事すら無いだろう。だから遥君が良いって言ってるんだから良いの。

「「「かんぱ――い！」」」「「「完食!!」」」（ポヨポヨ！）

そして、その張本人のお説教常連の皆勤賞で鉄人な無反省者は、お料理で大忙しでぶうぶう文句を言っているけど……その割に超豪華料理の数々が溢《あふ》れ出して御馳走《ごちそう》の氾濫《スタンピード》で、迷宮の氾濫を倒した辺境中の勇者達《たち》がお腹《なか》を抱えて次々と倒されていっている。うん、集団わんもあせっとが必要そうだね！

「「「食べ過ぎた……」」」「「「苦しい。でも美味しい……」」」

そして、全くノーマークだった遠い迷宮の、2つの氾濫はスライムさんが間に合ってくれていた。長距離弾道スライムさんのクラスター絨毯《じゅうたん》爆食だったらしい……それスキルなの？　帰って来てからは遥君にじゃれ回り纏い付いて離れないでぽよぽよと懐いてる。

「かなり無理したみたいだって」「うん、茸いっぱい食べさせて回復魔法も掛けたけど、回復できていないんだって」「頑張ったんだね、スライムさんも」

私達は時間が掛かったけど被害皆無で余力を残して終われた。途中で逃げている貴族の残党もボコって捕まえておいた。うん、お饅頭食べ過ぎ犯には鉄槌《てつつい》が下されたの！　未《ま》だ許しがたいけど、王都で裁かれるらしいからボコられるだけで済んだの？　お饅頭の恨みは怖いんだからね!!

「はあー……終わったね」「ありがとうございます」「「「うん、良かったね」」」

そして遥君はいつも通りに、ずっと穴から出て来る魔物を叩《たた》いて叩いてビートなマニアが太鼓で達人《マスター》だったそうだ。何事も無さそうな興味無さそうな顔で、そう言えばって感じでそっけなく話していた。見たままに、昔ならそうなんだって思っただろう、だって今迄ずっとそう思っていたから。見たままに「やっぱり遥君は大丈夫なんだ」って。

でも、今だから分かる、もう2か月もずっと一緒にいるんだから、今はもう分かるの……艦褸艦褸《ぼろぼろ》だって。もう身体《からだ》中が艦褸艦褸で神経はズタズタで、肉も骨も引っ付いただけのグチャグチャなんだって。だから平気な顔をしてご飯をバンバン山の様に作ってる、死ぬとか痛いとか大騒ぎしてる時は大した事無くても、平気な顔して何でも無い様な顔をしている時ほど平気なんかじゃない。

痛いって言って心配させたくなくって。苦しいって言って悲しませたくなくって。だから笑って文句言いながら平気な顔で騒いでいる。だから笑う、みんなが一生懸命に笑っている。だってみんなが笑ってる顔が見たくて艦褸艦褸になって頑張って来たんだから。だから笑う。

「ごちそうさまー」「美味しかった、食べ過ぎた（泣）」「「「うん（泣）」」」

みんなに笑ってて欲しくて頑張ったんならみんなが笑うご褒美が絶対に必要なんだ、だからみんな頑張って大騒ぎで笑う。ちゃんと幸せになったよって心を込めて笑う。うん、ちょっと食べ過ぎて涙目だけど？　わんもあせっと？

「いや違うんだって！　引き籠もってたらおっさん達に乗っ取られて加齢臭が過激に異臭でマーキングされたから引き籠もりがお引越し？　だって、おっさん臭いんだよ？　嫌だよ、そんな所に引き籠もれないよ!!　だって4万人分の黄泉返りでえたーなる加齢臭がふぉーえばーなんだよ？　引っ越すよそんなもん、焼き払って炎獄で消臭して地中に埋めて封印なんだよ！」「「「一体お城で何と戦ってたの!?」」」

そう、戻って来たらお城が違うと思ったら、やっぱり犯人は自由移動型建設狂な引き籠もりさんだったの。ヤドカリさんより無節操な移動住宅で、仮住まいな乗っ取り常習犯の引き籠もりさんの犯行だった。だってこの引き籠もりさんは王国中にお家《うち》を乱立して、迷宮すらもお家にする気満々な超豪華住宅事情な引き籠もりさんで、実は家を広げながら広範囲を高速移動する新種の引き籠もりさんなの！　うん、中々珍しいグローバルな引き籠もり方で、自給自足も完璧なの。ただ、じっとできないけど？

「いつの間にか竹林と湖畔ができて佇《たたず》まいが」「うん、新ムリムリ城は急造で決戦用らしいのに、以前よりもさらに内装は豪華で娯楽室やサロンにマッサージチェアーまで完備されてたよ？」「魔力がギリギリでやばかったって、これが原因なんじゃない？」「だよね、美術品まで豊富にあるし？」

そう、当然お風呂も更に豪華《ごうか》絢爛《けんらん》になっていたの？　4万の軍と戦いながら？

「「「辺境にかんぱーい！」」」

　兵隊さん達も駆けつけた冒険者達も、街の人も奥様《覇王》達も笑い喜び宴が大宴会で大喜びの大騒ぎ。だって辺境の幸せは守られた、みんなで辺境の幸せを守ったんだから。ちゃんと、このムリムリ城の後ろには幸せな辺境が残った。幸せは残されて託せる未来ができた、此《こ》処《こ》から辺境の未来が始まるってみんな信じている。だから心から笑ってる。

「オムイ様は泣いてボロボロだね」「みんなから乾杯されて……酔っ払ってますね」

　これを全部用意していたからこそ、奇跡は起こった。大陸最大の組織の謀略を潰しきったのは、全てが遥君がずっと用意し続けたものだった。そう、幸せと平和の為《ため》にずっとずっと頑張ってたんだ……うん、お風呂はあれだけど？

「実際に遥君がばら撒《ま》き続けた茸ポーションが豊富にあったからこそ、死者を出さないなんて奇跡的な事が起こったんですよ」「「「うん、採ってばら撒いた本人は『また茸が蔓延《はびこ》ってる！』って、森で茸さんと戦ってたけどね？」」」

　みんなが生きているからこそ、心からみんなが笑えている。生き延びたと、そして守り抜いたのだと。そのオムイ様は夫婦喧嘩《げんか》中だけど、既に劣勢を極めて泣きそうだった。どうやらムリムール様が前線まで来て先陣をきって戦っていたと聞いて、危ない事をするなと叱っていたら横から遥君に魔物相手に突撃戦をしていた事を密告《チク》られた様なの？

「「「シノ一族にかんぱーい」」」「「「辺境軍に称《たた》えあれ！」」」（ポヨポヨ！）

　みんなが喜び、褒め称え合い抱き合って泣きながら喜び合っている。遥君は必死におっさんの抱擁も、奥様《おばちゃん》の抱擁も嫌だと『分身』まで駆使して縦横無尽に逃げ回っている。でも、壁や天井を走って逃げ回るのはお行儀悪いからね？　うん、満身創痍《まんしんそうい》なはずなんだけど元気そうだね。

「本当に素直じゃないいね」「でも素直に喜べないんだろうね」「「「なんで、あいつが悔やむのよ！　全部、何もかもあいつが頑張ったんじゃないのよ!!」」」

その、本人だけが失敗を悔やんでいる。結果だけが良かったんだと、万全の策ですら足りていなかったんだと、実は滅びているはずだったと。オムイ様達が間に合わなかったら、王女様達が参戦してくれなかったら、あの謎の美人さんが現れて助けてくれなかったら、尾行っ娘ちゃん達が命懸けの足止めをしなかったら、小田《おだ》君達がスライムさんを発射しなかったら、冒険者や街の人達が救援に来ていなかったら、そして……教会があと一手でも多く持っていたなら滅んでいたと。偶然全てが上手《うま》く行っただけで、失敗したんだと悔やんでる。だから本当にお莫迦《ばか》さんなの。

「全てが偶然でも、その全ての可能性を作ったのは遥君だよ」「そうだよ、こんな奇跡が起こせたのは遥君がずっとずっと準備して来た物《カード》が揃《そろ》ったからだよ！」

そう、そしてそれを行なったのは超幸運の限界突破なお人好《ひとよ》しのひねくれ者の豪運任せの可能性如何《いか》様師《さまし》な、絶対に幸せを諦めない意地っ張りの偽悪者なの。だったらできないなんて嘘《うそ》だ。幸せになれないなんてあり得ない。だから、みんながここに来た。

だって可能性が0《ゼロ》にならない限り遥君は何とかしちゃうんだから。そして0《ゼロ》にしない為にあんなにずっと頑張って来た、だから素直に喜べば良いのに。うん、ここまで頑張って喜ばないなんて許されないよ……って、でも悦《よろこ》んでる？

「むぎゅううぅ、ってJKスタンピードは尾行っ娘《こ》一族からも報告が無いっていうか、なんで尾行っ娘まで参加してるの!?」「「「盾っ娘ちゃんのブラだけエアー入りってズルい！」」」「あれって、お胸のエアバッグ機能で、無いものは包めない……ぐぎゃあああぁ！」「「「無くないの！」」」「あと文化部だけTバックもズルい、ズルい！」「ちょ、それ当ててんのよが圧てんのよに間違った誤用で、圧縮されると膨張する男子高校生的な事情が純情で危ないんだよ!?」

そう、世界の滅びでも、不可能ですら覆せても……女子高生押《お》し競饅頭《くらまんじゅう》3ｒｄインパクトが発生で、乙女の暴走から助かる可能性だけは0《ゼロ》だったみたい？

そうして9箇所もの迷宮の氾濫《スタンピード》を殺しきったけど、女子高生エアー入りブラ要求の大氾濫《スタンピード》に幸せそうに殺されかかってるの？　まあ、お顔が幸せそうだし、悦んでるし良いのかな？　でも、私もいるし？　満身創痍な遥《はるか》君の為に武装無しの薄着で安全設計な女子高生押し競饅頭に飲み込まれて、遥君はやっとお休みした。うん、ただの幸せそうな屍《しかばね》さんだ。だって、みんな凄《すご》く心配したんだからね？

そうして、女子大浴場で貸し切りお風呂女子会を開催。

「「「うわーっ。艶《なま》めかしい！　そして羨ましい!!」」」

そう、謎の美少女さんも御一緒でお風呂。さっきはアンジェリカさんと話し込んでて意気投合って言うか、アンジェリカさんのファン？　なんだか握手して貰《もら》って喜んでたの？

「美味しい　ご飯とお菓子　使役！」「「「既に使役される気満々だった!?」」」

すらりと長い手脚なのに、むちむちの張りのある薄褐色《アンバー》の肌がお湯で濡《ぬ》れて絶妙に艶めかしい。そんなオリエンタルな風貌に無表情な顔立ちな、ミステリアスな美女さんは既に餌付けされてたようなの？　うん、クレープ派に参加したみたい。お饅頭派は現在劣勢に立たされてて負けているの！

「引き締まって柔らかく、滑らかでしっとりお肌に鍛えられた弾力が！」「「「シャリセレスさんが暴走洗っ娘に!?」」」「今日は凜々《りり》しい姫騎士様で頑張ってたのにね～?」

異世界美人でクレオパトラの美貌を彷彿《ほうふつ》とさせる美人さんは、ネフェルティリさん。不死の木乃伊《ミイラ》さんで踊り子で神官戦士な巫女《みこ》さんで聖騎士に大賢者な異教の聖女の称号を持つ美人さんだった、今は嬉《うれ》しそうにシャリセレス王女が身体を洗い捲《ま》くって興奮してる。

「凄い、魅惑の身体つき!?」「うん、アンジェリカさんのわんもあせっとに加えて、ネフェルティリさんのだんすなれぼりゅーしょんが必要だ！」「「「うん、括《くび》れヤバい!!」」」

既に申し込みが殺到しているの。うん、私もお願いします！

「だって括れが凄いから、お尻が引き締まって持ち上がってる！」「しなやかで、むっちり感もあって肉感的で魅惑的って」「「「蠱惑《こわく》的な豪華《ゴージャス》な姿態《バディー》!!」」」

そう、遥君は明日の朝を無事迎えられるんだろうか？　既にアンジェリカさんが悪いお顔で、遥君を二人掛かりで蹂躙《じゅうりん》して凌辱《りょうじょく》の限りを尽くす鬼畜計画を立てて、ネフェルティリさんも使役される気満々の襲う気も満々な一致団結で遥君陥落計画に乗り気なの？
「あの超絶美女の究極の姿態《プロポーション》が二人掛かりって」「「「うん、……きっと4万人のおっさんよりも危険な二人が手を組んじゃったね？」」」「愛人　2番手　本妻達宜《よろ》しく」「「「……本妻って……愛人さんなんだ？」」」

だけど、やっぱりアンジェリカさんと同じで魔物枠らしい。そして、やっぱり──いつものように救われて来たそうだ。

ずっと教会から強制される『従属の首輪：【強制的に服従される首輪】』を架けられ、狭く暗い棺《ひつぎ》の中でずっと封印されていた。そして起こされる時は殺戮《さつりく》。自分の意思では無く、命令されるままに教会に敵対する人達を傷付けてきた。それがやっと解放された、ようやく自分の意思で行動できるようになった。だから願った。殺して欲しいと。そう願い続けて来たから……願ってしまった。

うん──相手が悪かったの。

だって、その人にその願いは通じないの。どんなに望んだって絶対に叶《かな》えられない。だって、その人は絶対に絶望を認めない、それはもう我儘《わがまま》で驚異的な自分勝手に歩く傍若無人で、立つと暴虐武人で座ると忘却無人で歩く姿は暴走魔人なの！　だから絶対認めない、許さないし叶えないから!!　だって、そんなの悲し過ぎてるから!!

そんな悲しい未来は、喜劇の災厄さんと出遭った瞬間に虐殺済みなの。だってその人は悲運《ひげき》の殺戮者さんなんだから。

だから救われた。見た事も無い美味《おい》しい料理とお菓子の山で「生きてれば美味しいものが食べられて、幸せも沢山見つかって楽しい事がいっぱいあるし、無かったらぼったくれば良いじゃないの？」って洗脳《せっとく》されて付いて来たらしい。うん、またやったんだ？

まあ、今回は『使役』しないくらいの学習能力はあったみたいだけど、餌付けでもう本人さんが『使役』される気満々。それにね、そんな絶望から救われたら付いて行くに決まっているの。決まりきってるのに……きっと今頃どうしようどうしようってスライムさんに慌てて相談して、ぽよぽよされてるんだろう。

だって……命令しなかったんだって。命令されても逆らえなくされちゃって、また教会のように無理矢理命令されるって、誰かを殺させられるって恐怖していたのに、なんにも命令なんかせずに「クレープ3個で手伝ってくれない？　迷宮が氾濫で辺境超ピンチで手が足りなくて猫の手でも肉球でも借りたいけど借りたら返さないにゃん？って言う訳なんだけど成功報酬で御馳走《ごちそう》食べ放題も付けるんだよ？」ってお願いされちゃったらしいの。

命令するだけで従属させられる相手に、絶対に逆らえない相手に、その枷《かせ》をぽいって解いて必死で一生懸命にお願いしたらしい。必死で焦ってるのに、それでも決して命令だけはしなかった。だから……信じられた。

だからクレープ5個で付いて来た。うん、2個増えてるから女子力も高いみたい！

うん、アンジェリカさんもスライムさんもご飯も睡眠も必要無いらしい、無くっても魔素や魔力で生きていけるんだって。だけど、それは必要無いだけで毎日二人共美味しそうに、幸せそうにみんなでご飯を食べているの。でもネフェルティリさんはずっとご飯なんか貰えなかった。だって、必要が無いから。

そして遥君は必要が無い事を知っててもお構い無しに、寧《むし》ろだからこそネフェルティリさんに美味しい物を山盛り差し出した。取引ですら無くただ無条件に「美味しい物を食べて待っててね」って言ったって、ネフェルティリさんには何の命令せずに自分で残りの教会の大司祭達《たち》を捕らえてたらしい。もう、襤褸襤褸《ぼろぼろ》の身体《からだ》で、ネフェルティリさんが壊し尽くした無残な身体で。そう、其処《そこ》までされて懐かない訳が無い！　しかもストロベリー・クレープさんだったの!!

だから、ネフェルティリさんは驚いて感激したんだろう。私達は「あー、またか」と思うだけだけど？　だって遥君に命令された事のある被使役者って誰もいないもの。いっつもお願いしたり、お菓子で釣って交渉したり、怒られて謝ったりしてるけど……たったの一度だって命令した事が無いの。遥君は誰にも命令した事が無い使役者さん。だからみんなが信じてるの。うん、ちなみに島崎《しまざき》さん達はいつ命令されるかって、ずっと勝負下着なの？　うん、命令されないけど、ずっとなの？

「「「またかー」」」「「「うん、全く成長していないんだね」」」

きっと、今もまだどうしようってスライムさんに相談してるんだろう。だけど、完全に完璧に手遅れだからね？　大体、何でも全部手遅れなの。だってもう辺境から王国まで遥君が感染拡大中の大流行《パンデミック》だから、もうきっと誰も諦めない。手遅れ過ぎるよ？　みんながゾロゾロ付いて行く。だってみんなが信じて追い求めてるから、みんなもう諦めない事を覚えさせられてしまったんだからね？

涙無くして語れないと言うが真の悲しみは言葉が出ないものだ。

72日目　夜　新ムリムリ城

お風呂の中で久しぶりのぷるぷる感を撫《な》で回し、揉《も》み回って堪能する。うん、勿論《もちろん》の事だがスライムさんだ。

（ポヨポヨ）

スライムさんもお風呂でご機嫌だ。そしてスライムさんと、あの琥珀《アンバー》色の肌が艶めかしくって色っぽくってエロっぽいお姉さんの処遇について議論を重ねる。だって、あのお姉さんは使役してないからＬｖリセットはされていない、そのままのＬｖ１００だ。

だけどスライムさんが帰って来たから甲冑《かっちゅう》委員長さんとスライムさん二人いれば負けは無い、Ｌｖで負けてても甲冑委員長さんは超絶チート装備も着けているし、今は弱ってはいるみたいだけどスライムさんがまた強くなってる。まあ、いっぱい食べてスキルもいっぱい増えただろう。うん、危険だ……だけど殺したくないんだよ。

「うん、死にたがっていたけど連れて来ちゃったんだよ？　だって、エロいんだもの？」

(プルプル)

だって自由も意思も奪われて、命令されてずっと苦しんできて、なのに何も良い事無く終わるなんて間違っている。

「うん、古来から魔物生は苦も有れば楽も有って、苦の後は楽は決定事項で、まして今迄《いままで》の御苦労とを鑑みたら、それはもう極楽浄土な快楽と悦楽は俺も参加したいけどそれは置いといて、あのお姉さんは自由に気ままに愉楽を味わうべきなんだよ？」(ポヨポヨ)

だって甲冑委員長さんと同じだった。全身を魔力で纏《まと》い押さえ付けていた、必死に抗《あらが》っていた。精神まで支配されるはずの最悪な首輪をされて、それでも尚《なお》抗っていた。あれだけの魔力で自分の身体を拘束すれば気が狂う程の痛みだったはずだ。うん、俺は魔纏《まてん》には詳しいんだよ？

それでも抗った、それは自分の身体を破壊したかったのかもしれない。そして、あれだけの魔力を纏い続けていれば誰も触れる事はおろか、近付く事だって無理だっただろう。そんな、ずっと続く棺の中の永遠の孤独に耐え自我を保ち抗い続けていた。全く、甲冑委員長さんにそっくりだよ……だから殺したくなかった。

でも、もう自由だ。ただ、あれ程の力を開放して良いものだろうかって言うくらいにはヤバいのも確かで、まあ焦らずに為人《ひととなり》をちゃんと確認してみてから自由にすれば良いと思うんだけど……スライムさんは反対意見なんだよ？

(プルプル！)「仲間って『使役』するの？　ぷるぷるって、そんなに簡単に使役とかしちゃいけないし、スライムさんだって嫌になったらちゃんと解放するし、使役してなくても一緒にいられるんだよ？　うん、『使役』なんて自由を奪うもの本当は使わない方が良いんだよ？」（ポムポム！）「いや、ぽむぽむってそれは極論で、普通一般な一般性普通理論では良くないんだよ、だって使役なんて無くてもみんな仲良しなんだよ。だから、そこはぷるぷるなんだよ。うん、まあすぐには行くところも無いだろうし、まだ焦る時間じゃ無いって言うかあの魅惑のボディーラインは男子高校生的な闘魂《パッション》が焦るって言うか、焦がれるから危ないんだよ！　みたいな？」（プルプル）

どうもスライムさんは、あのお姉さんを気に入った様だ。まあ、良い娘《こ》だしあの食べっぷりはスライムさん的にも共感を覚えるものがあるんだろう。うん、その内莫迦《ばか》達のようにバケツで食べだしそうな勢いだったんだよ？

そうして建設的で多重構造な議論を重ね上げ、妥協案を擦り合わせながら結論を暗中模索であんでゅうとろわ？　よし温《ぬく》もったし上がろうか？

まあ、異世界最大の問題は終焉《しゅうえん》したんだ。やっと終わった開放感が……終わった。まっ、まだ終わっていなかったの！って言うか終わってるよ絶対、だって必要性《ネセサリー》が皆無って言うか存在が皆無？　うん、無いな？

「何でブラ作成が一巡して終わっちゃってるのよ！」「差別だ！　差別主義者でつつましい娘達への虐待だ!!」（プルプル!?）

異世界最大《ブラ》問題再勃発！って、副委員長A、Cコンビがキレている？　激怒がムカ着火しちゃってぷんぷん丸がインフェルノってるようだ。

「私達を無視して一巡しないで！」「いや、だって……いらないじゃん？」「いるよ、いるんだよ！」「そう、超必要とされているの!!」（ポヨポヨ！）

　断言しても差し支えは無いと思うんだけど、絶対に戦闘の邪魔になった事無いよね？　無いんだから。寧ろ側面からの被弾率が低いから安全とすら言え……いえ？　何でもないよ？　うん、モーニングスター借りて来たの？　あー、自前なんだ……って、一体今何個のモーニングスターが女子さん達に配備されているの！　王都恐るべし!?

「いや、だって『無を包め』とか、『重さが無い物を持ち上げろ』とか物理学的アプローチでは無理だから……哲学者さんに頼んで鉄人計画？」「「無って言うなー！」」「あるの！　ちゃんとあるの!!　存在してるのよ!!」「でも、もし仮にその存在があると仮定しても平面を曲線で支えろとか……ぶううぅばあぁっくらああっ」「「平面って言うなー！」」「なだらかなの！　穏やかで慎《つつ》ましいだけなの!!」（プルプル？）

　穏やかで包めない程慎ましい人はモーニングスターで殴らないんだよ？　だが、お風呂上がりでも武装している俺に隙は無いけど痛かった！　物理攻撃ヤバいな？

「遥《はるか》君が安全の為《ため》に、恥ずかしいのを我慢して作ってるのは分かってる。だけど私達だって……みんなみたいに綺麗《きれい》なブラをしてみたかったのよ。本来の趣旨から外れてるのは分かってたんだけど、楽しみに順番を待ってたの……最後にされちゃったけど！」

　あー、結局俺が悪いのか？　だって甲冑委員長さんを見ていて知っていたはずだった。

仲間外れは寂しい。綺麗に着飾って見せびらかして、この世の服は全て我《強欲》のものだー！ってしてるのを、いつも見て来たのに気付かなかった。うん、結構大人《おとなげ》気ないんだよ？　寧ろビッチ達みたいに齧《かじ》らないだけましなんだよ。

それが皆だと、それは心もギザギザで尖《とが》って嚙《か》み付いて来るんだよ。

「分かった感じみたいな？　いや、未《ま》だ人類は虚無について分かってはいないんだけど気持ちは分かったって言うか、理解不能でも分からないとモーニングスターの回転が速くなってるのが分かったから分かる事にしてみたから、ブラ作ってみるからモーニングスターは仕舞おうね？　でも、胸に仕舞うのは禁止なんだよ？　うん、上げ底は許さないんだけど、その鉄球はトゲトゲが付いてるから仕舞うと痛いよ？」「仕舞わないわよ！」

「やったー！」「「でも、虚無って言うな（泣）!!」」（ポヨポヨ）

急遽《きゆうきよ》のブラ作成だが、急で予定外だったから目隠し委員長が不在。

「うん、何故《なぜ》か不在の方が目隠し感的に凄《すご》く安心感があるのは何故なんだろう？　でも、最近では目隠しが力技で瞼抉《まぶたこ》じ開けようとする危険な実力行使な目隠しで、隠す気が無いのを超えちゃって決して目は隠させぬって言う気迫まで漲《みなぎ》った目隠しさんなんだよ？」

そう、信頼感が欠片《かけら》も無いのに、何で女子は誰もクレーム付けないのか謎の目隠し委員長さん就任な長期政権で、目隠し委員長なのに決して目を隠させない委員長さんって職務怠慢でクレームどころかリコールだと思うんだけどいないからとっても安心だった!?

「「それは乙女の秘密なの！　唐変朴念仁!!」」

そして手作りの目隠しは……甲冑委員長さんに穴を開けられたままだった！

「穴って言うか、布面積を超えそうな勢いの穴って眼鏡なのって言うくらいに良く見えそうな目隠しになっちゃってるよ！」

やはり目隠し委員長と、本家目隠しは不倶戴天《ふぐたいてん》で仲が悪い様だ？　なのでスライムさんに頼んでみた。うん、流石《さすが》は不定形で一瞬で巻き付いて目を隠してくれたんだけど……？

「いやスライムさん？　さっきまで黒かったよね！　何で透明度あげちゃって、あげ過ぎて透明になってるの!?　うん、なんか近未来のゴーグルでSFな目隠しが目を覆ってるんだけど視線が全く隠されていないんだよ？って言うかVRなゴーグルみたいだけど、ヴァーチャルリアリティーに3D化しても。平面だからリアルな立体感は存在してないくらいのぺったん……（ベッシャン！）がぎゃあぁ！」

殴られた。

「ちょ、いや今のはスライムさんだよね！　俺は注意を喚起したんであって、歓喜しようにも無いんだから感極まれないって……いえ何でもありません。心を無にしてブラを作ってるだけなんだよ？　うん、心も身体《おむね》も無になってお揃《そろ》い……（バキャアンッ！）」

蹴られた!?

「えっと、これで形は出来てるんだけど、出来たって言うか、張り付けたって言うか、これって……大胸筋矯正サポーター？　まっする？」（バキッ！）（ベゴッ！）（グシャッ）（ドゴオオッ）（バシーン！）（メキッ……以下暴行中！）「「ブラだからあああぁぁーっ！

大胸筋矯正サポーターじゃないの！　ブラなのぉぉぉぉ――っ（泣）!!」

違ったらしい？

「でも大胸筋鍛えるとバストアップで胸囲もアップだよ？」「「ぐぬぬ……大胸筋矯正ブラ機能も追加でお願い（号泣）！」」

いるらしい？

そして結構必死で寄せて上げてみている。やっぱり可愛《かわい》い服を着る時にも、おしゃれする時にも無いのは困るらしい。でも、極一部に凄《すさ》まじく圧倒的な需要が存在するんだけど、言うと殴られるんだろう。だって既にモーニングスター完備の鬼気迫るジト目だ！

「えっと、後は寄せて上げて……寄せ、寄らな……えっと上げ、上がら……ない、だと！うん……安全の為に緩衝材《エアークッション》入れようか（涙目）？」「「……あざっす（感涙）」」

確かに胸部装甲的な意味合いで、安全性能が薄過ぎて衝撃吸収能力が皆無だった。ここは安全性に関わってるから良いのだろう。お洒落《しゃれ》だってしたいだろうし、ちょびっとだけなら全世界の男子高校生達《たち》も生温かい目でスルーしてくれるだろう。だって衝撃吸収性能問題が無問題な衝撃がダイレクトに響く、驚異の高伝導率な厚みだったんだよ。まあ、すごく喜んでるし良いだろう。

そして下に移る。しかし寧《むし》ろ小動物な狸《たぬき》っ娘の場合、ポッコリを押さえる小動物矯正ギブスとか、リード付き調教ベルトとか……野放しでも良いのだろうかと悩みながら作っているが、今回は上は二人共問題は無かった。無いから？

ただ、下は大変だった。何故なら副委員長Aさんはクラスで一番下が危険なんだった！　お胸こそ控えめで慎ましくいじらしいが、そのスタイル自体はスーパーモデルと変わりない脅威の股下を持つ美脚なボディーで、スタイル抜群（おムネは除く）なクールビューティーさんなのだった！

「危ない所だったけど、何とか狂乱の誘惑な美脚攻撃は抵抗《レジスト》しきれたよ！」（ポヨポヨ）

うん、ちょっと魔手さんが滑って執拗《しつよう》に撫で回してた気がしないでもなかったけど、乗り切れた。俺は乗り切れたんだけど、2名ほど魔手さんの精密で繊細な妙技に感嘆の声を「うひゃぁうぅ！」とか「ひゃらへひゃへぇ!?」とか「きゃゆううぅぅ♥」とか感嘆詞付きで感嘆しながら倒れて行った。あと、甲冑委員長さんも帰って来たのに、中の様子見てから意味ありげな微笑で「ごゆっくり」とか言って出て行こうとしないでくれるかな？って言うか存在意義に疑問はあるんだけど、一応建前的には目隠し委員長さんじゃなかったっけ？　うん、必要性《ネセサリー》は無さそうだけど？　だって全く微塵《みじん》も隠してなかったし？

「って言うか運ぶんだから手伝ってね？　うん、また真裸で気絶してるんだよ？　ごゆっくりしないいんだよ？　それ只《ただ》の犯罪が冤罪《えんざい》ですら無くなる罪状認否不必要な即有罪な悪即斬な危険が危ないから無いいんだよ!?」

しかし、あれは何だったのか？　ああ、これあれだ！　うん、Lvが上がってる。道理で魔手さんが色んな意味で随分と強化されちゃってたんだよ？　うん、凄かったみたいだな？　お顔的に？

遂にMaXと言うべきか未だMaXと言うべきかその先こそが心配だ。

72日目　夜　新ムリムリ城

疲れた、主に精神的に疲れた！　うん、男子高校生さんだけ元気な事こそが最大の問題と言えるだろう。気絶中な裸の女子さんと裸狸はちゃんと服を着せて、甲冑《かっちゅう》委員長さん達が運んでくれている。そして帰って来たら、踊りっ娘さんとも今後の事を話し合わなければいけない。

「うん、踊りっ娘さんは自由になったばかりだし、暫《しばら》くは楽しく過ごして、それからの事はゆっくりと考えれば良いんだけど……迷宮皇級の力を持っている以上、本当に解放して良いのか見極める責任があるんだよ。そう、何よりあの妖艶なボディーラインは見極めて目に焼き付ける必要がありそうな危険物だったんだよ！」

今なら強制的に『使役』してしまえるのかも知れない。だけど、それはいけない事だ。だって、やっと自由になれた。もう誰からも嫌な命令をされる事無く、やっと自分の思うままに生きていけるんだから。だからこそ誰からも縛られない本当の自由になるべきだ。

「さて、見ないようにしてた……って言うか、まあ見るとムカつくし？　見たくは無いって言うのも大きいって言うか、どうせ見ても意味が分からないからマジ見たくないな！」

そして何より、見て慣れると騙《だま》される。いつも見て慣れてしまったら、その違和感を感じなくなってしまう。実際Ｌｖがどんどん上がる同級生達は、もうステータスなんて言うものに何の違和感も持たずに毎日の様にチェックしている。そんなものが無い世界から来て、そんな不自然な物を見て違和感を感じていない。だから生まれた時からステータスのある異世界人なんて決してステータスを疑わないで、信じ切っている。

「ステータス」

NAME：遥　種族：人族　Lv：23　Job：--
HP：415　MP：488
ViT：358　PoW：365　SpE：490　DeX：476　MiN：480　InT：520
LuK：MaX（限界突破）
SP：1528
武技：「杖理《じょうり》 Lv9」「躱避《たひ》 Lv7」「魔纏《まてん》 Lv7」「虚実 LvMaX」「瞬身 Lv9」「浮身 Lv6」「瞳術 Lv1」「金剛拳 Lv3」「乱撃 Lv3」
魔法：「止壊 Lv2」「転移 Lv7」「重力 Lv7」「掌握 Lv7」「四大魔術 Lv7」「木魔法 Lv8」「雷魔法 Lv9」「氷魔法 Lv9」「錬金術 Lv6」「空間魔法 Lv4」
スキル：「健康 LvMaX」「敏感 Lv9」「操身 Lv9」「歩術 Lv8」「使役 Lv9」「気配探知 Lv6」「魔力制御 Lv9」「気配遮断 Lv9」「隠密《おんみつ》 Lv9」「隠蔽 LvMaX」「無心 Lv8」「物理無効 Lv4」「魔力吸収 Lv6」「再生 Lv6」「至考 Lv7」

「疾駆 Lv8」「空歩 Lv7」「瞬速 Lv9」「羅神眼 Lv5」「性豪 LvMaX」「絶倫 LvMaX」

称号：「ひきこもり Lv8」「にーと Lv8」「ぼっち Lv8」「大魔導師 Lv5」

「剣豪 Lv4」「錬金術師 Lv6」

Unknown：「報連相 Lv9」「器用貧乏 Lv9」「木偶《でく》の坊《ぼう》 Lv9」

装備：「世界樹《ユグドラシル》の杖《つえ》」「布の服？」「皮のグローブ？」「皮のブーツ？」「マント？」

「羅神眼」「窮魂の指輪」「アイテム袋」

「魔物の腕輪　PoW+53%　SpE+45%　ViT+31%」「黒帽子」


やっぱり2つも上がってる。上がりが悪くて遅い俺が一気に2つ。

「まあ、低Ｌｖのおっさん達とは言え4万もいれば経験値になったのかも知れないけどさ、あの大迷宮ですら6つだったんだよ？」

そして、俺が最後にステータスを見たのは鉱山を掘る前だったはず。あれから、かなりの迷宮を潰しても1つも上がっていなかった。

なのに、ずっと上がらずに今回は一気に2つ。勿論《もちろん》、経験値の持越しの可能性はあるだろう。でも上がり方に違和感がある、10刻み5刻みは長いからそう言うものなんだと流しても、今回は21から23だから関係無いはず。ステータス自体がおかしいのか、それとも俺のステータスだけに何かあるのか？　怪しいものが多過ぎて分からない、分からないけどこれで絞れた。あれができたのはたった1つだけだから。

「ずっと見なかったから操作しきれなかったんだよね？　うん、さっきの『魔手』さんの精度はあまりにも高過ぎだったんだよ」

　やっぱりか……俺のステータスは誰から見てもＬｖ21だった。レロレロのおっさんもそう言っていた。俺はずっとＬｖが上がった気はしていたけどステータスは一切見なかった、すると誰もが『鑑定』や『看破』でも俺のＬｖは21だと言っていた。つまり俺のステータだけ俺が確認するまで表記化されていないという事だ。

「はあー、今までスキルも魔法も装備までも欺く謎ステータスだったから、ちょっと疑ってみたらやっぱりだったよ！」

　俺のステータスは書き換えられている。弄《いじ》りながら俺が視《み》るその瞬間まで書き換えが起こらないからズレるんだよ。だからズレるのを待っていた、ズレるとしたら２ＵＰの時だ。そしてやっぱりだった。

「うん、こんな事ができるのはって……そんなの『至考』さんだけだよね？　うん、俺には操作できない乱撃で、踊り子さんの鎖弾《はじ》けるなんて操作系だけだもんね？」

　恐らく俺からスキルを隠すために偽装して力を抑制している。実際に『止壊』に気付いた時は意識を失い鼻血が止まらなかったから、あれはヤバかったはずだ。

　既に俺の身体《からだ》の限界はとっくに超えている。スキルの能力に身体が付いて行けなくて壊れているから、スキルが強化されたらもっと壊れていく。だから隠していた、そして今日の戦いが余りにヤバかったから、隠してた能力を開放したんだろう。だからきちんと50

メートル先の敵の前へ『転移』して、『虚実』で薙《な》ぎ払えた。で、全身の筋肉が千切れて骨も砕けて、あっちこっちから血を噴き出して倒れかけたんだから、明らかにあれは出力オーバーだった。だから隠されて抑制されていた。

「でもでも『至考』さんがどうやってそんなことするのかな？」

そもそも『至考』さんの元になった高速思考とか平行思考なんて、『思考』系スキルは異世界に存在してないんだよ？

俺の限界を超えた莫大《ばくだい》なスキルの情報を処理すれば脳《InT》が破壊される、その過度の情報を隔離し処理するのに必要な処理能力と演算能力の為《ため》に作られたスキルが『至考』さんだろう、なら作ったのは誰で誰が至考さんに情報を与え情報を受け取り情報を操作してるの？

「ねえ、たったの一度もおれに報告も連絡も相談すらしてくれずに、勝手に暗躍して莫大な情報を処理し続けている『報連相』さん。何か俺に言う事は無いのかな？」


「報連相 Lv9」＋「至考 Lv7」→「智慧《ちえ》 Lv1」


出て来た。やっぱり見付けるまでは隠れてるんだよ!?

しかし智慧《ちえ》。知恵と知識の関係は複雑で知識《データー》と知恵《プロセス》だけなら活用や応用ができないただの超巨大百科事典で、知恵があっても情報が皆無なら何の意味も成さない0《ゼロ》のキーしかない超高速電卓だ。知識と知恵は相俟《あいま》ってこそ意味があり、それが智慧《ちえ》。つまりＡＩ完備のスパコンの豪華版なスキルさんが、陰で隠れて助けてくれていたんだろう。

つまり使うと危険だからこそ隠されていたスキル。だけど、もう使えなければ俺の能力《スキル》は限界で、制御不能なまま能力《スキル》が上昇し続ければより危険だ。

「うん、智慧《ちえ》で脳が焼き切れても自滅や自壊だけなら俺だけで済むけど、能力暴走《スキル》はみんなを巻き込む危険が高いんだよ？　まあ、脳が焼き切れても再生したらそれはそれで嫌な気はするんだよ？　だから必要なんだよ……っていうか隠れるなよ！」

まあ、隠れて手助けされていたんだから文句を言える筋合いじゃ無いんだろう。だって俺のステータスで俺が今迄《いままで》生きているのがおかし過ぎる、きっと『智慧』だけじゃない誰かがいるが、未《いま》だ見つけられない。そして全ての大本はきっと……はあ――。

「つまり、新規スキルは『乱撃 Lv3』だけだから、これがあの謎攻撃。ちょ、遂《つい》に謎で制御不能なまま、纏《まと》める気無くスキル化されちゃってるよ!?」

そしてスキル化された以上、Lvが上がり更に強く使い難《にく》くなる。そう、何でも纏めちゃう『魔纏』のせいで制御できなくて『乱撃』になってるのに、今度はその『乱撃』がスキルとして『魔纏』で纏われて更に混沌《カオス》決定らしい。

「まあ、やっと姿を現したんだから『智慧』さんに丸投げしよう！　任せた!!」

だって制御してたんだよね？　実際、長期戦は考えていたよりもヤバかった、能力《スキル》反動や余波の累積に身体能力《ステータス》が全く耐えられていなかった。

「うん、やっぱり辺境に戻ったら迷宮に潜って、ViT装備を集めるしか手立てが今の所はないんだよ？　捥《も》げると痛いし、怒られるし？」

　スキルの威力にV・iTがついていけていないから身体が壊れていく。まあ、普通はその為の『身体強化』なのに、俺の場合は『身体強化』の上位版の『魔纏』で壊れている？

「って言うか、『魔纏』で身体能力を上げて、『再生』まで纏っても壊れて行くってどんな破壊力なの！　俺のスキルなんだから敵を破壊しろよ、俺のスキルが俺を破壊しちゃってどうすんの!?　うん、無茶苦茶過ぎなんだよ……誰に似たんだろうね？」

　まあ、これでやっと終わったんだから、後の事は後で考えれば良い……って言うか、今考えても分からないんだし、結構疲れたんだけど問題山積みのまま大量増加中？　スキルゲットが罰ゲームだった!?

「しかし教会ヤバい、致命的に知能がヤバい？　まあ、顔も口も悪かったし、それ以前におっさんだったし？」

　制御しきれていないのに、あの踊りっ娘《こ》さんを外に出しちゃうって頭がおかしい。うん、顔もおかしかったから間違いない！

「あの踊りっ娘さんに襲われても、何とかできるって言う事？　なら、まだ何か持ってるのかも？　うん、でもあの顔から見ると馬鹿なだけかも？」

　あの人工氾濫がまだ使えるんなら、辺境の迷宮を全部潰しとかないとヤバい。だけど辺境は迷宮がボコボコ出来るから、あの人工氾濫の技術は最悪なんだけど……あれ、絶対制御できてなかったよね？

そして計算上ならオタ莫迦達《ばかたち》が帰って来て合流すれば、同級生達なら辺境の迷宮でも2つは行けるかも知れない。そして辺境軍だって中層までなら1つは行ける。そして甲冑委員長さんとスライムさんがいて、俺が1つ何とかすれば6つは行ける。

「でも、辺境の迷宮はヤバいんだよ。うん、今回は辺境外の迷宮だから潰せたけど、あれが辺境だと……軍だと、まだヤバいな？」

そして、町や村を強化して仕掛けを増やしたって、偽迷宮の爆発炎上の大崩落にマスターゴーレムの圧《お》し潰し付きでも仕留められずにムリムリ城まで来てしまった。

「まあ、引き込んだんだから、しょうがなかったんだけど……爆弾おっさん達と、黄泉返《よみがえ》りとセクシーお姉さんが計算外だったんだよ。引き込んだから大儲《おおもう》けで、商国と教国からのぼったくりだけで儲かったし、物資も増えて装備も増えたんだけど……装備品《あれ》は、しょぼかったから換金かな？」

王都には鰻《うなぎ》も売っていたし、なんと赤酒は大収穫で買い占めた。揮発性の油も役には立ったけど、あれは料理には使えないんだよ？　そして文化レベルは既に辺境の方が上だった。服も家具も武器もしょぼかったから収穫はあまり無い。寧《むし》ろどうしてあんなにモーニングスターや鎖鎌が大量に出回ってたかが謎だが、全て無くなったから良いだろう。

「うん、だって女子さん達が買い占めてたんだよ！　もう、全員がＭｙモーニングスター装備済みなんだけど、みんな一体何を目指してるの!?」

そんな事を考えながら、スキルの『智慧』は自動で機能していても、試さないと能力も限界が分からない。だから『智慧』を自主発動させて試してみ…………よ……う…………
負荷を？　ふがあ、が、か……かかかかかかかかかかかかかかかかかかかかかかか
かかかかかか…………なあああああああ！　なんじゃこりゃあああぁ!?

2つの御山に両側から挟まれた魔の三角地帯に桃源郷が活火山らしい。

72日目　深夜　新ムリムリ城

目覚めると、右には美しい寝顔で左も美しい寝顔だった？　頭がぼうっとするけど……何事？って言うか……ヤバい！　俺の両肩に芸術的な造形のお顔が細い顎を乗せ、胸元には純白と琥珀《こはく》色の美しい腕が絡み付く。そしてお腹《なか》の上では艶《なま》めかしくもっちもちな琥珀色の太腿《ふともも》さんが乗っちゃって、元気に寝起きな男子高校生的に最も危険な位置に御脚様《おみあし》が柔肉愛撫《げっといつとおん》で、脚には白いなめらかな御御脚様《おみあしさま》が絡まって……一糸纏わぬ琥珀と純白の女神が左右からのサンドイッチが三度逝っちゃう位の過激な刺激が電撃的な痺《しび》れちゃう淫靡《いんび》な目覚めって言うか夢？

「あれ、まだ寝てるんだ？　だって、これはこの世の光景じゃない絶景な夢心地だから、やっぱり寝てるんだよ……きっとそうに違いないくらいにエロいんだよ!?」

右の腕は抱き抱えられてムニムニな2つの御山《おやま》に挟まれたまま、手は太腿さんに挟まれ

てとっても天獄《ヘブン》な所に収まっていて動かせない。そして左の腕もぷにぷにさんな2つの御山に挟まれたまま素敵で危険な魔の三角形《トライアングル》に囚《とら》われ中だ。

「うん、記憶が無い？　どうしてこうなった？　みたいな？」

右に裸の美女、左にも？　真ん中は裸の男子高校生？　オセロだと挟まれてTSだ!?

「いや、純白と琥珀の美体に挟まれてる黄色人種が裏返ると、何色になれば良いのかは複雑な民族問題に発展する恐れがあるんだけど、今は人種問題よりも男子高校生問題を心配すべき時だ！　何故《なぜ》なら世の男子高校生なんてみんな男子高好性なんだから、この状況は理性も野性も超えた男子高校生が暴走の危機で、その下半身に乗った太腿さんが危険で危ない触るな危険を圧迫で密着ですりすり刺激中で、爆発寸前な活火山の男子高校生《マグマ》が溢《あふ》れ出しそうな大変な出来事が起きそうって、滅茶《めちゃ》起き上がってるからヤバいんだよ!?」

ヤバいヤバいヤバいヤバい、そこはマジヤバいんです！

だが、両腕は幸せにがっちりホールドされて、むにむにぷにぷにと4つの揺れが柔らかく伝わって来る。両肩にも綺麗《きれい》なお顔が乗ってて起き上がれないし身動《みじろ》ぎもできない上半身完全拘束状態だ。そして下半身には4本の長い脚が絡まり付いて、押さえられていて動けない。そんな危険な状況で危険地帯を右からも左からもスベスベの素肌がスリスリと蠢《うごめ》き、ムニムニな感触とぷにぷにな刺激で全身天国な極楽なんだけどこれは地獄だ！

「ヤバイ、許容限界を超えた男子高校生的な衝動が暴動寸前の激動な時代に突入してしまうんだよ。って言うかなんで真っ裸で踊りっ娘さんまでベッドに入って来て、抱き着いて絡まって刺激的に男子高校生を刺激中って激しく刺しちゃいそうで大変やばいんだよ!?」

　気持ち良い滑らかで柔らかい肌触りが左右から伝わって来て全身に良い感触が絡み付いている。これは孔明《こうめい》の罠《わな》だ！　だってこれ罠過ぎて孔明さんだって戦慄《わなな》くレベルの巧妙な罠《トラップ》発動でずっとエロのターン？　ノクのターン？って、それマジヤバい奴《やつ》だよ!?

「って言うか、先程から絶妙にすりすりさわさわな超高等技術が駆使されて刺激されてるんだけど、幾等《いくら》なんでも絶対ワザとで寝た振りな狸《たぬき》さんがセクシャルなハラスメントで男子高校生さんがグッドモーニングを通り越してゴッドモーニングで、起こしてはいけない何かが起きちゃってるんだよおー！」

　いや流石《さすが》に、この動きは偶然じゃない！　だって連携し計算された動きで絡み付きながら刺激して来る怒濤《どとう》の連続攻撃《コンビネーションアタック》だ！　しかも既に拘束されていて動けないまま左右からの気持ち良い攻撃が波状攻撃で、俺の理性が挟み撃ちの連撃って……じゅ、蹂躙《じゆうりん》だと！

「絶対　籠絡　使役させる」「ちょ、踊り子さんには触れてはいけない絶対規約なのに、踊りっ娘さんの密着接触された場合の男子高校生さんはー（あむっ♥）……ぐはぁ！」

　激戦中♥――そう、男子高校生的に負けられない戦いが其処《そこ》にはあったとか無かったとか気持ち良かったとか、またお婿に行けなくなったとか？

「包囲して蹂躙戦からの騎乗戦の連続波状攻撃なロデオガールが大暴れで、二人乗り《ツイン》なタンデムの連携が見事だったけど……さっき『性豪』と『絶倫』さんがＬｖＭａＸで限界の頂点で絶頂期な攻撃力になって、『再生』もＬｖ６で連続な長期戦も頑張れるんだよ？

みたいな?」「「ひいいいぃ、あああああぁ、んあああっ♥　あううっ♥　きゃうん♥」」

突き上げる衝動の勝利!　だが『性豪』と『絶倫』さんがＬｖＭａＸになっていなかったら押しきられていただろう、だって『再生』もＬｖ６でもギリギリだったのだ!!

その敗因は黒マントを手の届く所に置いていた事。絡み付く４本の手と４御御脚《おみあし》の攻勢を跳ね返し、上を取られれば下から突き返す垂直格闘戦闘で逆転から、一気に流転してマウントポジションから——黒マントにさえ手が届けば負けは無い。

敵が二人ならば、こちらは無限の手『魔手』さん達で逆蹂躙戦!　振動魔法も投入したが新スキルの『智慧』の制御能力は凄《すさ》まじく、まるで百本の手や指が生えて、それが自在に操れるような感触で、それはそれは素敵な感触が百本で大変だったけど……流石に百本は多過ぎたのかエロア《はしたない》へお顔で気絶中?

「まあ、茸《きのこ》はお口に咥《くわ》えさせなくても大丈夫かな?　まあ、でも踊りっ娘さんはちょっと痛そうだったから、一応咥えさせておこう。うん、丁度お口が開いてるし?(かぷっ♥)」

そしてお説教だ、あの美しく妖艶な姿態に襲い掛かられ、魅惑な身体《からだ》が応援だと圧し掛かり、あっちがプルプルこっちはムニムニで、それはもう男子高校生的に大変な難事が難関な難攻不落で……落ちちゃったけど、反攻作戦を反抗期な男子高校生風に犯行に及んで頑張ったんだよ?　ありがとう?

「じゃなくてお説教なんだよ、物事には順序や手順と言うものがあるんだから、いきなり襲い掛かると言う男子高校生的な所業は注意しなければならないんだよ!　うん、男子高校生なら男子高校生だから男子高校生的にしょうがないんだけど、男子高校生を襲うのは問題だ？　ごちそうさまでした？」（ビクンビクン♥）
お返事だろうか？　いや、ここはビシッと言っておくべきところだろう。充分手遅れ感はひしひしと感じられて良い感じだけど、それはそれは素敵な快感な感情が観測されたがここはお説教だ。
「甲冑《かっちゅう》委員長さんまで一緒になって何でこんな事するの、俺は喜んで………いや、嫌ではないけど喜んでいるのは強《あな》ち否定しきれない側面が全面展開なんだけど、それはあっちに千歓万悦に奉って置いといて、俺は怒ってるんだよ？　だって踊りっ娘さんはやっと自由になったんだから、これからゆっくりどうするか考えるべきなのに、何で襲っちゃうの？　こう言うのはお礼とかでしちゃいけないし、一緒にいるって言うんでもこれはこれで別問題なんだからきちんとお話合いが必要なんだけど、お話合いしてるんだから耳たぶ噛《か》まないでね？　そして踊りっ娘さんも何で俺を脚で挟み込んでるの？　いや、これはお説教と言う名のお叱りを頂いているんだから、もっと真摯に紳士な俺の御言葉を……唇歯《しんし》でしゃぶるのはちょっと違うんだよ？　あと俺がお説教でビシッと指差してるのに何で迷わず指をあむってしちゃうかな？　いやれろれろも違うんだよ？　そして何気に蟹挟《かにばさ》みからのって、ちょっと……どぁあああああっ！」
迷宮皇復活《リターンマッチ》――流石と言うしかないだろう、迷宮皇級の二人の身体能力はステータスとは別の次元にある様だ。だって何度気絶させても復活って……あっ、黄泉返り持ってたし、

『再生』も持ってるの!?って、逝っても蘇《よみがえ》っちゃうの!!

「しまった。持久戦で互角なら数の差は戦力に直結して、その直接攻撃がむちむちと素敵な脚が首に絡まって接触なムチムチな太腿のスベスベお肌がぎゅううって……さ、三角絞めだと!」「既成事実　美味《おい》しいご飯　契約事項!　美味しかった、楽しかった……もう、独りは……嫌」「ぐぎゃぁ!って俺が独《ぼっ》りで、二人掛かりズルいな!?」

そう、もう独りは嫌だと二人掛かりで男子高校生を締め上げるらしい!　後ろから褐色な御御脚《おみあし》で仰向《あおむ》けに三角絞めで倒された隙に、純白なぷりぷりが密着な上四方固めだと!

「はっ、この体勢はヤバい。何がヤバいって絵面と男子高校生的にヤバい禁じ手指定の危険なムニュムニュが俺の男子高校生をって……いや、かぷって?　ぐわあっ!」

だが、男子高校生復讐戦《リベンジマッチ》!

「ふっ、他愛もない。上四方固めならばこちらとて絶好で絶品な絶技な舌技に振動魔法付きがあるんだよー!　上四方固め破れたり!」「「な、うあぁ!　ひっ、ひゃううぅ♥」」

そして我がテキサスクローバーホールドに、触手さんと振動魔法の夢のコラボレーションなクラッチに敵など無いのだ!ってまさかの逆首四の字!?

「ずっと一緒　使役　皆幸せそうだった……」「いや、俺が今まさに御不幸に遭われそうな憐《あわ》れな感じな気がするんだよ!　主に頸動脈《けいどうみゃく》あたりに!?」

上半身と下半身を別個に絡められるとヤバい、特に下半身が男子高校生的にヤバい!

くっ、踊りっ娘さんの超軟体な動きが予測不可能。だが、だからこの為《ため》に『智慧《ちえ》』さんが目覚めたのだ！　魔手さんも倍増、御徳用2百本だ！

「って、やはりこの4本の素敵なあんよが強敵だった！」「魔力、分解で、魔手を!!」「ならばWハーフボストンクラブからの魔手の精密集中攻撃だ！って、今度は後ろから……うん、よく考えたら1対2で固め技は不利だった!?」

手を押さえながら脚を警戒していたのに、まさかここで……お口だとおおおおっ！　復讐の連鎖《バトルロワイヤル》——もう、お外は明るくなってきたが、きっとこれは朝チュンとは違う何かなのは間違いないだろう。だって、このままでは格闘スキルが取れちゃいそうな肉弾戦による肉体言語の肉欲の宴《うたげ》が肉体疲労でお疲れなんだよ？　既に『再生』能力よりも疲労が上回っている。俺の男子高校生的な衝動すらもが限界を試されている。

だが未《いま》だ諦めない不屈のあんよが伸びて来る。超絶技巧派な軟体を駆使して変則体位戦だけかと思ったら気迫が違う！　鬼気迫る眼《め》だ、これは本気なのだろう！って、しまった！　この体勢は拙《まず》い。

「……一緒　使役　約束《ずっと》」「くっ……分かったから……分かったって、だからギブ《Give Up》！」

我が男子高校生に一片の悔い無し？って言うか一片も残さず男子高校生な魂を使い果たしそうな吸い上げ感が!?

「ってだからギブだから！　本当に分かったから!!　はあー、『使役』……だからギブなんだよ!?　もう、ちゃんと使役されてるから！」「これは　御奉仕《サービス》　約束《ずっと》」

いや、だって流石に男子高校生的な組《く》んず解《ほぐ》れつは決して嫌いではないんだけど、幾等なんでも……恥ずかし固めは嫌なんだよ？　うん、男子高校生はみんな見るのは大好きだけど、されるのは嫌だと思うんだよ？　需要も無いよ？　ギブいな？（ちゅっ♥）

ぼったくるのは大好きでぼったくられるのは嫌だけど、妖しいお店は嫌いじゃないけどJK在籍は犯罪だ？

73日目　朝　新ムリムリ城

ちゃんと使役された勝者《ネフェルティリ》さんは満面の笑みで勝ち誇っていた。そして敗者《遥君》は疲労して憔悴《しょうすい》しているけどスッキリとした諦め顔。うん、廃者さんかも？

「まあ、スッキリはともかく、ようやく諦めたみたいだね？」「だって、あの必死さと健《けな》気《げ》さでお願いされながらの、あの蠱惑《こわく》的な小悪魔ボディーで絡みつかれたら……普通断れないよね」「ましてや、そこに超絶我儘《わがまま》ボディーさんまで乱入で、極限肉体で肉弾攻撃な女体参戦の美女二人《ビューティーペア》に抗《あらが》おうって言うのが無理だよ」

だけど、それでも朝まで頑張ったらしい。まあ、きっと頑張り過ぎちゃって損耗しきって憔悴してるんだね？　そう、その深夜の肉弾超絶戦闘以外は平和な朝だった。

「平和になったのかな？」「う～ん、平和じゃないのかも知れないけど、敵は全滅したから、全滅しちゃうと戦えないかも？」「「うん、全く平和的ではないけど平和なんだね」」

教国と商国、そのどちらとも軍事的にも政治的にも決着は付いていないまま。だから、まだ停戦どころか交渉すらまともにできていないらしい。でもひとまず安全。

「まあ商国は大揉《おおも》めの内紛分裂で、もう国じゃなくなってるらしいです」

商国は国とは呼ばれていても商業連合。その商人達《たち》の財産ががっぽりとぼったくられて内部分裂で、国としての体を成せずに、止《と》めで精鋭の軍や傭兵《ようへい》達は獣人狩りに行ったまま行方不明になって、挙げ句に謎の海賊に船を片っ端から沈められてもうボロボロで何かする余力も余裕も無いみたい。

「教国だって、あれだけ全力で財産注《つ》ぎ込んで全部ぼったくられたらねえ?」

教国も魔石確保の為に莫大《ばくだい》な額を注ぎ込み、注ぎ込んだだけぼったくられて、精鋭部隊も潰されて大司祭は捕らえられ特殊装備は奪い取られた。なけなしの魔石を注ぎ込んだのに何も手に入らずに面目も丸潰れで、内部で権力争いが起こり内紛中。そして魔道具が作れない教国なんて一気に力を失っていくはずだ。

「しかもネフェルティリさんがこっちにいるんだから、手は出せなくない?」

何よりも教国の最大の武器の1つネフェルティリさんを失った、しかも奪われちゃってるんだからお金以上に戦略的にも政治的にも大損害だろう。

「まだ色々持ってそうだけど、ひとまずは無力化できたはずだよね」

だから厳密には全く平和にはなってないんだけど、誰も戦争できない。だから殺伐として和平交渉なんてできてもいないけど、軍事と経済を徹底破壊されたから平和になったんじゃなくて強制的に平和にさせられただけ。ただ戦争ができないだけなの？

「「「よし、子供達を迎えに行こう！」」」

　きっと、あれからずっとお迎えを待っている。ちゃんと約束したけど、それでもきっと不安だろう。年長の子達は私達が戦いに行くって言う事を理解していた、両親を失って孤児になってしまった子供達だからこそ心配しているだろう。だからお迎えに行こう。

　遥《はるか》君は右にアンジェリカさん、左にネフェルティリさん、頭の上はスライムさんの豪華警護状態な超絶美女SPが警護中で護送中？

「アンジェリカさんが妙に過保護な事は今迄《いままで》もあったんだけど？」「あれは、きっと身体が回復していないんです」「まだ襤褸襤褸《ぼろぼろ》のままなんだ……」「「「その襤褸襤褸の身体で、一晩中夜通しで官能肉弾戦《プロレスリング》の寝技《グラウンド》大会を朝まで戦い続けたんだね！」」」

　それが回復していない原因な気がするけど、ネフェルティリさんは必死だった。凄《すご》い決意だった。死んでも離れないって言う健気な想《おも》いで寝技で陥落した。あの乙女に禁忌なテキサスクローバーホールドで倒されても戦ったの！　うん、あれは凄かったね!!

　だからネフェルティリさんは嬉《うれ》しそう。誰かと一緒なのが楽しそうで幸せそう。やっと永い独りぼっちが終わったから、そこから皆で笑える場所に来たから。だから、とっても……幸せそう。まあ、もしかしたら勝ち誇ってるだけかも？

「でも、また愛人さんなんだ」「「「うん、お妾《めかけ》さんだけ増えて、彼女ができないって悩んでたね？」」」

それはきっとアンジェリカさんが言っていた、人ではなくなり魔物となる悲しさと寂しさ。繋《つな》がりを失った永遠の孤独。もう自分は人とは違うって言う悲しみと恐怖、そして絶望。それは誰にも救えない永遠の孤独。でも、無駄だったの?

だって人とか魔物とか、違いを気にも理解もしていないから? 前に尾行っ娘《こ》ちゃんが「オークみたいな領主と、領主がオークが分かっていなかった」って言っていたけど、だって遥君にはどっちでも良いの。きっと好き嫌いくらいでしか判別してないし、興味も無い。そもそも本人自体が人族か怪しいの!

「もう、アンジェリカさんは孤独じゃないもんね」「うん、ネフェルティリさんも、もう仲間だもん」

きっとネフェルティリさんだって脅《おび》えていたはずだ。魔物だから、人ではないから、もう居場所が無くて行き場が無いって、きっと不安で怖かっただろう。

そんなの関係ないってどれだけ言われたって、それでも孤独だ。でもね、何にも言われないの。だって気にもしてないから考えてもいないし、理解しているかも怪しいし、そんな事に全く興味を持っていないから。だって遥君にはどうでも良い事だから。だからこそ安心できた、だからこそ必死だった、たった一つの居場所を見つけてしまったから……そこはみんなが笑える場所だったから。だから遥君の横でとっても幸せそうだ。

そうして、仲間になれた。ここはそういう場所だから。

そして準備って言うか子供達の御迎《おむか》えの準備に、どうして世紀末覇王伝な凶悪なオブジェが準備がされてるの？　もう、奥様《覇王》部隊は辺境に戻って行ってたよね？

「いや、教会から接収《ないない》した馬車を改造して、孤児っ子達の暴走用に改造《チューン》して、爆走なお迎えで高速移動《ハイウェイ》の孤児様《スター》で速度《スピード》の向こう側は……は、よく見るんだけど、あれって景色が無くなるからあまりお勧めはできないんだよ？　まあ、曲がれないけど衝突安全性能は破壊力と突破力に比例等級でばっちりだから、轢《ひ》き逃げも安心な特攻馬車が王国無双で孤児っ子達も大喜び？　うん、乗ってるだけでレベルも上がりそうなパワーレベリング機能搭載？　みたいな？」

「「「普通に安全な馬車にして！　子供に速度《スピード》の向こう側とか教えなくて良いの！」」」

　子供達の情操教育が破壊され改変されて、世紀末な覇王を目指しちゃいそうな鋭角的で前衛的な衝撃的デザインの凶悪な馬車。棘棘《トゲトゲ》に武装までされてるけれど、これ見ちゃったら絶対に誰も襲って来ないで逃げ惑うだろうって言う、とっても遥君的な設計の馬車だった。うん、せっかく王都を解放したのに、きっと王都を守る第二師団さんもこの馬車が現れたら泣きながらまた籠城を始めちゃうからね？

「いや速いんだよ？　早く迎えに行こうって言うから、最速《スピード》の向こう側を目指し完全改造《フルチューン》な直線番長弾丸列車仕様な重装甲型馬車さんが駄目出しだった？　うん、ドリルが不味《まず》かったのかな？　いや、このエアロなウィングがダウンフォースで好感度ダウン？　でも棘棘も可愛《かわい》いんだよ？」「まずエアロウィングでダウンフォース発生させないと浮き上がっちゃう馬車が、もう馬車じゃないから！」「うん、飛ばずにちゃんと地面を走ろうね？」「流体力学も空気抵抗も大事だけど、その前に常識を大事にして!!」「うん、すっごく大事にしないと、もう吹けば飛ぶ様な流体力学的限界で風前の灯火《ともしび》だからね？」「空気抵抗より存在が皆無な常識さんだけど、偶《たま》には常識さんにだって出番を与えてあげて！」「「「きっと異世界に来てからまだ一度も出番が与えられてないよね!?」」」

それ以前に、『加速の足当て』『加速の馬鎧《うまよろい》』『加速の面当て』『加速の鞍《くら》』『加速の手綱』『加速の蹄《ひづめ》』『加速のリボン』と加速尽《ず》くめの、超加速用のお馬さん装備が豪勢だった。うん、加速のリボンは尻尾に巻かれていて、物々しく凶悪な馬鎧からリボン付きの尻尾が振られているの？　そう、リボンは新製品で追加注文が必要だね！

「でも、内装は綺麗《きれい》で広々と！」「うん、外装は奇形で殺伐としてるけどね？」「「「これがあれば馬車の中で座って牛丼食べられたのに!?」」」

別に移動の度に牛丼食べなくても良いんだからね？　そして出発してみたら……速い、速過ぎる。

「高速移動よりも速いって何！」「お馬さんに縮地でも教えたの!?」「これが加速装備の重ねがけの効果で……だから曲がれないらしいよ？」「「「うん、お馬さんにもエアロなウイングにも罪はなかったんだね！」」」

先頭の遥君が乗る「豪華版素敵系美人女騎士さん熱烈歓迎御持て成し号ＤＸ」で前方広範囲を確認しているから、直線を超高速移動で問題は起きないはず。だけど何で聞く度に馬車の名前が変わって長くなっていくんだろう？　装備も内装もより豪華になっているし、饗《きょう》す気満々だけど……そんな超高速移動する馬車に乗り移れるような女騎士さんはいないと思うよ？

でも、これでやっと休めるんだろう。ずっとずっと戦い続けて全部終わらせて、幸せは何一つ奪わせずに敵の全てを奪い尽くした強奪屋さんは、やっとゆっくり休めるんだ。

「そんなに急がなくて良いのに」「子供達を待たせてるからね」「うん、子供達が寂しがって泣いていないか心配で、こんな馬車まで作ったんだろうね」「「「それで私達は……こんな凶悪な馬車で、王都に行かなきゃいけないんだね!?」」」

ちゃんと子供達を迎えに行けるように平和にして、子供達がずっと笑えるように幸せを守った。きっと今頃は疲れ果てて寝てるんだろう。一晩中激しく寝床で寝技の応酬で寝てたから、流石《さすが》にやっと普通に寝てるんだろう。

「でもすぐ辺境には帰れないんでしょ」「うん、オムイ様達や王女様も王都に戻るらしいよ」「そう言えば～、ドレスを持ってるか聞かれたよ～？　みんな持ってます～って答えておいたよ～」「「「ドレスってまさか公式の行事に呼ばれちゃうの！」」」「「「それ、舞踏会とか出ちゃうの!?」」」

確かにドレスを持ってるかと聞かれれば、みんな持ってるんだけど……あれは公式行事どころか人前に出られない。だってみんなのドレスはエロいの！

「公式じゃなかったら私服で大丈夫だと思うけど」「うん、遥君の作った私服は防御も耐性も高いし、武器も『収納』できて、色も変えられるから場も選ばないもんね？」

そう、でもドレスは不味いの。だって、まずどんなドレスが普通かが分からない、更に遥君にお願いしたらどんな物になるかも分かったもんじゃないの？　だって王女様のドレスすらエロかった。って言うか王女様のドレスこそが一番エロかった？　うん、舞踏会じゃなくて罵倒会こそが必要そうみたいだ。

「ドレスって私の超ミニなんだけど！」「あっ、私のもスリットが……腰骨まであるんだった!?」「私のなんて背中お尻まで開いちゃってるよ!!」「「「エロくないのが無い!?」」」

みんな一体何を注文してるの？　うん、でも私のも肩も背中ももろ出しの深スリットだけど……だって女子力が防御力重視の鎧が日常だったから、反動で露出が増えちゃったの？　だからこそ甲冑《かっちゅう》組が特にエロい傾向があって、前衛は全員危ない！

だって、きっと異世界であのドレスは前衛的過ぎるの。だって見えそうなの、色々と？うん、ギリギリを攻めてみたからこそ出番が無かったんだから。

うん、あれはパーティー用じゃなくて、あのドレスをみんなが着たらそれはもう妖しいお店になっちゃうの。ドレス……また、遥君からぼったくられちゃいそうだ！

ベスト囚人ニスト賞受賞には捕らえたい男No.1が先だと思う。

73日目　昼　路上

3台の馬車でお迎えに出発する。先頭の俺や甲冑委員長さんにスライムさんに、踊りっ娘さんが乗った「豪華版素敵系美人女騎士さん熱烈歓迎御持て成し号DX」。未《ま》だ美人女騎士さん達が戻ってこないんだけど、一体何処《どこ》まで御着替えに行ったんだろう？　うん、女性の身嗜《みだしな》みとは長いものだと聞いてはいたけど、まだ戻ってこないらしい。

「結局、この簡易牢《ろう》な囚人護送車もパクっちゃったんだね～？」「まあ、原型とどめてないらしいし、お馬さんも怖くなっちゃって手が出せなかったみたいだね」「まあ、ある意味こんなに簡易牢とか囚人護送車が似合う人も珍しいから、くれたのかも？」「「「ああっ、ベスト囚人ニスト賞受賞！」」」

そして、後続の「高速移動《ハイウェイ》の孤児様号《スター》」に乗った面々が、心無い非難を浴びせているけど今は寛大な気分で聞き流してあげよう。だって右に揺れればぷにゅぷにゅで、左に揺れるとむにむにで、頭の上はぽよぽよの幸せな旅だ。うん、出掛ける前にサスペンションを柔らかくしておいてよかった。しかも全面ベッドの寝台馬車だから揺れる度にベッドの上でコロコロ転がりむにゅむにゅ縺《もつ》れる素敵仕様だ！　気持ち良い旅路だ!!　まあ、帰りは孤児っ子達を乗せて運ぶんだから、エロ楽しいのは行きだけだし楽しく愉《たの》しもう!!

空空《うつらうつら》と空を見上げ、夢見心地に揺られながら王都を目指す。馬車でも丸1日あれば着ける、多分とばせばすぐに着く。だけど、悠暢々々《のんびりのんびり》と進んでいく。まあ、結構疲れたな。

「宜《よろ》しく」（ポヨポヨ）

そして、ちゃんとデモン・サイズも連れて来てるから、馬車の警護もばっちりだ。休憩を兼ねて氾濫した迷宮の跡も見てみたけど本当にしょぼい、隠し部屋も無い30層の小迷宮だった。うん、これくらい事前に潰しとけよ！　そして、元迷宮で昼ご飯。きょうは珍しく雨なんだよ？

「ううぅ、昨日食べ過ぎてワンモアセットじゃ足りないのに！」「でもでも、ネフェルティリさんのダンレボもあるから大丈夫なはず!!」「油断した、まさかここでカルボナーラさんが顕現されるとは!?」「今日は控えようって……控えようって決意してたのに！」「「「カルボナーラ様じゃ、カルボナーラ様が降臨されたじゃ！」」」「「「何の宗教!?」」」

作ってみたら案外と簡単にできたので振舞ってみた。結構美味《おい》しいけどやっぱり偽物なんだけど、気分だけでも味わえれば少しは取り戻した気分になれるだろう。

結局、失ったものが多過ぎて全部なんて不可能なんだから。だってスマホとか無理なんだよ？　触った事ないし？　うんガラケーすら持ってなかったのに無理だよ？　だって通話する相手いないし……ホットケ！

「いや残念ながらカルボナーラさん風な何て言うかパスタっぽい何かと豚肉と茸《きのこ》の謎のミルクと未知の卵の小麦粉で伸ばしたソース和《あ》えな、何かの黒胡椒《くろこしょう》たっぷりな何か？　みたいな？」「「「良いの！　そう見えれば、それはカルボナーラ様なの!!」」」

うん、未だチーズと生クリームが手に入らない。だが存在していたのは確認できた。きっと、その時こそピザさんの降臨に皆が平伏《ひれふ》す事だろう！　でも、きっとコーラは無理なんだよ、材料はチラ見したことはあっても、いちいち覚えてないんだよ？

「「「いただきま――――す♪」」」（プルプル！）

巨大なお皿に山の様に盛り付けて、小皿を22枚とバケツを1個渡しておいたのに？

「ちょ、ソースが飛び散ってるから！　何でパスタを引っ張り合うの!!　どうして、パスタ巻取り合戦でカルボナーラさんを巨大な球形状になるまで奪い合うの!?」

戦乱――なんとフォーク二刀流まで現れているけど、踊りっ娘さんは使役でＬｖ１まで下がっているのに強かった。舞う様にパスタを巻き取り、踊るような足取りで持って逃げる！　奪い合い引っ張り合い頬張っては、またパスタを巻き取って行く。もう、戦闘力全開のようだ、カルボナーラ恐るべし!!　まあ、楽しそうだから良いのだろう。

「でも、女子が口元が白い液塗《まみ》れで、お口から白い液体を零《こぼ》しながら唇から垂らすとモザイクさんが掛かるからね？」「「「美味しい、美味しいよ！」」」「うん、懐かしい」

うん、舌先で舐《な》め取るのも何か結構あれなんだよ！　お行儀と女子力とわんもあせっとは、もう駄目みたいだな？　そして、また旅路を馬車に揺られてって言うか、揺れる様にしてあるって言うか、揺れてなくても揺らすって言うか揺れてみた？

後続の「高速移動《ハイウェイ》の孤児様号《スター》」のお馬さん達《たち》もまだまだ元気いっぱいで、『加速』の効果で慣性速度《モーメント》が増して行き跳ねる距離が縮み『縮地』効果に近い感じで走っている。

「まあ、だからあの馬車は直線オンリーで曲がれないんだよ？　うん、あっちのお馬さん達だとカーブ無理だよね？」（ポヨポヨ）

だけど、考えていたよりも速い。後で回復茸をご褒美にあげておこう。そして新たな問題の謎が、現行犯な肉体言語で解明された。やはり犯人は踊りっ娘《こ》さんだった！

「皇族　勉強　性技の極み♥」

なんだかやたら技巧派《テクニシャン》で、甲冑委員長まで手強《てごわ》くなって新たな技が多彩に飛び出すと思ったら踊りっ娘さんは大昔の皇国の皇女様で、なんと性技の極みを学ばれたらしい？

「って、あのプロレス技《フランケンシュタイナー》も性技の極みに含まれてたの！　何を目指してたの、その皇国!?」

是非とも引越して住みたかったが、もう滅びてしまった古《いにしえ》の国。そして甲冑委員長さんにまで皇族の秘奥義が伝授されて、技術革新で妙絶秘儀を会得してしまったのだ！

「性技の極みが極まり過ぎてて、窮まった男子高校生が究極の極限まで窮地に追い込まれたけど、ちゃんと逆襲な強襲で強制羞恥な凶行におよびWノックダウンで強烈にお休みだな？　お目々が♥だし？」

うん、今の内に内職でもしよう。そう、肉体言語《コミュニケーション》の異種格闘戦で、『金剛拳』も2アップって……流石迷宮皇級ペアは伊達《だて》じゃない!?　そう、少なくともステータスには完全に格闘戦だと判断されたらしい！　そんなこんなで内職しながら馬車に揺られる。注文票も溜《た》まってる!?

「しかし、お馬さんの尻尾とお揃《そろ》いのリボンを注文って……まあ、委員長さんとかはポニーテールにもしてたし……お馬さんとお揃いするの？」

それに急ぐ旅でもないし、王都に着いてからも暇そうだ。

「だって早く着いても王女っ娘とメリ父さん待ちなんだよ？　うん、あの頭血だらけの禿《はげ》って言うか、頭皮剥げた大司教達や、委員長さんに捕まって悲惨なまでにボコボコにされて人か魔物か鉱物か分からないくらいボコ顔になってた貴族達も移送されて来るんだよ？」（プルプル）

そう、お饅頭《まんじゅう》は本当に怖かった！　そして雑貨屋で働いていた店員っ娘の片方が、御《お》土産屋《みやげや》王都支店を経営してくれるらしい。家族を連れて一緒に移動しているはずだ。

内職しながらも暇だから延々と帰り道の時間短縮の為《ため》に道を舗装しながら王都に進む、路面が安定していればこそ「高速移動《ハイウェイ》の孤児様号《スター》」の真価が発揮されるのだ！　きっと孤児っ子達も大喜びするだろう。そして、やっと復活？

「うん、レオタードの注文殺到で、何かと思ったら踊りっ娘エアロビなダンス教室が絶賛大人気で他目的《わんもあせっと》で目指せ魅惑の括《くび》れボディーライン計画発動中らしいんだけど、踊りっ娘さんもレオタードいる？　うん、甲冑委員長さんは沢山持ってるんだけど、人前で着られるのは極僅かな選ばれたレオタードさんのみで、黒派なのに白派と迎合して水色派とも和解したのに灰色派《グレー》の登場で戦局は一変して群雄割拠で沢山レオタードさんが現れて着せるのも脱がすのも大忙しで大変だった？　観《み》たいな？」「求む　全部　オプション付きで！」

オプションのレッグウォーマーもヘアバンドもバレーシューズもいるらしい？

「ちなみに女子さん達からはベリーダンスの衣装の問い合わせも殺到中で、どちらも大変作り甲斐《がい》のある素敵なご提案なんだけど、ベリーダンスの衣装は現在後続の馬車内でビッチ達と文化部達でデザイン会議中なんだよ？」

使役した以上は踊りっ娘さんの服も作らなきゃいけないし、昨日の限界バトルで触手さん大活躍で寸法も形状も読み切ったし、羅神眼にも焼き付けた！　そして、作るのが難しい超軟体な新体操部っ娘で対応はもう分かってるから、さっきから作っては型合わせしてはフィッティングして着せて脱がせてたら16ラウンド目が開催中？　うん、タッグチームはズルいんだけど、その分2倍嬉《うれ》しいけど右も左もお尻にお胸に太腿《ふともも》さんに囲まれた捕われの男子高校生で、穴があったら大脱出な逆襲攻撃の孤軍奮闘で……早くも『再生』がLv7に上ったようだ？

そう、狭い馬車の中の終わらない戦いは消耗戦で、内職も忙しいのに大混乱で移動中。まあ、これは孤児っ子達には見せられない駄目なお顔だから行きだけのお楽しみ旅行で、お愉しみで逝きそうだ？

「装備も手を付けたいけど、この踊りっ娘さんが封印されてた、『神代の棺《ひつぎ》　武装化　完全無効　自動防衛　自動修復　全強化　魔剣舞　？　？　？　+ATT　+DEF』って言う化け物装備って手を付けなくて良いよね？」

お返事はない、お目々バッテンWピースのようだ？　まあ、これは甲冑委員長さんの白銀甲冑並みのアイテムチートさん確定で、装備すると大盾付きの甲冑になるらしい。
「変形合体はロマンだけど、素敵な魅惑と蠱惑《こわく》で誘惑なコラボなボディーさんがお隠れあ
そばすんだよ？　うん、当然持ってきたんだよ？　落ちてたし？」
でも、この棺って神剣での全力の次元斬でも斬れなかった、それは絶対の安全で有用。
逆にむさ苦しいのを我慢して剝ぎ取ったおっさん装備は、大司祭とか大司教とか言うか
おっさんが使ってた羅神眼でも見付けられなかった結界具『絶界の杖《つえ》』が期待外れだった。
「あれ見付けられなかったんじゃなくって、いなかったんだよ？　うん、絶界に入り込ん
で棺と一緒に運ばれてただけで、自分では動く事もできないし、見てるだけで音すら聞こ
えないんだよ！　あれって俺の腕が捥《も》げて武器も無くなったから、やっと出て来ただけで
実はあの中からは踊りっ娘さんの封印を解く事すらできなかったって……寧《むし》ろあのおっさ
んに引き籠もりの称号付けようよ！　何で俺なの!!」

ぷんぷん？　まあ、だけど『絶界の杖　ＡＬＬ30％アップ　魔術制御　絶界　封印　Ｍ
Ｐ増大』とＡＬＬ30％アップがあって、目下最大の問題のＶｉＴ不足で自壊するのを抑え
るのは無理でも和らげられるだけでもありがたいし、『魔力制御』とＩｎＴで魔纏《まてん》の制御
が上がるかも知れない。そして、最後はギリギリだったＭＰも増大するから貰《もら》っておこう。
「だから『絶界』は見えるだけで動けないから、覗《のぞ》きにすら使えない残念機能？　うん、
いざと言う時逃げられない道具なんて一切信用できない！　だって、スキル『封印』だっ
てお説教だけは絶対封印できないだよ！」（ポヨポヨ!?）

うん、だって説教《あれ》スキルじゃないんだよ？

「まあ、オタ達が帰って来たらあいつ等《ら》『封印』持ちだから聞いてみよう。ついでに、あいつ等の『結界』を封印してみてから頭でも焼いてみよう？」（プルプル）

これで、『智慧《ちえ》』と『絶界の杖』で少しは制御力が上がったはずだけど、Ｌｖも上がったから効果は不明。結局、制御しきれていない部分はＶｉＴ装備を集めて誤魔化すしかない。今回２アップもしたけどＶｉＴは最も伸びていなかった。ＩｎＴの三分の一程度だったから恐らくＶｉＴは上がらない。だからＩｎＴで制御するしかない。後のは豪華な装備だったけど、毒や精神攻撃特化ばかりでいまいち使い道が無いけど……売るのも危ない。

「うん、何よりデザインが悪いからＪＫからは駄目出し確実なんだよ。そう、ＪＫはデザインに超厳しいんだよ！　まあ、ばらして材料？　せっかく拾ったんだし？」

うん、だって剝ぎ取ってから山積みにしてから拾ったんだから、俺のだよ？

後は王都の用事をさっさと済ませて、幼児も回収して辺境に戻って、揚々と儲《もう》かる迷宮に潜りたいけど先は長そうだ。

「やっぱ、ＶｉＴが無いのが自滅な自壊で自殺行為で……挙句にＨＰが少ないから、短期決戦じゃないと毎回死にかかるんだよ？って言うか痛いんだよ？」（ポヨポヨ！）

そして何だか人として捥げた腕を拾って引っ付けるのって何かが間違ってる様な気がしちゃうんだけど、気のせいなのだろうか？　まあ、今回も無事にステータスには「人族」と明記され証明されていたのだ！

「きっとステータスで信用できるのって名前と種族だけなんだよ？　うん、そこだけは疑いたくないんだよ!!」（プルプル……）

さて、そろそろ晩御飯なんだけど、外は雨だから筍《たけのこ》ご飯弁当を後続の女子達にも配ってみた？　みんな疲れたのかダレてるのか、ダレきってる？

「ちょ、何で『入るよ』って声まで掛けてるのに、ちゃんと服着ないの！」「「「晩御飯だ、筍ご飯だ!!」」」「いや、筍よりにょきにょきとタンクトップにチューブトップに短パンとかミニスカにスパッツって！　まいどあり？　うん、作ってぼったくったんだった!?」

そう、あれ程までに莫大《ばくだい》な数の服を所有しながら、部屋着はラフで露出が高い！　もうパジャマ作ろうかな？　どうせダレてるし？

そして、後続の「高速移動《ハイウェイ》の孤児様号《スター》」1号と2号に10人ずつ乗ってるんだけど、お弁当を運ぶ度に狭いのに中まで引っ張り込まれて、格好はラフだからにょきにょきとJK生脚さんが20本でこんにちはって女子力と羞恥心がViTとHPに変換されてるに違いないくらいに胸元も無防備な防御力でDEF問題発生な側面からの溢《あふ》れ出る素足が……!?

「って折角作ったんだからブラしようよ！」

そして思いの外スパッツさんが危険なアイテムで、男子高校生的な目のやり場が羅神眼で丸見えのアップな接写で大変なんだよ？　うん、目を逸《そ》らしてても360度纏《まと》めてガン見できて、智慧もさっそく記録作業で頑張っている様だ。

まあ、のんびりだからラフでゆったりで良いんだろう。やっと戦争なんてくだらないものが終わったんだから。誰も死なずに済んだんだから。

大事な事で2回言っちゃったら消える様な要件は大したようではないのだろう。

74日目　朝　ディオレール王国　王都

王都の城門は開かれ、往来には荷馬車が列を成して往来している。たった数日だったけど王都が懐かしく思えてしまう……王都はそうでもないみたいだけど？　うん、できれば没収して欲しかったけど通れるみたい？

そして貧民街に入り孤児院に着くと、子供達が一斉に御土産屋さんから走り出して来る。

「「「「お帰りなさーい」」」」

わらわらと飛び出してくる子供達に抱き着かれる。特に遥《はるか》君には殺到して積み重なっていき、押し潰されて子供の小山が出来上がっているの……人間ピラミッド？　なんだかネフェルティリさんがウンウンしてるけど、気に入ったのかな？

「「「ただいまー」」」

そして子供人間ピラミッドの頂上から這《は》い出した遥君が、「退《ひ》かぬ媚《こ》びぬ省みぬ、みたいなー？」って叫び出したけど、また子供達に飛び付かれて埋まって行く。孤児達の大人気スポットみたい？

そして、エルフな妹さんのイレイリーアさんもお出迎えに来てくれたけど、病み細っていた顔も身体《からだ》も回復して、とっても綺麗《きれい》な美人さんになっていた。エルフさんだからかお胸は控えめかと思ったら結構？　うん、イレイリーアさんの胸を見て副委員長A、Cさんがいじけている……エアーまで入れて貰ったのに負けたみたい？　うん、後で慰めよう。

「お帰りなさいませ。孤児院も御土産屋さんも順調で、王都の皆さんも良くして下さって変わりありませんでした」

表には第二師団の人もいてくれていたし、貧民街のあちらこちらに兵隊さんが巡回してくれていた。ちゃんと孤児院も貧民街も守っていてくれた。

「おねえちゃんたちもみんな大丈夫だった？　ケガしてない？」「大丈夫だよ、悪い人達《たち》はもーっと悪いお兄さんが凶悪に退治したからね」「だね、怖い人達はもっと怖い目に遭って脅えてるだろうし、酷《ひど》い人達は酷い目に遭って心を病んでるだろうし？」「「「よく考えたら碌《ろく》な事してないね!?」」」

平和だ。だって殺そうとした者は皆死に、奪おうとした者は全て奪われた。力で押さえ付けようとした者は力で叩《たた》き潰され、だから助けようとした者はみんな助かった。争いを暴力で平和にして、凶行を凶悪に殲滅《せんめつ》し、全ての悪を悪逆の限りを尽くして屠《ほふ》ってしまった。

そして子供達には抱えきれない程の幸せを齎《もたら》して、幸せになった子供達に押し潰されて埋まっている強奪者《ぼったくり》さんが全てを強制的に脅威と凶悪を以《も》って平和にして来たから。

「重い、暑苦しい、狭い、苦しいー！って何で乗っかるの？って何で飛んで来るの！　はっ、パトリオット孤児っ子システムは俺じゃなくて不審者に使われるべき防衛構想がトラップカードで、さっきからずっと孤児っ子のターンって何で俺のターン無いのにいきなりシールドトリガー発動で襲われてるの!?って言うか重いと思ったら何気に狸《たぬき》っ娘《こ》がまじ重い？　孤児っ子山で狸っ娘がぽんぽこりん？」「狸っ娘って誰の事！　それ子狸より酷くなってる……変わらない気も？って、どっちも嫌だ！」

子供達の嬉しそうな顔、ちょっぴり涙目だけどあれは安心と嬉し涙だ。

遥君にみんな懐いて行く。とっても嫌そうに邪険に扱って文句ばっかり言っても懐かれてる。子供の本能で分かるんだ、良い人……ではないけど優しい……やらしい人なのは置いといて、其処《そこ》は安全で幸せな場所だって分かってる。

多分ネフェルティリさん達と一緒。孤独で可哀想《かわいそう》な孤児達なんて感情が無い。憐《あわ》れまないし、可哀想な目で見ない。同情もしないし、施しもしないの。ただ、やりたい様にやっているから「ありがとう」の言葉すら求めていないし、感謝なんてされる気も無いの。だってあれは親切の押し付けがましさが無いんじゃなくて、幸せの強制爆撃で孤児っ子達の意見なんて聞く気も無い有無を言わせぬ強制笑顔刑だから。ただ好き放題に好きでやってる、心から笑えるまで決して不幸を許さないただの暴君なの。

抱き着き回って離さない子供達をズルズルと引き摺《ず》って遥君が歩く。動く子供達の小山みたいだけど、ズルズルと進んでる。あれは今日一日は子供塗《まみ》れの保育士さんだろう。その教育方針には問題だけがありそうで、情操教育には天敵で言語教育の破壊者さんなんだけどあれは当分離れない。

「「「ケガしなかった？」」」「怪我《けが》はしないんだけど、おっさんが毛を毟《むし》り合って毛が無くなると言う惨事が参上で散々だったしおっさんだった？　みたいな？」「「「おひっこしするの？」」」「お引越しって言うか、都落ちって言うか、都落とし？　あれ、王都落としに来たんだっけ？　まあチャラ王だから滅ぼしても……」「「「王都解放したんだよね!?」」」「何で解放してから落としちゃうのよ!!」「普通、落としてから解放なんだから、解放したら落とさなくて良いの！」

こうやって見ていると保育士さんが天職に見えて来るくらいに不思議と似合ってるんだけど、こんな兇悪《きようあく》な保育士さんがいたら……保護者さん達が子供抱えて泣いて逃げ惑いそう？

そして、御土産屋さんは服が在庫切ればかりで、お饅頭《まんじゆう》もお菓子も売り切れてて商品は激減してる。だけど賑《にぎ》わっている、きっと子供達に会いに来たおばちゃん達と、服の入荷を待つ奥様達。そしていまだ冷めやらぬ「辺♥境」グッズの新規購買層。

王都では今日から始まった迷宮の氾濫を止めたオムイ様と王女様の英雄譚《たん》がお芝居になって大人気で、メリエール様人気も凄《すご》いらしい。でも、たった1日で上演って早いにも程があるよね？　でも黒髪の美姫《びき》達は恥ずかしいし、あとそんなセクシーな恰好《かつこう》で戦ってないんだけど？　そう、何故《なぜ》かお芝居の看板では黒髪の美姫はビキニアーマーなんだけど、美姫ってそっちなの？　美姫《ビキニ》に？

　そう、遥君はビキニアーマー作っちゃっていたの。アンジェリカさん情報だから間違いは無い。だって試着した張本人さんで、勿論《もちろん》試着して外してから戦ったらしいから着衣は無理だった様なの？　その魔力結界が強過ぎてビキニアーマー以外の服も装備も破壊されるんだけど効果は凄いらしくて、凄《すさ》まじい魔力消費と引き換えに魔力で結界の鎧《よろい》を作り上げて最高クラスの鎧よりも防御力が高いんだって。ただし魔力がすぐに無くなるし、限界まで使うと……その強過ぎる力でビキニアーマーまで崩れ去るらしいの。うん、やっぱり逮捕しよう！

「「「有罪確定《ギルティー》！」」」「違う……って言うか合ってるけど間違いだらけのビキニ大会で、下着代わりのお守りに使う心算だったんだよ。うん、非常用結界の心算で作ってたら身体に密着してないと効果継続時間が短過ぎたから、下着型装甲にしてみたら結界が強過ぎて衣服と防備まで破壊されちゃった誤算な誤解で男子高校生が誤爆して、ついつい3回戦も大爆発だったけどお守り？　うん、色々と守れてないって言うか、寧《むし》ろ超攻めてるけど、あれは良い攻勢だった！　いや、攻めは置いといて私服の非常防御にも、装備の下の緊急用でも使用範囲は広いんだけど、隠せる範囲がとっても狭くて大変けしからんと素敵に敵も素で見惚《みと》れるくらいの素敵バディーだったんだよ!?　だから俺悪くないんだよ？」

「「「確かにいざと言う時に命を守れるけど、それ乙女が全く守られてないの！」」」

「良くてもビキニで、悪いと真裸《ヌード》って、危険から命を守る装備こそが乙女の危険だった!?」

そして薄くすると硬いから可動部分は不可で、結局ビキニ型しか作成できないらしい。まあ、改善する気があるのか、あるとしても何をする気なのか怪しいけど、理には適《かな》ってる。うん、支給されたらどうしよう？

御《お》土産《みやげ》屋《や》さんを手伝い交代で子供達とお昼御飯を食べて、おしゃべりしたり遊んだりと寛《くつろ》いでいると、お店に第二師団長のテリーセルさんがいらしたってお知らせ係が走って来た。そう、遥君は伝令っ娘って呼んでいたから例の如《ごと》く名前を覚える気は無い様だ。

そして奥の作業部屋で超高速大量生産な、一人工業国家な内職職人さんを呼びに行くと……また凄くなってる。もうLv100を超えて、『真視』まで持ってる私の目でも作業工程が視切《みき》れない。同時に何種類もの服や日用品が生産されて、向こうではお饅頭も作られているの！　もう生産じゃなくて、これこそが魔法。突然大量の商品が現れ積まれて行く、制作過程が見えないから完成品が現れたようにしか見えないの。また凄くなっている、お洋服の出来も良くなってる気がするし、お饅頭も更に美味《おい》しそう!!

思わずその素敵な姿に見惚れて跳び込みそうになってしまったけど、呼びに来た事を思い出したからお饅頭は後だ。

「遥君、今良い？　テリーセル様がいらして……第二師団の偉い人がお話があるっていらしてるんだけど、手ははなせる？」

「いや、魔手さんが働いてるから手は空いてるんだけど、手は話せないから第二師団の偉い人と俺の手はお話できないと思うんだけど、何で手と話に来たんだろうね？　不思議だな？　いや、手話でって言う事なのかな？　でも、第二師団の偉いおっさんって普通に喋《しゃべ》れてたのになんで突然俺に手話能力を求めてるんだろう。はっ、手話の会の勧誘なら断っといてくれないかな？　だって、おっさんと手話なんて楽しくないんだよ！　いや、まさか美人女手話士さんが手を取り足を取り男子高校生も取っちゃってくれる素敵な手話教室なら俺は行くんだよ!!　寧ろおっさん追い返して手も捥《も》いで、素敵な美人女手話士さんを連れて来てくれれば手でも足でも男子高校生でも肉体言語でお話と言うボディータッチが四方山話《よもやまばなし》でお話合いだー!!」

もう、いっそこのお口を塞いで手話で話してくれれば良いんだけど、どうせ手話でも意味は分からないんだろう。全く意味の分からない意味不明な『報連相』の正体が分かったらしいけど、結局最期まで報連相機能は実装されずに報連相さんは消えて行ったらしいの。逃げたな！

まあ、遥君に報告しても意味分かってないだろうし、連絡したって聞いてなさそうだし、罷《まか》り間違って相談なんてした日にはそれはスキルさんだって自己崩壊くらいは仕出かすだろう。うん、ある意味遥君に『報連相』しなかっただけ優秀なスキルさんだったのかも。

「手が離せるか聞いてるのに、何で手で話しちゃうの！　何のための無駄で無意味で無節操なお口なの、不思議なのは遥君の頭の中の仕組みと存在理由なの！」

油断してた、つい真面《まとも》に遥君と普通に会話してしまった。遥君に長文は危険だ、要点だけ纏《まと》めないと混ぜっ返されて混乱させられて混沌《こんとん》に陥るの。きっとネフェルティリさんが正しい！

「えっと、お客　来て。お饅頭も」「何で踊りっ娘喋りなの！」

通じたみたいだ、やっぱり大事な要点を3つだけ告げるのが効果的なんだろうか？

「早く　お饅頭　お饅頭なの！」「もうそれ只《ただ》のお饅頭の要求だけだから！　しかも大事な事で2回言っちゃたから第二師団のおっさんが要件から消されてるんだよ！　お、恐ろしい委員長！」

だって作りたての蒸し饅頭状態のお饅頭がコロコロとお饅頭で、しかもさっきからスライムさんだけつまみ食いしてるの！　だから「お饅頭のお饅頭の為《ため》のお饅頭によるお饅頭？　食べたいな？」だから早くしてね？　お饅頭！

男子高校生監禁強要で総レース編みだがゴブとコボには呼ばれない。

74日目　昼　御土産屋　孤児院支店

おひさな第二師団の偉い人で、王都の防衛をしてると言う偉い人だ。そして偉い人はチャラ王の伝言を持ってきていた。

「全くチャラ王は偉い人に伝言させるとか、本当にチャラいんだよ。どうせ『れっつ伝言ううぇ～い』とか言ってたんだよ！」

やはりチャラくて、奥さんが5人もいるような生き物を復活させてはならなかったのだ！　これは新たに手に入れた『封印』でチャラ王のチャラさを封印すれば、残った本体は……おっさんだから地下にでも埋めておけば良いだろう？

「えっと、つまり簡略して端的に内容を超重力で圧縮して縮小した状態で言った所の、王族共が『踊れ踊れ高校生共、地獄を見せろこの私に』って言って来たから、チャラ王を有チャラ無チャラの区別無く許さないで断固としてボコれば良いのかな？　みたいな？」

「何で舞踏会の御招きを圧縮したらそんなに長くて全然違う話になっちゃうの！」「そして、まだ王様が奥さん5人いるの根に持ってたの!?」

　でも、「諸君、私はエロいのが大好きだ」、よりは短かったんだよ？

「はい、数日後には王女様も戻られ、オムイ様も王都に参られる手筈《てはず》。その際に王国からの最大限の感謝としてお招きしたいとの仰せですが、日時都合は王家で合わせるそうですので是非にと。できればお忍びでお礼に来られたかったようですが、脱出直前にヴィズムレグゼロ卿《きょう》に確保されて失敗されましたので斯様《かよう》な催しをとの仰せです」

　うん、やはりチャラい様だ！

「つまり王国でわんもあせっとが開催されるから、甲冑《かっちゅう》委員長教官によるビッグなキャンプが開かれるんならレオタード増産で大儲《おおもう》けな予感が直感で第六感の序《つい》でに第七感覚《セブンセンシズ》が目覚めちゃって、小宇宙《コスモ》が灰燼《かいじん》で真っ白な感じ？　的な？」「「「舞踏会って言ってるでしょう！　何でお城で舞踏会《わんもあせっと》しないといけないの！」」」「いや、必要そうなんだよ？　だって出掛ける時に大量生産しておいたお饅頭が品切れになってたから大量生産したのに、また品切れで不可思議《おかしい》って言うか、お菓子い無《な》？」

一瞬で顔を背けて、女子は誰も目を合わさないんだよ？　うん、委員長さんなんて『縮地』に『超加速』まで使って目を合わさないんだよ！

「ちょ、『強奪』さんでスキル『お饅頭』とか奪ってそうだけど！　それって丸くなるスキルなんだろうか？　わんもあせっと？」「丸くないから!?」（ポヨポヨ!?）

そしてドレスがいるらしい。俺もタキシードがいるらしい？　運河には「オタ莫迦《ばか》へ、王都に帰れ？　莫迦危篤るよ？　みたいな？」と看板を立ててるから、そろそろ戻って来るけど、あいつ等《ら》もタキシード……ジャージで？

「まあ、女子さんのドレス以外は適当で良いけど……女子全員がドレス持ってるのに何でまた注文？」（（遥君《はるか》のタキシードってレアだ！））「マーメイド、マーメイドの白で！」「えっ！　私が白のマーメイドなんだけど？」「だったら私は白プリンセスで！」「振袖じゃ駄目なのかしら？　白無垢《しろむく》かしら？」「スカートがふわーっとして長いの！」「帽子も……付けて。欲しい」「ドレス　お揃《そろ》い？　私も」（ポムポム♪）

えっ、スライムさんドレス着るの？　そして何でみんな白？　いやマルチカラーで作るよ、防御性だって耐状態異常効果もいるんだから。

「ドレスは良いとして、あとアクセサリーで効果と武装の補助が必要かな？　ドレスとシューズだけだと辺境の中層レベルは無理なんだけど、金属板とか張っちゃ駄目かな？

他は鎖《チェーン》を巻くとか？　うん、ロングスカートだから武装は中に『収納』すれば良いんだけど何が良いかな、アクセサリーとか小物とかで補いたいんだけど？」「「「ベールとグローブ！」」」「鉄板も鎖もいらないからコサージュ付けて！」「あと迷宮じゃなくて王宮に呼ばれてるの！　どんだけフル武装で舞踏会に挑む気なのよ!!」「舞踏会と武闘会が分かってなくて、迷宮と王宮も同じような物だと思ってるんでしょう」「あ〜、迷宮の武闘会に完全武装《ドレス》で参加して、王宮王《チャラ》を殺《や》る気なんだね〜？」

何この気迫！　しかも衣装替えで2着ずつって……小物多いな？　投擲用花束《ブーケ》って何!?

「成程、コサージュに耐状態異常で、ベールに『幻惑』と回避系付けて、グローブに防御と攻撃上昇《ATT》でシューズに回避と速度スキルか……其《そ》れだけだと魔法系が弱いからネックレスも欲しいかな？　あとは指輪は……いっぱい持ってるから自前で良いか？」「「「「指輪いる！　ブリリアントカットで!!」」」」

魔石をブリリアントカットとは斬新だ。でも囲まないでね目が血走ってるよ！　うん、怖いからジトにしてね？　怖いな？

そして作業場に放り込まれた……？

「いや、急がないって第二師団の偉い人も言ってたじゃん？　何時《いつ》でも良いよって？」

まあ、作るまで作業部屋から出して貰《もら》えそうにない凄い気迫だった。男子高校生監禁強要なの？　うん、需要無さそうだ。総レース編みになるから紡がないと駄目だし、糸から錬金術で紡ぎ直して新たに生まれ変わらせよう。出来上がった糸に魔石コーティングを施しながら錬金で整えて紡ぐ、細くしなやかに美しい光沢感。うん、鉄線混ぜてるし？
「これなら＋ＤＥＦに斬撃打撃無効が狙えそうだ！　投擲用火束《ブーケ》も炸裂式《さくれつ》は良い感じ？」
レースに編み込みながら生地に——生地から選ばせないとまた乙女戦争《バーゲン》が始まるから
オーダーメイドだ。この編み込み柄で簡易魔法陣効果を持たせて、魔力を流し込んだ時の
物理魔法防御を引き上げられると禁書『レェッツ ゴォゥ 魔道具！』にも載っていた……
そう、今までなら編み込みがややこし過ぎて凄まじく時間が掛かるからできなかったのが、
瞬く間に織り上がっていく。『智慧《ちえ》』の超絶な制御力で『魔手』の真価が発揮されて、魔
法陣の織柄《パターン》も入れ放題に入れられる。うん、ついでだから魔石をラインストーン風にデ
コって魔力バッテリー化しておこう。
「あれっ、これ下手したら通常装備を超えて、ミスリル化したら迷宮行けるかも？」
更に裏地にも防御と耐性効果を織り込んでいく。今までなら複雑過ぎて量産なんて不可
能だったのに、魔手がより細やかな作業で今迄《いままで》の数倍から数十倍同時にこなせるし、速い。
この『智慧』による技術革新は凄《すさ》まじく、今迄の装備を超える物が製作《つく》れる。
「分かり易《やす》く言うとまた内職のターンがやって来て、全員分の装備と私服の見直しと作り
直しに追加注文で、下着もきっと再生産のターン復活で、ずっと内職のターンだった!?」
でも必要だ。武装してない時こそが危険、本当に怖いのは人だ。魔物は嘘《うそ》をつかないし、
騙《だま》さない。あの教会の装備は人を騙し操る事に特化し、武器も毒や無力化のあざとい物ば
かりだった。魔物の能力とは違う危険な物に対する装備の見直しも急務だろう。きっと、

追加注文も至急なんだろう!?

「これはヤバいのが出来そうだな？　前衛の甲冑より防御力高いよ？」

糸に混ぜた鉄線をミスリル化しただけで全体性能跳ね上がったのに、布面積がやたらに多くて凝った編み込みが多用されるから、防御効果も付与効果も増えて超絶最強装備なドレスさんで、俺の残業も増えて行く!?

だけど、これは凄《すご》いものになる。生地は織り込めたし、後は編み込みの種類を増やして行けば良いけど、フリルの数だけ布面積が増えて何だかとんでもドレスになって行く。

「全く普段使いにも迷宮踏破にも向かないデザインなのに、動き易く伸縮性も付けて作ってるから戦闘に全く問題は無いんだよ？　問題はドレスで襲われちゃうと、きっと魔物さん達《たち》も吃驚《びっくり》なんだよ？　うん、魔物さんからはパーティーに招かれてもないし？」

まあ、俺やオタ莫迦のタキシードって言うか燕尾服《えんびふく》は適当で良いか。うん、鉄板でも仕込んでおけば見た目はどうでも良い。だって俺ん家《ち》って森の中の洞窟で、周りゴブとコボしかいないからタキシード作っても出番が無いんだよ？　うん、ゴブとコボとれっつぱ〜り〜とかしないし呼ばれても行かないよ？　呼ばれないし？　うん、ぼっちなんだよ？

74日目　夕方　御土産屋《おみやげや》　孤児院支店

薄暗い部屋の中で白い肉体が悶《もだ》えながら絡み合い、仰《の》け反り震えながら倒れていく。うん、立ってじっとしてくれてないと難《むず》いんだよ？　ピチピチ《ビッチビッチ》？

「いや、暴れてるから余計に時間と魔手間が掛かって、縺《もつ》れるから振るえて余計に魔手さんが這《は》い廻《まわ》るんだよ？」「うふぅぅ……あああぁぁん！」「はああっ、あっ、あっああ！あっ……うあああぁ!!」「あっ、ああっ、らめっ……ひいっ！」「そ、そこはあああああああっ、らめえええええええ～っ！！！！」「ちょ、キャラおかしいから！　なんでビッチーズが『らめ～』なの!?　いっつもオレサマオマエマルカジリとか言ってる軍団が『らめ～』は無いんだよ？　齧《かじ》ってるし？」「「「囓《かじ》ってないし、逝って……ふあぁ、あっ！！！」」」

やっと出来上がって来た女子会作成のドレスデザインをビッチ達が持ってきたから、それを元に仮縫いしてみたんだけど、『智慧』さん制御で激増した『魔手』さんの繊細で精密調査な採寸からの精巧な微調整が肌を這い回り撫《な》で回してビッチさんがキャラ崩壊《らめらしい》中？

「「「はあー、はあー、な、なんだか……前より試着調整《フィッティング》の……攻撃力が……ヤバ過ぎない!?」」」「魔手さんが5倍になってより細《ほそ》く細《こま》やかで複雑に動いて、その指の触手さんも緻密で綿密な作業が可能になってるから、それはもう迷宮皇級な御二人も絶賛の余り絶叫しながらのたうち回る絶品の超絶妙技なんだよ？」「普通でこれって……」「普通じゃないアレの時って!?」

魔力が流れると連鎖して発現し、効果が波及すると付与も補正効果も甲冑以上だ。

「お～い、遥君～まだ夕方だし子供達もいるから、あんまり如何《いかが》わしい事を島崎《しまざき》ちゃん達にしちゃったら駄目だよ～？　お嫁に行けなくなったら責任問題だよ～」「いや、ずっと責任問題の責任者で使役者さんなんだよ？」「とにかく、静かに……ごゆっくり～？」

普通の健全なドレスの仮縫いなのに、エロいビッチ達がエロビッチな声で喘《あえ》いで不健全な有害ビッチさんでエロってるから怒られるんだよ？　そう、人が真面目にドレス作ってるんだからエロらないで欲しいものなんだよ？

「副Bさんもデザイン決まったんだ？　うん、決まった人から持ってきてね、多分今なら10人纏めて作れそうって言うか、20人でもできると思うんだけど部屋が狭いんだよ？」

試作も合わせ過剰に用意した織り布が激減していく。うん、パニエが想定以上の布面積だったんだよ。

「ちょ、あんまりエロビッチに肉薄されたら齧られるから、押さないで順番で来てね？みたいな、って言うか見てないのに後ろで俺のお目目を抉《こ》じ開けようと必死な目隠し係さんが、どうして解任されないのかが選挙制度に懐疑的な一般有権者になれなかった男子高校生さんの素朴な疑問なんだけど、それ以上力入れると瞼《まぶた》千切れちゃうから止《や》めようね？」

スライムさんを抱えた副委員長Bさんの酷《ひど》い言い掛かりだった。全くスライムさんも3匹でプルプルって言ってるよ……うん、プルプルが合唱してるんだけど何でだろう？

（（プルプル♪））「ぜー、ぜー、ぜー、誰がエロビッチよ！」「エロくないけど……これはヤバいのよ！」「って言うかビッチじゃ……ないのよ!!」

ドレスだけなら騒ぐ必要は無かったのに……そう、下がフリルフレアやマーメイドバルーンだから問題は無かった。それがエロビッチ達がエロエロな白フリルなガーターベルトとかを注文に追加するから、危ない所に危ない事して危ない感じで危ない恰好《かっこう》になってるんだから俺は全く悪くないんだよ？　そう、王都でも既に100万回は俺は悪くないって言っているのに、どうしてそれが分からないんだろう？　うん、100万回生きた猫《ねこ》さんだって100万1回までだったのに、お説教さんは100万回否定して無実を訴えてお菓子で退けても、100万8回目がさっきまた発生してたんだよ？　困ったものだ。

「しかしロングトレーンにオーバースカートや、タッキングスカートやティアードスカートにギャザースカートもバルーンスカートからドレープまである。って、バッスルラインって裾引き摺《ず》っちゃうじゃん！　シアードレスに……これなんか蝶帯《Big Bows》ドレスって……パリスタでも装備するの？　うん、ちょっとした攻城戦《パーティー》に便利そうだな？」

しかしエロドレスじゃ駄目だとか騒いでいた割に、全員ロングスカートだが上はシアーで透け透けだったりハートカットネックだったりベアトップだのオフショルダーだのってデザインが偏ってる。異世界の流行なのだろうか？

そんなこんなで、ビッチーズの分だけでも済まそうと徹底的に再採寸に調整に継ぐ調整で、合わせ捲《ま》くり補正と言う名のもとに修正を加え過不足無く詰め形とバランスを整えていく。既にビッチ達は大人しくなっているって言うか、無言でぴくぴくと痙攣《けいれん》している。まあ文句が無いのなら良いんだろう？（（ぴくぴく♥））

そうして、ようやく完成したころには……美しいドレス姿のはしたないお顔の屍《しかばね》さんが白目で倒れて、時々びくっびくっと痙攣してるから元気みたいだな？　うん、かなりの良い出来だ。やはり制御能力と演算能力が上がった事で内職技術に凄味が増しているけど、どうして俺は異世界にまで転移させられて内職技術を極めようとしているんだろう？

「うん、あんまりブラ作成とかガーターベルトの製作の為《ため》に異世界に転移ってしないと思うんだよ？　まあ、出来た？」「「「キャアアアッ、素敵――♪」」」

やっと起きたビッチ達がドレスのお披露目をすると、未《いま》だデザインに苦悩中の女子さん達から歓声が沸き起こる。うん、すました顔でさり気にポーズとか付けてるけど、その人達ってさっきまで白目で逝っちゃった顔で蟹股《がにまた》さんで倒れて痙攣してたからね？　なんか大人な雰囲気でドレスを見せびらかしてるけど騙されちゃ駄目なんだよ？

「ああーん、やっぱり私もフリルにしようかなっ！」「プリンセスラインは地味かと思ってたけど、こうやって現物見ちゃうと綺麗《きれい》!!」「肩紐《かたひも》が総レースでフリルってゴージャスだねっ、後ろリボンも可愛《かわい》いー!?」「「「お姉ちゃんすごくきれい、お姫様みたいー」」」

子供達にまで褒められてビッチ達も照れているけど、それお姫様じゃなくてビッチなんだよ？　齧られるんだよ？　あと、この前ハンバーガー売ってたのがお姫様で、在庫の木箱抱えて走り回ってたのが王女様だからね？　「みたいー」って見てるんだよ？

今は晩御飯の準備をしてお風呂の用意もして、俺はせっせと働いているけど……女子さん達はデザイン画を抱えて頭も抱えて大変そうだ？　でも、一人10枚以上デザイン画をならべては悩んで溜息《ためいき》をついてるけど増えないからね？

「2着だよ？って言うか1着で足りるよね、絶対!!」「「「決められない……」」」「「「全部欲しい、みんな着たいよー（泣）」」」

大量に作った総レース生地を眺めては、またデザイン画と見比べて苦悩している。誰も各種揃えた付与効果や防御力の話は聞いてくれないようだ？　うん、頑張ったのに（泣）

まあ、この様子だと今日中には決まらないだろう。ビッチ達も2着目で悩んで唸《うな》っているし、そろそろ噛《か》み付いて齧りだしそうなお顔だな？　ドレスモマルカジリ？

「まあ、ご飯にしよう。長そうを超えて永そうだし？」（ポヨポヨ！）

孤児っ子達のリクエストでお結びと唐揚げ、ハンバーグにオムレツで、汁物代わりにシチューも付けてバイキング形式。ちゃんと孤児っ子達にも角付き兜《かぶと》と毛皮のベストも着せているから完璧なバイキングと言って過言ではないだろう。いや、もうヴァイキングと呼ぶべき本格さだから、今度オタ達の船でも侵攻させて襲わせよう！

「「「いただきまーす♪」」」「お結びーっ！」「僕ハンバーグ」「唐揚げさんだ」「お兄ちゃん饅頭《まんじゅう》」「オムレツ美味《おい》しい」「お米美味しいね」「お兄様私もガーターベルトを」「パン

プキンパイ美味しいよー！」「胸《ハート》に空気《エアー》がいるの！」「シチューお代わり」「お兄ちゃん栗《くり》饅頭は未《ま》だなの？」「唐揚げもっとーっ」……

賑《にぎ》やかで騒がしく、大喜びでがっつく孤児達は、大きくなれよ？　ガツガツとがっつき一部お饅頭まで欲しがり、更には下着の要求まで混ぜて来る娘《こ》達は……大きくなってるけど知らないいんだよ？　まあ、今日からブートなキャンプにダンスのレボリューションまで始まるらしいから効果も2倍？

「レオタードは儲《もう》かったけど、やはりベリーダンスも必要って、そこまで燃焼に苦労するくらいなら最初から食べな………何も言ってないよ！　たーんとお食べ？　うん、御代わりあるけど栗饅頭は未だ栗が見つかってないからね？　だからそのフォーク仕舞おうね？　だって、それ食事用フォークじゃなくて戦闘用だよね！　ま、まさかこれがトリック・オア・トライデント!?」

うん、食べさせないと女子高生に悪戯《いたずら》されてしまうらしいから悩みどころだけど、三又槍《トライデント》持った女子高生の悪戯は男子高校生には危険過ぎる破壊力を持っている事だろう。あのトライデントはカルボナーラ争奪戦用の新装備らしいから、今度から大皿で出すのは危険な様だ!?　だって、あれで突かれるとお皿が危ない！　ミスリル化が必要そうだ!!

「「「美味しい——♪」」」「「「うまいぞ——！」」」「ぶらうぉー!!」

そしてお風呂前のわんもあせっとでばっててん娘が積み上げられたから、俺もちょっと調整練習と言う名のボコに参戦する。スライムさんと踊りっ娘さんはギャラリーに回る様だ。

世界樹《ユグドラシル》の杖《つえ》に軽く魔力を流し込み、身体《からだ》と同調させて魔纏《まてん》を全身に纏《まと》い、魔力と効果《スキル》と肉体を同化させ同調させる。うん、同情はして貰《もら》えないだろう？

呼吸するだけで身体が軋《きし》む。そして重ねれば重ねる程空気は粘り付き、身体は深く沈み重くなっていく。それは錯覚、俺が重くて遅いんじゃない、この遅延《ディレイ》は時間の流れだ。

今迄も時間遅延《スローモーション》は感じていた。だけど今度のは認識できるくらいはっきりと時間の流れが重くなって、『智慧《ちえ》』の効果で思考加速され時間が遅れていく。そして白銀の甲冑《かっちゅう》が動く、ゆっくりと速い静謐《せいひつ》なまでの緩やかな動きで一瞬で剣を放つ……一閃《いっせん》。

「いきます」

虚実の様な時間差や緩急ではない無駄の無い一振り。時間軸が違うからこそ、ゆっくりに感じられるだけのただの一振りが神速。それは必殺技でも奥義でも無い基本、その基本を極めたからこその絶技。ようやく甲冑委員長さんの時間軸に少し追い付けたのだろう、その恐ろしさがより良く分かる。うん、つまり……ボコられるんだよ？

「くっ……」

スキルが乱れ飛び、身体も武器も斬撃までも乱れ飛ぶ。『乱撃』を制御《コントロール》して意識下に置く、狙って使えなければただの盲撃《めくらう》ち。この『乱撃』の制御支配こそが虚実に繋《つな》がるはずだ、所詮乱撃はまぐれで出来た奇を衒《てら》った変則技で、全ての力が一つに合わさっていない。だから虚実も使えず踊りっ娘さんは斬れなかった。

「いや、あれは斬れなくって良かったって言うか、あの小股の切れ上がった素敵な腰つきが甲冑委員長さんのぷりんぷりんな御腰と並んで2つふりふりで4つぷるぷるなって……どおおおっわあぁぁーっ！って、違うって言うか剣の稽古で何でいきなりモーニングスターが飛んで来るの！　しかも今のは一閃だったよ!?　極めてるよ、モーニングスター!!」

しかも、もう1個出て来て2刀流ではなく2モーニングスター流って、それ絶対開祖だよね！　まだ誰もやってない新しいジャンルに突入だよ!!

「いや、踊りっ娘さんもスライムさんまでヤレヤレってしてないで止めようとか、助けようとか無いのかな？　えっ、ウンウンとポヨポヨ？」

無いらしい？（以下説教《ボコ》）「ボコボコ！」（ポヨポヨ……）

自壊しながらだけど打ち合えた。そう、感覚的には圧倒的な強さを手に入れたんだけど、相手が相対的にもっと圧倒的に強くて、実質的に凄《すさ》まじく圧倒されちゃってるから良く分からない？　だって弱くてボコボコにされるから強くなったら、もっとボコボコにされてるから実感は無いんだよ？　まあ、夜の充実感はたっぷりどっぷりぽってりとあるから充分なんだろう！

「「「「お疲れー。再わんもあせっとしてからダンレボ大会だからねー？」」」」

そう言って委員長達《たち》はボコられに行った。でも、「だからねー？」って俺もダンレボ？俺は別にヤバくなってない……いえ、何でもありません！　はい、何も言ってません!!

20人のモーニングスター娘は分かるんだけど、甲冑委員長さんは参加しなくて良いよね？　そして、誰が踊りっ娘さんにまでモーニングスター支給したの!?　はい、すいません、お続け下さい……うん、怖いな！

レオタードを見るのは好きだが着て参加はちょっと無理って言うか需要が無い。

74日目　夜　御土産屋《おみやげや》　孤児院支店

お風呂だお風呂だ。ダンレボは不参加だ？　うん、俺はレオタード持ってないし？

「まあ、アイテム袋に入ってるけど甲冑委員長さんのだけだから、持ってるけど俺のじゃないし、俺は着ないって言うか需要無いんだよ？」

確かに女子高生20人のレオタードは捨てがたい未練が錬成されて見られないのが試練で、有料席があるんならチケット購入も吝《やぶさ》かではないんだけどレオタード20人の中に参加は無理なんです。うん、慎《つつ》ましくこっそり草葉の陰から応援が良いんだよ？

「一番風呂だー！」（ポヨポヨ♪）「ってスライムさんいつの間に浮かんでたの！　まあ、ポヨポヨならしょうがないんだけど、身体はちゃんと洗って……って流動してるから常時洗濯済み状態だった！　まあ、気持ち良いから良いか？」（プルプル～）

きっと今頃はマジでお肉の燃焼の余り、小宇宙《コスモ》まで燃えちゃってる事だろう。うん、踊りっ娘さんは1回やって見せただけでダンレボからヒップホップまで覚えきってしまった。しかも、超速地獄《ヘルモード》まで！

そして踊りっ娘さんは舞い踊るだけで女子さん達を翻弄し、攻撃する事も無く女子さん全員を有酸素運動で限界まで振り回して状態からから高速無酸素運動で倒していた。うん、それはもうぱたぱたと倒れていた。

「あの舞踏《ステップ》は無理でも、足捌《さば》きと体捌きこそを覚えるべきだよね？」（プルプル）

踊るだけでLv100の20人を翻弄し、あしらい続けられる脚捌きは今迄《いままで》と違う新しい可能性が秘められている。だって甲冑委員長さんまで習っていた。

「うん、ちょっと興味はあったけど、ダンレボの次はベリーダンスみたいで参加しにくいんだよ？　衣装的に？」

そして甲冑委員長さんにはボコられたけど成果は凄《すご》いものだった。だって今までは訳も分からずにボコられ続けて来たけど、ちゃんと訳が分かりながらボコられ続ける事ができた！　痛かった!!

「まあ、ボコられたけど、思考速度だけは甲冑委員長さんの速度に付いて行けてたし？」

そして羅神眼で見えているからちゃんと「あっ、これここに当たるな」って思いながら殴られ、「これ、避けれないな」って連撃喰《く》らいボコられる理解できるボコだった。まあ、ボコボコだったけど分かっていた方が痛い気がしたのは気のせいなのだろうか？

これは『智慧』の思考分解で並列高速処理で情報が分析されるから思考速度と情報処理能力が一気に上がったんだろう、それに装備の効果。Lvアップと新たに杖に複合した『絶界の杖　ALL30％アップ　魔術制御　絶界　封印　MP増大』と『智慧』の相乗効果。それで『魔纏』の質が変わった、より細かく練り上げられたような感触だった。未だに全然制御はできていないけど、何が起きるか予測できるようになった。つまりやっと『乱撃』に制御の可能性が出て来て、『虚実』に至る道も開けた。

「まあ、開いたから進もうとしたらボコられて、歩けなくなるまでに歩行不能状態を鉄球で付与されて痛いんだよ？」（ポヨポヨ）

あれ以上は一気に使うと俺の身体が危険だったんだろう……うん、鉄球とどっちが危険かは考えたら負けなんだろう！

恐らく俺が持っている『魔力制御』系スキルと、絶界の杖についている『魔術制御』が別物だった。恐らくだが魔法系スキルの『転移』や『重力』『止壊』と言った『魔纏』の暴走原因になっていたものが制御は無理でも抑制された。それも『掌握』魔法で『魔纏』に纏められたから制御が追い付かないけど『智慧』が干渉できた。

それは理解への可能性で、そしてようやく先が見えた、これで戦う力を失わなくて済む。それが如何様《イカサマ》でも奇術《トリック》でも誤魔化しだって戦えれば良い。委員長さん達がチート化すれば安泰で、引退で安楽に隠居だと思っていたのに……甘かった。この世界に委員長さん達は真面目過ぎるし素直過ぎる。

（ポヨポヨポヨポヨポヨポヨポヨポヨポヨ……プルプル♪）

スライムさんもちゃんと600秒数え終わった様だし、しっかりと温《ぬく》もった様だ。お風呂から上がり制御練習と言う名の内職を繰り広げ、さらなる調整で遂《つい》に我が力が目覚めた様だ！　もはや戦いの趨勢《すうせい》が変わった様だ、我に神風は吹いたのだ!!

「戦いは数ではないのだよ、数こそが戦いなのだなんだ！」

そして女子会から帰って来たようだ。即座に左右に分かれ、先制してマントを着てない内に制圧する狙いらしい。一瞬で右の手は琥珀《こはく》色のお手々と握り合い、左の手は純白のお手々と握り合う。がっちりと組み合った。そして絡め捕ろうと伸びて来る空いた手と長い脚を触手で逆に絡め捕り返す。そう、魔手程の多様性は無いが、触手の数で補うんだ！

きっと黒マントを着ていないから勝ったと思ったのだろう、確かに『無限の魔手』はマント無しでは不可能。だが『智慧』を得た今なら上位の『魔手』は無理でも『触手』ならマントの『無限の魔手』が無くても魔纏で制御できる。勿論《もちろん》の事だが両手両足を押さえても、まだまだ触手さんは沢山いるんだよ。そして沢山の触手さん達with振動魔法で縦横無尽に蠢《うごめ》き戦えるのだー！

「「ひぃいぃっ……んきゃううううぅ！」」

全体として『魔纏』で底上げされているのに、制御系と認識系は格段に上がり多種多様の情報が的確に把握されて行く。羅神眼から入ってくる情報の洪水を一瞬で整理し、数値化して資料に変えてしまう驚異的な理知能力だ。つまり甲冑委員長さんと踊りっ娘さんの詳細で微細な弱点が明かされて行く……首から背中とお腹《なか》から腰……って鼠径靭帯《そけいじんたい》からから上前腸《じょうぜんちょう》骨棘《こつきょく》ってマニアックな弱点だって？　甘噛《あまが》みしてみよう？

（アムアム）「…………んぁ（ポテッ♥）」

弱点だった！

（ペロペロ）「…………ひゃぁ（パタッ♥）」

2対1の数の差《アドバンテージ》は完全に覆った、一方的と言って良いだろう。これはもう蹂躙《じゅうりん》戦だ、倒れてピクピクしてるし、いただきます？　そうして1対1に持ち込み、起き上がっては倒し起き上がっては倒して各個撃破戦術で連撃戦を進行し、追撃で美味しく啄《ついば》んで完全復活を阻止して起き上がらせずに即ダウンさせていく。遂に俺は異世界で迷宮皇級を二人相手に倒せる男子高校生力を手に入れたのだ！　夜だけなんだけど手に入れた!!　うん、夜以外はボコなんだよ？

その力は『性王』。遂に『性豪 LvMaX』と『絶倫 LvMaX』が上位スキル化して、更には合体して『淫技 Lv1』へと変わり、称号『性王 Lv1』に昇進された様だ？

「これ、持久力と回復力に観察力と技術力が付いているのかな？」

さて、ダウンしてる間に内職しよう。踊りっ娘《こ》さんの服もまだまだ沢山必要だ。きっともう知っている人が誰もいない世界で目覚め、解放されても寂しいはずだから。女子会にも参加して仲良くなってるけど、まだまだ不安なんて無くなるはずが無い。だから俺に絡まり付いて、引き摺《ず》り倒して来るのだろう……うん、お話合いする気は無い様だ!?

沢山作って、沢山着せて。美味《お》しい物も沢山食べさせて、みんなでワイワイできる様になれば寂しさも薄れるかも知れない。きっと悲しみや寂しさが無くなるなんて事は無い、失ってしまったものは戻らない。だから代替品、それは結局偽物でしかないけど、それでも心の隙間を埋めるものは必要だから。もう、あんな悲しく空虚な目はさせたくないから。

「だからこそ作ろう……ミニスカナースさんもミニスカメイドさんだってきっと必要だ、きっと似合うだろう。楽しみだな?」

せっせと踊りっ娘さんの衣装を作り上げて、下着も服も量産していく。もう採寸は出会ってからこれでもかと言うくらいに測って測って測り捲《ま》くって、揉《も》んで触って調べ上げたから完璧なんだよ?　まだ武装がいまいち謎だから服優先で良いだろう。後はヘアブラシに歯ブラシに爪切りにと……日用品も大切だ。ボディーソープは大変気に入ったみたいで大絶賛で、それはもう元木乃伊《ミイラ》さんとは思えない程の艶々ツルツルでスベスベしっとりなお肌で堪能させて頂きました。あざっす?

既にダンレボでも女子会でも引っ張りだこで大人気だし、きっとすぐ仲良くなって寂しくなくなるはずだ。

「まあ、絡み付いて来なくなるのは、それはそれで寂しいものがあるけど踊りっ娘さんの幸せの方が重要だし、絡み付いて来なくなっても押し倒して愉《たの》しむからきっと問題は無いんだよ?　だって男子高校生だもの?」

連れて来たからには幸せになって欲しい、俺に絡み付いてあんな凄い事をあんな体位でーって言うのは確かに嬉《うれ》しいけど、俺や甲冑《かっちゅう》委員長さんだけでなくみんなと仲良くなれば本当の居場所が出来るはずだ。仲間や友達がいれば寂しさだって癒えるだろう、俺もとっても癒されるがそれ以上にいやらしい御身体《おからだ》が毛布からこんにちは?

そうして起き上がって来た甲冑委員長さんを押し倒しては内職し、復活した踊りっ娘を捻《ね》じ伏せては内職し、また甦《よみがえ》った甲冑委員長さんと激闘を繰り広げては倒して内職しては目覚めた踊りっ娘に漲《みなぎ》る男子高校生をぶつけて倒して内職する。だってあの綺麗《きれい》な脚が4本にょっきりとお布団からはみ出してて目の毒なんだよ？　うん、ガン見してるけど？　見てるよ？

「これで甲冑委員長さんの持ってる服と同じくらいは出来たかな？　うん、帽子はあんなに要らないだろうから、欲しいもの聞いて後は好みの服を作ってあげよう？」

うん、俺の好みの服は当然ながら完成済みでばっちりなんだよ？　そう、きっとこの白チャイナさんは琥珀色の肌に素晴らしく似合うだろう。勿論ミニもある！　見たいな！

後はアクセサリーも好みのものを聞いてから揃《そろ》えれば良い。エジプシャンなのは大量に作ってみたから、余ったらベリーダンスの衣装と一緒に売り出そう。だけど、みんな迷宮に潜ってないから貧乏だ。氾濫した迷宮もしょぼかったから大した儲《もう》けにはなっていないし、俺が巻き込んだんだから安くしてあげよう……うん、乙女戦争《バーゲン》だな！

「さて内職も済んだしって……しまった魔力切れ!?」

そして、油断大敵なまさかの甲冑委員長さんと踊りっ娘さんの同時復活《よみがえり》で、既に背後から両側からホールドされてベッドに引き摺られているけど、もう触手さんすらもう出せない！　やはり俺は持久戦がヤバい。復讐《エロ》が復讐《エロ》を呼び復讐《エロ》と言う名の惨劇《しかえし》が始まる様だ。

「……えっと優しくしてね？」（イヤイヤ！）

駄目らしい？（蹂躙中♥）

不審者目撃情報からの捕獲で未然に防いで防災教育だった。

75日目　朝　御土産屋　孤児院支店

朝から事案が発生した。うん、不審者目撃情報なう？って言うか目の前に9人もいる。

「「「おおお——っ！　ちっちゃい娘達《たち》だ！」」」「てらかわゆす!?」「総員不審者確保《でっど・おあ・あらーいぶ》！」

「「「了解《ヤー！》」」」

そうして不審者《オタ》達は捕縛され隔離された、孤児っ娘達の危機は去った。よし、焼こう？

「「「遥《はるか》っ！　戻ったぞー！」」」「物資も金品も山ほど奪ってきたけど、小田《おだ》達が獣人族にやっちまったからもう無えぞ？」

まだ莫迦《ばか》達は野放しだった。情操教育的問題はあるがまあ良いだろう、きっと孤児っ子達もこいつ等《ら》を見ればああはなるまいと、反面教師に最高級な逸材揃いだな莫迦だし？

「おひさー、何か山賊と海賊に生き甲斐《がい》を感じてもう戻ってこないで、生涯野性化して森に帰って行ったと思ったらちゃんと帰って来て吃驚《びっくり》なんだけど、やっぱり委員長様に調教されちゃったのかな？　お帰り《ハウス》？　みたいな？」

稼いできたかと思ったら素寒貧の、良い所が何一つ残っていない何時《いつ》もの莫迦達だった。

きっとお腹を空《す》かせたから帰って来ただけなんだよ。うん、野良莫迦だな？

「「「遥くーん、僕達なんで帰って来てそうそう縛られて捕まってるの!?」」」「いや、不審者目撃情報からの捕獲作戦？　犯罪は未然に防いで焼き殺すのが一番って言う防災教育的な教え？　みたいな？」「「「焼いてみないで!?」」」

　犯罪者集団が文句を言っているが、やはりこいつ等を孤児院に入れるのは危険そうだ。

「不審者って同級生だったよね！」「お使い済ませて戻って来たら、ここに来いって看板が出てたから来たのに！」「いきなり『お帰り』より先に総員確保って……」「子供がいっぱい居たから驚いただけなのに？」

　不審オタ達の供述……だが、謎は解く前に犯人！

「いや『お帰り』が無いって、お前ら『ただいま』いう前に滅茶《めちゃ》子供に反応し捲くってたよね？　子供がいっぱいいって、孤児院だから子供が居なくておっさんがいっぱい居たら焼いてるよ、そんな汚児院《おじいん》！　大体戻って第一声が揃って『ちっちゃい娘達だー！』って不審者どころか真犯人だよ！　ちっちゃい娘にのみ反応してる時点で確保決定間違い無しの簡易裁判すら省略で有罪確定の通報即処刑な不審者の中の不審者、不審者《オタ》なんだよ！　全く、そんなにちっちゃい娘にだけ反応したら、ちっちゃい子狸《こだぬき》がいじけてぽんぽこりんで可哀想《かわいそう》に自棄食《やけぐ》い始めてお胸は無いのにお腹だけポッコリ……ぎゅわあぁぁ！」

　齧《かじ》られた！　危険小動物がいつの間にか背後にいた様だ。まさか孤児っ子達の群れの中に擬態……は、してなくていつも通り潜んでいたとは恐ろしい小動物《こ》！　でも良い加減、誰かこの頭に齧り付いている小動物取ってくれないかな？　うん、ガジガジしてて痛いんだよ。

「「「ただいま？って、取《と》り敢《あ》えず縄解いて欲しいんだけど？」」」

そして女子さん達に何故《なぜ》すぐ戻らなかったのかと問い詰められている。理由なんて聞かなくても分かってるのに？　うん、やっと怒れたんだよ。それだけだよ。

そして支離滅裂なオタ達4人の語りに、意味不明な莫迦達の解説が加わり、説明は混迷を極めるが通訳委員長さんが謎を全て解き明かしたようだ。うん、よくもあの難解で意味不明な会話が理解できるものだ？　不思議だな……って、なんで俺ジトられてるの？

「えっと、つまり商国の獣人狩り部隊は殲滅《せんめつ》して、捕まった獣人さん達も解放できたけど、先に連れて行かれた獣人さん達の船を追い掛けて行ったら港まで突入して、勢いで海戦が始まって獣人さん達を確保して逃げようと思ったら、今度は柿崎《かきざき》君達が敵船に乗り移って大暴れ始めて帰れなくなったから、ついでで港の船も全部沈めて乗り込んで獣人奴隷を片っ端から助けて回ってて……時間が掛かったと？　それで獣人さん達連れて獣人国まで戻って安全な所まで連れて行って、奪った物資を全部あげて来たからさらに遅くなった──で良いのかな？」「「「何でわかったの!?」」」「「「だから、そう言ってるのに!?」」」

完全翻訳だ！　流石《さすが》は通訳委員長さん、もうスキル『通訳』とか『翻訳』を超えて『名推理』とか『名探偵』とか強奪してそうな見事な推理力だ。

だって「ケモミミが」「モフモフって」「攫《さら》われたんだ」「「「触りたかった！」」」「遥、腹減った」「だって船が巴陣《ともえじん》で」「いやウサミミが」「何を言っているんだ、尻尾様が」「遥、食うもの無えか！」「それでケモミミ追いかけたら」「あれはいいケモミミだった！」「でも怖がっててモフモフは」「遥、米喰《く》いたい！」「そう柿崎君達がバーサカーで」「うん、リアル八艘《そう》飛びだった！」「だから大砲作って」「そうそう魔石弾は投げても当たらなかったよ？」「筒作って飛ばしてたらスライムさんが」「うんポヨポヨって」「で、あっちって言うから方向見たら辺境」「で、飛んで行ったから……何かあったのかと？」「だが、モフモフは正義！」「返しに行ったけど、やっぱり怖がってて」「村も焼かれてて……」「遥飢え死にしそーだー！」「だから、全部置いて来ました」「って言う事なんですよ」から、委員長さんは全容を聞き取り切ったのだ！　ちなみに9人一斉に、この10倍は喋《しゃべ》ってたんだよ？　まあ、9割はケモミミとモフモフだったのは言うまでもないだろう！

取り敢えず喧《やかま》しいので朝ご飯にしよう。勿論《もちろん》莫迦達は孤児っ子から一番遠い席で、オタ達は屋外？

「ごめん遥君、間に合わなかった」「獣人族の戦士が必死に戦って子供達を」「……戦って死んでた……間に合わなかった」「そっか……」「「「うん……」」」

やっぱり俺はまた失敗していた。だから、こいつ等は奪い返しに行ってくれた。それでも間に合わなかった……結局、また全部守るなんてできはしなかった。そして、こいつ等も助けたんじゃなく、間に合わなかったと理解してる。

だって可能性はあった。なのに俺はそれを見逃がして、また間に合わなかったんだ。

「ところであの鎖で僕達を縛り上げてた絶世の美女さんは?」「うん、あのオリエンタル美少女降臨?」「なんで結界展開前の一瞬で縛り上げられて無効化されてるの!?」「異世界の美女レベルって、二次元より凄《すご》い!」「あぁー、踊りっ娘さんの事? あれはあれだよあれ、良くあるやつ、ほら、何て言うかアレなアレでアレだったたから………使役しちゃった? (テヘペロ)」「「「また、やったんだ!」」」「爆発しろーっ!」

やはり甲冑委員長さんみたいにテヘペロでは駄目だった様だ? いや、あれあざといんだけど可愛《かわい》いから、なんか許しちゃうんだよ? うん、美人はお得なんだよ?

そうして踊りっ娘さんを呼んで、お互いに挨拶させてから近付いたらオタ莫迦が感染《うつ》るから近付かない様に厳重に注意しておいた。うん、孤児っ子達にも挨拶させて、近寄って来たら即通報する様に教えておいたから大丈夫だろう。

(一応言っておくけど踊りっ娘さんなんて名前じゃなくてネフェルティリさんだからね?)(((いや、違うのは確信してますから!)))(((凄く強そうですけど……また助けちゃったの?)))(うん、また助けちゃったの。ここの孤児達も、ネフェルティリさんも何もかも)(((こっちヤバかったんだ。遅くなってごめんなさい)))(必要だったんでしょ。遥君喜んでたよ、自分達の意思で戦ってるって)(……そっか)

委員長さんがお話中だけど、きっとお説教だろう。そう、委員長様の恐怖のお説教を味わうと良い! 俺なんか毎日一人で20人分で、しかも最低15回はあるんだよ!!

そして、スライムさんが飛んで帰ってきてくれた理由も分かった。やはり粘体大砲《スライム・キャノン》だった様だ。オタ達には海戦用に魔石榴弾《りゅうだん》と魔石爆弾を持たせておいたのに、そのあまりの不器用さで手で投げても当たらなかったらしい。うん、どんだけ不器用なんだよ！　で、筒を作って魔法で発射したら長距離でも百発百中だったそうだ。って、どんだけ器用なんだよ!?　寧《むし》ろ普通、揺れる舟で射角つける方が難しいだろうに、何でＤｅＸで器用さが補正されてるのに当たらないんだろう？　どうやら、あいつ等の不器用《オタ》さは補正《スキル》を超えているらしい。

　そして危機を察知したスライムさんがオタ達に指示して、辺境方向に筒を向けさせて中に入って自力で撃ち放たれて、大陸弾道クラスタースライムさんが降り注いだらしい。だから辺境は救われた。でも、あの距離で危険が分かったって……『使役』の効果なの？

「で、ケモミミのモフモフは？」「人族を怖がってたから、なるべく近付かないようにしてたんで」「「「モフモフどころかお話すら……（泣）」」」

　それはそうか。出会いとしては最悪だし、助けても獣人から見れば同じ人族でしかない。間に合っていれば違ったかもしれないけど、間に合わなかった以上は……人なんて、ただの憎しみと恐怖の対象だ。

「じゃあ村の人とも、って言うか獣人とも？」「「「隠れてじっと見てたから、村の消火をして、お墓だけ勝手に作って、『置いて行きますねー』って大声で伝えて捕まってた人達と物資を置いて来ただけです？」」」

　どうやらふれあいどころかコミュニケーションすらできなかった様だ。まあ、オタ莫迦だから普通に出会っても、コミュニケーションできたかは怪しいだろう？　結果として商国の船が壊滅したなら、獣人国はしばらくは安全なはず。ましてや大部隊が壊滅したなら、もう迂闊《うかつ》に手は出さないだろう。

それにオタ達のオドオドした雰囲気が消えている。やっと覚悟が出来た。望んだものとは違ったかもしれないけど、異世界で勇者になってしまったんだから。きっと、こんな最悪な世界は望んでいなかったんだろうけど、だからこその覚悟なんだろう。

「まあ……お疲れ？」「「「「はい、ただいま？」」」」「遥、お代わりが」「ちょっ、バケツが小せえ！」「ハンバーグが足りないって」「いや、お結びバケツで！」「唐揚げ無えのか？」「「「って言うか、御代《おか》わり!!」」」

また喧しくなったが、地下に埋めたら駄目なんだろうか？　もう、おっさん達が救助されてるらしいから、今なら空いてるんだよ。ああ……でも地底人さんが凄く嫌がりそうだ！　いや、莫迦だから逆に仲良くなったら……ほっとこう？

こっそりと黒髪の美姫でビキニなお姉さんのお芝居を見に行こうとしたら怒られた？

75日目　昼　御土産屋　孤児院支店

ようやく、みんな落ち着いたみたいだ。小田君達の帰還の騒ぎも、不審者の疑惑もあったけど女子の騒めきの真の原因、それは乙女の窮地『性王』の君臨！

アンジェリカさんとネフェルティリさんが二人掛かりで魔力切れに持ち込み、何とか討伐できた淫技の怪物。今までとは桁違いの戦闘技術を駆使する性の王者。それはもう詳しく聞いた女子が、その妙技と絶技のお話にパタパタと鼻を押さえて倒れていく究極の技術力。それはもうエロティックに翻弄された迷宮皇級二人が崩れ落ち倒され尽くした技量、弱点を見切り絶妙な刺激が全身を包み翻弄されるという、その技術こそが恐怖だったの！

「島崎《しまざき》さん達もドレスのフィッティングがヤバくて、腰が抜けて放心状態だったね？」

「あれ、恐怖の『魔手』が凄《すさ》まじい数と威力になって！」「「「マジでヤバイよ!!」」」

それに『性王』の技量が加えられた。

「あれは危険　気が狂う　快感！」「死ぬ……より、危ない、です!!」

でもドレスや下着はアンジェリカさんとネフェルティリさんの時と違って、遥君はただ採寸して調整と補正をしているだけ。それで、あの破壊力!?　それが本気で攻撃に使われれば……って、鼠径靱帯《そけいじんたい》に唇を這《は》わせながら舌先で舐《な》められて、上前腸骨棘《じょうぜんちょうこつきょく》に口吻《こうふん》しながら甘噛《あまが》みって、あ、あ、甘噛みって！　あ、あわあわわぁ（熱暴走中《オーバーヒート》！）

そんな訳で、みんな恐怖深々の興味恐々で遥君をチラ見しながら、朝から騒がしかったけどようやく落ち着いて来たみたい。女子会でのネフェルティリさん主催の性技の極み講習会もあって悶々《もんもん》とした雰囲気が危ないけど、やっと落ち着いたね？

「で、でも迷宮皇級で二人掛かりなら、私達《たち》だと5人は……」「いや、10人単位じゃないと」「10人で押さえ付けて、性技の極みで習ったあれなら！」

えっと、指先で触れるか触れないかくらいのタッチで撫《な》でてから、撫でてそれから、それから、く、く、く、咥《くわ》え………（乙女堕落中《パタン》？）

「救護班《メディック》、また委員長が妄想が暴走で倒れちゃった？」「お口に茸《きのこ》咥えさせといて」「了解（かぷっ！）」

んんんっ、そんな訳で小田《おだ》君達の状況も分かった。遥《はるか》君の読み通りに獣人国の獣人が狙われていた。王国と教国を争わせて魔石の利権に手を伸ばしつつ、茸の産出を抑えて値を吊《つ》り上げて大儲《おおもう》けを狙っていたらしい。そして2国が動けない間に獣人国を狙い、奴隷を独占する計画。そのどれが失敗しても損の無い遠大で醜悪な計画だからこそ、読まれて全部失敗して巨額損失で崩壊中らしい。でも国家と化している商業連合からぼったくり勝ちって……遂《つい》にぼったくりは国家的悪徳商法を超えてしまったらしいの？

「小田っち達、顔付きが変わったね」「覚悟して殺して来たんだね、守る為《ため》に」「私達はまた魔物の方に追いやられちゃった」「神様は不可能だって言ったのに、遥君はきっと未《ま》だ私達を元の世界に帰らせる事を諦めていないの。だから人を殺さなくて済む様に」

そう、あれは諦めてなんていない。

「でも、小田君達や柿崎君達はどうなの？　それに遥君自身が……」「そうだよ、そんなの……」「男子はもう帰る気は無いんです。ここに残ると決めているんですよ」「えっ、そんな！」「なら、帰っちゃったら……もう」「そ～だよ～、だから決めないとね～？　遥君が戻る方法を見つける前に、どうするか、どうしたいか～？」

できるはずがない。あの凄まじい高位存在で、その桁違いの存在力に圧倒されたあの神様ですらできないと頭を下げて私達なんかに詫《わ》びたんだから。だからそれは絶対不可能な事……だけど、遥君なら絶対にあり得ないなんて事は無いのかも知れない。なにせあの平伏しそうな絶対存在を正座させて説教したらしいし？

だから私達は自分自身で選ばないといけない。ちゃんと自分の意思で、できないんではなく帰らないんだって言えなければ……その言葉に意味が無くなるから。

そして——大盛況。遥君が戻って商品が豊富になったせいで、御土産屋さんは朝から大忙し。もう奥様井戸端会議《ネットワーク》で王都中からお客さんが押し寄せている。女性服は軒並み売れていき、お芝居効果で「辺♥境」グッズも売り切れ続出中。でも、辺境の人って「辺♥境」Tシャツとか着ていなかったよね！

「でも、ここまで人気だと、そのお芝居見たい様な」「でも、黒髪の美姫《びき》でビキニだよ？」

「あと、遥君は美姫に戦わせてお城に隠れてる役って……」「おっさん皆殺しの真実よりはマシなのかも。だって筍衾《たけのこぶすま》の里って……筍な里さんへの冒瀆《ぼうとく》だよ！」「メリエールさんは近衛《このえ》軍で戦ってたのに、一騎で教会騎士団討伐した事になってるみたいだね？」

御土産屋さんのお客さんの話を統合すると、事実がちゃんと伝わってなくって、分かってる事を適当に繋《つな》ぎ合わせて御芝居にしてるみたい。

そして謎の少年は美姫達を戦わせて自分は城にいて罠《わな》にかける軍師さん。その人はまあ軍師と言えば軍師さんだけど最前線で暴虐な限りを尽くす超直接攻撃型軍師なんだけど？

「お芝居では、城まで侵入してきた敵から逃げ回る軍師をムリムール様が助け出すらしいよ？」「その軍師は逃げ回りながら敵を1箇所に集めて皆殺しにする、触るな危険軍師だから助けなくて良いのにね？」「あー、でも加齢臭から逃げ回ってたみたい？」「「「それって助けるべきなの？」」」「遥君組は遥君もアンジェリカさんもスライムさんも、ネフェルティリさんだって、みんな一人で戦ってたから情報が無いんじゃないかなー」

　そう、最も危険な所で戦っていた4人の事は誰も知らないの。最も称賛されるべき遥君達は脇役か出て来もしないお芝居。辺境の真の救世主は何処《どこ》にもいないお芝居。

　それどころか逃げ回る軍師は道化役で笑われ者。娯楽なんて無い世界だから実はみんな見に行きたい。ビキニはあれだけど髪を隠して見に行けば良いし。

　でも、見たら私達は怒っちゃうだろう。せっかく王都が幸せになりお芝居で沸き立っているのに。だけど私達は叫んじゃうだろう。やっと平和になったのに……だけど王国の為に戦って戦って平和にした遥君を嘲る舞台なんて許せない。だから見に行けない、きっと知らないだけだって分かってるけど、それでも許せない。

　これだけは譲れない、それを私達が許しちゃいけないの。たとえ誰も知らなくても良い、どうせ本人は何も語らないから。だけど何で嘲られなくちゃいけないの。この世界のどこに遥君を嘲り、笑い者にできる人がいるって言うの！

たった一人で最後の最後まで幸せを守ろうとした遥君が、どうして笑い者にされなくちゃいけないの！　だから絶対に見に行けない。だって、きっと私達は芝居小屋を破壊し尽くして焼き尽くすから。

今も私達に危険が無い様にパーティドレスに武装を付けようとして、試行錯誤で四苦八苦している遥君。何もかも守ろうと何時《いつ》もあれやこれやと頭を捻《ひね》っては、何かとんでもない事をする遥君。それは滑稽かもしれない、素っ頓狂かもしれない。

でも、それを嘲り蔑み笑って良いのは自分で世界を救った人だけだ。何も助けない人が、何もかも助けようと必死で足掻《あが》く遥君を笑うなんて許せない。それが間違いでも、お芝居でも、それを見てしまったら……きっと私は怒り狂う。

でもドレスに武装は付けないでね？　鎖巻くのも止《や》めてね？　棘《とげ》付き肩パッドも外して、ドリルもいらないからね？　舞踏会《ダンスパーティー》なの、踏破会《ダンジョンアタック》じゃないんだから袖槍《パイルバンカー》も外してね？

損なわれたオタらしさがオタの本体なら、残り物だから焼却だ？

75日目　夕方　御土産屋　孤児院支店

とてもとても面倒だがオタ莫迦《ばか》のタキシードも作ってみた……が、着せてみたら酷《ひど》かった。いや、服はサイジングもデザインも文句無し。型紙で作った既製品だけどオタ莫迦専用の型紙だから問題無いはずだ。そう、モデルが問題だった！

まず馬子にも衣装で長身で筋肉質で引き締まった莫迦達。ムカつく事に日本中からファンレターを貰《もら》っていたというだけあって顔の作りは良い、つまり頭《ばか》以外は問題が無いどころか見てくれだけは高レベル評価。なのに何故《なぜ》こうなった？　何故かゴッドファーザーな音楽が聞こえて来るくらいにヤバい。うん、これは間違い無くマフィアの殺し屋だ。何故か正装させると危険さがよりアピールされて、確実に王宮立ち入り禁止案件だろう。うん、止められて捕まったら置いて行こう？

そして、まあそうなるかなと思わなくは無かったんだけど、まさかの予想外の方向にいったオタ達。中肉中背でメタボも引き締まったから体型には問題は無いはずなのに……何故こんなにインチキ臭くて怪しいんだろう？　うん、詐欺師と言うか悪徳魔術師？　髪が伸びてぼさぼさなのがまた如何《いかが》わしさを引き立てているんだよ？

「「「なんか恥ずかしい様な、似合ってない様な？」」」

まあタキシード着せたんだから良いや？　きっと王城の門を潜《くぐ》ろうとした時点で捕まるけど、別に捕まっても良いだろう。うん、ある意味正しい判断だし？

そして女子さん達は未だ悩んでいるのかドレスの注文は来ない。未だデザイン画を並べて見比べていたから未だまだ掛かるんだろう？　もしくは魔手さんに怯《おび》えているのかも？　なにせ、あのビッチ達の壊れ振りは異常だった、その前の副A副Cコンビだってかなりヤバかった。憶測だが魔手さんは魔力体だから、魔纏《まてん》に近い状態で他のスキルを纏《まと》っているんではないだろうか？　それが合っているなら、今度は『性王』と『淫技』まで纏っている危険がある。だって停止《オフ》とかできないからどうしようもないんだよ？

でも、もう下《ショーツ》は作らなくて良いはずだし、追加注文が来ても前のサイズでいけるはず。って言うよりいけないと、この暴走状態《エロテンタクルモードショーツ》で下はヤバ過ぎる。うん、あんまり乱れられてあられもないと、男子高校生的にとってとっても男子高校生な問題が男子高校生を悩ませて、それはもう苦悩に苦悶《くもん》で悶々なんだよ？

「でも、ガーターベルトとドレスくらいなら大丈夫な気もするけど、昨日の甲冑《かっちゅう》委員長さんや踊りっ娘《こ》さんの反応を見ていると……過剰反応で感極まって歓喜し捲《ま》くっちゃってたから全く大丈夫な気が……しないな？」

こっちは沢山の手で触れられて何処も彼処《かしこ》もお触りなお得な感じで素敵なんだけど、される方は激しく大変な様だった？　大変そうな姿がとっても大変に凄《すご》かったから、更に激しく劇的な刺激で激情してたから……大変そうだった？　結局、どちらも攻撃特化で防御力は皆無で先に倒すしかない。だって、あの性技の極みの技術《テク》は防御不可能な危険な技のオンパレードマーチな行進曲で、進行中は男子高校生には抗《あらが》えない魅惑の快感攻撃で無理なんだよ？　うん、ヤバいんだよ？

「毎朝のお説教で、甲冑委員長さんが『死ぬかと思った』って良く怒ってたけど、あれは確かに昇天の危険がありそうだな？　HP無くなり掛けてたし!?」

昨日も最後は魔力も尽き果て為《な》すがままで両側からあんな事やこんな事をされて衝天の

終点は昇天だったって言うくらいの全身蹂躙《じゅうりん》御奉仕の波状攻撃で、両面作戦な挟み撃ちでむちむちと挟まれて天国な地獄がReなループだったんだよ！　うん、HP無くなり掛けてたよ!?　まあ、それは置いといてオタ莫迦だ？

「そのぼさぼさの頭が鬱陶しくて、重いんだよ。だから親切にいつもいつも頭焼いてあげようとしてるのに、慎み深く遠慮して謙譲の美とかしてるから頭ぼさぼさになるんだよ？よし、焼こう！」「「焼かないで！　普通に髪切って!?」」「そう言えば遥君は髪伸びてないし、微妙に髪型も変わってる？」「髪くらい切るよ、普通に？」

うん髪を切りに行くのが面倒臭いから、昔から髪は自分で切っていたから慣れたものだ。鋏《シザー》でも剃刀《レザー》でも得意なんだよ？　うん、シャギー派だし？

「普通に切って下さいよ……って言うか鋏《はさみ》あるんだ!?」「うん、斬るよー……一閃《いっせん》！」

目指すべき頂点は、やはり甲冑委員長さんの『一閃』だろう。まあ、目指すだけであれは実現できないが、オタ共の首くらいなら……ふっ！

「「ちょっと待ってーっ！」」「思ってた散髪と違い過ぎる!!」

くっ、一瞬で結界を展開しただと！　腕を上げたようだ、って言うかこいつら封印の仕方は教えてくれたけど、結界は封印はさせてくれないケチンボさんだったんだよ？

「今、切らないで『斬る』って言わなかった!?」「一閃って、アンジェリカさんの必殺技で髪切らないで！」「しかも何で腰を低くして構えたの！　その高さ髪じゃなくて首だから!!」「えっと、もみあげは残して下さい？」「ええー、面倒《めんど》くない、一人ずつ髪切るのって？　うん、首なら4人一撫でに……」

　男の髪切るとか楽しくないんだから、せめて楽しく首でも切ってみようかと言う細《ささ》やかな試《こころ》みまで駄目出しされた？

「「「料金倍払うから普通に切って下さい！」」」「倍――だとっ！　毎度あり？」

　対価を受け取る以上それは仕事だ、ならば残念だが真面目に切らねばならないだろう。倍ならしょうがない、モヒカンは似合うだろうか？　ひゃっはあぁ？

　頭にウォーターボールを叩《たた》き付けて、我慢して髪だけを剃刀《レザー》で削《そ》ぎ、全体を軽くして動きを付ける。バランスが取れたら鋏《シザー》で揃《そろ》えて全体と馴染《なじ》ませ流れを作る。魔手さんも大活躍で12本の櫛《コーム》で髪をすき取り、16本の剃刀《レザー》で削ぎ切りにして8本の鋏《シザー》が整えていく。

「まあ、オタ達だからこんなもんで良いやって……あれっ？　なんかオタらしさが損なわれた!?」「「「オタらしさって何!?」」」「あっ、でも確かに何か恥ずかしい！」

　そう、こいつ等《ら》は床屋派だ。そして床屋さんは専門技術特化で、頭の形に合わせて正しい長さに揃えて髪を切る。そのせいで見た目は二の次になり易《やす》いが正しく正確。その逆に美容師は見た目に合わせるから切り方も長さも正しくない不揃いにも切る。そして今時は美容師派だからオタ達が今時っぽくなってしまい、オタらしさが損なわれてしまった！

「「「あー、自分達だけ髪切ってる、ズルいズルい妬ましい！」」」「小田君達がお洒落《しゃれ》へアーだ！」「「「お洒落へアーって言わないで！」」」「これ、結構恥ずかしいんですよ!!」

「え～、似合ってるよ～？」「うん、こっちの方が格好良い」「もっさり感が消えてる！」

「流れで顔が映えるわね」「イケメン度50％アップ？」「グラデーションカットで軽くしてある！　芸が細かい!!」「レザーカットで自然な仕上がりだ!?」「良いですね、顔立ちがスッキリとして見えますよ」「これで色入れたらチャラ男デビュー？」「あああっ、案外似合いそう！」「チャラオタ君になるの？」「それ、キャラ被《かぶ》ってない？」「このままの方が好青年爽やか系で良いよ」「「「うん絶対似合ってるって」」」

女子に囲まれて誉《ほ》めたてられて、オタ達《たち》は顔を真っ赤にして照れている。これで少しは見た目に気を遣う様になるかも？　うん、服でもぼったくれそうだ！

オタ達は元の世界に対する拒絶感が大き過ぎる。だから同級生にすら心の壁がある。だからこそ異世界を夢見て生きていた。そして本当に異世界に来たんだから、異世界で異世界人相手なら恋愛だってできるかも……うん、通報しとこうかな？

そして恥ずかしがってた割には、女子さん達に褒められて照れ照れだから、ただ褒められ慣れていないだけ……あっ、莫迦達に気付かれた！

「「「遥《はるか》、俺も！」」」「ロン毛は自分で揃えろよ！」「髪が鬱陶しくってよ」「なら、ロン毛にすんなよ!!」「「「いや、括《くく》るだけで良いから楽だし？」」」「ああ、首を？」「「「括らねえよ、どんな髪型だよ！」」」

まあ、こいつ等からもぼったくろう。少しはあのマフィア感が薄れるかもしれないし……だってタキシード姿がヤバいから、上に羽織るロングコート着せてみたら、とってもショットガンでも持たせたら似合いそうだったんだよ？

そして莫迦達の頭を削ぎ、斬り、抉《えぐ》り、薙《な》ぎ払い終わって、孤児っ子達の髪も摘《つま》んで行く。うん、異世界人は天パーが多いから難しい。特に孤児っ娘達は注文が多いが、お姫様みたいになりたいらしい？　ハンバーガーでも売りたいんだろうか？　今度お姫様らしく地団駄の踏み方でも教えてあげよう。

「凄く可愛《かわい》くなったよ」「「「本当にー？」」」「うん、すっごく可愛いよー」「「「やったー！」」」「みんな可愛くて天使さんみたいだね」「「「わあぁーい♪」」」（ポヨポヨ）

喜んでるから良いけど、俺って美容も理容も無資格だからね？　うん、独学のもぐりの闇美容室なんだけど……って言うか何で女子さん達まで髪型のイラスト用意してるの！　俺がやるの？　うん、何となくそんな気はしてたんだけど、注文が細かいんだよ!?　あと、パーマとか無理だから！　うん、今度ホットカーラーでも作って売りつけよう。

何故かまたバイキング形式でご飯を用意しながら、美容室の営業で立食式美容室って営業許可は下りそうもないな？　まあ、魔手さんは髪の毛すら落とさないから衛生面は大丈夫なんだけど、序《つい》でだからお風呂も沸かしておこう。うん、御土産屋さん営業時間も終わって全員集合で大騒ぎだ。

「ちょ、三つ編みも俺がやるの？」「お兄ちゃん、私も三つ編みしてー」「僕もー」「お兄ちゃんお饅頭《まんじゅう》」「お兄ちゃんドレス3着にしない？」「僕、ロン毛したいのー」「私もお姫様が良いー！」「私は御着物《おきもの》も欲しいですよ、お兄様？」「遥君が小《ち》っちゃい娘達からお兄ちゃんって呼ばれてる！　羨ま妬ましい!!」「兄者、唐揚げ無くなっちゃったよ！」「わたし、お皿洗いできるー！」「僕もやるー!!」「私、少し短くしてね？」「お兄ちゃん栗《くり》饅頭はどうなってるの！」「遥、腹減った」「あのね、あのね、あのお姉ちゃんみたいな髪が良いの」「私も三つ編みして貰おうかな～」「早く早く！」（以下騒乱）

うん、美容師って言うよりトリマーさんな気分なのは何故なんだろう？　次は……子《こ》狸《だぬき》のプードルカット？　みたいな？

お腹を括れたいならお菓子を食べなきゃ良いじゃないのと言ったMさんは……ムチャシヤガッテ（泣）

75日目　夜　御土産屋　孤児院支店　女子会

お風呂が妖しい雰囲気。もう子供達は上がらせたから、大人女子会で第2回性技の極み講習会が絶賛開催中で、勉強中なんだけど……経験談が！って、経験談って相手は一人しかいないからつまり……（ゴクリ！）

「撫《な》でる　摩《さす》る　扱《しご》く」

みんなの腕を取りながら違いをレクチャーするネフェルティリ先生の直接指導。それは、あの兇悪《きょうあく》な性王を倒した勇者様の偉業の御講義なの！

「ああ、撫でるのは皮膚の上を滑るだけで、摩るちょっと強い？」「扱くは肉ごと動かす感じなんだー……って、扱いちゃうんだ！」「舌の裏　涎《よだれ》たっぷり　レロッ？」「「「…………（ゴクリ！）」」」

実践的で題材は各自茸《きのこ》だったの！　ちゃんと講習後は美味《おい》しく召し上がりました？

「しかし、凄い喜び様だったね」「そして意外に上手《うま》過ぎだったね！」

子供達は遥君に髪を切って貰《もら》って、可愛くなって終始ご機嫌だった。ずっと子供達だけで助け合って、身を寄せ合って暮らしてたから構って貰えて甘えられてとっても幸せな笑顔が零《こぼ》れてて、もう見てると泣きそうになるくらい幸せそうだった。

美味しいご飯は幸せだ。綺麗《きれい》な服も幸せだし、暖かくて清潔なお家《うち》だって幸せ。でも、それはただそれだけ。幸せな居場所、それは家なんかじゃなくって心から安らげて心が満たされる場所、自分の居場所。ここにいて良いんじゃない、ここにいるのが当たり前って言って貰える場所。だから子供達の大人気の場所《スポット》は遥君のいる所。

しかし、小田《おだ》君達の散髪《イメチエン》に吃驚《びつくり》したけど、遥君のあの器用さと知識量は何なんだろう。実はずっと自分の髪は自分で切っていたらしいけど、髪型《バリエーション》が豊富過ぎない？

柿崎《かきざき》君達も切っては貰っていたけど、ロン毛さんだから整えて梳《す》いただけなのにワイルド系がスッキリお洒落系になっていた。そして私達はみんなで散髪し合っていたんだけど、その差は歴然。遥君は手付きから違うの、鋏捌《さば》きが軽やかで堂に入っていた。そして出来上がりも自然で綺麗で、ボリューム感もばっちりだった。うん、次からはヘアアイロンも投入されるようだし、島崎《しまざき》さん達が大喜びしていたの。

そして今日もバイキングで思い思いに食事を愉《たの》しんで、みんなでお片付けして子供達をお風呂に入れて――わんもあせっと&ベリーダンスしてからの大人の時間。昨日のダンレボは脚が引き締まったけど、ベリーダンスはお腹《なか》と腰に凄く効く！　普段使わない筋肉が使われて凄く効果が高そうだし、これはお腹は括《くび》れてお尻も持ち上がるらしいの！　でも、明日は舞踏《タンゴ》的な脚捌きの教室らしい。

そして、お風呂女子会に突入したら講習会の内容の危険度が高過ぎだった。そう、アンジェリカさんまで一緒になって効果を説明する……これをこうしたらこうなったとか、あれをあーしたらあーだったとか、舐《な》めるのと唇でなぞった時の反応の違いなんかを、それはもう詳しく丁寧に解説していくの。あっ、また沈んだ！

「先に倒す……受けたら、です」「駄目……死ぬ？　気が狂う？」「一瞬、気絶……させ、られ、ます」「「「きゃああーっ《ブクブクブク》」」」

攻撃力こそが重要で、守りは無意味らしい。攻め切らないと責められ快楽に死んじゃったまま、気が狂う様な攻撃で気絶って……恐るべし性王！

「意識　記憶　真っ白」「「「いやああーあっ《ゴボゴボゴボ》」」」

乙女達が刺激にのぼせて沈没していく。引き揚げてお部屋まで撤退だ。エルフな妹さんのイレイリーアさんも、子供達を寝かし付けてから女子会初参加したんだけど、第1回講義では刺激が強過ぎて顔を真っ赤にしながら溺れていたけど、起き上がって来てはまた続きを顔を真っ赤にしながら拳を握り締めて一生懸命に聞いていたの？

続きが気になって急《せ》か急《せ》かしてるけど、みんな丁寧に髪を梳《と》かす。だって遥君にカットして貰ったから、このブラシだって遥君が作ってくれたから。うん、高かったけど？

そしてレオタードと同時発売だったヘアバンドをして、お部屋に移動する。ここからはベッドの上での実演付きの実践講習！

「お、押さえても下から舌が！」「えっ、ええええっー、弱点を見極めて甘嚙《あまが》みされるって！」「手と足を押さえても触手さん達がうにょうにょって……」「し、しかも振動魔法まで自由自在って、触れてるだけで揺すられちゃうの!?」

新たなスキルを得て、異世界に恐ろしい化け物が生み出された様だ。意味不明なスキルしか無かったはずなのに、あのスキル達は何処《どこ》を目指しているの!?　まあ、迷宮《ラスボス》コンビは倒せちゃったみたいだけど？

「指でなぞられるだけで危ないって……『淫技』がヤバい！」「触手さんにまで効果付与されてるって……触手大魔王で、性王だよ！」「密着状態で攻めないと離されたら一方的、でも密着してたら触手と振動って……」「しかも再生Ｌｖ７ってすぐ復活しちゃうんだよ！　パオーンって！」

パオーンは言ってないって言うか、あの象さんは鳴かないと思うよ？　まあ、でもすぐ復活は恐ろしい。それは持久戦では為《な》す術《すべ》も無く嬲《なぶ》り殺しにされる、その威的戦闘力に戦闘持続力と超回復力が兼ね合わされた化物《モンスター》、それが性王!?

「でも～、再生持ちなら～委員長がいるよね～？」「「「そうだった！」」」「委員長が攻撃を一身に受け止める係で、他が攻撃《オフェンス》」「受け止めちゃうんだ〜、再生しながら一身に〜」「うわー、死ぬ程気が狂いながら無限再生」「あの触手地獄を身に受けちゃうんだね」「「「蕩《とろ》けちゃうね」」」「何で私が防御《ディフェンス》なの、何で一人で生贄《いけにえ》状態で差し出されちゃうの！」

って言うか戦うなんて一言も言ってないよ？　と、と、蕩けちゃうって！

「しかも、な、な、な、何で、何で私が受け止めちゃうの！　そ、そ、そんな、触手がいっぱいで振動で淫技付与で、身体《からだ》中をって、む、む、むり、無理だから！　そ、そ、それに、遥君の舌が、舌が、な、な、舐めちゃうって、舐められちゃうって！　あ、あ、甘噛みが…………（キュウウウウッ♥）」「「「医療班《メディック》、何時《いつ》もの茸お願い」」」（あむっ♥）

「ヘタレさんだね？」「先は長そうです」「「「だねー」」」

お芝居の事でイラついてたのか、みんなに誂《からか》われて撃沈されたみたい。でも、わかってるんだけど悔しいの。そして全く気にせずに見に行こうとしてる遥君も遥君なの！　だって絶対に見たいのはお芝居じゃなくてビキニな美姫《びき》さん達だよね!?

そして、アンジェリカさんとネフェルティリさんは精神を研ぎ澄ませて、決意を新たにお着換えして遥君のお部屋に向かって行った。今晩はボディコンのミニワンピさんだった！

そして戦いが始まるんだろう――二人は遥君に御奉仕して喜んで貰いたいのに、何で戦っちゃうんだろう？　精一杯の心からの感謝と信愛を捧《ささ》げてるのに、逆襲されちゃって戦乱が勃発して毎晩が戦場で御奉仕撃破率《スコア》を争い、群雄割拠の肉弾戦《プロレスリング》になっているの。

きっと今晩も戦場で火花を散らし、鉄火繚乱《りょうらん》の淫技が尽くされ、果て無き闘争が繰り広げられるのだろう。でも性技の極みって尊敬し敬愛する相手に行う身を捧げる敬愛と忠誠の儀礼なんだけど、何で性技VS淫技の無間地獄になってるの？　うん、エロいね？

いつの間に羅神眼さんは裸身眼に改名されちゃったのだろう？

75日目　夜　御土産屋　孤児院支店

試験目的も兼ねて新作アンクレットを作成する。意匠《デザイン》はベリーダンスにも使えそうなチャームが沢山下がったアンクレットで、その効果は付与3つ。これ1つで『加速』『回避』『瞬歩』が付けられる破格の性能だ。だって今迄《いままで》普通クラスの魔石で1つ、高級魔石で2つだったのが、普通の恐らくはランクEかDで3つ……技術力が上がった事で製作品の性能が一気に上がってしまった。うん、内職が終わらない!?

「やっぱりかー、上がったって言うより桁が1つ変わったって言うくらいの差があるから、ここまでくると差が歴然だな？」（プルプル）

生産技術が『智慧《ちえ》』によって革新している。その過程の『魔手』の高性能化も含めて、正確さ細やかさ速度が別段階に入った。何より制御が楽だ、超越した性能だからこそ隠れていたんだから、実際これが暴走して制御できなくなれば命の危険があるんだけど、わりと俺の命ってずっと危険だから気にしてもしょうがないんだよ？

　これで、同級生の装備を一新する必要がある。新作に交換すれば性能差が著しい以上、装備の更新は必須。だって、それは命を守り生きる可能性を上げるのだから。

「つまり……俺ってまたブラ作るの！　やっと試練を乗り越えたのに!?　まあ、此処《ここ》まで基本性能が変わると採寸と設計からやり直した方が良いんだけど、今の魔手さんの威力を考えたら下は危険過ぎるんだよ？」（ポヨポヨ）

　恐らくブラが限界、ガーターベルトもヤバいだろう！　まあ優先は装備として、現状迷宮の大当たり装備をミスリル化したものは超えられないけど、今作っているドレスは普通の迷宮装備より高ランクになりそうだ。だから装備関係を全て見直す必要が出て来たし、難易度が高過ぎて手を出せなかった『レェッツ　ゴォゥ　魔道具！』の新作も加わっちゃうと……内職のターンに終わりがなさそうだ!?

「まあ、『鍛治錬金の書』もあるんだから、ちゃんと武装を作るのもありなのかな？」

　結局、作業速度が上がっても制作物の難易度が上がったら内職残業で、また内職のターンがやって来るんだよ？　だが先《ま》ずは指輪。耐状態異常効果は上げられるだけ上げておきたいけど、立て爪のブリリアントカットって普段使いには不向きな気がするんだよ？

　まあ練習だと思えば良い。高級魔石が勿体《もったい》ない気はするんだけれど、女子さん達《たち》は物凄《ものすご》く欲しがっていた。学校でも着けてなかった気がしたんだけど、要るらしいから良いだろう？　どうせ魔石は有り余っているし？

「でも魔力バッテリーになるんだから勿体ないと言えば勿体ないな？」（プルプル）

だから戦争なんかより、迷宮の探索の方が価値がある。お金があるより魔石や装備の方が貴重なんだから。

「リング部分を魔石で作って白金色にして……石はどうしよう？　金剛石《ダイヤモンド》もあるにはあるけど、性能的にピーキーなんだよ。瞬間的な抵抗力《レジスト》は高いけど、保《も》って数十秒だし……まあ、魔石を良いのを使えば基本性能だけで事足りるんだけど……何か勿体ないんだよ？」

やはり、リクエスト通りに金剛石《ダイヤモンド》か。１００個以上はあるから22個くらい惜しくもないけど、寧《むし》ろ等級の高い魔石が惜しい。山のように在庫はあっても惜しい物は惜しい？

きっと毎日ダンジョンに潜っていれば惜しいなんて思いもしなかっただろう、増え続けて困るくらいだったのだから。でも、ずっと減って行くと何か凄く損した気分なんだよ？

今現在、凄《すさ》まじい額のお金があってハイパーお大尽様なんだけど、案外お金って使い道が無い。いや、いるんだけど物の方が価値がある。王都でめぼしい物は買い占めたし、金剛石《ダイヤモンド》もその１つ。この瞬間の爆発的な能力の増加を生かして遠距離用狙撃杖《スナイパーライフル》でも作ろうかと思っていたのに……指輪になるらしい？　うん、色々買って来たのに全員が金剛石《ダイヤモンド》希望って、どうして女子さん達は耐状態異常効果に爆発的な瞬発力を求めるんだろう？

「台座の指輪部分が大きくなるけど、埋め込まない方が良いのかな？　でもドレスにはグローブも付けるんだけどグローブの上から指輪するんなら、確かにゴツめのデザインの方が良いのかも？」（プルプル）

ドレスも仮縫いで注文の多かったマーメイドとプリンセスとフリルを、各3種類サンプルで仕立ててみた。これって拘《こだわ》ると無限の組み合わせだから、永遠に決まらないんだよ？　だから見本《サンプル》。きっと今頃女子会でもドレスに悩んでウンウンと唸《うな》っているんだろう。そう言えばちょいちょい回復茸《きのこ》を取りに来るから、知恵熱とか出ちゃってるのかも？　よし、もっと太くて大きいのをあげておこう？

サンプル序《つい》でにレースのグローブやフリルのガーター、低めのローヒールパンプスにレースのヴェールも各種見本を制作してみた。勿論《もちろん》トルソーのサイズは甲冑《かっちゅう》委員長さんと踊りっ娘《こ》さんに合わせてあるのは言うまでもないだろう。マルチカラーだから赤や青にしてるんだけど、何故《なぜ》だか矢鱈《やたら》にみんな白にしたがるのは何なんだろう？　王国の流行？

「しかし、あの二人ってスタイルがデンジャラス・ダイナマイトに凄過ぎて、ただのボディーだけのトルソーでも……凄くエロいんだよ？　さわさわ？」

うん、思わず撫《な》でてしまったのは内密で、揉《も》んでしまったのは極秘にしよう！　そんなこんなで内職をしていると、そのエロいトルソーの実物ボディーコンビが帰って来た。きっと今日も女子会が楽しかったんだろう、ニコニコと嬉《うれ》しそうだし。

「戻り……ました」「帰宅　帰部屋　一緒」「お帰り、楽しかった？　うん、今ちょっと内職してるけど、出来てる物で欲しい物あったら言ってね？　補正もすぐできるし、オーダーメイドも受け付けるんだよ？　そこのドレスも二人用だから、明日みんなに見せびらかしてあげてね？」

早速二人で新作ドレスに見入っている、目が陶酔して魅入っちゃってる？　はっ、やはり迷宮皇さんともなると、防備効果の高さも一目瞭然なのだろう。

そうしてキリの良い所までと内職をしていると、二人はベッドに上って腰かけてこっちを見ている。とっても行きたいが行くと帰ってこられない歓喜の黄泉平坂《よもつひらさか》で、振り返るとまた逝っちゃうと言う恐ろしい黄泉平坂桃源郷行きの直行便で片道切符な銀河鉄道だ！

だから忍耐を己に課し、瑕疵《かし》担保責任な責任能力で内職に努める。勿論羅神眼さんは滅《め》茶《ちゃ》見てる、だってミニワンピなボディコン美女さんがお二人で脚を組んだり女の子座りしたりとチラチラと遠距離攻撃が被弾中で俺の男子高校生《ハート》に火が付くどころか大炎上なお部屋で内職な本能寺で、は、謀ったな？

そう、この『智慧』さんは結構負担も大きい。膨大な能力と引き換えに、集中し過ぎると脳が掻《か》き回されるような違和感がある。それでも装備品の安全は上げたい、こんな事で命が守れるならば負荷や痛みくらいはどうでも良い。どうでも良いがとっても良い物がチラチラと……くっ、罠《わな》だ！

「まさか二人で超タイトミニのワンピにストッキングで体育座りだと――っ！」

しかもじわじわと脚を広げてチラチラからのM字開脚がWでおいでおいでの危険地帯が危険な誘惑で、男子高校生が危険状態な無効化無効《レジスト》の魅惑の罠だ！　はっ、テンプテーション効果だろうか！

甲冑委員長さんは黒のオフショルダーのワンピでタイトミニの裾からは純白の太腿《ふともも》が絶

対領域で黒のニーソの隙間から魅惑を発動していて。その横で踊りっ娘さんが白のハイネックの袖無しタイトミニのワンピから琥珀色の肌を晒し、黒の透けたストッキング越しに長い脚がうねうねと揺れて、それに併せて太腿さんがむにむにと蠱惑効果で幻惑して来るだとおおおっ！

これはモノトーンの魅了魔術！　こ、これは無効化《レジスト》不能だっ!!　何て怪《け》しからんデザインだ、俺が作ったんだけど耐え忍ぶるとかあにはからんや？　うん、作ったんだよ？

もう裸身眼さんもずっと自動記録を始めている。流石《さすが》は『智慧』さん、良く分かってらっしゃる。って、いつの間に羅神眼さんは裸身眼に改名されちゃったの！　羅神眼だったよね？　うん、あながち間違ってはいない様な気もするけど使用目的はどちらでも一緒だから良いのだろう？

そしてさり気に正面に突いた手で隠された神秘の三角地帯《トライアングルゾーン》まで、何気に意味あり気に手を動かしてはチラチラと気を引いて発狂《バーサク》までかけて……し、下も白黒《モノトーン》攻撃だと――っ！

「新作　アンクレット　着けて？」「私にも……つけて、下さい……」

そう言って長く綺麗《きれい》な脚が伸びて来る…………こ、こ、この御身脚《おみあし》にアンクレットおおおっ！（男子高校生超新星爆発《スーパーノヴァー》！）

言うまでも無い事だろうが、その夜『性王』のＬｖは上がったんだよ。うん、そろそろスキル『限界突破』とか取れそうだな！

遂に好感度さんには宇宙規模の探査が必要となった様だ。

76日目　朝　御土産屋《おみやげや》　孤児院支店

超寝不足だが爽やかな朝だ。だから颯爽《さっそう》と力の限り目覚めた俺の男子高校生的な御目覚めが、隆起《おき》たと共にレロレロと殲滅《せんめつ》されて再生Ｌｖ７を以《もっ》てしても延々と繰り返されるお口の蹂躙《じゅうりん》に再生しきれずに倒されてしまっている様だ。うん、なんで目が覚めたら鎖で大の字に拘束されてるの！って、踊りっ娘さんの鎖!?

「くっ、謀ったな！って言うか縛ったな？　みたいな!?」

これは昨晩の狂乱の魔手地獄快楽振動に、もれなく淫技も付いて来る黒マント着衣プレーで『無限の魔手』さんが全力発揮の仕返しな気持ち良い目覚めの逆襲だ！
甲冑委員長さんと踊りっ娘さんは左右から生茸に舌を這《は》わせ、交互にお口に含んで咥《くわ》えて飲み下して行くと言う美味《おい》しいお食事中で、無限強制再生な男子高校生を隆起《おこ》しては倒す一方的な殺戮《さつりく》だった！　うん、目も覚めたよ!?

そして何故か朝から嬉しそうな二人に急《せ》かされて食堂に向かう。いや、二人のせいで遅れたんだよ？　だけど嬉しそうだから良いのだろう。復讐《リベンジ》を果たして喜んでいるのだろうか？　まあ、夜は逆襲の復讐者《リベンジャー》な男子高校生が大立ち回りで大活躍の快刀乱麻で反逆的に頑張ろう！　そして食堂では王女っ娘とメリメリさんが来て女子達とたむろってる？

「「「「きゃあああっ、綺麗、素敵！　可憐《かれん》で妖艶!!」」」」

甲冑委員長さんと踊りっ娘さんは昨晩完成したドレス姿で登場で、女子達も騒めき立ち子供達もはしゃいでる。男は……もう空気感極めて千の風になりそうだな？　そろそろ千の風《サウザンドウインドウ》とか名乗りだしそうな空気感だ！　でも、ウィンドゥズ千だと感染しそうだ!!

王女っ娘とメリメリさんまで駆け寄って来たと思ったら、甲冑委員長さんと踊りっ娘さんのドレス姿を見て大騒ぎだ。まあ、御土産屋さんのバイト代も払ってなかったから現物支給でも問題は無いんだけど、問題は無いけど採寸こそが現在最大の大問題だったりも？

女子さん達が真剣なお顔で採寸の経験談を体験的に説明中で、お顔を真っ赤にしながらもよりにもよって下着の話に滅茶喰《く》い付いてしまっている！　そう、見せびらかしているのはやはり副委員長Bさんで、やはり危険人物だった！　一体あの人の「良い人ランキングNo.1」は何の良い人だったの!?　だがあれは良い物だ、揺れてるし？（プルプル）

そして胸元を拡《ひろ》げてブラをちらちら見せるもんだから、空気な男子達は空気中に拡散して気化状態で大気汚染中？　強力な空気清浄機が必要そうだな？

「遥《はるか》さん、私達にも作って下さい！」「代金分はちゃんと働きますから!!」

あれだけ見せびらかされると欲しくなるだろう、でも王女っ娘とメリメリさんにはドレスあげてるんだけど？　王女っ娘のはエロいけど？　王女っ娘は赤でメリメリさんがピンクってマルチカラーだよ？　うん、色は自分で決めてね？

そして朝っぱらから採寸するらしい。まあ、普通は別に朝から採寸しても社会的に何ら問題は無い気はするんだけど、きっと大問題な大事件で大騒動な大騒ぎになるんだろう。まあ、せっかくだからメイドっ娘にも作ってやろう。だって王女っ娘の影武者もしてるからどうせ同じ体型だし使い回せて便利だろう。

「お、お、お、お、王女様に真っ裸って、ふ、ふ、ふ、不敬です！　重大犯罪です!!　もう死刑でも生温《なまぬる》い王族反逆猥褻《わいせつ》罪です、エロ特措法で捕まえましょう！」「いや、だからちゃんと……ちゃんと？　まあ名目上、目隠し委員長が目隠ししてて理論上見えないから大丈夫って言うか、まだ罷免されてないんだけどどうしてなんだろうね？　何故か俺の見る能力はどんどん上がって行くのに、迷宮皇さんのW目隠し能力だけが絶望的なんだけど、この絶望感で絶滅しそうな目隠し感の絶対領域だけは譲れない男子高校生的な想《おも》いは何処《どこ》に行けば良いんだろう？　みたいな？」

そう、どうして目隠しでお口隠したり、瞼《まぶた》千切れそうなほど引っ張り開けようとする人が目隠し委員長に就任してしまい、それに誰一人不平不満が無いって一体全体何なのだろう？　やはり異世界では迷宮皇さんは偉いから、権力で押しきってるんだろうか？　うん、随分前に退職してたよね？

「「……………よろしくお願いします！」」「絶対に見てはなりませんよ、その目が開いたら目玉抉《えぐ》り取りますからね！」

いや、目玉抉り取られる前に、瞼を毟《むし》り取られる心配があるんだけど……それって目玉が抉り取り易《やす》そうだな!?

「それは係の人に言って欲しいんだよ？って言うか、後ろ向いてできるのに全力で両手で俺の顔挟み込んで真正面に向けてる時点で怪しいの通り越して突き抜けてるんだけど、それでも何故か目隠し係担当者さんなんだよ？　寧ろ言い聞かせて欲しいくらいの非目隠し的な硝子《ガラス》張りの情報開示な目隠し係に言ってあげて欲しいんだよ。わりとマジで！」

そして魔手展開。発動。うん……阿鼻叫喚《あびきょうかん》？　仏教の八熱地獄の無間地獄にある阿鼻地獄と叫喚地獄、そこは苦しみ号泣して救いを求める非常に悲惨で惨《むご》たらしい様子を表す地獄で、阿鼻地獄は特に極悪人の落ちる地獄で亡者が苦痛に責め苦に堪えられずに大声で叫び泣き喚《わめ》く状況を表す意味だ。まあ、行った事はないけど、きっと凄《すご》いんだよ？

「んあああっっ！　あ、あっ、あ、あがが、が、がっ、ががが ぁ……（ポテッ）」「きゃっ、ああっ、ちょっ、ふ、ふ、不敬、なっ、あ、あっ、嗚呼《ああ》あぁっ……（バタッ）」「ひゃあわわわぁっ！　ひゃあ、あっ、って、ちょとお、おぉ、おぁぅ……（ドテッ）」

長くは保たないだろうと超高速で大量の魔手を投入して採寸してみたが、逆に刺激力がアップして破壊力に変換されてしまった様だ？　1分保たなかったか……南無南無？　ただ倒れているととっても作り難《にく》い。それは確かだし、いつもそれで苦労するのは間違い無いんだよ？　うん、吊《つ》っちゃったの？

気を利かせた踊りっ娘さんが鎖で両手を拘束して、万歳《バンザイ》の形で3人を天井から吊るように立たせてくれた。親切だな？　何故か人として何かとっても間違ってる気はしなくも無いけど、確かに調整はしやすくなった。起きるとまた暴れるから今の内に調整と補正まで済ませてしまおう。しかし、どうしてだろう……俺の好感度さんが宇宙的《コズミック》規模なスケールで遠退《とおの》いている気がするんだよ？　何故だろう？

　王女っ娘とその影武者のダイナマイトバディーは肉感さんの誘惑なメリハリが、もうそれはそれで大変な出来事が出来心で魔手さんが思わず滑るくらいのスベスベで魔手感を堪能しながら下着とドレスのベースは出来た。勿論ガーターベルト標準装備でグローブ付きな素敵なゴージャスフリルドレスだ。起きてからデザインの修正と着用感を聞きながら修正すれば良いだろう。

　メリメリさんは中学生くらいだったはずだけど既に副委員長AさんCさんを大きく引き離し、更に成長期で差を加速させている様だ。うん、大きくなってる。ドレスはプリンセスラインだがレースとフリルで段返りのドレープをあしらい豪華な雰囲気だ。後は当て直しとバランス調整だけでいけるはず。ただ、よくよく考えると真っ裸で鎖で吊り上げられた女子中学生って世間体的に問題を感じてしまう予感が予言されてるから考えない方が良いだろう？　きっと脱がせてたら犯罪だけど、作って着せてるから俺は悪くない《セーフ》だろう。

　折角だから吊られ序でに3人分のシューズも作り、ひとまず完成だけど此処《ここ》までに15分位しか掛かってないのではないだろうか？　速い、だが攻撃力が上がり過ぎている。

　もう下着もドレスも装着済みで、靴もグローブもベールもフル装備だから目を開けても問題は無い。目を開けても何の問題も無かったが問題は大問題で出題中だった？

「なんか気を失った王国の王女と大貴族の姫君とお付きのメイドが鎖で天井から吊られて

るのって、とっても卑劣で鬼畜な悪行感がてんこ盛りなわんこそば状態でおかわり無限大《インフィニット》な非好感的なイメージで、俺の好感度さんが宇宙速度《コズミックジェット》で拡大宇宙の向こう側まで突き抜ける勢いで光速の高速さで拘束されたお姫様達《たち》から逃げてる気がするのは何でだろう?」

だって服作ってあげただけなんだよ。作ってって言うから、作ったら好感度さんが299,792,458 m/sの速さで逃げていくって……うん、秒速30万㎞超えてたらもう諦めよう。

さあ、今晩中に女子さん達のドレスも出来上がるし、王女っ娘《こ》達も用意はできた。ならば王宮踏破の舞踏大戦で王宮王《チャラ》討伐は明日で良いのかな? まあ、メリ父さんに決めて貰《もら》えば良いか?

これで武装は完璧だし、後は貴族がどう動くかだ。王都は腐敗貴族は一掃されて、清廉な貴族達が実権を握り王家が主導して問題は無くなった。まだ小者が残っているかもしれないけど体制が固まれば悪さはできないし、日の目を見る事も無いだろう。だが地方貴族達は違う、四大侯爵家の内第一王子に付いた……豚派は力を失い取り潰しが決まって、第二王子を支持した……猿派も粛清されて家名だけは残るらしいが実質は取り潰しだ。だが、その2家と敵対しているから反乱軍には付かなかったが王家の為《ため》にも動かなかった大侯爵家が2家残っている。

もう王国の趨勢《すうせい》は決した。跪《ひざまず》き忠誠を誓うのか、それとも何かしようとしているのか。味方で無いのなら敵と同じ、敵ならば備え潰す手を持たねばならない。武力なら一瞬、経済力なら一蹴だ。政治力だって王家に辺境伯に王都貴族は一丸で、搦《から》め手《て》も対策済み《ドレスアップ》。

なのに未《いま》だにずっと待ってて、孤児院支店にも案内掲示板を各所に設置して、御招きの準備も整っているのに未だ美人女暗殺者《アサシン》さんはやって来ない。もういくつ寝るとやって来るのだろう美人女暗殺者さん？

「なんか絵面的にあまりにも怪しいアレな光景だし、気絶したままなのも可哀想《かわいそう》だから一番等級の低い回復茸《きのこ》を3人のお口に咥えさせてあげたら……あら不思議？」

もっと絵面が妖しくなったのは何故《なぜ》なんだろう？　やはり下《ショーツ》が危険極まりなくとんでもない事になる様だ、嫁入り前にこのお顔はきっと不味《まず》そうだな？

「遥くーん、そっち終わったら婦人服の増産もお願い…………って何やってるのー！　これは絶対ギルティーだからね。連行します!!」

うん、この状況は何となく冤罪《えんざい》臭が漂ってて、きっと怒られる様な気はしてたんだけど怒られた？って言うか現行犯逮捕で引き立てられている？

「「「何か言いたい事はあるのかな？」」」

またこのパターンだよ、またいつものように最初からこの異世界の摂理について、つまり俺は悪くないんだよって言う説明責任が解説されて説法しなければならない仏法僧《ようだ》？

「違うってば、服作ってってって言うから服作ってたら倒れて作り難いなーって思ったら通《とお》り縋《すが》りの親切なお姉さんの踊りっ娘さんが鎖で吊り上げてくれたから、折角の御心遣いを無にしたら無限に無情な無下《むげ》だから服もちゃんと着せて吊られ序《つい》でに足《あんよ》にお靴まで履かせる懇切丁寧な身繕いが完成したけど、起きないから衣料の後の医療行為でお口に茸が遺留してただけなんだから俺は悪くないんだよ？　うん、服を作って医療行為をしただけで何一つ疚《やま》しい事もやらしい事もしてないんだけどやっちゃった感だけは満杯に満載で万歳で吊られてたんだよ？　みたいな？」「「「有罪《ギルティー》、何でずっと吊ったままほっとくのよ！」」」

だって下ろすと折角のドレスに皺《しわ》や汚れが付いてしまうんだけど怒られた？　いや、だって皺になるからって脱がせて寝かせたら、それはそれできっと怒られる様な気がするんだよ？　ありとあらゆる可能性の数だけの冤罪がこの世界には満ち溢《あふ》れている様だ。だって何をしても冤罪で怒られるんだよ？　不思議だな？

チャラ男の王のチャラ王はチャラいのに地味だった。

76日目　昼　ディオレール王国　王都　王宮

王城ディオレールの最上層は立ち入ることが不可能な絶対の守りの要、そこにある貴賓室で黒マントを着た少年がお弁当を食べている。うむ、美味しそうだ。

「やっと来たよ。えっと、明日以降なら何時《いつ》でも良いんだけど武装も済んだし完全防備で全員揃《そろ》ったから、王宮くらいはすぐ踏破できると思うんだけどいちいち招かれないといけないのかな？って言うか、王城《ここ》に何十回も仕入れに通って常連さんなんだけど、もう案内とかいなくても地下倉庫の間取りも全部覚えてるし隠し通路も隠し部屋も分かってるから好きな時に出入りできるし、何処でも行けるんだけど？って言いに来たんだよ？」

それを言いに来たらしい。確かに『究極の錠前《プロテクション》』で守られ近衛《このえ》が守る城内で、最も警備の厚い貴賓室で普通にお弁当を食べている。使いの者を出したら、使いの者が戻るよりもより早く本人がいる。それなら王都も王城も落とせるはずだ、第二王子《クザリユスヴエリ》なんていつでも殺せたし、王城を破壊する事すら可能だったのだろう。

辺境の王と称《たた》えられるメロトーサム・シム・オムイを前に、普通どころか面倒そうにしゃべくる少年。あれが黒髪の軍師、遥と呼ばれている異国人。それが我が恩人で王国の救世主、あれこそが辺境の奇跡の張本人。

「待たせたね。もう貴族や来賓は揃っているし明日ならちょうど良いからそこの王に聞いてみるよ。『王、良いか？』、良いらしいから明日の夜に……お迎え出すから招かれてくれないかな？　いや、勝手に来ても別に良いんだけど、招待客っていう扱いなんだからできれば来場して欲しいし、踏破はしなくても良いから……って言うか遥君、王城《ここ》マッサージチェアーもないいんだけど、1個置いてってくれないかい。長旅は腰に来るんだよ、全く何度も何度も呼ばれて面倒この上ない」

私的にメロトーサムと二人で話をしに来たら黒マントの少年がいた。大陸最強の護衛とも呼ばれる伝説の魔剣士ヴィズムレグゼロ殿は笑って見ているだけだ。そして、この御座《おざ》なりな扱い。メロトーサムは公的な場以外なら何時もの事だが、王国の王の前で王と知りつつ興味なさ気に世間話をする少年。

迷宮殺し、辺境を牛耳る者、茸の伝道師、魔の森の主、殲滅《せんめつ》の軍師、魔物の殺戮《さつりく》者、迷宮支配者、御土産屋の店主、貧民街の救世主、王都の解放者、死の大鎌使い、神出鬼没の悪夢。聞く者全てが違う二つ名を答える黒髪の少年。軍神メロトーサム・シム・オムイが辺境の恩人と呼び、先代の姫騎士ムリムール夫人が悲劇の殺戮者と呼び、メリエール嬢は不可能を認めない者と呼んだ。

その名の通り王国と辺境を滅ぼすであろう9箇所もの迷宮氾濫《スタンピード》が全滅し、4万とも5万とも言われる貴族軍の軍勢を掃滅した少年。

「私は意識を無くしていたので初めましてだね、遥《はるか》君。君に助けられたディアルセズ・ディー・ディオレールと言う者だよ、一応職業は王をさせて貰っている。まあ、名ばかりの無能な王だがね。改めて辺境と、この国を救ってくれてありがとう。礼では済まないし、娘も助けられたと聞くし……きっと弟も迷惑をかけた事と思う。家族の者としても感謝させて欲しい、そして愚かな息子達が迷惑を掛けて本当にすまない」

人前でなくて良かったのかもしれぬ、貴族や官僚には王が頭を下げることを良しとしない者が多過ぎる。頭を下げ礼をすべき者に礼すらできない方が間違っている、そして感謝をいくら並べても足りない相手だ。名も無き異邦人、だが名こそ知られていなくても迷宮殺しを知らぬ者がこの王国にいるだろうか、貧民街の救世主を知らぬ王都の民がいるだろうか。王国で噂《うわさ》になる出来事の全ての正体こそが、この目の前の少年ならば……頭を下げ礼を述べるのは当然の事だ。

メロトーサムは目に涙を浮かべて語った、ムリムール夫人が高き頂を見上げる様に述べた、辺境姫メリエール嬢が困った顔で告げた。その全てが溢れんばかりの感謝だった。大陸が全てを押し付け悲劇を封じ込めた辺境を、王国は見殺しにし続けた。大陸の恩人オムイ家が悲劇を全て背負い込み、辺境を守り続けた。それが救われぬ最果ての悲劇《オムイ》。それを幸せにしたと言う、皆が笑っていると言う。信じられないのが当然だ。だが、王都の貧民街の孤児達を見れば分かる……幸せになったのだと。

　誰にもできない、不可能だ、もうどうしようもない、やるだけ無駄だ、既に手遅れだ。誰もが口を揃え解決策どころか打開策も無く諦めていた不可能な運命。噂の黒髪の美姫《びき》の一人が呼んだ名は「悲運の虐殺者」、別の美姫は「不可能の破壊者」と呼び、別の美姫は「常識の天敵」と呼んだと言う。

　そう、辺境の非運は殺された。不可避な滅びの定めは潰された。不可能と言う常識ごと殲滅された。だからこそメロトーサムが「歴代オムイの恩人」と呼ぶ不可能な夢を成し遂げた少年。その少年が……？

「チャラくない！　あれ、偽物なの？　チャラ王がチャラく無かったら、チャラはへっちゃらって……誰!?」「だからそれ王だから、できれば人前ではそれを王っぽく扱って貰えないかい？　まあ、これでも一応王国の看板だからね？」

　それって……看板って……。この少年にも、オムイ家にも、誹《そし》られ殺されたとしても文句は言えぬ非才な身だが、扱い酷《ひど》くないかな!?

「だってチャラ王って言ったら『あげぽようぇーい』とか言って、『れっつぱ〜り〜』とか言う、あのチャラ王だよね？」「あげぽよ？　ああ、必要だったらあれに言わせよう、『あげぽようぇーい』と。あと舞踏会《パーティー》はするからね？　招いてるからね？　あれは忘れても良いし、あれの名前とか覚えなくて良いから先に私の名前を覚えたりしないかい？　メリとかムリとかばっかりで、メロが全く入ってないんだよ。私はメロトーサムなんだけど、メリ父ーさんってなんか近いけど違うんだよ」

あれ……しかも言わされるのか！　あげぽよ……異国の挨拶だろうか、聞きなれぬが何故か腹立たしい響きだ？　言わないと駄目なのか？

「ああっ、シャリセレスが御土産屋に向かったが一緒ではなかったのかい。あれも迷惑をかけてないと良いのだが。戦う事のみを目指してしまったじゃじゃ馬で困ったものだったが、久しぶりに目を覚ましたら見違える様に立派になっていて吃驚《びっくり》したよ。あれも辺境で学んだんだろう、親娘《おやこ》ともども迷惑をかけるね……あと、弟《あれ》は何かしてないだろうね。大丈夫だったかな、あれは根は真面目なんだが頭が固くて形にばかり拘《こだわ》る困り者ではあるが、あれであれなりに一生懸命ではあるんだよ。まあ、あれなんだが」「しゃり？　ああ、シャリシャリさん？　うん、王女っ娘なら来てた来てた、メリメリさんと着替えて吊《つ》られて楽しそうに咥《くわ》えて万歳してたから置いて来たんだよ？　うん、起きないんだよ？」

何をしてるんだろう家《うち》の娘は。着替えるのは分かるが、何故吊られて楽しそうに咥えて万歳してるのだろう？

「パーティーは人数の指定とかあるの？　まああっても無くても勝手に入るからどっちでも良いんだけど、ここって隠し通路が狭いから大渋滞で押《お》し競饅頭《くらまんじゅう》な状態になったらパーティーどころじゃない素敵な生命の危機でHPが1桁でギリギリ踏み止《とど》まるムニュムニュな肉圧がモニュモニュで圧迫でムチムチスベスベで大変な大渋滞が交通規制で通行止め？みたいな？」「何人でも良いよ。全員お招きするよ、そこのが。いくら食べても騒いで何か壊しても気にする事は無いからね、それが何とかするから」

これが辺境の王と迷宮殺しの会話……王は「それ」だし、「そこのが」って……まあ、何とでもしよう。為《な》せる事があれば何なりとだ。それ以上の借りがある、きっと返しきれない恩だらけだ。この二人には一生頭は上がらない、上げられるはずが無い。

揶揄《からか》い巫山戯《ふざけ》て論《あげつら》われているが、本来なら殺されて当然。寧《むし》ろ詰《なじ》られ貶《けな》される方が当たり前で笑って済まして貰える様な立場ですらない。王である以上、全ては私の責任。それをこの二人が全て背負い込み、戦い勝ち取ってくれたのだ。お飾りの王家、そして私もお飾りの王なのだろう。ならば、せめて責任者としての務め、責任だけは取ろう。この首を掛けて、その全ての責任を取る事しかできないのだから。

所詮、私は英雄譚《たん》に加われるような者ではない。ならば英雄達の責任を取る為のお飾りで充分だ。辺境の領主を継いでからは、顔に苦悩を刻み笑い顔は疲れさえ滲《にじ》ませていた我が友が心から楽しそうに笑っている。これが見られただけで充分だ。

我が王家が心に重荷を背負わせた、滅びの運命と一人で戦わせた。それを笑わせてくれたのならば、それは我が王家の恩人で私の恩人だ。代々のオムイに報いる事のできなかった我が王家、その代々の恩人なら我が王家代々の恩人だ。覚えきれない程の二つ名に「王国の恩人」、その名も付けさせてもらおう。しかし、娘《シャリセレス》は何を咥えているんだ？

素敵な妹選手権上位入賞確実な妹さんは兄を売ったお金でドレス作成だ。

76日目　夕方　御土産屋　孤児院支店

伝書内職勤労男子高校生さんがお知らせだ。尾行っ娘親娘《こ》は未《ま》だ療養させているし、尾行っ娘一族も辺境の警戒に重点を置いているから人手不足で伝書内職勤労男子高校生兼御土産屋店長さんが走り回るんだよ？　全く師走なんて走るだけで偉そうなんだよ！

「御招きな王宮攻略は明日の夜に決まったたって言う事だったから、良い加減ドレスをさっさと決めようね？　あと、やっぱり衣装替えとか無いんじゃん！　やっぱり1着で充分だったよ!!　なのに何で3着目まで要求してるの？　何で見る度にドレスの要望書が増えていくの、これなんて『舞踏会後のパーティードレスを』って舞踏会《パーティー》なんだよ、後じゃなくてそれこそが舞踏会《パーティー》なんだよ！　こっちだって『イブニングドレスも』って午後開催《イブニング》だからイブニングドレスなんだよ！　それ注文するんならアフタヌーンドレスなんだけど夜からだからイブニングドレスなんだって!!」「「「ええー、たった2着って」」」

それでも2着は譲らないらしい、一体何着ドレス持って行く気なんだろう？　でも辺境に帰ったら出番無いと思うよ、だってあそこ貴族ってメリ父さん達《たち》だけだから夜会呼ばれずに厄介事で呼ばれるんだよ？　うん、用事の9割はマッサージチェアーの増産か機能追加の要望だし？

「取《と》り敢《あ》えず1着で我慢して、後で2着と？」「うん、明日の夜なら決めきれないから2着以降は後だね」「あーん、どっちにしよう？　明日2着で後から2着？」「「「それもありだねー！」」」「無いよ！　ちょっ、さり気に増えてるどころか威風堂々と増えてるんだけど、何で1着しかいらないのに2着のお話が何故《なぜ》だか3着で決定し掛かって4着目の緊急決議がアイコンタクトだけで審議素通りで、俺に注文が素通りなスルーパスがダイレクトパスで行き成りゴール前でどフリーなボールは友達って、それなんてぼっち？」

何故1着で良いじゃんって文句を言うと4着に増えるのかが異世界最大の謎なんだけど、その謎を解くと8着になりそうだからこの場は離脱しよう。もう注文の増加傾向が右肩上がりに上がり過ぎて、右肩垂直急上昇で左肩まで脱臼しそうな勢いで御身体《おからだ》が心配だ！

対照的に男子は全く何の要望も無い。寧ろとっても着たくなさそうな気持ちがありありと見て取れる。うん、俺も嫌なんだよ？　だってタキシードに蝶《ちょう》ネクタイとか面倒過ぎるよ、だからお前等《まえら》だけ逃げさせはせん！　死なばオタ共？　莫迦《ばか》共も追加可能で、お得な価格設定《プライスレス》！

「遥君、決まりました」「これでお願いします！」「ガーターと下着込みで、覚悟は出来てます！」「防御力重視でお願いします、きっとこのドレスでみんなを守って見せます！」

身体の前で両手を握りしめ決意を力説する盾委員長さんは、スカートが大きく膨らむドレープラインロングドレス。防御力重視だけあってボリューム感あるスカートのデザインに対して、一転して上はホルターネックのノースリーブで背中はフルオープンなんだよ……脚だけ護《まも》るの？　まあ、魔力防御でどうにでもなるんだし、ビキニアーマーでも良いくらいなんだけど全員舞踏会にビキニアーマーでいくのは嫌らしい。流行《はや》ってるんだよ？ビキニな美姫にって言うか女子さん達こそが本人さんなんだけど嫌なんだそうだ？

そして全員分のベリーダンスの衣装も一緒に注文を受けた、いっぺんにやった方が被害も小さくて済むだろう。どうしてだか無理矢理服を注文されて恥ずかしいの我慢して作ってあげたら、毎回その後にお顔を真っ赤にしてお説教して来るんだよ？　うん、もっと優しくって俺じゃなくて魔手さんだし、もっとやらしくは日々鍛錬し研鑽《けんさん》が積まれるんだけど、優しくってちゃんと極微細接触《そふとたっち》な優しい魔手さん達なんだよ？　解せぬな？

「遥さん、私まで作って頂いても本当に良いんですか。お莫迦な兄が散々ご迷惑をお掛けして、私も治療って言うか貴重な茸《きのこ》を頂いてるのに、ずっと凄《すご》く良い暮らしをさせて頂いているうえに……ドレスまで」

イレイレさんだっけ？　まあ、妹エルフっ娘さんもやっとドレスのデザインが決まったみたいだ。悩みに悩んでデザインを決めて来た割に、まだ遠慮があるようで縋《すが》る様な上目使いな妹さんなのが可愛《かわい》いのに、お顔はエルフな美人さんでエルフなのにお胸もちゃんとある素敵な妹選手権上位入賞確実な妹エルフっ娘さんなのだ。

「いや、店員兼保母さんの現物払《ドレス》いだし？　茸って蔓延《はびこ》ってるし？」

長患いで痩せて病み疲れていた顔にも生気が戻り、真っ白な肌で分かりにくいんだけど血色も良くなった感じはする。毎日の茸メニューで身体も回復して肉付きも良くなり、その可憐《かれん》な容姿に素晴らしき姿態が健康的になって美人度急上昇の妹エルフっ娘さんならドレスもさぞ似合うだろう。しかも俺達がいなかった間は孤児っ子達の面倒を見てくれてたし、ドレス位お給料の内なんだよ。うん、茸代だってレロレロな莫迦兄を売ったお金で大儲《おおもう》けだった。しかし、おっさんが高額で売れるとは世も末だよ……異世界世紀末？

そして結局わらわらと女子さん達が集まって、21人に目隠し係に鎖吊り下げ係にぽよぽよ癒し係にと25人も入れば作業部屋が狭い！　21人って何気にビッチ達まで2着目作りに来てやがる！　でも狭くて近いから文句言うと齧《かじ》られそうだし黙っていよう。

「狭いんだけどみんな一緒に一斉にやるの？　何でみんな一緒に全裸《まっぱ》って何かのイベントで『JKだらけの裸ん坊　祭《フェスティバル》』が開催されて大人気上演中ならチケットどころか年間パスポートの購入も視野に入れた観覧計画が発動中なんだけど、異世界ではチケットってどこで買えば良いのかな？って言うかS席中央どころかプラチナシートを狙って大量のダフ屋のおっさんを異世界召喚で並ばせようかと思うんだけど何処《どこ》で売ってるの！　見たいなーっ!!」「「「「見るなー！　売ってないから！　あと、そんなお祭りしてないよ！」」」」

どうやらダフ屋のおっさん達は召喚しなくて良い様だ。これ以上おっさん率を上げるのは確かに避けたいのだが、事が「ドキッ♥JKだらけの裸ん坊祭《フェスティバル》」の為《ため》ならばと苦渋の決断を覚悟し泣いて馬謖《ばしょく》を斬るのはお馬さんが可哀想《かわいそう》だから笑って莫迦でも斬ろうかと悩んでいたが必要無かったようだ。残念だ、どっちも。

「始めるんだけど……なんか近い！って言うか狭いよ、この圧迫空間で服作りって、空間なくて満員電車破廉恥触手地獄な未来しか想像できないんだけど本当にやるの？　痴女いな？」「「「やるんだけど痴女じゃないから！　みんなでしないと恥ずかしいの！」」」

　部屋中ぎゅうぎゅう詰めの鮨詰《すしづ》め空間で裸族なJKにエルフっ娘まで参加な状況の男子高校生的な恥ずかしさは考慮されないようだ。多分一人ずつ触られたり声を聴かれたりするのが恥ずかしくて、みんなで一緒なら誰が誰か分からないだろうと言う心積もりなんだろう。だけど『智慧《ちえ》』さんなら100人同時でも平行並列思考で個別に把握できるんだけど聞かれないから黙っていよう、何か囲まれてて近いから怖いんだよ？

　目隠しをしていても気配が鋭敏に感じられて脳内で映像化されちゃうんだけど、大迫力パノラマ21人分のJK＋エルフっ娘の豪華絢爛《ごうかけんらん》な羞恥肉林密集群生な中にポツンと座ってる俺って……異世界に何しに来たんだろう？

　うん、下着作りではないと思いたい。そんな理由で異世界転移とかあんまり過ぎて、マリーさんもさぞお怒りの事だろう？　きっと「女体だらけだったら女体化すれば良いじゃないの」ってマリーさんまさかの性転換《TS》展開で薄い本に並んでそうだ！

「一気にやっちゃうからできるだけ隙間を空けて、できるだけ長く倒れないように頑張って？　大体、今迄《いままで》の経験則から見てって見てないんだけど頑張っても無駄無駄無駄って3回は言われるくらい無駄な気もするんだけど、結局最後は鎖で吊られて俺が怒られる気がしてならないから頑張ろうね？　うん、説教の方は頑張らなくて良いんだよ？って言う訳で…………『魔纏《まてん》』『魔手』『掌握』『淫……』、いや淫技は発動しなくて良いよ？　発動するときっと悲惨な光景が予想だにしなかった程の360度ビューなんだよ？」

くっ、これはキツい！　脳が、脳が蕩《とろ》ける？　いや、だって21人分の精密な裸体データが脳内に送り込まれて、3Dな映像化でフルカラーなヴァーチャルリアリティー感触付きなんだけど、目を開ければリアルだから余計ヤバい！　そして映像だけヴァーチャルでもほぼ実写だし、何より近いから体温や香りがリアルな体感を体験で男子高校生的に大変なんだよ。うん、これはツラたん！

「「「「ああぁっー、なああっ、ひいいいいっ、あふぁうあああぁ、あああ……きゃあああんっ！（ポテッ）」」」」「吊るす？　全員　順番は」

いや俺悪くないからね？　これは人数が多過ぎて最初に耐えられなくなった娘がよろけてぶつかって、ドミノ倒しで動いたせいで魔手さんが避けていた超絶危険なポイントにピンポイントが連鎖多発して女子と魔手さんが絡み合って縺《もつ》れて転んだせいで『性王《スキル》』や『淫技』の効果が全身に流れながら暴れるから、さらに縺れ絡まり緊縛状態のまま効果が垂れ流しで…………全滅？　みたいな？

そう、これは生女子高生密集常態が生んだ悲劇と言えるだろう。でも俺も埋まってるんだけどぷにぷにとムニュムニュに埋まりながら働く勤労男子高校生さんな異世界の歯車で、働き過ぎで大暴走の大回転で目の回る忙しさから目の眩《くら》む楽園で愉《たの》しい気持ちが無何有《むかう》の郷《さと》なんだけど早く撤去してね？　うん、男子高校生が結構危険な形態変化《メタモルフォーゼ》を始めてるからヤバいんだよ？

まあ吊《つ》るされてるうちに仕上げよう。何気に作り易《やす》いって言うのがあれだけど、言うと怒られるんだよ。みんな袖無しデザインが多くて助かったよ、万歳だし？

そして目覚めた様だ。理想郷とは青い鳥を探して狩り捲《ま》くり殺戮《さつりく》して廻《まわ》らなくても、こんな所にあったのか……そう、完成したばかりの絢爛豪華《けんらんごうか》な衣装《ドレス》を着飾った女子校生ｗｉｔｈエルフっ娘からの包囲網からの集中砲火ジト目さんだ！　吊られてるけど。うん、もう下ろしてあげようね？　何故か俺が怒られるんだよ、まあ使役者なんだけど。

そして試作段階の大鏡を出してあげたら、みんなで並んで自分の姿に見惚《みと》れている。鏡を増やさないと押《お》し競饅頭《くらまんじゆう》が始まり始めているけど、押すと割れるんだよ？

鏡は小さいのはちょいちょい試作しては女子達に売りつけてぼったくってたんだけど、未だ出来上がりに不満がある。硝子《ガラス》は滑らかになっているはずだし歪《ゆが》みも極僅かだ。魔手さんが『智慧』制御で作っているんだから問題は無いはずなのに、それでも映りが悪いのは硝子の成分と裏の鉄板が原因だろう。硝子自体の成分は試行錯誤で透明度は上がって来ているし、不純物だって皆無と言って良い。掌握魔法でやっているし、こちらも『智慧』

制御何だから品質は良いはずだ。

　問題は鉄板、精製し研磨してはいるがガラス面と極小の隙間が出来るそれが歪み滲みを作り出す。素材不足だろうか、鏡本来のメッキ加工は材料の表面に金属の薄膜を被覆する表面処理の一種で魔法で対応できるはずの技術だ、だが試しに作ってみたら透けて向こう側が見えるんだよ？　表からも裏からも透けて見えてしかも時間がたつとひび割れて剝がれてしまう。製法が分からないって言うか、銀を吹き付けるはずなんだけど上手《うま》くいかないから続きがあるのか手順が間違っているのかだ。まあ、映るから良いか？　喜んでるし？

「「「すごーい、お姉ちゃんたちがみんなお姫様だー」」」

　ドレスで食堂に現れた女子さん達に歓声と嬌声《きょうせい》を上げる孤児っ娘達、小さくてもドレスは好きな様だ。だから孤児っ娘達にもドレスを作ってやろう、孤児っ子は燕尾服《えんびふく》を嫌がりそうだが巻き添えにしよう。うん、俺も着たくないんだよ？

男子高校生的に女子と手を繋いでダンスって気恥ずかしいんだよ？　触手じゃ駄目らしいし？

76日目　夜　御土産屋《おみやげや》　孤児院支店

夜はわんもあせっとをお休みして舞踏《ダンス》の集中特訓。王女様とメリエール様が手解《てほど》きしてくれたけど、ネフェルティリさんが1回見ただけで覚えて完璧なアレンジで講師をしてくれている。男子は逃げたし、遥君《はるか》だけは1回で合格を貰《もら》ってお風呂に逃げてしまった。

男女両パート覚えてできた方が良いと言うネフェルティリさんの教育方針で、女子だけの舞踏舞踏《ダンスダンス》猛特訓。でも、確かに男性パートでリードをしてみると、女性パートの動きが分かり易い。そして副委員長Aさんのリードが絶妙でお風呂上がりの遥君がそれを見て、「ほら無いんだし寧《むし》ろ燕尾服なんだよ。作ろうかって似合いそうだ！」って口走りモーニングスターに追い駆け回されているの。うん、それ禁句なの？　本人は学校で女子生徒から毎日大量のラブレターとファンレターを送られてたから気にしてるんだからね？　そして「無いんだし」は禁言だからね。

「もう回っただけでドレスが綺麗《きれい》だよねー」「でも鉄線入ってるって……ミスリル化してあるんだ!?」「Lv50級の剣程度の斬撃なら通さないどころか、生地に傷1つ付かないいんだって？」「全身フルオーダーメイドのドレスなんて雲の上のお話で一生縁が無いと思ってたよ」「最高級品を超えてる上に、効果満載で基礎防御力も高くって……これ、私の鎧《よろい》より高レベルだよね！」

大侯爵家の残り2家の動きが分からない。大勢は決しているが油断は禁物。でもね、これは違うと思うの？　これは迷宮装備かそれ以上で、更に対人用のアクセサリー満載で、武器も大量『収納』してあるし、暗器も沢山付いているの？　だから見た目は女の子が夢見るままの素敵なドレス、それ以上の素晴らしい衣裳《いしょう》で夢見る想像なんて軽々と超えちゃう華麗さ。でも……グローブから鉄杭《てっくい》が飛び出すし、鉄爪も出ちゃうの？　そして綺麗なコサージュは投げると爆発するし、フリルに長く巻き付けられた綺麗なレースは鞭《むち》になっちゃうし、パンプスも足先からナイフが出て来るし、ドレス自体に針が仕込んであって全身針鼠《はりねずみ》にできるし、発射までできるらしいの？　うん、これ暗殺者に備えてるんじゃなくって最恐暗殺装備だから！　もう、いちいち暗殺しなくてもガチンコで騎士団相手に戦えて、軽く殲滅《せんめつ》できる完全武装だよね!?

そう、だから優雅で華麗で防御力も武装も充分過ぎて、このまま迷宮に行っても大丈夫な完全装備。うん、王宮に行くんだよね？

「マルチカラーだからお得感が違うよね。借金が増えて行くけど……」「綺麗だよねー……辺境に帰ったら稼がないと！」「魔力形成生地だからサイズの補正もできるって、お腹《なか》とか？」「2着目も悩んじゃう……ちょっと迷宮に行ってこようかな？」

みんな借金が嵩《かさ》んでる、だってただ働きばっかりで稼げていないの！　すっごく沢山のお給料は貰っているけど、出て行く方に追い付かない。って言うか、遥君が『智慧』さんの影響で新作を続々投入して来て毟《むし》られちゃってるの！　氾濫《スタンピード》も数は多くてもLvの低い魔物ばかりで儲けは辺境より凄く少なかったし、良い迷宮装備も出なかった。遥君が死んだ迷宮を見て回っていたけど、隠し部屋も無い貧乏迷宮ばかりだったってぼやいていた。そしてお饅頭を買い過ぎたのが致命的だったの！

「このままだと『使役』より前に身売り？　ドナドナ？」「正妻問題どころか借金奴隷だったたって言うオチ？　有りそう！」「「「辺境に帰ろう！」」」

稼げるのはやはり辺境、そして強くなった私達《たち》こそが戦わなきゃいけないのも辺境だ。森には遥君の洞窟《おうち》があって、街には宿屋で看板娘ちゃんが待っている。

いっぱい泣いたけど、それ以上に笑って騒いだ辺境。もう2週間も街から離れてたら懐かしくなってしまってる。行くんじゃなくて、みんなが「帰ろう」って言う辺境。うん、「我♥辺境」Tシャツも買っちゃったの。なんとなく？

舞う、舞う、舞って舞う。舞いながら円を描いて8の字に回り、回転して前に後ろに踊り、回り巡って舞い踊る。姿勢を正せば重心が決まり、重心に合わせて脚を運べば身体《からだ》が舞う。脚捌《さば》きに身体を預ければ身体が踊りだし、動きを音に乗せればリズムが生まれ身体が舞い踊る。

異世界で身に付けた戦いの技術は、そのまま舞踏と化して身体を動かし、動きが繫《つな》がれば舞になる。正しい動きと手順を意識すれば、身体は舞い四肢は自然に踊りだす。ネフェルティリさんの美しい舞を目に焼き付けてイメージをなぞる、思い描けば自分の身体が羽根の様に舞い踊り始める。うん、まるで魔法。美しい音楽に合わせ身を任せれば踊りだす魔法。異世界で身に付けた身体能力は身体を自由自在に動かし操る事ができる。だから、こんな魔法みたいに踊れるんだ。

みんなが踊れる自分に驚き、笑いながら舞い回り喜びのまま踊る。だって異世界《ここ》に来なければ一生経験しなかっただろう、こんなにも素敵な衣装と自由自在に動く競技者《アスリート》の身体。そして不可能を可能にする効果に本物の魔法。少女の夢見るお姫様の舞踏会、きっと遥君は面倒がって行きたくないんだろう、断りたかったのに黙って受け入れて来てくれた。

危ないかもって心配しながら、舞踏会に夢見るみんなの夢を叶《かな》えるために沢山ドレスの事を調べて、みんなに聞いて回り、何度も何度も試作して、何度も何度も練習して……こんなに素敵なドレスを作ってくれた。だから遥君はみんなの魔法使いさん。音楽だっていつの間にか魔石録音機なんて作ってダンスの曲を録音してくれてたの。何もかも何でも全部魔法みたいに出て来る、優しいぶっきらぼうな嘘《うそ》付きの魔法使いさん。

「ダンス　形、大事。でも見せるのは、想《おも》い」「「「はい！」」」

御伽噺《おとぎばなし》の魔法使いさんはシンデレラに魔法を掛けて、舞踏会まで連れて行く豪華な馬車も綺麗なドレスもみんな用意して幸せにする。でも、魔法使いさんは？　こんなにも私達を幸せにして、夢を見せてくれたのは魔法使いさん。だから明日の主役は魔法使いさん。

だから本気で練習する、完璧に舞えるように。

だって、私達には王子様なんていらないから。私達は私達に幸せな幸せな夢のような魔法を掛けてくれる魔法使いさんがいるんだから、お城にいるだけの王子様なんか不用品なの。私達は、ただ私達の魔法使いさんの為《ため》だけに踊る。

だって、こんなにも幸せにしてくれて、全ての幸せを一人で紡ぎ出した魔法使いさんがスポットライトも浴びる事も無く、誰からも喝采を受けず、誰も知らないまま消えていく脇役にさせるなんて許せないから。

だから私達には優しいだけの王子様なんて用は無い、全ては魔法使いさんの為に。こんなにも素敵な魔法を掛け続けて幸せにしてくれている魔法使いさんが主役じゃない物語なんて、こっちからお断りだから！　私達は私達が称賛し感謝をし敬愛する魔法使いさんの為に舞踏会に出る。

背の高い美形《イケメン》でお金持ちの王子様なんて、どっかのシンデレラさんにでもくれてやれば良いの。私達はとっても捻《ひね》くれた意地っ張りで意地悪な偽悪主義者の魔法使いさんが良い。

煌《きら》びやかで豪華で豪奢《ごうしゃ》なだけの王子様なんて蹴とばしてやればいい。こっちの魔法使い《おうじさま》はお金だって幸せだって平和だって、何一つ手元になんか残さずにばら撒《ま》き続ける禁治産者な幸福の魔法使い《おうじさま》なんだから。その身も何もかも全て誰かの幸せの為に投げ出して、ばら撒いて放り出すいっつも貧乏なお大尽魔法使い《おうじさま》。豪華な装備も綺麗な服も何もかもが誰かの為で、自分はずっと黒マントでいる魔法使い《おうじさま》が幸せになれないお話なんて、断固拒否するし絶対に許さない。

誰も知らなくて良い、誰も称賛しなくて良い、誰も感謝しなくても良い。だって本人が全く求めてないし、興味すら無いんだから。だけど私達が称賛して感謝するのは魔法使い《おうじさま》だ。だから明日は魔法使い《おうじさま》の為の舞踏会。

御伽噺では何もかもをみんなにあげて幸せにした幸福な王子の像は襤褸襤褸《ぼろぼろ》になって、見すぼらしくて汚らしいと嘲笑《あざわら》われて壊される。その身体も溶かされ奪われた挙句に残った鉛の心臓《こころ》は燕さん《ともだち》の死体と一緒に塵芥《ごみ》溜《た》めに捨てられていった。嫌なの、私達にはそんな結末は許せないし絶対に許さないって決めたんだから。私達だけは平和で幸せになった王国の舞踏会で、幸せにした魔法使い《おうじさま》の為だけに踊る。だから猛練習、絶対に恥ずかしい所は見せられないから。

踊りとは神への感謝として捧《ささ》げられたもの、幸せと喜びを表現するものなんだって。だから踊る、神様も王子様も王様だろうが貴族なんかに用は無いの。だって、明日は私達の感謝を捧げてこんなにも幸せで毎日いっぱい喜んでるって伝える為だけに踊るんだから。

言葉じゃ感謝させてくれないから。真面目な話なんてしようとしたらすぐ逃げちゃうんだから。だから踊るの。みんなが魔法使いさんにありがとうって伝える為に、ちゃんとみんな幸せになってるよって伝える為に。

成長期も終わりつつある過剰栄養の暴食者達もすくすく育つとヤバそうだ。

76日目　夜　御土産屋　孤児院支店

面倒だ、ああ面倒だ、麺どうだ？　いや、どうだって言われても未《ま》だ拉麺《ラーメン》には辿《たど》り着けていないんだよ。カレーなんて以《もっ》ての外《ほか》だ、それにしても面倒だ。

舞踏会ってそれこそ仮名Mさんが現れてギロチン振り回して大暴れしそうだし、寧ろそっちの方が楽しそうだ。だって面倒なんだよ、でも王女っ娘《こ》もメリメリさんも泊って行くって言うから逃亡はできないだろう、って言うか女子さん達は凄《すご》く楽しみにしてて今も鬼気迫る勢いでダンスの練習をしている。

あれで中止なんて可哀想《かわいそう》だから行くしかない。異世界《こんなせかい》に来てしまって戦いに次ぐ戦いで、魔物と戦って今度は戦争でずっと散々な目に遭ってきたんだから、ちょっとくらい楽しい事があったって良いはずだから。あんなに喜んでるんだから面倒くらい我慢しよう。でも、男子高校生って女子と手を繋いで踊るって気恥ずかしいんだよ？　うん、触手じゃ駄目らしいんだよ？

だから明日はオタも莫迦《ばか》も逃がさない。さっき逃げない様に縛って地下牢《ちかろう》に放り込んでおいたから大丈夫だ。うん、自分達だけ逃げようとしてたんだよ？　そうだろうと思ってデモン・サイズ達に見回りさせて正解だった、逃がさないんだよ！

まあ、踊る気も無いし、踊りたくもないけど怒られそうだからダンスだけは覚えた。うん『羅神眼』で観《み》て『智慧《ちえ》』で記録して『木偶の坊《でくのぼう》』と『操身』で身体動かせば良いだけなんだから簡単だ。魔力もスキルも特殊な身体操作も無い所詮ただの動作《ダンス》。
「はあ、白蝶《ちょう》ネクタイって言うかリボンタイって言うか逃げたいって言うか私は蝶になりたい？　いや、別になりたくないいんだけど、俺が蝶じゃなくてホワイトリボンタイが蝶なんだけどバタフライ効果でバッタバッタとバタ振るくらい面倒なんだよ？　あれって誰が考えたんだろうね、何が楽しいのか全く理解できないんだよ？　まあ、女子と密着は楽しいのかもしれないんだけど、女子と密着したかったら舞踏会なんてやめて押《お》し競饅頭《くらまんじゅう》会でも開催すれば密着を超えた圧着で着衣も乱れて極楽に到着しそうな超密接に密集なのは公然の秘密で、まあ隠してもないいんだよ？」（プヨプヨ）
　社交ダンスだから社交するのだろうが別に王国貴族と仲良くなる用事が無い。若い貴族の男女の顔見せや出会いにお見合いの場も兼ねているらしいが俺達は貴族じゃないから関係無い。チャラ王はなんで呼んだんだろう？　レッツパーリーって言いたかっただけとか！　許すまじ、チャラ王!!
　しかし、踊りっ娘さんは想像を超える圧倒的な舞踏だったけど、甲冑《かっちゅう》委員長さんも凄かった。舞踏の女神ツインターボで過給器的に圧縮された高圧のブースト圧で熱くなれよって言うくらいに凄《すさ》まじい躍動感と、時が止まりそうな静謐《せいひつ》さを合わせた舞い。見る者の魂ごと奪うような清廉で激情的な舞踏だった。勿論《もちろん》武闘も得意だろう、毎晩熱い武闘が繰り広げられて王者を目指して戦い続けているのだから。うん、昨日はまさかのパワーボムだったよ、ホールドからの「あむっ♥」がとどめだったよ！（ポムポム）

スライムさんも1回で全部のダンスを覚えていた。

「しかしワルツは分かるけど、タンゴまで必要だったの？　最後のブレイクダンスも要らなかったと思うんだよ、だって異世界でブレイクダンスしてたのって看板娘だけだよね？」

しかし看板娘のウィンドミルは見事だったが、返しのスライムさんのトーマスからのスワイプスも凄かった。舞踏会より宿屋ダンスバトルの方が見ごたえがありそうだ！

「明日の舞踏会にみんな何を目指してるんだろうね？　ワルツだけで膨大なのにスローフォックストロットまでやるって、でもベニーズワルツはやり過ぎで競技会になりそうな勢いでクイックステップまで覚えちゃうって、やっぱり舞踏会制圧する気なんだろうか？　でも何故《なぜ》にタンゴまで？」

普通どう考えたってワルツだけだ。クルクル回った時にドレスのスカートもひらひら回る……スタンダードで一番人気で、物語で王子様とお姫様が踊るような一般的《ポピュラー》なダンス。

「でもベニーズワルツだと同じワルツの三拍子の曲でも、映画で見る様なやたらに回転が多くリズムが倍速いんだよ？　スローフォックストロットはゆったりスーッと動いていくJAZZっぽいオシャレ曲に合わせるものだからまだ分かるけど、クイックステップは楽しげだけど細かいリズムを足で刻んで軽快に飛んで跳ねて走り出すから会場の乗っ取りでも目指しているのかな？　あと、そんなアップテンポな曲って流れるの？」（プルプル）

しかもタンゴって……スタンダードだけどアルゼンチンあるの異世界？　あれ西洋とちょっと違うと思うんだよ。

今も広間で25人の女子が踊ってる。でも、その相手できる人っていないと思うんだよ？身体能力《ステータス》だけで相手するにはLv２００でも苦しいだろう。うん、腕捥《も》がれそうだよ！

因《ちな》みにラテンアメリカン５種目は後日教室があるらしい。伝えられたんだけど俺覚えなくても良くない？　寧《むし》ろオタ達に教えてオタさんサンバでも仕込んだ方が楽しそうだ。次はちょんまげにしてやろう。

しかし女子達のやってるあの現代技術と異世界スキルの合わさった超高難度高速超絶妙技のダンスって……とっても社交性が無さそうだ。あれ絶対に合わせられる相手がいない。やはり副委員長Aさんの燕尾服《えんびふく》は作っておこう、どうせオタ莫迦達は逃げる気満々だし？

孤児っ子達の服も出来上がった。すぐ大きくなるだろうから型紙からの作成で補正幅は大きく取ってるし、着せてから微調整だけで済むだろう。成長期の上に栄養不足だったのがすくすく育って大きくなってるから、これくらいがちょうど良いだろう。

成長期も終わりつつあり過剰栄養の暴食者達も踊り回ってお肉を燃やし尽くしているんだろう、気配探知するとくるくるかつかつと大賑《おおにぎ》わいだ。ドレスの型紙も出来たし宿屋に戻ったら看板娘や尾行っ娘にも作ってやろう、あれっ、庶民はフォークダンスで小倉ズラをミキサーするんだっけ？　フォークロアなドレスも売れそうだ、試作してみよう。

内職速度と精度の上昇に伴い、御土産屋《おみやげや》の利益も伸び続けている。辺境の雑貨屋さんにも逆輸出中だが、向こうも凄い売り上げみたいだ。だって王貨が1枚送られて来た……1億エレ。でも、これどうやって使えば良いの？　1億エレ硬貨とか払われてお釣り渡せるお店がどれだけあるんだろう？

これだけの莫大《ばくだい》な黒字が出たって言う事は投資が回収され始めている、辺境に富が行き渡り循環し還元され始めた。やっと貧困から普通になれた。だからまだまだ、この程度では辺境が支払った対価の利息分にも足りない、だって利率計算は俺がしてるんだから。

さて明日は何が出るのかな。何事も起こさせなければ王家の支配が確立される、何か起こすなら明日だ。そして狙われるのは……俺だ。

もう王家には手出しできない、出すにしても先の話だ。なら狙い目は俺。だから女子さん達《たち》は巻き込みたくなかったのに舞踏会に行く気満々。

これ以上スキルが暴走するのを抑えるために、俺の装備はずっとミスリル化を止めていた。能力が上がればそれが魔纏《まてん》に反映されて、また制御不能の自壊が始まるからだ。だが明日は何もさせない、持ち込めるのは恐らく杖《つえ》だけだ。世界樹《ユグドラシル》のなら大きさも形状も変えられるからステッキにしてもブレスレットにしても良い。

だからミスリル化は『空間の杖：【空間魔法が使える人には効果大】』『エルダー・トレントの杖　魔法力50％アップ　属性増加（大）　魔力制御上昇』『絶界の杖　ALL30％アップ　魔術制御　絶界　封印　MP増大』の3つ、『空間の杖』の空間把握能力は索敵に使えるし『エルダー・トレントの杖』は魔力制御を上げるし、拾った『絶界の杖』は魔術制御で探知力を上げ緊急時には『絶界』を作り出せる。探知能力を爆上げしても『智慧』なら制御できるはずだ、魔術制御力の上昇で『智慧』も底上げされるはずなんだから。

「もう、身体《からだ》が壊れるのはしょうがないし、『再生』も底上げされるから頑張って貰《もら》おう。うん、『性王』が底上げされて纏《まと》われるのもどうしようも……通報されたらどうしよう？」

そして『空間の杖：【空間魔法が使える人には効果大】』は『次空の杖　InT30%アップ　次元空間魔法効果（特大）』に、『エルダー・トレントの杖　魔法力50%アップ　属性増加（大）　魔力制御上昇』は『エルダー・トレントの魔杖《まじょう》　魔法力70%アップ　属性増加（極大）　魔力制御（特大）』に、『絶界の杖　ALL30%アップ　魔術制御　絶界　封印　MP増大』は『絶界の聖杖《せいじょう》　ALL50%アップ　絶界　封印　魔術制御（特大）　MP増加（特大）』になった。なんかヤバそうだと言うご意見がご意見番からも続出で、異論は認めないくらいに異議申し立ては無理なんだろう。

「次元空間魔法って……これ絶対に次元斬がヤバい！　未だ制御が難解で全力だとMP枯渇な危険技が力一杯強化されちゃってるよ！」

但し制御系は軒並み上がり、MPだって増加特大だから練習……って、この前それで意識無くしたまま倒れて、脱がされて蹂躙《じゅうりん》されたから今は止《や》めておこう。うん、危険だ！

「まあ、世界樹《ユグドラシル》の杖に複合して1つに纏めるんだけど……あれ、七支刀にも『七つ入る』が出てる？　ばらしてよく見たら『宿木《ヤドリギ》の蔦《つた》』も『七つ入る』だし勿論『世界樹《ユグドラシル》の杖』も『七つ入る』って、木の棒1本に21アイテム収納な押し入れ収納ダンスを超える異世界べストヒットでロングセラーなお得感？って言うかどんだけ装備集めたら埋まるの？　それ何て強欲さんなの!?」

　それだけ入れて『魔纏』したら死ぬ。爆発しちゃって再生もできないだろう。寧ろ肉片と血が集まって再生したら、それもう『復活』で人族追放は待った無しがマッハな間違い無しだろう。うん、試したくもないし？　だが、これなら『絶界』すら見付けられる。これならあらゆる危険を探知できるはずだ。不意打ちや闇討ちだけ凌《しの》げればいい、見付ければ『転移』してでも飛び込み何とかすればいい。

「こんな世界に連れて来られて、そこで殺され死んでしまうなんて御巫山戯《おふざけ》になられるにも程がある、有り得べからざる事だしあっては為《な》らないし赦《ゆる》すべからざるべき事だ？　だから絶対にさせないいんだよ？」

軽くちょっとだけＮｅｗ『世界樹の杖《ユグドラシル》』に魔力を流し込んだら……脈うった。ヤバい、このパターンは……ＭＰ奪われたよ!?　うん、空っぽだ。ヤバい悪魔が帰って来るんだ、魔力無しでは抗《あらが》えない最恐の悪魔《サキュバス》達が！

「時間が無い！　急激にお腹《なか》も空《す》いたし大急ぎで『ＭＰ回復茸《きのこ》の炙《あぶ》り焼き醤油《しょうゆ》掛け隠し味は赤酒なんだよ』に唐辛子を振って美味《おい》しく頂くんだけど、需要の無さそうな絵面ではあるけど時間が無いんだよーっ！　あっ!?」

「戻ります……した（……ニコッ）」「踊り　終わり　戻った（……ニヤッ）」

　一目でＭＰの枯渇状態を見抜くとは流石《さすが》と言えるだろう。うん、既に両脇から抱えられてベッドに引き摺《ず》られ中なんだよ？

「えーとー、優しくしてね？」一応言ってみる？

（イヤイヤ）（ブンブン）全力で首を横に振られた、まあそうだよね？　両側から美女に挟まれたまま為すがままに性技の極みの完全版《フルコース》で御持て成しだ、身体能力《ステータス》のＰｏＷで勝てない相手二人から徹底的に挟み込まれて強制的に振舞われてお御馳走様《ごちそうさま》なのに、俺の男子高校生が最後の一滴まで残さず超絶美女達《スタッフ》に美味しく食べられて召し上がられている。しょ、触手さえあれば……無念、って言うか顔の前がむねむねぷるぷるなんだよ？　うん、もうだめぽ？（性王号撃沈）

スキル『不沈』は未だ取れないようだ……でも『限界突破』は取れたって言うか、取らされたようだけど、スキル『限界突破』って格好良い戦闘用じゃなかったの！　いや、ここは戦場だった……（ちゃぷちゃぷ、ぴちゃぴちゃ）……ぐはあああっ!!（性王号沈没）

昔から早起きは3回できると言うが一撃必殺こそが重要だ。

77日目　朝　御土産屋　孤児院支店

爽やかな朝だ、古来からの格言にも「早起きは3人は殺《や》れる」とあり、「果報は寝てる間に殺れ」とも言われているとも言う気がする。うん、昨日の仕返しは済んだ。

朗らかな朝に絶世の美少女二人が顔を紅潮させ、涎《よだれ》と涙で綺麗《きれい》なお顔を汁塗《まみ》れにして目は大きく見開いているんだけど……瞳が虚空しか見てないって言うか、ほぼ白目状態？

なんか壊れた様なお顔で、大きく笑ってるみたいに緩んだ口元からは赤い舌が覗《のぞ》いてテヘペロさん？　既に呂律《ろれつ》も回らない状態で痙攣《けいれん》しながら、美しく艶《なま》めかしい身体が汗に塗れてびくびくとベッドの上で跳ね蠢《うごめ》いている。うん、昨晩はもっと凄《すご》い事されたんだよ？　復讐《ふくしゅう》するは我にありって言うか、報復権が満載なんだよ。勝ったな！

「さあ、すっきり爽やかな朝なんだけど白目って言うか、瞳孔が開いちゃってて目の焦点が合ってないって言うか、焦点さんが無くなって終点まで行っちゃって昇天中？　みたいなんだけど、それは置いといて爽やかな朝でスッキリとお目覚めだから健やかな朝御飯なんだけど、朝御飯前に茸が必要そうだから召し上がれ（かぷっ、あむっ！）」

きっと仕返しが凄まじくヤバいけど、取《と》り敢《あ》えず今だけは勝ちは勝ち。きっと勝ち逃げ不可能な日々乱闘だけど、男子高校生の戦いに終わりは来ないのだ。うん、戦いは無情だ。

さて、今朝も凄いジト目の弾幕が集中豪雨の様に降り注ぐが良い天気だ、やはり朝から絶叫が不味《まず》かったんだよ？　若いお嬢さんがはしたなくて困ったものだ。

「「「「昨晩も今朝もお愉《たの》しみでしたね！」」」」

世界樹《ユグドラシル》の杖のパワーアップの効果は凄まじい物だった、指輪にして装着してたんだけど。その効果は瞬く間に二人の迷宮皇級を堕《お》とし悶《もだ》え狂わせたほどで、『触手』制御が極限を極め『淫技』と『性王』の付与と『魔纏』の相乗効果は想像を絶するものだった。

（（大丈夫……じゃないね？））（死ぬかと……思った、狂い、死んだけど不死？）（……最恐性王　淫技大魔王降臨　超絶淫技地獄……強制ご招待）（そんなに!?）（（……性王が更に強くなっている！））

何故か朝から女子会まで開催されて女子さん達は鼻を押さえて倒れていく？　ああ、きっと舞踏会が待ち切れないんだろう、昨日も練習し捲《ま》くって随分と楽しみにしていたし……お顔も真っ赤だし？

「「「お兄ちゃん、お姉ちゃん、おはようございまーす♪」」」「「「おはよー」」」

孤児っ子達も顔を洗って大集合で、ぞろぞろと食卓に着き御飯を待っている。だから振舞おう、我が新たなる内職の力を！

掌握した空間の中で瞬く間に炊き上げられ、蒸らされて固められたお米はおむすびと化して食卓へ並び、新作のコーンポタージュも振舞われて湯気を立てて並べられていく。じゅうじゅうとベーコンエッグが焼き上がってお皿に飛び込んでいき、天からは魔手さんに切り刻まれたキャベツと茸サラダが降り注ぎボールを満たす。やはり格段に速い。

「な、何この高速料理！」「凄く速くなってる!?」「は、遥《はるか》君の女子力が……測定不能!?」「お料理の腕自体が一段と上がってる！」「「「おいしそうー、いただきまーす♪」」」

最近ようやくに孤児っ子達は普通にご飯が食べられている。ようやく毎日美味しいご飯を食べても泣かなくなった、やっとこれを普通だと思える様になれてきた。でも、涙ぐむのは未《ま》だ治らないようだ？　今迄《いままで》は「夢なのかな」って「信じられない」って泣きながら食べていた、女子さん達の話ではお風呂でも幸せだって泣いていたらしい。

　ずっとずっと極貧の中を助け合い、支え合い必死で生きて来た。だから、このくらいの幸せは当たり前で、全然さっぱり当たり前過ぎて全く足りてもない至極当然なんだよ？まだまだ真のぼったくり道と言うものが孤児っ子達には理解できないようだが、これから辺境で学べばいい。奪われたものは全て奪い返して、暴利で利息も奪い取って、序《つい》でに手数料とか名目付けて残りも根刮《ねこそ》ぎ奪って何もかも略奪の限りを尽くす事こそが正しいぼったくり。だから、こんなのはまだまだだ。

　そして今日は御土産屋さんはお休み、舞踏会の前に調整が必要だ。既に服の調整は終わったから、俺の性能の再調整。そう思って訓練しようと地下の広間に行くと、とっても嬉《うれ》しそうな笑顔で甲冑《かっちゅう》委員長さんと踊りっ娘《こ》さんが付いて来た。うん、嬉しそうだな《ボコる気満々》……どうやら、訓練の相手をしてくれ《復讐の連鎖が始ま》る様だ！

　ゆっくりと呼吸を整えながら身体の力を抜き、『魔纏』で身体を纏い一体となる。今迄とは明確に感覚が変わり、事細かな変化や能力が感じ取れて把握されている。つまり動くとヤバいよとアラートが鳴り響いてる感じだ、まあ壊れながら情報を蓄積し経験を増やして対応するしかない。あっ、折れた？

「行くよー、ってお手柔らかにって言う前から全力でイヤイヤってどんだけ嫌がってるの！　もう少し柔らかさって言うか柔らかなむにむにがとても素晴らしき世界がめくるめくワンダーランドであの太腿《ふともも》さんの向こう側はワンダホーでそれはもうビューティホーだったんだけどって……ぐわあああっ」

開戦だ。どうやら朝の奇襲攻撃にお怒り心頭でボコと言う名のお説教が準備万端に大盛り満タンで御用意中のようで、あまりのやる気に感嘆詞も真っ青な闘気《とうき》を漲《みなぎ》らせて心胆寒からしめる勢いだ。うん、俺は舞踏会に行くには、武闘会を生き延びないといけないらしい。踊りっ娘さんまでウォーミングアップ中だし？

魔力を杖に流し込みながら循環させると、一気に身体が軋《きし》む音《おと》を上げる。だけれど、この力は必要だ……だって無いと昨晩の二の舞で蹂躙されるんだよ！　身体が思考に従い動き始める。呼吸に合わせ、意識と身体と魔力が一体化して同調していく。

吐息と共に踏み出すと、世界の流れが重く粘り固まって行く。時間軸が変わり、世界が蒼《あお》く俺よりも遅くなっていく。

笑っている――嬉しそうに甲冑委員長さんが笑っている。うん、笑っているが目が怖い！

お互いの身体が揺らぎ、揺らめきが残像も残さず掻《か》き消える。蜃気楼《しんきろう》のように姿が見えた時はそこにいない、見えてからじゃ遅い――だから視《み》る。目に映る事象《もの》も、目に映らない万象《もの》も未来の可能性も纏めて視る。『魔眼』も『神眼』も『未来視』も『慧眼《けいがん》』も『写技』も纏い、視詰めて笑い合う。

重たい水の中を泳ぐ様に身体を最適に制御して、正確に精密に稼働させて繋《つな》いでいく。ただ最速に最適に際限なき最良を求めて、最高の動きを求めながら加速する。『限界突破』

でリミッターが外された能力達《スキルたち》が暴れ回り、混ざり合いながら身体を破壊し再生し化合して暴走していく流れを視ながら制御する。まるで堂々巡りの回転木馬《メリーゴーラウンド》みたいに駆け巡りながら、混じり合い変化して化合されていく。

斬り結び、斬り払い、斬り裂き、ひたすらに斬線を重ね合わせて斬り結ぶ。弧を描いて舞い、円を描き踊り、球を描くように舞い踊る。道理で甲冑委員長さんがあんなにも円舞曲《ワルツ》が綺麗な訳だ。あれは剣を持たない剣舞だった、今は剣付の円武曲《ボコ》だ。

斬線が舞い、火花が踊り、優雅に舞い踊る様に精緻に斬り回る。超高速の連撃が高速思考《スローモーション》の中で舞踏へと変わり、透明な水の中で踊り舞う様に斬撃を重ね合い斬線を撒《ま》き散らす。

死の舞踏が終わり無く続く、踊りに終焉《しゅうえん》は無く永遠に斬線が舞い散る。まあ要するに動けなくなったらボコられるんだよ？　うん、『未来視』の先には無限の可能性《ぼこ》が視えている、まるで万華鏡《カレイドスコープ》のように無限に可能性《ぼこ》が広がり、無限大数に散らばる限り無き色取り取りの極彩色の宏大無辺《こうだいむへん》の未来《ボコ》……うん、全部ボコしかないんだよ!?（ボコボコ！）

「ふ――――っ」（ポヨポヨ）

時間の感覚がさっぱり全く分からない。永遠の様な長時間の一瞬《ボコ》だった気もするし、刹那の間の瞬間と瞬間の隙間みたいな永劫《ボコ》だった気もする。まあ、分かりやすく言うとボコボコと永遠の一瞬をボコられた！　今晩、絶対に復讐してやるー!!

「次　私　戦う」

踊りっ娘さんは未だLv5。だから万が一にも当たると危ないので、『神代の棺《ひつぎ》』を出して装備させたら……重戦士な大盾重装甲の騎士さん？　でも、なんか不満みたいで甲冑委員長さんの方に行って『白銀の甲冑』を見ながらデザインを変えている……まあ、女体《エロ》型甲冑だ。みるみる身体《からだ》の線《ライン》が丸分かりな素敵ボディーラインな甲冑へと変わ……エロいな！

「準備　出来た　参る！」

大盾に身体を隠しながら上下左右から剣が舞う。独特な軌跡――鎌の様に湾曲した曲剣クノペシュが、その曲線を生かし盾に沿う様に舞い、鉤爪《かぎづめ》の様にこちらの武器を奪ったり引っ掛けたりと中々に質の悪い剣技だ。高速移動に千差万別の脚捌《さば》きが加わり、変幻自在に剣が舞う。超高速で変則移動の回避型の大盾職は予想外だったよ！

しかも大盾が回転する。盾だけを回しているのか踊りっ娘さんも側転しているのかが分からないままに、予想がつかない位置から剣が現れて斬り裂いて来る。それだけで厄介極まりないのに、鎖や別の剣まで出て来る。盾に隠れて超変則な高速移動する千手観音フルアーマー装備みたいな攻撃だ。全く付け入るスキが無い。

ならばと『空歩』で飛び越えても、瞬く間に詰められて盾で押し込まれる。そして至近距離に入られると大盾で身体が全く見えない、だから『未来視』の予測がぶれる。動きは踊りに隠され、姿は盾に隠され、本人と大盾が舞い踊る変幻に惑い捉えられない。

でも、そろそろ時間だろう。

「じゃあ行くよー、あとで文句言わないでね？　だってこれ苦情殺到の問題スキルなんだよ、って言うか『乱撃』？」

　楯《たて》に回り込むように瞬息に間合いを詰めて、ただまっすぐ横一文字に杖《つえ》で斬り払う。一瞬の停滞――瞬時に踊りっ娘さんは後ろに向かって、振り返り様に盾を翻しながら数十の鎖を放ち迎え撃つ。見事……だけど乱撃の斬撃は『転移』しながら迎撃を潜《くぐ》り抜けて直撃するんだよ？　うん、あれって防げないんだよ？

「卑怯《ひきょう》　反則　理不尽、ズルい！」

　踊りっ娘さんがご立腹だ？　まあ、普通は納得はいかないだろう。しかしＬｖリセットの弱体化状態で後方からの『転移』攻撃を防ぎかけた。４倍近くＳｐＥの差がある俺の『転移』の瞬間移動攻撃を初見でだ。

　これは、すぐに乱撃も効かなくなるだろう。やはり迷宮皇級はＬｖ５でも倒せない。何せあの盾と鎧《よろい》になっている『神代の棺』は最大で放った次元斬でも傷一つ付かなかった超チートなチーターさんだし？

「お昼になるし、御飯食べたら着替えて街にでも行こうか？　夕方までぶらついて暇を潰してから王城を潰すんだっけ？　まあ、呼ばれたから行けば分かるさ、って言うか行くんだよ？」「「「うん、いくー♪」」」

　舞踏会が終われば帰れるだろう。でも、辺境までの道中が狭そうなんだよ。来た時は32人、帰りは随分と沢山になったものだ？　うん、オタ莫迦《ばか》は捨てて帰ろうかな？

そんなに一遍に名前を出されても覚えきれないんだけどすぐ消えそうだ。

?日目　ディオレール王国　王都　王宮　貴賓室

永きに亘《わた》る歴史と伝統のある大侯爵家。その王家の目付け役である四大侯爵家の2つが潰され、建国以来からの暗黙の均衡が破られた。他の大侯爵家が零落《おちぶ》れるのは好機だが、王家が強くなり過ぎたのが不味い。

王家が実権を握れば必ずや大侯爵家の力を削《そ》ぐであろう。我等《われら》が王家にしたように、今度は我等がやり返される側だ。だが私が引退を強制されれば、跡継ぎ候補の双子のこ奴等《やつら》ではこの窮地を凌《しの》ぐなど到底不可能。金を掛けて充分な教育を受けさせ学問も剣術も有能だと言うのに、道楽に明け暮れ女遊びしか能が無い色事師。二人揃《そろ》って悪事と色事だけが一人前な悪辣な女誑《おんなたら》し。今迄こ奴らの仕出かした悪事の尻拭いには辟易《へきえき》とさせられていたものだが……分からぬものだ。

「もはや王家には手は出せないね、だったら王女を堕として王位を狙うか」

「それなら我が家の当主と新王で席が2つでちょうど良いね」

学もあり才もある、武もあり剣も使える。なのに、こいつ等は事ある毎《ごと》に女女と……だが、よもやそれこそが起死回生の一手になるとは。

「堕ちるのか、あのお堅い王女が」「……女は堕とすんだよ、父上」

シャリセレス王女の王位継承権は低いが、第一王子と第二王子が他の大侯爵家を道連れに消えてくれた。他の王子は幼いうえに、現在王都ではシャリセレス王女の英雄譚《たん》で沸き返っている。辺境のオムイと王国の王女の迷宮の氾濫と戦う芝居は王都でも最高の人気を博している。

窮地を脱するだけでなく、王位と名声を共に手に入れられる。だが舞踏会が戦勝の宴《うたげ》である以上は、由緒ある大侯爵家と言えど参戦していないからには下座。忌々しいが兵すら出さなかった以上、上座へは呼ばれねば近付けぬ。

「だが、お前達では上座の端にすら座れぬぞ。英雄の宴の外野風情の役所《やくどころ》では近付く事もできんのだぞ」

我がカスギール家は外国と国境を持たぬ地。商業都市としては王国の有数だが、忌々しき南のロンダヌールが商国と手を結び中央の経済を牛耳り、血筋の第二王子を立てて来た。

我が家に娘が無く男ばかりで王妃が出せなかったのが災いし、商業は一気に商国に奪われた。故に東のギエスダット家が教国と手を結び王国を手中に収めようとしても、南のロンダヌール家と組む訳にはいかなかった。その為《ため》に動けぬままに外野に回ったが忸怩《じくじ》。

だが北は動けぬままだ。当主は病に伏せ、一人娘は第一師団長では侯爵軍が動かせなかった。だが北のシュコバサス家とて王弟の出兵依頼を我が家同様に断っている以上は咎《とが》めは受けるであろう。好機だが危機、四大侯爵家の2家が潰れる。だが、シュコバサス家には娘が第一師団で国境を守ったという実績があるが、それに対してカスギール家は何もせず傍観したと言われれば言い訳が無い。

「まさか教国と商国で共倒れとなり、王家の目が残ろうとは」

邪魔な2家が潰れてくれたと言うのに、手も足も出せないのが現状。だが王女を堕《お》とせば話は変わる。いや王女が駄目でも、共に伝説に昇り詰めた辺境姫メリエールでも充分。既に辺境は安定し豊かな土地になっているとも聞くし、屈強な辺境軍を手に出来る。何よりも魔石を独占できれば商国相手でも引けは取らぬ大商いが可能だろう。

「シャリセレス王女、オムイのメリエールを堕とせるか。どちらでもカスギール家を継ぐ以上の大立身になるだろう、だが近付けぬぞ」「手はある無しじゃなくて作るんだよ、父上」「そうそう、先《ま》ずは芝居で名を馳《は》せた黒髪の美姫《びき》でも落とせば繋がるさ」

なんとも小賢《こざか》しい事だ。だが王女もオムイの娘も黒髪の美姫の店に入り浸っているらしい。ならば繋がるか、美姫達を妾《めかけ》に王女とオムイの娘を娶《めと》れば王国すらもが手に入る。

こ奴等は色事しか能がないが、女なら片っ端から手を付ける色事師ぶりだ。不肖の息子達でもこんな時だけは頼りになるとは。

「しかし、その美姫にすら近付けぬぞ」「黒髪の軍師だよ、あの芝居で逃げ回っていた腰抜け軍師を抱き込むか脅すさ」「いざとなれば殺せば美姫達は身元を引き受ける人間が必要になるだろうね」

あの黒マントの道化か、あれなら。そして黒髪の美姫達はあくまで道化師の従者、そして軍師とは言え罠《わな》を作るのが得意なだけの小狡《こずる》いだけの腰抜けだ。このまま衰退し零落《おちぶ》れるか、国を我が物にするかが掛かる大事。金は惜しまぬし、刃向かうならば殺すのみ。

「何がいる、金か兵か」「先ずは金だね。兵は最後だよ父上」「支度が物入りになるね、使用人を抱き込むには貴族の子弟達も先に抱き込まないといけないしね」

騙《だま》す誑《たぶら》かすは当たり前、家柄で脅し金で追い込み、果ては怪しい薬で意識を奪い怪しげな装備で誑かす。効かねば力付くで拐《かどわ》かして手籠《てご》めにと、武家の恥晒《はじさら》しかと思った息子にも使い道はあるものだ。今迄《いままで》こ奴らの女の後始末に無駄金を使わされたものだが、無駄にならずに済みそうだ。怪しい薬師から薬を買い集め、怪しげな効果の装備を買い漁《あさ》っていたのだ、その道なら有数の色事師だろう。まして、戦いしか知らぬ初心な姫など容易《たやす》く堕としてくれるであろう。

「薬も特別製が必要だね。並みの薬じゃ無効化されるし、最悪バレると大事だし」

「装備を持ち込める様に王城の侍女を先に堕としときたいしねー」

顔は色男で背も高く、家柄は大侯爵家。口も上手《うま》ければ手も早い、さらに悪辣で狙った女は如何《いか》なる手を使ってでも堕とす。まさか、こやつ等が頼もしく思える日がこようとは……ならば金は惜しむまい。

「これで足りるか、足りねば言え。だがこれだけ使って失敗しましたは通らぬと思えよ」

「「任せて欲しいね、父上」」

暗殺者と影の者も集めねばなるまい、場所が王城では武力は無意味。

権謀術数では後れを取った我が家が女っ誑《たら》しの色事師で王国を取るか。

「しくじれば家どころか命も無いと思えよ、我等カスギール家にはもう後は無いぞ」

これが上手くいかねば大侯爵家はただの貴族に零落れよう、事が露見すれば取り潰しもありうるのだ。

「まあ堕とすのはどうにでもなるよ、いざとなればねっ」

「そう既成事実さえ作っちゃえば後はどうにでもできるよ」

なにせ双子。どちらかなら死んでも構わぬし、隠し子は変《か》わりはいくらでもある。

「あの道化軍師が金で堕とせれば決まりだけどねー」「まあ、殺すのは簡単だよ。決闘に持ち込む手もあるしね」「協力すれば良し、邪魔するようなら……殺《や》るさ」

全く決闘だけは得意な細剣の名手。魔物相手には役立たずなのに、こんな時だけは得意満面だ。今日までに何度女絡みで問題を起こしたか知れぬ程だが、その度に決闘騒ぎを起こしても怪我《けが》すらせずに勝ってくる。人を欺く剣技故に軍隊でも魔物戦にも役には立たない剣だが、人が相手なら凄腕《すごうで》なのだから始末が悪い。だが全てがこの日の為だったと思えば褒めてやりたいくらいだ。

「殺るとなれば確実に殺れ、後の事はどうとでもしよう」

もはや王国の趨勢《バランス》は崩れた。軍事ではもう侯爵家単独では王家に歯が立たず、経済力すらこのままでは磨《す》り潰されるだろう。

だが王家と辺境が手に入れば王国はもう我等のものだ。愚民向けの流行《はや》りの芝居もたまには見てみるものだ。態々《わざわざ》窮地の我等に道化師を晒してくれたのだ、だからそこから食い破る。

舞台の上で城の中を喚《わめ》きながら滑稽に逃げ回るあの道化な黒髪の軍師が舞踏会に登城する、それまでに全ての準備を済ませねばな。

潰れたギエスダット家もロンダヌール家も目指し届かなかった高みが我が手に入る。王国を取れば取ったでまた苦境だろうが、どうせ苦しむならより高い所で苦しみたいものだ。先ずは王家と辺境だ、それで王国は取れる。

孤児っ子社会科見学はドキッ♥JKだらけの王都観光ツアーだったがポロリは無いらしい。

77日目　昼　御土産屋《おみやげや》　孤児院支店

さて、お出かけで孤児っ子社会科見学と言う名の強欲さん達《たち》の無駄遣いの宴だ。引率委員長が颯爽《さっそう》と指示を飛ばしてる、あの頭の出来の悪い莫迦達を調教できたのだから、良い子の孤児っ子達くらい軽い物だろう。

「全員揃ってるーっ、ちゃんと手を繋《つな》いでねっ」「「「「はーーーーい！」」」」

引率委員長さんが孤児っ子達を引き連れる。

「はーい。みんな手を繋ごうね」

妹エルフっ娘《こ》さんも引率する。

「「「はーい♪」」」（ポヨポヨ）

どうやら子狸《こだぬき》っ娘は引率される気満々のようで、完全に孤児っ子達に溶け込んでいる。って言うか同化して埋没してる？　睨《にら》んでるからお胸についての言及は避けよう！

甲冑《かっちゅう》委員長さんと踊りっ娘さんもミニスカバスガイドさんで案内する気満々で、手に持った旗には「ドキッ♥JKだらけの王都観光ツアー」。うん、ポロリが無いのだけが残念だ？

そして最大の懸案であるオタ莫迦達はちゃんと迷子にならないように鎖で繋がれているから安心だ。ただ残念な事に電撃は無効化《レジスト》されている様だ。

「えっと、鹿苑寺《ろくおんじ》を右に曲がって清水寺《きよみずでら》の方に向かってね。いや、銀閣寺《ぎんかくじ》から左手に入って上下賀茂《かみしもかも》神社《じんじゃ》の間の道まっすぐで二《に》条城《じょうじょう》の通りの竹林の小径《こみち》に入って渡月橋《とげつきょう》渡って伏《ふし》見《み》稲荷《いなり》大社《たいしゃ》抜けたら出口の鳥居《とりい》通りだから？」「えっ、京都御所《きょうとごしょ》から平安神宮《へいあんじんぐう》への路《みち》は通らないの？」「だよね、南禅寺《なんぜんじ》から水路閣《すいろかく》へと続く哲学《ぼったくり》の道商店街は？」「うん、八坂神社《やさかじんじゃ》の角からまっすぐ行った方が近いんじゃないの」「えっ、あれって西芳寺《さいほうじ》じゃなかったの！仁和寺《にんなじ》だったっけ？」「「うん、また建物が増えて配置が変わってる!?」」」

孤児院の平等院《びょうどういん》を出ると晴明神社《せいめいじんじゃ》があり裏道は狸谷山不動院《たぬきだにさんふどういん》で角は大雲院《だいうんいん》で蓮華王院《れんげおういん》の三十三間堂《さんじゅうさんげんどう》を通って来たから、後ちょっとだ。貧民街も人通りが増えたって言うか、観光名所で人がごった返しているから迷子対策に人が少ないコースが良いだろう。

「これ京都人が視《み》たら発狂する土地勘だろうね？」「うん、何気に奈良《なら》の東大寺《とうだいじ》も興福寺《こうふくじ》も入ってるし、諦めるんじゃないかな？」

ふっ、京都人など、ぶぶづけでも持って追いかければ逃げ惑うから気にする必要すら無いだろう。うん、苦情を言いに来れば埋めて地底人さんの仲間入りと言う手もある。

「真ん中が出雲大社《いずもおおやしろ》な時点で、もう誰も何も言わないと思うよ～。あっ高桐院《こうとういん》が出来てるよ～？」「「「毎日毎日増築しないでよ！　それが迷子の原因だよ!!」」」「何で貧民街を偽京都迷宮街にしちゃってるの!?」

迷路は防犯に最適なんだけど御不満らしい。でも、ちゃんと『貧民の腕輪』をしておけばナビ機能があるのに、嫌がるから迷うんだよ？　全く困った我儘《わがまま》っ娘達？

「昨日も運河に厳島神社《いつくしまじんじゃ》を作りたくって貧民街を拡大しようとしてたんですよ！」「「「どんだけ贅沢《ぜいたく》な貧民街で王都を制圧しちゃう気なのよ！」」」

孤児っ子達の足にあわせると時間が掛かるものだ。やはり孤児っ子『加速』装備計画を急がねばならないようだ。ただ何故《なぜ》か孤児っ子達は最高速度で俺に向かってダイビングしてくるパンクな孤児っ子達で加速は危険。あの空を舞う孤児っ子連弾なダイブ＆ハグは花園も狙える命中精度で連射性も高いんだよ！　まさにパトリオット孤児っ子達。

「また仁王像が出来てるよ……羅漢像まで……何で弁天様だけフルカラーで艶《なま》めかしいの！」「「「ギルティー！」」」「いやだって弁天様は裸弁財天だって普通にある一般的《ポピュラー》でポピュリズムに迎合してみながらも現代解釈な魔改造がＭＧ－Ｘ琵琶《びわ》なんだけどだけど、絵師さん達へのリスペクトが弁天サンダービートでライトハンド奏法なプレミアムガチャなSSR感が堪《たま》らないぜって感じで俺は悪くないんだよ？　ほら、オタ達もマジ拝みしているし？　みたいな？」

そう、作っていたら横からオタ達がオタオタと口出しして来て、わざわざイラストまで描き出して、延々とそれ見せられながら作ってたら……あら不思議？　巨大魔改造フィギュア弁財天なロッカーさんが降臨されていたんだけど、あれは絶対オタのせいだから俺は悪くないんだよ？　うん、見えそうで見えないからセーフなんだよ？

怒られた。長い長い鳥居を抜けて王都街。既に貴族街の7割は貧民街化したので、出るのが一苦労だ。そして貧民街に移住希望者が殺到して一級住宅地になっているらしい、観光客も多いしなかなか特権階級《セレブリティー》な高級貧民街のようだ？

「ちゃんと『孤児っ子の腕輪』は着けてるかーい？　迷子になったら腕輪を上にあげてギュウって力を籠《こ》めるんだよ？　あと悪い人が来たら『孤児っ子の靴』で蹴っ飛ばすんだよ？　大体吹っ飛ぶから？　うん、オタ達で試してみたらドライブの掛かったいいロングシュートがタイガーな音と共に炸裂《さくれつ》なんだよ？」「「「はーい。ちゃんと着けてるー！」」」

これで迷子になってもすぐ探せるし、救難信号も送れる。簡易結界も付けてあるし、服にも高防御力高耐性だ。それに雑魚いチンピラくらいなら孤児っ子キックで吹っ飛ばせるだろう、ドロップキックさえ決まれば低レベルなゴブだってきっと殺れるはずだ。

実は貧民街から王宮は近い。間にあった貴族街を吸収し捲《ま》くってるから御近所さんだったりする。だから夜まで暇潰しだ。一応王城から馬車がお出迎えに来るらしいけど歩いた方が早い。既に自前の「高速移動《ハイウェイ》の孤児様《スター》号」1号と2号には客車を繋げて牽引《けんいん》式にして「高速移動《ハイウェイ》の孤児様列車《スタートレイン》号」に改装されて、みんなで乗っても充分に広くて速いし？

そう、目的は教育。お給料を一度も使った事の無い孤児っ子達は、お給料をあげても御飯代だとみんなが返そうとするし、街に出しても食材を買ってこようとしてしまう。うん、これは子供らしくない憂慮すべき事態だ。

だからお手本だ。

そう、こっちには買い物中毒な破産娘達に、なんと強欲の化身さんまでいて、お手本は選《よ》り取《ど》り見取《みど》りで散財まっしぐら！　毎日一生懸命に働いて無駄遣いもできないなんて許されざる所業で、そんな事では大人になっても立派な大人になれずに大人買いできないピーターパンシンドロームな孤児大人になってしまう。うん、ここで女子さん達のどんぶり勘定を極めたドンブラーの実力を見せ付けて、子供の純真な心に強欲の種を植え付けねばならないだろう。そう、無駄遣いの芽が出れば立派な子供になれるはずだ。

だって子供が明日の心配なんてしちゃいけないんだよ。貯金なんて以《もっ》ての外《ほか》だ。子供は子供らしく明日は何して遊ぼうかってワクワクしながら寝るのがお仕事で、明日も当たり前に楽しい日が来るって信じていて良いのが子供の特権だよ。ならば散財だ、ならば豪遊だ、それこそがお大尽様道に繋がるぼったくり道の幹線道路なのだ！

「今日の分のお小遣いを支給しまーす、みんな順番に並ぶように……って、さり気なく混じってる癖に子狸が先頭で手を出しているだとおおっ！って、もう孤児っ娘に擬態する気すら無い子狸がまた買い食いしてポンポコリンでドレスがマタニティーになってポッコリが永遠な運命《エタニティーディスティニー》になっても知らないんだけど、53箇月目？　出っ張り具合的に？」「53箇月目のマタニティーってどんだけポッコリさんなの！」

　でも、お手々は出されたままだ。って言うか女子さん全員並んでいるし!?　そう、オタ莫迦《ばか》達までずっと空気だった癖にちゃっかりと並んでいやがる！

「「「お兄ちゃんお小遣い！」」」「いや孤児っ子達が遠慮して並んでないのに、何で保護者係が全員並んで手を出してるの？　うん、お兄ちゃんって同級生だから同い年だよ！」

　流石《さすが》は無駄遣いの為《ため》に選び抜かれたお手本達で、一瞬の躊躇《ためら》いも無く瞬速で並んで手を出して待っている。まあ、確かにとってもお手本だ。

　小袋に5千エレずつ入れて順番に渡して行き、オタ莫迦達には力の限りで投げ付けてみた。まあ、莫迦達に超剛速球版銭形平次投法《アタック》で撃破は無理だとは思ってたけど、なんとオタ達までギリギリで結界を使って受け止めやがったのがちょっとムカつく！　流石はＬｖ１００超えのチート持ちで、運動神経皆無でもスキルで反応できていたんだよ！

　そして困った顔の孤児っ子達とは対照的に、即座に孤児っ子達を引き連れてお店屋さんを梯子《はしご》し始める女子さん達。あの調子ならすぐに連れ回されているうちに感染《うつ》るだろう。

　王都の玩具《おもちゃ》やお菓子は何て言うか微妙でしょぼい、品揃《しなぞろ》えも品質も御土産屋の方が格段に上だ。それでも無駄遣いこそが楽しいんだよ、無駄遣いしても明日は大丈夫だって信じられる事こそが大事なんだよ？　まあ、借金生活組はもう駄目かも知れないけど、絶対向こうが禁治産者で俺が怒られてるのおかしいよ！

ようやく慣れ始めたのか最初はおずおずと買い物しては不安そうな顔をしていた子供達も笑顔で買い食いをし、お互いに買った物を見せ合っては自慢し合いだし始めた。うん、あれが子供なんだよ。そんなに早く大人になんてならなくって良いんだよ……でも、借金には気を付けようね？　あのお姉さん達みたいになるんだよ？

まあ、やれって言われてもあれは無理だろう……もう、お金を使い果たしてコッチをチラ見してるんだよっ!?

大体お年寄りって言うものは話が長いんだから語らせるのが間違ってると思う。

77日目　夕方　ディオレール王国　王都　王宮

既に老齢となり、引退を考えていた矢先に情勢は全てが一変した。王が病に倒れ、凋落《ちょうらく》し瓦解する王国は乱れ果てて、遂《つい》には王子達が内乱まで起こす始末。なれど手を拱《こまぬ》くままに全てがなし崩しに解決されて終わりを告げた……告げられていた。そして私の侍従長としての最後の大仕事は、この戦勝の舞踏会になりそうだ。

長い間この王宮に仕え、見たくない物も散々に見せられてきた。だが王国が救われた祝賀会が最後なら、其《そ》れに相応《ふさわ》しい仕事をしなければ長きに亘《わた》る務めを果たしたとは言えなくなる。まだ広間には僅かな貴族が疎《まば》らに集うだけの伽藍《がらん》とした会場に、忙《せわ》しなく従者やメイドが静かにだが急ぎ足で駆け回る。これから始まるのは王国の命運を決める王侯貴族の剣無き戦い、如何《いか》な辺境伯であれ英雄様方であれ、王宮《ここ》では我等《われら》がお守りせねば。

楽器の調整音《チューニング》の音だけが響く。ここは王宮の最大の持て成しとしての会場——王宮には舞踏会の会場は複数あれど、今回は王宮で最上位の広間が使用されている。ただ広間《ホール》としての大きさだけであれば広い広間はまだいくつもある、しかし今回の舞踏会の会場となると広さだけでなく格式こそが必要。王と王国が英雄を称《たた》える場、建国以来最上位の祝典にして……最悪なる戦場となりかねぬ。

故に付け込ませぬよう手配しつつ係の者を見張る、王が最大の感謝を表す為に開かれた舞踏会に微塵《みじん》の不備も許されない。その空気に城内の使用人全員が緊張した面持ちで準備をし、来場が始まると顔が強張《こわば》る程の重圧を感じながら持て成している。

舞踏会とは単に踊るだけの場では無く、褒美を与えられ称えられる場でもあり、その裏では権力闘争の場である。そして縁故を強める為に顔を合わせては群れ、密《ひそ》やかに裏切り暗躍して隙あらば蹴落としにかかる醜い裏側を隠す為の豪華《ごうか》絢爛《けんらん》な舞台。その煌《きら》びやかな会場には華美なる衣装で貴人が集まり、当たり障りのない会話と挨拶を交わし合っている。その笑顔の仮面の下は見せずに、友好的なムードで会場は笑い声と静かな音楽に包まれる。

今回の舞踏会は王が催し招いたものであり、この場所に招かれた者は皆地位や高位の役職にある者ばかり。王の招きを無下《むげ》にできるような貴族は少ないが為に、結果としてだけは派閥を超えて様々な貴族達《たち》が集う宴《うたげ》となる。会場には身分の低い者から順に呼ばれて入場するのが習わしであり、今は各派閥の地方の貴族がお互いを探り合っている前哨《ぜんしょうせん》戦。

普段であれば会う事の無い敵派閥の貴族と探り合い、渡りを付け縁を繋《つな》ぐ絶好の機会でもある。何故なら四大侯爵家の内の2家が潰され、残る2家すら立ち位置は不明瞭。貴族社会の爵位とは別の派閥と言う力関係が崩壊し、皆がどの家に付くべきか右往左往で探り合っている。

今回の舞踏会は皆が必死に状況を探り合い、作り笑いの下で藁《わら》をも摑《つか》むかの様に手探りで縁を求めて彷徨《さまよ》う貴族達の群れ。嘗《かつ》ての醜悪な落とし入れ嵌《は》める事ばかりだった陰惨な舞踏会では無く、保護者を失った哀れな迷子達の群れの様に懸命に声を掛け合い知己を得ようとして保身の先を探し求める群衆。

入り口への近さは身分の低さを表し、後に呼ばれる者ほど奥へと進んで行く。それに合わせて相応しい調度品が並べられて家格を表している。広間には次々と貴族達が入場して来ては、声をかけ挨拶を装いながら皆がお互いを探り合う。多くの貴族達が入場した会場は徐々に賑《にぎ》わいを見せ始め、派手で華麗なドレスを身に纏《まと》った淑女達によって華やかな衣装と、王家の格式に相応しい様式を整えた室内の絢爛《けんらん》さで広間を彩って行く。

穏やかな笑みを湛《たた》えて作り笑い《にこやかな表情》で語らい、久方の挨拶に社交辞令を散りばめながら、領地の様子や天気やら噂話《うわさばなし》やらとお互いの様子や趣味の話に家族の話と、当たり障り無く穏やかに語《さぐ》り合ってみせている。

社交——貴族社会の儀礼の表側、長い長い探り合いと騙《だま》し合いだ。他家や他派閥の様子を探り、動静を窺《うかが》い繋ぎを作り交渉の機会を探りながら、弱みを見せないようにお互いに虚勢を張り威圧を匂わせる。この場の力関係や立場の上下を争いつつも、付き従う相手を探し求めて情報を貪り合う。何処《どこ》も彼処《かしこ》も嘘《うそ》と駆け引きの入り混じる泥沼のような会話劇が繰り広げられ、欺瞞《ぎまん》と音楽が交じり合いながら静かに会場は賑わいを増して行く。

夫人や連れられて来た子息子女も微笑《ほほえ》みながら挨拶を交わしつつ、互いの立ち位置を探り合い髪型だの服装だのとおしゃべりしながら値踏みし合う、その笑顔の仮面で探り隙を窺《うかが》い観察して調べ合う。敵と味方を探し求め合いながら、楽団の奏でる調べに合わせてたわいも無い会話と美辞麗句の隙間に悪意を隠し語らい合っている。

世間話から話題は噂話に移り、隠していた素顔が現れる。怯《おび》えながらも強がり、味方を求めながら敵対し合う。醜悪窮まる貴族社会の縮図こそが舞踏会。空々しい話題は最近の出来事へと移り始め、大侯爵家の当たり障りの無い話からお互いの派閥の様子を窺い知ろうと、笑い顔の仮面を着けて牽制《けんせい》し合い情報を盗み合う。これこそが本当の貴族の話題だ。

話題は辺境伯へと移る。その人物を貴族社会で知らぬ者はいない、生ける伝説にして今《いま》迄《まで》の行いを鑑みれば復讐《ふくしゅう》される恐れを抱かない貴族が幾人いる事か。辺境の王と呼ばれ、貴族社会には深く関わろうともせず。不遇のままに地獄のような辺境で戦い続ける、王国最強の軍勢を率いる真の武人。為人《ひととなり》を知る人物を探し求めても皆繋がりは無く、探り合いも無意味と気付いた様だ。

話題にチラホラと戦争の末端が含まれてはいるが、誰もが核心には迫ろうとしない。怯えるように当たり障りなく、その話題は王都で大流行《おおはや》りの芝居の話に紛らわされる。

舞踏会の本意は戦勝の式典である以上、その話題を避ける方が至難だろう。今迄は全てが貴族社会の力関係で動いていたものが、もはや貴族は半減し零落して消えている。そんな貴族達を見て笑いを隠しながらも、我が身に降りかかるのを恐れて味方を探し求めているのだろう。

豪華な料理も高級な飲み物も口では褒めたてているが、もう味わう余裕も無く我先に新たに入場して来た高位の貴族に挨拶に向かって行き、そこでまた探り合いを繰り返す。

従者達が料理を取り分け、優雅な急ぎ足で酒を運びテーブルの上を整えて回る。室内楽団は静かに音色を奏でながら雰囲気に合わせて旋律を紡ぎ、静かな曲を奏でて会場に調べを満たしている。

入城する貴族の位は上がり、人が溢《あふ》れるに合わせて楽器の音が強く流れ出る。始まりを感じさせるその曲調に会場の貴族達は舞踏会の始まりを感じ取った様だ。目配せをする者、誰か有力者に繋げられないかと探し回る者、互いの衣装を褒め合いながら妬み合う貴婦人達と、より位の高い相手はいないかと目をぎらつかせる子弟達。

濁った欲望が徐々に会場を満たし始め、虚飾に彩られた豪華な絨毯《じゅうたん》の上に目には見えないドロドロの怨念がねっとりと敷き詰められていく。

そんな粘る様な空気の中を空々しい空虚な美辞麗句が会場を満たし、猜疑《さいぎ》心と欲望が渦巻きうねり始める……そう、これこそが貴族社会。典礼官が次々に入場する貴族の名前を読み上げる。もう残りは少なく、後は高位の者と式典の主役達だけだ。

「西部大侯爵家カスギール大侯爵」

貴族にとってはこの順番こそが全て、貴族の序列を示す唯一の階級。後になればなるほどその貴族の身分の高さを表し、たった1つでも後に呼ばれようと見苦しく足を引っ張り合う行為こそが、その重要さを証明している。

そして王家の主催である以上は、その順位は王家の意思。今や王国は王家が絶対権力になりつつある、それは貴族が弱体化すると言う事に等しい。だからこそ王家が決めた順位は絶大な意味を持つ。同程度の爵位で後ろに回されるかを争うが、重要なのは爵位を超える時。それこそが貴族への死刑宣告になる。

その2家残った大侯爵家に明確な順位が付けられたのだ。会場に静かなどよめきが広がり、声を潜めた言葉が連鎖する。

これは大侯爵家で最も低きにあったシュコバサス家が頂点に立つ事を意味する。派閥ごとに顔色を変える貴族達の滑稽さが会場を醜く彩っている。

「北部大侯爵家シュコバサス大侯爵」

歓喜の混じる声と怨嗟《えんさ》の籠もった声が入り混じり、どよめく会場はまるで世界が知らぬ間に変わっていた事に付いて行けぬ迷子の群れの様な有り様を晒《さら》している。まだ終わってもいないと言うのに。

「これより賓客としてお招きされます方々になります。……子爵、……男爵、……子爵、……子爵、……男爵、……」

会場のざわめきが消え息を呑《の》む。その瞳に映るのは驚愕《きょうがく》と絶望。それも当然。大侯爵の後に賓客としてではあるが、最下級の男爵や子爵が呼ばれ上座に歩んでいる。本来、貴族階級の序列では決してあり得ぬことだ。

数十人の名を聞いた事の無い、貴族とは名ばかりの没落貴族達が目の前を通り過ぎるのを只唖然《ただあぜん》と見つめる貴族達。もはや何が起こっているか理解できないと言った面持ちで、ただ見つめ呆然《ぼうぜん》とし見送っている。

王家の開いた舞踏会で騒ぎや暗殺などが起これば、その結果が貴族と言う階級にいかなる報復が訪れるか想像もできないような愚者はそう多くは無いだろう。なのに、ここには充分過ぎる愚者達が集い策謀を巡らしている、これだけの貴族が集い欲望が渦巻き入り乱れれば何が起こるか分かった物ではない以上警戒は怠れない。

「第一師団師団長バルバレラ卿《きょう》、並びに第二師団師団長テリーセル男爵」

会場で顔を蒼《あお》くして脅《おび》える者、顔を赤くし憤る者、顔面を蒼白《そうはく》にして気を失わんばかりに動揺する者と色取り取りの醜悪な顔が並ぶ。その面前を平然と歩く師団長達。

「近衛《このえ》師団師団長シャリセレス・ディー・ディオレール王女」

そして新たなる英雄シャリセレス王女が豪華絢爛なドレスを身に纏い悠然と進むが中程

で立ち止まり、端に控える。

「メロトーサム・シム・オムイ辺境伯、並びにムリムール・シム・オムイ伯爵夫人、並びにメリエール・シム・オムイ嬢」

王族の王女よりも後に辺境伯が現れる、その意味に皆が息を呑む。そして――その意味を目にした。

そこだけが纏う空気が違う。生きる世界が違う。誰もが感じるその覇気に圧《お》され、無意識に足が一歩下がり、大きく道が開く。辺境の王メロトーサム卿の横を先代姫騎士ムリムール夫人。そして最果ての双剣姫、辺境姫メリエール嬢が続く。迷宮氾濫の戦勝の英雄である3名が歩くだけで、周りの者は気圧《けお》され退く様に後退《あとずさ》る。これこそが大陸の英雄譚《たん》に謳《うた》われる英雄の一族オムイ。役職ではない真実の貴族。

そして、中程まで進むとシャリセレス王女の反対側にメリエール嬢が控える。

「最後に異国からの客人にして王国の恩人、遥《はるか》様とその御一行」

もはや誰も息ができない。いつの間にか楽団すら楽器を奏でるのを忘れ、従者やメイド達まで足を止めて魅入っている。眼前のその奇跡に圧倒されている。

これが黒髪の軍師と黒髪の美姫《びき》達。それは地上に舞い降りた天上の光景だった、至高の美が王宮の広間を照らす様に燦然《さんぜん》と輝き。誰もが息もできず至上の美に見惚《みと》れ硬直している。そこだけがまるで別世界のように光に包まれていた、そここそが別天地だった。

輝く様な純白の豪奢《ごうしや》なドレスに身を包み、その美貌をヴェールで隠し王国の伝説になった美姫達が泰然と並び進む。黒衣の軍師を囲み守るかのように、静かに滑るような優雅な足取りでゆったりと歩む。その中央では不機嫌そうな顔をした黒髪の少年が面倒そうに歩いて来る。

たった二十余名で迷宮を3つ殺したと噂される絶世の美女達を平然と従えて、まるで王宮すら我が物の様な顔で歴代の王の肖像の間を泰然とまかり通る少年。中央まで進むと、その行列に控えておられたシャリセレス王女とメリエール嬢が両側から加わる。その壮絶な美しさに煌びやかだった広間は色を失い輝きは褪《あ》せてゆく。

これこそが伝説、これが英雄。その住む世界が違うと見せ付ける様な一団が通り過ぎると、漸《ようや》く息をするのを思い出したかのように有象無象と化した貴族達が吐息を零《こぼ》している。

列席する王国の貴族に礼どころか見向きもしなければ、目すらも合わせない。まるで興味の無い置物とでも思っているかの様に、不機嫌そうに只通り過ぎてゆく。

そして王の前まで来ても跪《ひざまず》く事も無く、礼どころか挨拶もせずに振り返りこう言った。

「あーっ、忘れてたよ。入っておいでー、お御馳走《ごちそう》食べ放題でタダだから食った者勝ちのフードバトルが開催されるかどうかは知らないんだけど、主役が入ってこないと始まらないから早く出ておいでー」「「「「はーい♪」」」」

わらわらと走りよる豪華なドレスと、豪奢な燕尾服《えんびふく》を着た天上から舞い降りた天使のような子供達に幼児達。まさしく天からの使いのように美しく着飾った子供達が現れ会場が響《どよめ》く。

さり気ない、それでいて滑る様な歩みで子供達の後ろを歩く燕尾服の少年達。貴族の護衛の腕利きの従者達が脅える様に後退る。

三十余名の少年少女と数十名の子供達に王国最高権威の集いが呑まれ圧倒されている。そして王の前でようやく天上の奇跡の行進は、その歩みを止めた。

「あー、遥君……その子供達は。いや、連れて来るのは別に良いんだけどね」

オムイ伯は苦笑いしたまま、砕けた口調で問いかけると。

「ああっ、初めましてだっけ？　この子達が王国が見捨てて、搾取されて死に掛かっていた孤児っ子達なんだよ？　うん、ここの御馳走を最も食べる権利を持ってるのはこの子達だから連れて来たんだよ？　みたいな？」

空気が固まり、息が止まる——こんな幼い子達から搾取して、贅《ぜい》を凝らしていた貴族達に当てつける様に言い放つ。静かに微笑みながらまるで何事も無いかの様な茫洋《ぼうよう》とした口調で言い切る。その威圧感に会場は脅え固まり、誰一人動けなくなる。その笑う顔に恐怖し、気絶すらできぬ圧倒的な迫力で語りかける。誰もが動けず、声をあげるどころか息すら吸えない。許されない。

オムイ伯だけは苦笑いを消し、無表情な顔で怒りを身に纏っておられる。その静かな怒りに誰もが恐怖し、死を感じる永遠に思える長い時間。その静寂を王が破られた。それは無礼への叱責でも、不届き者への制裁でも無く——

「すまぬ、子供達よ。王国の民であり最も弱き者を救わねばならぬ王たる私の不徳だ、目の前に苦しみがあったのに手を差し伸べられなかった私の罪だ。すまなかった」

名も知れぬ孤児達《たち》に一国の王が玉座から下り、跪くと深々と頭《こうべ》を垂れる。王妃様方と幼き王子達がそれに続き、上座の貴族達が皆それに倣う。

脅えて困った顔をした子供達に向かい、皆が跪き頭を下げ謝罪する。この為《ため》に連れて来られたのだろう……これこそが王国の腐敗、これが醜悪な貴族社会の齎《もたら》した結果。その最大の被害は最も弱き親を亡くした幼子達に押し付けられていたと。新品の綺麗《きれい》な服を着て天使の様に笑う子供達は、つい先日までは襤褸《ぼろ》布《ぬの》を身に纏い飢え死にし掛かりながら、汚れに塗《まみ》れ痩せ細り貧民街の廃屋の片隅で身を寄せ合っていたと言う。そう、これこそが王国の罪だと目の前に突き付けられたのだ。

典雅な舞踏会はたった一言で「死」を突き付けられる処刑場に変わった。変えられた。豪奢な広間とテーブルの上に並びあり余る高級な料理に高価な飲み物。その罪の意味を、その一欠片《ひとかけら》で救われるはずだった命を眼《め》の前に突き付けられたのだから。

この王宮から見える貴族街。その裏に隠された王都の暗部、貧民街。そんな、すぐ傍《そば》でこの子達は飢えていた。毎日貴族達の要求に応え高級な料理を振舞ってきた、そのほんの僅かでも届けられれば救われるはずだった子供達。本来ならば誰からも手を差し伸べられることもなく、死んでいたはずの子供達なのだから。

毎日無意味に貴族達に儀礼として何千何万回も下げられてきた。そんなただの城の従者の頭になど何の意味もない。それでも、これだけは心から頭を下げるべきだ。意味はもははや無く、それは典礼としては無作法。だが儀礼に憚《はばか》ろうとも此処《ここ》で頭を下げて謝罪できねば、私はあの子供達を睨《にら》みつけている貴族達の様に醜悪な物になる。

いや、言い訳だ。ただ謝りたい。許されぬと知っていても謝りたい。この子達に、そして王国に。国王が玉座から下りて謝るなどは前代未聞の不祥事、侍従長とすれば咎《とが》めるべき大事。だが子等《ら》に頭を深く下げる王は、王国の本物の王であらせられた。

子供の頃から見て来た王子は、いつからか王位に就かれていた。だが、今初めて本物の王になられたのだ。それは全て我等のせいだ。幼少の頃から従事として教育係もさせて頂いていた、私も専属の家庭教師も先王も口を揃《そろ》えては「王らしく威厳を持て」と「民を治めるは貴族、王は貴族を治めよ」と「王の身は国と等しい、決して頭を下げるな」と躾《しつ》けと称して教育して来た。それがこの答え、これはその結果だ。

そう、この子供達は私の責任。この子供達は我等王宮の者の贖《あがな》えぬ罪。一体いつから意味を取り違えて来たのだろう。私達老害こそが間違っていた、孤児達に跪き頭を下げるあの姿こそが我等が傅《かしず》くべきディオレール王国の王。

ずっと私が毎日磨き上げて来たディオレール王国の玉座に刻まれた文字は、ただ「民の為の王家」と。ただ、それだけが刻まれているのだから。

この世で最も虚しい行為はおっさんのお口に茸を突っ込む事の様だ。

77日目　夜　ディオレール王国　王都　王宮

王は座して待つだけだ。尻が痛いが腰にも来る。私もあのマッサージチェアーなる物が欲しいのだが、玉座とか作って貰《もら》えるんだろうか。うむ、御土産屋に使いを出しておこう。今はまだ平穏、このまま終われば王家が権威を回復し権力を掌握できる。そうなれば腐敗貴族達にとっては最後の場となる舞踏会の不気味な静寂。

会場には優雅な音楽が流れ、着飾った諸侯達が作り笑いで談笑する。普段と変わらぬ陰謀と策略に淫欲が混じり合うドロドロとした貴族達の舞踏会《パーティー》――そんな淀《よど》んだ空気は掻《か》き消され、あちらこちらで走り回る子供の声が混じる楽し気な宴《うたげ》に変わっていた。上座の広間だけは。

下座の広間は混沌《こんとん》としている。訳が分からずに辺りを見回す者、不安に怯《おび》える様に集まり話し合う者達、そして憎々し気に不満そうに睨み付ける者、微笑《ほほえ》ましく思っているのはほんの僅かに過ぎないようだ。幼子が笑っているのを妬む様に睨み舌打ちする貴婦人の一体何処《どこ》が貴いのか、孤児達の豪華な衣装を妬み、自分達より上座にいる事に怒り、自らの罪状を論《あげつら》われたと恨み、下賤《げせん》な孤児が同室にいる事に苛立《いらだ》ちと嫌悪感を露《あら》わにする。

メロトーサム達は笑って子供達と戯れていると言うのに、己が罪すら認めぬまでに腐ったか。醜い、醜悪過ぎる下劣さだ。そしてこれが王国だ。「王は貴族を従え、貴族は民を守る」、それが貴族の爵位を受ける際の盟約の文言だろうに、民を守るどころか蔑む始末。

「国王陛下、シュコバサス大侯爵が御挨拶をとの申し出ですが」

「病を押してきてくれたのだ、会おう……爺《じい》、この景色を見てどう思う」

私が子供の頃から面倒を見てくれた侍従長は高齢を理由に引退間近だ、だからこそ聞いておきたい。出来の悪い生徒で、不出来な王として、我が師の言葉を。

「無能非才な我が身をお詫《わ》び申し上げます。私が伝えられて、習い覚えて来たものは王家の伝統。ですが私が王に教えた事は誤りだらけのただの形骸だけの伝統でした。私の教えた古き慣習などお忘れ下さい、王家の家訓は『民の為の王家』、そのただ一つに御座いました。それこそが忘れてはならないものでした、それこそを子供らの笑顔に教えられました」

爺が子供達に目を向け、黒髪の少年に頭を下げる。そうしてシュコバサス大侯爵を迎えに行く。生真面目で融通がきかず頑《かたく》なで頑固だった爺が……あの様な顔で笑うのだな。

「国王陛下、御快復と此度《こたび》の戦勝お祝い申し上げますする。斯様《かよう》な無様な身で御身の危機に何のお役にも立てずに申し訳ありませぬ」

シュコバサス大侯爵が杖《つえ》を突き、侍従に支えられながら跪く。熊の様な壮観な大男だった姿は見る影も無くなり、急激に年老いたように見える。

「病身の身で軍を率いられぬは仕方あるまい、ましてバルバレラ嬢に第一師団を任せている以上は致し方の無い事だ。シュコバサス家の働きはバルバレラ嬢が充分に報いてくれた……ボソボソ（何の役にも立てなかったのは私の方だ……それに我が弟にそちらの軍を任せろなどとは言えぬよ）」「……忝《かたじけな》いお言葉に御座います」

　武骨にして武門一辺倒の一族が戦に出られなかった事が口惜しいのだろう、だが其《そ》れこそが貴族達が勝手に決めた事。雁字《がんじ》搦《がら》めにされ辺境からも王都からも巧妙に引き離され、シュコバサス家は動きを封じられていたのだ。

「しかし、先程は肝が冷えました。戦場であれ迷宮であれ、嘗《かつ》てあれ程の恐怖を感じたのは、はて何時《いつ》以来の事か」

　窶《やつ》れた顔が、そう言って笑う表情には嘗ての獰猛《どうもう》な精悍《せいかん》さが残っている。いや、これは先程の覇気に当てられて戦士の血が騒いでいるのだろう。

「それが分かるものが少な過ぎるよ、大半が何があったか分からないできょどきょどと狼狽《うろた》え回っているのだから……あれが王国の剣《きぞく》とは情けない、死地が分からぬ者達が何を守れると言うのか」

　あの瞬間に皆殺しにされても仕方が無かったのだ、そしてそれは可能だったのだろう。あれは詫びて済むような問題では無い、あれで退《ひ》いてくれはしたが我等は許された訳ではない。我らは皆、決して許されてはならないのだから。

「どうされる御積《おつ》もりですかな、此度は死に場所と思い参りました。何なりと王命を」

「シャリセレスに言われたよ、王家の約定を守るなら王国を殺す覚悟が必要だとね」

永い眠りから目が覚めると娘は大人になっていた。戦莫迦《ばか》の剣しか知らぬバカ娘は、王国の王女になっていた。何を見て、何を学んだのか……その瞳は決意と覚悟を秘め、揺るがぬ意思を持っていた。

王家の約定とは民を守る事。その敵とは……貴族。嘗《かつ》て王家を建てる為に集い力を貸し、共に民を守ろうと誓い合った盟友達の末裔《まつえい》、それが貴族だ。

「どこで間違えたのだろうな……王国は」「間違えてなどおりませぬ。自らの先祖代々の想《おも》いを裏切ったのですよ、あ奴等《やつら》は。それだけです」

今は平穏だ、上座は皆信用が置ける者達で人数も少ないのだから。だが前哨《ぜんしょう》では無く舞踏会が始まれば仕切りは取り払われ、大広間は上座も下座も無くなる。儀礼上だけの線引きに変われば人が行き交う、何事も無く終わるのか？

「ご安心召され、衰えた身ですがあの子供達は必ずや守りまする。それくらいしか罪滅ぼしができませぬ。勿論《もちろん》お客人の黒髪の異国人の方々もです。まあ、あの少年達には要らぬ気遣いですかな」

この舞踏会で王国の趨勢《すうせい》が変わる、これで貴族達が鉾《ほこ》を収めれば緩やかにでも王国の改革は進むだろう。だが納得せねば内乱。

「あー……おっさんっていうものは顔も悪いけど顔色も悪くて、もう良い所が一つも無いんだけどおっさんだから無くて当然なのは公然の自然現象なんだけど、不健康なおっさん顔されると孤児っ子達が不健全に育って不良化の元だから、おっさんのお口に入れても何も楽しく無いどころか深い悲しみすら覚えて、需要も無いって良い所が全く無いおっさんだけど――口開けてね？　僕の茸をお食べぇっ《うりゃあああああっ》！」

　突然黒髪の少年が現れたかと思えば意味不明の言動と共にシュコバサス卿《きょう》の口に茸《きのこ》を押し込み、瞬く間に無理矢理飲み込ませる。そして、その横ではメロトーサムが大笑いしムリムール夫人も笑って見ている。

「いやー、やっぱり本家本元の茸の伝道師は違うねー。私が王《これ》の口に茸を押し込んでも、なかなか飲み込まなくて苦労したよ。コツとかあるのかい？」

　これ……つまり私もやられていた様だ。

「無いよ、要らないよ！　おっさんのお口に茸突っ込むだけで何故《なぜ》か俺の心が大ダメージを受けているのに、おっさんがおっさんのお口に茸突っ込む見苦しい絵面にコツとか要らないし、全世界におっさんが要らないんだよ‼」

　おっさん……まあ確かに美しい絵面では無いだろう。普通に薬で飲ませてくれればいい気もするのだが、生命を救われた身では文句も言えない。

「しかし、シュコバサス卿は痙攣《けいれん》しているが大丈夫なのかい？」

　目を白黒させてピクピクと藻掻《もが》いている。だが、青白かった顔に赤みが差している気もするが、茸が喉に詰まって息ができないだけかもしれない。

「ええっ、だって窒息死すればおっさんが減るし、死ななかったら元気なおっさんで、またおっさん化現象で大気が加齢臭に染まって大公害が大発生でこれがまさに大迷惑！　みたいな？」

　起き上がった。しかし病んでいるとはいえ戦士として高名なシュコバサス卿に対して、一瞬でお口に茸を突っ込むとは凄《すご》い技だ。

「おーっ、今のが伝説の回復茸と言うものか!?　遥《はる》殿と言ったか、貴重で高価な薬茸を忝《かたじけな》い。礼を言わせて貰いたい、シュコバサスのおっさんとでも呼んで頂ければ充分ですぞ、身体《からだ》の痛みが消え申した。ありがたい！」

　そう言って深々と頭を下げる。たったあれだけの間に杖にもたれていた身体をまっすぐに伸ばし、心無しか体格までが大きくなったように見える。

「あっ、シュコバサス卿ズルいですぞ。遥君、こんなぽっと出のおっさんじゃなくって、そろそろ私の名前を憶《おぼ》えてくれないかな。って言うか、街の名前なんだからオムイの家名だけでも覚える気とか無いかい？　街の計画書を届けて貰う度に『オモ何とかの街？って言うかあの棍棒《こんぼう》だらけの修羅の街の計画書、みたいな？』って書いてあるから、文官達もへこんでるんだよ？」

　よし、まだメロトーサムは覚えられていないようだ。まだチャンスはあるな。王国を救ってくれた者に、この国は名も覚えられていなかった。生まれ変わらせた辺境の名も、救った王国の名も興味無いと言わんばかりに忘れてしまう少年。だが油断はできないだろう、一応一番近いと言われているのがムリムール夫人のムリムリさんで、次点がメリお父さんと呼ばれるメロトーサムなのだ。我が娘ですら未《ま》だシャリシャリさん止まりらしい。

しかし生まれてからずっと重苦しい牢獄《ろうごく》の様だった王宮、それが子供達《たち》の笑い声と共に喜びに満ち楽しげにすら感じられるとは。そう言えばこの少年の書き留めても並べきれぬほど山の様にある二つ名、その中にあったな――「常識の天敵」と。

王国の伝統と王家の格式等《など》と言う名の重荷も鎖も、ただ誰かに決められただけの常識に過ぎなかったのだ。それを絶対のものと思い込み、我等はいつからか袋小路に入り込んで出口が無いと嘆いていたのだろう。そう、少年の様に破壊すればよかった。たったそれだけの事ができずに我等は間違ったまま牢獄に迷い込んでしまったのだ、その象徴がこの王宮だった。

だが不可侵にして難攻不落の城塞に勝手に出入りしてお弁当まで食べていた少年を見た時に、私の常識は破壊された。出口の無い袋小路の迷宮だと思っていた王宮《ラビリンス》は、こんなにも簡単に出入りできるのだと。そして当たり前の事だったのだ、何故ならここにいるこの少年の最も有名な二つ名こそが「迷宮殺し《ラビリンス・キラー》」なのだから。

もう常識と言う名の袋小路の迷宮など、とっくに殺されていたのだ。そう、あのお弁当を食べている姿を見た時から。しかし、あのお弁当は美味《おい》しそうだった。

会場の真ん中で出会いを叫んだら思わず返事しちゃわないだろうか？

77日目　夜　ディオレール王国　王都　王宮

まだ動かないのかな、もう動かないのか動けないのか？

剣呑《けんのん》な外で身を潜めていた殺し屋っぽいの達は、レロレロのおっさんが片っ端から始末してるみたいで何事も無く舞踏会が進んでいる。今は楽団の前の小さな空間で何組かのペアが踊っているだけで、舞踏会の本番はこの後からなのだろう。

始まる前に孤児っ子達は大部屋で休憩させるし、護衛はスライムさんに付いて貰うから安心だ。第二師団の偉い人にも頼んであるし、王女っ娘も近衛《このえ》を配備してくれるらしい。どうせダンスが始まればお御馳走《ごちそう》は片付けられて壁際に軽食が置かれる程度だそうだから、今の内にたっぷり食べさせておこう。

今も孤児っ子達には全員に分裂したスライムさんが付いている。きっと今頃は懐でこっそり暴食に励んでいる事だろう。孤児っ子各自がポータブルスライムさん装備なら安心安全で、暗殺者でも誘拐犯でも迷宮王でも魔王でも食べちゃうだろう。うん、食費も浮いて大助かりだ？

今は未だ社交の為《ため》の時間で、顔合わせだけ。だけど本番の舞踏会になればテーブルは移動され、この大ホールは全て舞踏場へと変わり、上座や下座の仕切りも取り払われて貴族達が入り乱れ、従者達も会場を動き回り始める。

そして思わぬ大活躍な妹エルフっ娘さんは『感情探知』と言う超レアスキル持ちさんで、殺意や害意を感じ取れるらしい。ただ感情ドロドロの貴族達が犇《ひし》めく下座側の広間は殺意や害意や悪意や怨念に恨《うら》み辛《つら》みに妬みに僻《ひが》み、挙句に恐怖や欲望や淫欲まで渦巻いていて識別が不可能らしく、今は強い殺意や「毒」や「薬」「魔法」といった特定の感情だけを探知して貰《もら》っている。

そう、非常に残念な事にやっと真面《まとも》なメイドさん達に出会えたと言うのに、美人女暗殺者さんはいらっしゃらないみたいだ。

もう、会場の中心《真ん中》で「お客様の中に美人女暗殺者さんはいらっしゃいませんか？」と出会いを叫んだら思わず返事しちゃわないだろうか？　気配探知で怪しいメイドさんを探してみるけど、残念な事に怪しい殺気を持ったメイドさんはメイドっ娘だけらしい？　うん、王女っ娘の陰から睨《にら》んでる。未だ罪の無いドレス作成の件を根に持っているのだろうか？

まあ、陰に隠れてるんだから確かにメイドっ娘はドレスはいらないんだから、実はあの狂乱採寸地獄な吊《つ》り下げは必要無かったと言う人の噂《うわさ》も75日前に聞き及んだかも知れないが、75日前って異世界転移で忙しかったから俺は悪くないんだよ？　うん、きっとみんな爺《かみ》のせいだから文句があるんなら教会でも焼くと良いんだよ？　良い油あるよー？

チラチラとこっちを見ている貴族は多過ぎて、『智慧《ちえ》』で記憶しているけど数が多過ぎるし、実際見ていない方が極僅かだから全く意味が無い。まあ、甲冑《かっちゅう》委員長さんに踊りっ娘さんも絶世の美人さんが絶句して絶望の余り絶叫しそうな美人さんだ、そして委員長さん達も伊達《だて》に遠くの他校からも見学ツアーが組まれたと言う美人学級勢揃《ぞろ》い（但し子《こ》狸《だぬき》を含む）ではない。豪華絢爛《ごうかけんらん》なドレスを着ても、ドレスに負けないだけの美貌があるからこそドレスに着られていない。華美なドレスをエレガントに着こなせると言うだけで、充分に甲冑委員長さん達に並び立てる美人さん達（一部美小狸が含まれます）だ。それは見るだろう。ここだけが眺望絶佳、あとはみんな壁の華だ。

実際睨んでいる御婦人や御令嬢も多く、『感情探知』が難しいと妹エルフっ娘もぼやいていたけど、自分もその羨望を受けている張本人だという自覚が足りてなさそうだ。それに王女っ娘やメリメリさんまで加われば睨まれるだろう、うん一生懸命おめかしをしてて舞踏会の会場に行ったら、こんな超絶美女団体がいたら嫌過ぎるだろう。

しかしいた堪《たま》れない、新しい苛《いじ》めなんだろうか？　なんか女子さん達が全員が無言で整列して付いて来る、そして止まると自然に編成を組み囲みながらこっち見てる？　ヴェールを被《かぶ》っているが顔立ちや表情くらいは分かるけど、ジト目ではない様だ？　残念だ？

そのせいで俺まで目立つ。何か付き従っている従者みたいな態度を取るから、妙に目を付けられている。

だって、この人達って王宮に来るまではモーニングスター振り回して俺をボコろうとしていたボコリストさん達なんだよ？　従わないで死体にされそうな勢いだったんだよ!?

だから、「ご飯食べる？　はい」と御馳走をお皿に取って渡すと「「「ありがとう、頂きます」」」と頭を下げて口を付けるが物静かだ？　まあ、出掛ける前に昼御飯の締めの茸のクリーム掛け焼きパスタ（山）を出したら、三国志そこのけに三又鉾《トライデント》の回転突きでパスタを奪い合っていたから、お腹《なか》は一杯かもしれない、けど……あの元気は何処《どこ》に行ったんだろう？　うん、せっかくミスリル化した大皿が、穴だらけにされていたんだよ。あれ絶対お食事フォークじゃないよ!?

※

卑しい笑顔に下卑た口調で、貴族の令嬢達を卑猥《ひわい》な揶揄《やゆ》混じりに品定めしていた愚息達が王女が入場し辺境伯の令嬢が入場すると無言になりつつも顔付きは一層に下劣なものに変わる。これが息子達でカスギール家の跡取りかと思うと忸怩《じくじ》たる思いだが、女を誑《たぶら》かさせれば王国有数なのは間違い無いだろう。

もはや王女か辺境伯の令嬢を娶《めと》り乗っ取らねば我が家は没落の危機だ、そして二人とも堕《お》とせば王国を手中にできる。だが王女とオムイの姫の他を圧倒する美しさにようやく目の色が変わったようだ、どちらも王国に謳《うた》われる美姫《びき》だが社交界には出て来ない。ましてや甲冑姿では無く、優美なドレスを瀟洒《しょうしゃ》に着こなし咲き誇る様に美しさを溢《あふ》れさせているのだ。

会場の雰囲気は一変した。だが客人として最後に呼ばれた一団、噂の道化師と黒髪の美姫達が現れると、会場の貴族がみな言葉を失った。王女達の入場では歓声《たんせい》と溜《た》め息《いき》が漏れ出ていたが、今は声どころか息を呑《の》んだまま呼吸が止まっている。

輝きが零《こぼ》れる様な純白の絢爛《けんらん》たる衣装《ドレス》を身に纏《まと》った絶世の美女達、王都では鴉《からす》の濡《ぬ》れ羽《ば》の様に艶やかな黒髪と磨き抜かれた黒曜石の様な瞳と称されていたが、嘘偽《うそいつわ》りは無かった。寧《むし》ろそれ以上だ。

そして我等《われら》貴人に礼の1つも無く、あろう事か下賤《げせん》な孤児どもを貴賓の間の上座で遊ばせる非常識極まりない無礼さと傍若無人な振る舞いに加え、黒髪の美姫どころか王女や辺境姫、エルフや異国の美女達を侍《はべ》らせるその傲慢さに皆が殺意の籠もった眼《め》を向ける。

「あの道化師を抱き込むなら早めに手を打たんと、すぐに毒殺されてしまいそうだぞ」

「気が変わったよ父上、あれは殺そう」「そうだね、死んで貰って女は全部貰おうか」

まあ、こ奴《やつ》らでなくとも、あの天上の美姫達を目にした貴族達からは欲望が渦巻き陰謀が錯綜《さくそう》している程だ。あれ程の上玉を黙って見逃す貴族が何人いる事やら。確かにあれ程の極上品など誰も味わった事が無いだろう、あの女達を手に入れて接待させれば、それだけで国が取れるやも知れん。

もはや退《ひ》けぬ、そして王城の中でも会場内は貴族が多数派。武ではなく格が威厳を決める戦場では、オムイなれどシュコバサスなれど恐るるに足らず。

愚息に任せ仮病も考えたが、これは見に来てよかったようだな。あれ程の極上品が並ぶなら、他国すら籠絡できるであろう。もはや退けぬな。

※

公式の場にあられても黒髪の少年の御身分は明かされなかった。だが、それは私には関係の無き事。王都をお救いになられたのに、その栄誉も称賛も受ける事無く、たった御一人《おひとり》で辺境に旅立たれて4万の敵を翻弄し滅ぼした軍師。傅《かしず》きたい思いだが、御身分を明かされず堅苦しい挨拶をお嫌いになられる方ゆえ御挨拶だけにとどめておいた。

我等が王の横に並ばれても物怖《ものお》じする処《どころ》か、笑いながらオムイ様と一緒に揶揄《からか》われる始末。身分を隠されても格が違い過ぎている。

果ては、お声がけされたシュコバサス大侯爵までが平身低頭で礼をされている。病まれたとはいえ猛虎と呼ばれた王国きっての武人にして、四大侯爵の御一人が頭を深々と下げておられる様子に会場がどよめいている。

全てはあの不埒《ふらち》な芝居のせいなのだろう。あの芝居の為に、王都を一滴の血も流さずに救った真の解放者が知られる事も無いままに、たった御一人で辺境を守り、仲間を率いては迷宮の氾濫を圧倒せしめた真実の英雄は、事もあろうに威張るだけの愚かで滑稽な小心者の道化師にされてしまったのだ。王国と王国の全ての民の恩人を愚弄するにも程がある。

話を聞き、すぐに芝居を見聞した。ようやく訪れた幸せに湧きかえる民の手前、耐え忍んだが思わず無礼極まりない舞台の役者共の首を刎《は》ねて、真実を怒鳴り散らしたい衝動を抑えるだけでも怒りのあまりに眩暈《めまい》のする思いだった。

それ程までに酷《ひど》かった。王国を救い、たった御一人で戦って下さった方をあれ程までに侮辱して馬鹿にして許されるはずが無い、王国に縁も所縁《ゆかり》も無き方がどれ程の奇跡をこの王国と辺境に齎《もたら》されたのかを鑑みれば、今からでもあの芝居の一座を全員縛り首にして城門に吊るしてやりたい思いだ。

黒い髪の鬘《かつら》を被り黒いマントを着た役者は威張って美姫達に命令を出して、自分は安全な後方で踏ん反り返り、城内に敵が現れば滑稽極まりない仕草で素っ頓狂な悲鳴を上げて舞台の上を転びながら逃げ惑う。

それを見て観客は嘲り笑い、罵倒するのだ。我等が救世主を、王国の守護者を、ここにいるであろう王都の民の命を単身で守り戦ってきて下さった方を指を差して笑うのだ。

これ程までに悔しい事があろうか、これほど迄《まで》に嘆かわしく憤りを覚える所業が何処にあると言うのか。

気が狂いそうな程の長い時間を耐え、その全てを見届けて観客が出払ったのを確認してから一座の元へ向かった。第二師団長の席など惜しくもない、皆殺しにしてその首にだけでも詫《わ》びを入れさせようと怒鳴り込んだ楽屋で――舞台の台本作家に出会ってしまった。

そして、その手に持った上演許可証は私が発行した物だった。当然だ、私が御本人に手渡したのだから。

※

決して傍《そば》を離れずに傅く、それが私達《たち》の目的。王都の誰もが私達も王女様もメリエール様も英雄と持て囃《はや》している。そして誰もが黒髪の軍師を馬鹿にして嘲笑《あざわら》う。

芝居小屋では出て来ただけで罵声を浴びせられ、殺されそうになれば歓声が上がり、逃げ回ればヤジが飛んでいるそうだ。

許せない。でも、言葉では意味が無い。私達は命令される立場の弱い部下か従者だと思われている。だから王女様もメリエール様も協力して下さった。私達は罵声も陰口も揶揄も遥《はるか》君に届けさせない、言い掛かりやちょっかいも受けさせない。

そう思いたいなら部下や従者で良い、それならば主《あるじ》を守って何が悪いの！　それこそが私達が望んで、それでも力足りずに叶《かな》わない願いなんだから。

だって、この主さんは部下だろうが従者だろうが同級生だろうが、仲間だって友達だって使役してても命令なんかせずに一人で一番危ない所に行っちゃうんだから。

きっと馬鹿にされても罵られても罵声を浴びせられても気にもしないんだろう。きっと守りたかったものを全て守れたから他の事なんてどうでも良いんだろう。

でも絶対に許せない。どうしてそうまでして助けた人達に笑われて馬鹿にされなきゃいけないの？　どうしてそんな酷い事ができるの？

きっと貴族達もお芝居を見ているんだろう。だから守る、近付けさせないし馬鹿になんてさせない。民を守りもしなかった貴族なんかに、全部を守った遥君を絶対に馬鹿にさせたりなんかしない。

だから今日は御巫山戯《おふざけ》無し。私達の気持ちなんてずっと決まっている、従者だって良いし、寧ろ盾になりたいの。守れるなら使役されたって奴隷になったって良い。

だって、もうこの命も幸せも喜びも愉《たの》しみも全部遥君に貰ったものだから。私達が従者だと思われているなら、従者の不作法は主の恥だ。だから今日はみんな遥君《あるじ》の為の盾になり剣になる。振るわれるのが剣や槍《やり》なら良い、毒だって大丈夫だろう、だけど嘲笑や侮蔑は身を守る術《すべ》が無いし、守る気が本人に無い。だから絶対に通させない。

※

オーケストラも出揃《でそろ》い会場も準備され音楽が大きくなり始める。既に何組かの男女が踊り始めて、いよいよ舞踏会が始まろうとしている。

王が話を始められた、此度《こたび》の武勲に褒章を与えられて王都の貴族には爵位も上げられた者も多くいるが、最初は爵位の低い者と貢献の少なかった者達からだ。

確かに彼らは何もしていない。だが落魄《おちぶ》れ零落しても王の剣であったのだ。彼らこそが王国の救い主。あの孤児達の惨状を知り、憤り助けようとした者達。

腐敗に手を貸さずに反抗して貴族街からも追放され、公職にも就けぬ名だけの貴族に成り下がっても、王家の危機になけなしの金で武具を求めて王宮に馳《は》せ参じた者達だ。

王は病に倒れ王宮は乗っ取られたも同然だったが、それでも第二王子や大貴族達ではなく王の元に駆け付けた。負け戦と知りつつも馳せ参じた。確かに何も出番は無かったが、あれこそが貴族。孤児達に手を差し伸べようとした者がいた事こそが王国の僅かな救いだった、手を差し伸べる者が誰もいなくなった時が王国の本当の終わりなのだろう。

各師団にも褒賞が与えられていくが、王弟様は辞退されたようだ。褒賞も何も褒められる事の一つもできはしなかったと。

幼い頃から生き方が不器用で、私達が教えた決まりを必死に守ろうとされていた。王弟様が愚王と呼ばれるのならば、それは私達がそう教えてしまったからに他ならない。「民の領分、貴族の領分と王族の領分は違うのだから立ち入らない」と、「貴族の意見をよく聞き判断するのが賢き王だ」と、その結果が王弟様に全ての罵りを受けさせてしまった。それは我らの責任なのだ。

市井でも貶《けな》され罵られ悪《あ》し様《ざま》に王弟様は非難されていた、耳にする度に言い様の無い己の罪に呵責《かしゃく》を覚えた。その王弟様への不満が消えたのは、あのお芝居が上演されたおかげなのだろう。

王弟様の邪魔をして騙《だま》し落とし入れて悪巧みをする黒髪の軍師、それに踊らされる哀れな愚王。だが、その愚王が命懸けで取り付けた盟約で黒髪の美姫達が迷宮を落としてくれたのだと、愚かな王が必死に足掻《あが》いたから黒髪の軍師は逃げ出せなくなり、美姫達を戦わせたのだと。その物語は愚かな王の、愚かでも真摯な行いこそが王国を救う物語だった。

要は悪役が引き継がれ、王国の不始末までみな黒髪の軍師のせいになり代わっていた。だから民は王家を許し、王女の功績で王家の信頼が取り戻せた。その不始末の全てを道化師一人に押し付けて。

そして公には何の栄誉も褒章も与えられない黒髪の少年、受け取るのはあくまで美姫と獣人国を助けたと言う少年達。王家の命を受けたという形で褒賞されるからだ、結果その手柄はみな王家のものとなり民が称《たた》えてくれている。

王宮には、たった一人すらも獣人国の窮状に気付いたものはいなかった。誰も知らないままに救援が向かい、何も知らないままに解決されていた。そしてその手柄だけが渡されたのだった。

王家の命としておけば獣人国へも顔向けはできるし、王家への失望も和らぐ。国を思えばこれが最良の策で最高の結果だろう。

辺境伯も英雄の名を更に貴ばれ、王家と共に賞賛を受けている。全ては貰《もら》い物《もの》の栄誉と称賛だらけの虚栄、それを全て成し遂げた少年は何も受け取る事無く、何も知らぬ民から指差され嘲笑われ蔑まされる。

最後まで反対し続けた王も終《つい》には折れた、それでしか王国を守れない、王国の民を守る為《ため》にと苦渋の決断をされたのだ。

※

楽器が鳴り響き音が会場に溢れ出す、舞台は完成した。所詮は道化師《ハーミット》の手の上で踊らされるだけの喜劇の開幕だ、煌《きら》びやかな舞踏会すらただの舞台だったのだ。

誰も休ませてくれずに次々と飛び込まれて逃げられないままの超過重労働だ。

77日目　夜　ディオレール王国　王都　王宮

侍従長として最後になる、この舞踏会の仕切りが我が務め。たとえ此処《ここ》で貴族に無礼討ちにされても、あの黒髪の少年が恥を掻《か》かされたり、危害を加えられる様な事はさせる訳にはいかない。

辺境を救い、王国を救い、その名誉すら王家を救う為に受け取らなかった異国のお客人。それを饗《きょう》す宴《うたげ》を任せられたのだ。そして、あの孤児達の一件で王家すら救われた、長い伝統に間違い失われそうだった王家の意義を突き付けられたのだから。

その恩人を揶揄《からか》い、笑い者にして蔑もうと虎視眈々《こしたんたん》と機会を窺《うかが》う貴族達。場の雰囲気は険悪を通り越して悪意が渦巻いている。大半はあの美姫《びき》達への羨望と横恋慕、少年から奪う為になら皆手段は択《えら》ばぬだろう。

貴族は教養こそを誇りとするが故に舞踏《ダンス》で論《あげつら》う気なのだろう、そうして因縁を付けて揉《も》め事《ごと》に持ち込む気なのだろう。武では誇れずとも、舞踏《ダンス》こそが幼少から叩《たた》き込まれる貴族の特権なのだから。

それでも舞踏会は始まる。音楽が奏でられる、音が広がり始め会場の空気が変わり始める。上座を隔てていた間仕切りも取り払われてテーブルも壁に寄せられていく。

褒賞の儀も終わり式典は舞踏会に移ろうとしている。公には何の褒賞も褒美も無かった黒髪の少年。だが最後に名を呼ばれ入場した最賓客として扱われる。

最賓客がホールの中央に進み……一人……たった一人で気怠《けだる》そうに中央に佇《たたず》む。それを見て失笑し嘲る貴族達、「パートナーに見放されたか」と、「ダンスも知らぬ田舎者」と、「所詮道化には一人がお似合い」と小馬鹿にして指を差す。

そして音楽が鳴る。楽団が音を響き渡らせ会場《ホール》を鳴らす。そして世界が踊る——それは神舞。

誰もが目を見張り、息を呑《の》み唖然《あぜん》と見つめる。その姿は優美でありながら変幻自在に舞い、その足捌《さば》きの複雑さに残像が蜃気楼《しんきろう》のように踊り回る。

フロアーに一人でポツンと立ち、皆に嘲笑われていた少年が音と共に面倒そうに右手を掲げ一歩踏み出す。そう、たった一歩。

消える様にたった一歩で会場の端に控える美姫の前に進むと、金色の髪を輝かせた美姫が応える様に一瞬でその胸に抱かれ、身体《からだ》を合わせて手を組み、腰を抱かれて……世界が踊る。正に音楽の一拍の瞬間だった。

　そして、次の瞬間には広大な会場《ホール》は制圧された。滑る様な、たった一歩のステップだけで舞い飛ぶ。淡い残像だけを残し夢幻の如《ごと》く刻まれるシャッセ、優雅さと華麗さを併せながらその動きは神速、スピンすら滑る様に舞い散る様に純白のドレスが流れ去る。神の舞踏はボールにヒールにフラットからトウ、そしてインサイドエッジ、アウトサイドエッジと無限とも思われるフットワークの組み合わせで、飛び散るようにフロアーを流れ、夢の様に美しき残像を残しながら舞う。

　千変万化のルーティン等ありはしない様なリードに、当然の如くフォローされる美姫。呼吸も姿勢も互いの距離さえも変わらぬままに、寄り添うようにホールドされ、目で見切れない複雑な構成のリバースターン。

　社交ダンスと呼べる技術の粋を凝らした完璧なフットワーク、ＰＰからシャッセやウィーブにクローズからカーブドフェザー、そしてツイストターンと芸術のような美しいスピンの数々が組み合わされた、切れ間の無いステップの流れとスイング。

　昔から踊り継がれている数種類のステップだけを使用する王国の舞踏を踏まえながら、見た事も無い脚捌きにターンが組み合わせられた速く大きな動き、それでいて何処《どこ》までも美しく流れる様に優雅で耽美《たんび》。

　だが、息を呑む凄烈さ。それは戦女神と剣舞を踊るような鋭さを思わせ、圧倒的な天上の舞踏が繰り広げられ会場《ホール》は声も無くただ魅入られる。

　曲が終わるかと思うと一瞬でパートナーが黒髪の美姫へと変わり、一転して静かに優雅に、それでいて大きなスライドでフロアーを滑る様に優雅に舞う。会場《ホール》からは溜息《ためいき》だけが漏れ、見惚《みと》れるままに曲が終わるとまた別の美姫と変わる。その夢幻の如き美しい光景に誰もその場《フロアー》に入れない独壇場。

　舞踏だけで貴族達の脂の乗ったよく回る口を完璧に塞ぎきり、策謀も陰謀も寄せ付けず付け入る隙も無い。弓であれ、剣であれ、魔法であれど、あの舞踏《ダンス》は追えない。速く大きく優雅だが、複雑で不規則な迄《まで》に高度過ぎる動作は予測すらできず、斬りかかる事もできないだろう。目の前にいると思った時は幻を残したまま既にはるか先で踊っている。

　王女様や伯爵令嬢まで次々と交代して踊るが、他の誰一人フロアーに出る事はできない。あの至上の芸術の舞の中に踏み入る事など誰にもできる訳がない。

　王国中の貴族の全てが壁の花にされたまま舞踏会は制圧《ジャック》された。王国貴族を群衆《モブ》にして主役はただ御一人《おひとり》。

　次々と美姫達の手を取り、踊り舞う黒髪の少年の為だけの舞踏会。その独演会の観客にされた貴族達ですら、踏み入る事の許されない圧倒的な天上の舞踏が残像のカーテンを引きつつ舞い散る様に踊る。

　嫉妬に憤り睨《にら》み付けながらも、その夢幻の美しさに陶酔し称揚し羨望し魅入られる。その技術を盗もうと血眼で目を見開き、その複雑な技術の難易度に唖然とする。

数十名の美姫達《たち》をフロアーに舞わせ、その美を咲き誇らせる黒髪の少年。ただ招かれて踊っただけだ、それだけで貴族を圧倒してみせた、陰謀も策謀も暗殺も不可能にした。

軍隊で取り囲み襲い掛かっても、あの神舞を捕らえる事など不可能なのだから。100人掛かりで襲い掛かり、剣を振り回しても掠《かす》りもしないだろう。

美しい美姫達に色目を送り、あわよくばと欲望を見せていた貴族達のただ一人としてダンスを申し込む事すらできないのだ。何故《なぜ》なら踊れば腕ごと引き千切られるだろう、あの美姫の壮絶な舞踏のパートナーが務まる者などこの世にあの少年以外に居はしない。

そして主《あるじ》に傅《かしず》くような佇まいで控えながら、踊り舞っている時の幸せな笑顔を見せれば言い寄る事すら叶《かな》わずに会場《ホール》中で貴族達が羨ましそうな目で眺望している。

女に目が無く、金と権力で美女達を攫《さら》い侍《はべ》らせる貴族達ですら羨望の目で眺め続ける絶世の美女達だ。無駄に金に飽かせて高価で豪華なドレスで着飾った夫人や令嬢ではフロアーに出る勇気は無いだろう。あの美女に並ぶなど大笑いの自殺行為なのだから。

迷宮殺しの意味も分からない愚か者になり果てた貴族、その役目も忘れた愚者達がもの欲しそうにただ眺めている。戦いもせずに、弛《たる》んだ低Ｌｖの貴族に相手できる次元ではないのだから。

そして最終曲、舞踏会の前半はここで終わり休憩に入る。息を呑み眺めているだけの間に数刻の時間が過ぎ去っていた、夢見るような時間は瞬く間に過ぎ去っていた。

最後に現れた美姫は琥珀《こはく》色の肌をした、これまた絶世の美女。此処まで絶世が勢揃《せいぞろ》いすると、本当に世が絶えそうな勢いだ。

ホールドしない？　お互いに手を放したままにポーズを取る。触れ合いそうなほど近付いているが、触れぬままにただ見つめ合っている。

静止したまま最終曲が始まる。これは黒髪の少年が楽団にリクエストした異国の曲、激しくも美しい旋律と共に動き出す。

誰もが見た事も無い異国の流麗な舞に魅入られる、足を踏み鳴らし手を叩き激しく貪り合う様な情熱と激情に彩られた舞い。だが下卑た所は無い、それどころか洗練されて芸術的な舞踊。その模倣もできない程の技術の高さに、誰もが息を止めたまま魅入られる。

高揚していく曲調に合わせてより激しく、より劇烈で美しい舞踏が舞い荒れる。そして最終章《クライマックス》と共に倒れ込む様な美女を抱きながら舞が終わる。

割れんばかりの万雷の拍手と喝采に会場《ホール》が包まれる。少年を良く思わぬ者も渋々手を叩いてみせている。あの美しさが分からないと言い張れば己の格を落とす事は明白なのだ、憎らしそうに手を叩いてみせている。

貴族としての誇りは忘れても、幼い頃から叩き込まれた教養は僅かに残っていたのだろう。マナーとダンスは儀礼として徹底的に仕込まれており、あの壮絶な舞踏の技術は教養を表す。だから、あの少年を馬鹿にするのならば、あれ以上の舞踏を自らが求められるのだからできる訳が無い。

あの芝居を見て少年を嘲弄してやろうなどと言う思いで来た貴族達は口を塞がれた、もはや論《あげつら》えば己が恥を掻く事は明白だ。貴族の誇りである舞踏《ダンス》だけで、王国中の貴族を黙らせてみせたのだから。これで言葉は封じられた、口だけの貴族達の最大の武器は潰された。足を掛けて転ばせて、わざと打《ぶ》つかっては因縁を付け、酒を掛けたり足を踏み付けたりと、貴族達のお得意の嫌がらせは何一つできぬままに口を塞がれ固まっている。なにせ、あれに足を掛けたりぶつかるのは至難の業だ。ましてあの舞踏の中に入って行けなかった、それは貴族社会では教養での敗北を意味するのだから。だから、もう何もできない。

第二師団長のテリーセル卿《きょう》は、かの少年を我等《われら》が心配などする事こそが烏滸《おこ》がましいと仰《おつしや》っておられたが、全くその通りだった。私こそが見縊《みくび》っていた。

あれは少年の姿をした生ける伝説、かの少年こそが王国の奇跡の英雄譚《たん》の、誰も知らぬ真《まこと》の英雄であられるのだから。

助け出して保護が必要なか弱き女性は毎日モーニングスターを振り回していないと思う。

77日目　夜　ディオレール王国　王都　王宮

もう、延々と遥君《はるか》は疲れた疲れたってぼやいてる。でもアンジェリカさんが教えてくれた、遥君の耳がちょっぴり赤くなっている時は照れてるんだって。

あれはダンスで手を繋《つな》いだり、腰に手を回したりが恥ずかしかったみたいで照れ屋さん。でも、性王ってそんな事で照れるレベルで良いのだろうか？

「あ――――っ、疲れたよマジ疲れたよ疲れたとよ？　何で全員俺が相手なの、バトルロワイヤルで皆さんで殺し合いでも始めちゃうの？って言うか、いつの間にオタ莫迦《ばか》逃げたの？　あいつ等も踊れるんじゃん、あいつら9人と副委員長Aさんにタキシードを着せ……いえ何でもないです。はい大変ドレスがお似合いで鬼も笑うって言うくらいに似合い過ぎて鬼あってます？　逢《あ》ってるの！」

こっそりと慌てて副委員長Aさんの間に入って逆鱗《げきりん》の激オコを宥《なだ》める。

（駄目だよ、我慢。あとで絞めて良いからっ）（（うん、手伝うから我慢してね？　モーニングスター出しちゃ駄目だよ）））

今日は遥君を立てるんだから我慢してね。まだ貴族達は完全には諦めていないだろう。

もう、ずっと無効化《レジスト》状態が続いている、つまり誰かがずっと状態異常を仕掛けている。

　食べ物にも飲み物にも延々と薬が盛られていて、次々に従者や侍女が捕らえられているのに未《いま》だに収まる気配はない。

　でも、遥君への侮蔑の態度は消えた。嘲弄もできずに睨んではいるけど、あんなのは後でお目目でも潰しておけば良い。

　あのお芝居と褒賞を伏せた事で侮られているのが腹が立つ、誰よりも頑張った人が侮辱される事が許せない。やっぱり、潰そうかな？　だけどチラチラ睨んで来るんだけど、もし遥君が睨み返したらどうするつもりなんだろうね？　あの遥君の睨みは大迷宮の下層級の魔物でも無効化《レジスト》できずに、悪魔まで泣きだしたって言うくらいに危険なものなの。きっと貴族さん達だと全員ショック死できちゃうのに……何故か未《ま》だ睨んでいる。うん、即死魔眼の魔物イービル・アイさんより危険な人を睨むって、凄《すご》い度胸だね。

　そして、まだ皆の指輪が光っている。透明に輝く金剛石《ダイヤモンド》が赤に青にと大忙しだ。これは『誘惑』や『催眠』や『暗示』と言った精神系の攻撃が雨あられと降り注いでいる、薬の塗られた針や吹き矢も飛んできて大忙しだけど騒がずに控えている。

　実際問題として女の子からすれば『誘惑』や『催眠』や『暗示』って言う精神攻撃は絶対に許せない、乙女の心と身体《からだ》に対する冒瀆《ぼうとく》だ。すぐに行って殺したいくらいに腹立たしい。

　だけど遥君の傍《そば》に控える、だって絶対大丈夫だから。『誘惑』に『催眠』に『暗示』？

しかも低威力の低Lv、この遥君がくれた装備なら上位の『魅惑』でも伝説級の『魅了』でも効かないの、挙句に魔力として補充すると言うエコ設計なの？

一生懸命に飛んでくる針や吹き矢。でも、このドレスって大弓やバリスタや大砲だって弾《はじ》けるの？　警護してくれている近衛《このえ》騎士団が装備してる、以前に遥君が配った伝説級って言われてる鎧《よろい》よりも防御力が高いドレスなの？　でも、いくら暗殺が危険だからってバリスタや大砲で暗殺はしてこないと思うんだけど……その暗殺者さん隠れる気無いよね？

「鬱陶しいね」「「「しつこい、まじムカつく」」」

でも遥君は何か待っている、このまま済ませる気は無さそうだ。だから今は我慢、このまま無事に終われば王家の権威が確立されて貴族達は勝手に潰れて行く。

仕掛けるなら遥君を狙うか、私達だろう。今日の賓客でもあり、王女様やメリエール姫に繋がる者だから。王家主催の舞踏会の権威を潰せる上に、上手《うま》くいけば王女様やメリエール姫に繋がりまで出来ると思っている。だから誘ってるのかな？

※

「くそっ、何で効かないんだっ！」「薬も効いてない、魔道具も魔石が無くなりそうだ」

この屑《くず》共でも役に立つ時があるかと思えば、この為体《ていたらく》。

「お前等これで仕損じれば後は無いぞ、既に侍従や侍女は捕らえられておる。舞踏会が終われば我等も終わりだ」

　声を掛ける処《どころ》か近付く事すらできず、ようやく巡って来た挨拶の席でも無視され返事は疎《おろ》か目も合わせられなかったと言う役立たずっぷりだ。女《おんな》っ誑《たら》しが自慢かと思えば、所詮は金と家柄で唆すだけで、後は薬やスキルで誑《たぶら》かしていただけの無能っぷり。

「お前らのどちらかが責任を取って死ぬしかないな、二人で決めておけよ。もう助かる道は潰《つい》えているぞ」

「「父上……」」

　愚息を切り捨てるしか他に逃げ道は無い、そして双子ならどちらが残った所で変わりは無い。

（外に手の者を送れ。もう外で小僧を殺し女を攫う以外に手立ては無かろう）（はっ）

　王都で荒事ともなれば、もう後には引けぬ。だが、あの美女達《たち》を見せつけられてやられっぱなしで手を引けば大諸侯の名でも貴族達は意に従わず、延《ひ》いては我が家を軽く見て凋落《ちょうらく》と共に見放すだろう。

　だが、あの美姫《びき》達を手に入れれば貴族共は挙《こぞ》って我が家に通い、我が意に従うしか無かろう。あれを見て味わわずにいられる男などおるまい。

　そして上手くいけば辺境姫か王女が共にいる可能性すらある。道化の軍師の策など無視して、力で捻《ね》じ伏せれば良い。問題は王都の軍から、どう領地まで逃げ延びるかだ。人質に王女か姫は欲しい所だが、もはや賭けるしかないだろう。

賭けても賭けなくても凋落しか無いならば、賭けて勝つしか道は無い。愚息の死に花となるか無駄死にで終わるか、もう生き残る手は1つしか無かろう。

※

突如として三文芝居が始まったが、三文は何エレになるんだろう？

「王国の名誉ある貴族、大侯爵家の名において黒髪の道化を告発する！」

あー……面倒だったけど、やっと釣れた。うん、でもダンスの前にやろうよ!?

「この黒髪の道化は、禁断の魔術で女性達を奴隷にしている。この女性達は我ら名誉ある貴族で保護するべきだ。異があるならば黒髪の軍師とやらと決闘も辞さないぞ、逃げ回るだけの腰抜けでも、剣くらいは振るえるであろう」

あー、そう来たの？　てっきり闇討ちか強盗で来ると思ってたら、決闘とは古風って言うか中世だから普通なんだろうか？　そして、ある意味何人か禁断って言うか、発禁って言うか、わりと悪辣なスキルさんで使役されていたりはするんだけど……奴隷って言うのあれ？　うん、あんまり隷属してる娘《こ》って、モーニングスター振り回して主人を攻撃して来ないと思うんだよ？　奴隷制度ヤバいな!?

「って言うか誰？って言うか答えなくて良いよ、覚える気無いし？　まあ、決闘で賭けるって言うなら賭ければ良いんだけど、何を賭けてくれるのかな？　あと強制発議で決闘するなら5人以上の貴族の承認が必要なはずなんだけど、一人で騒いで何してんの？　先《ま》ずは承認を取って賭けの条件決めてから騒いでね」

　間引けるなら間引いておいた方が良い。どうせ素直には王家に従わないだろうし、隠れて悪さは止《や》めないだろう。何かしでかせば王家が潰すにしても、何かしでかした時には既に被害者が出ている。露見するまでにどれだけの被害が出るかも分からない。

「名誉ある貴族諸君。この者からか弱き女性を助け出し、保護される意思がある高潔な方々に承認をお願いする。勿論《もちろん》、承認された方は賭けにも乗って頂いて結構だ。これは我ら貴族の高潔な裁きである」「おーっ、承認しよう」「私もだ、300万エレを供出しよう」「宜《よろ》しい、我が家が承認し500万エレ出そう」「いや私が……」「伯爵家が承認するぞ、400万エレ出すぞ」「私も賛同……」

　以下大量？　笑ってるよ、賭けるなら賭け値を吊《つ》り上げて、勝負すらできなくしたい様だ。流石《さすが》に現金では数百万エレ以上は持ち歩いていないみたいだけど塵《ちり》も積もれば塵芥《ごみ》の山で既に8千万を超えて、まだ集まっている。貴族の決闘の抜け道は掛け金の制度、掛け金が足りなくて賭けに乗れなければ自動的に負けと見做《みな》される。そうなれば女子さん達を堂々と連れていけるからと、日和見していた貴族達も我先にと次々に乗ってくる。うん、あれの保護大変だよ？　凶暴だから？

「では、我がカスギール家が1千万エレを出して1億エレだ。さあ受けて貰《もら》おうか」

取《と》り敢《あ》えず踊りっ娘に目配せして、メリ父さんや第二師団の偉い人は括《くく》り付けて貰う。

王家は貴族の決議に口を出せないのに、暴れそうだからチャラ王も縛って貰った。

「1億エレ出せねば賭けは不成立、手持ちの資産は没収の上で女性達は此方《こちら》で預かる。衛兵そのものを捕らえよ！」

それで助けは無いと貴族達がこぞって乗って来た。大儲《おおもう》けだ。

「はい、1億エレ？って言うか王貨？　1枚で良いの？　もっと賭ける？」「「「「…………は？」」」」

いや、だってこの1億エレ硬貨とか、何処《どこ》のお店でも使えなかったんだよ！　うん、お大尽様しようと思っても、全店受け取り拒否の嫌われ硬貨で屋台でも商店でも断られたから残ってるんだよ？

「た、確かに王貨です！」「「「くっ……」」」

いや、出せって言ったから出したのに、王貨ってここでも嫌われ硬貨なの？　其処《そこ》までみんなが嫌がる硬貨を発行するなよ、何考えてるのって……あー、異世界版の2千円札か。

それは嫌がられる。うん、嫌だ。

そして脱力し他所見《よそみ》をしながら、こっちの呼吸を窺《うかが》い……行き成りに斬り掛かって来た。細剣での速攻戦で、剣には毒も塗られてるしやる気は満々の様だ。奇襲からの連続攻撃で間合いを詰めて来る。

「卑怯《ひきょう》だ……（モグモグ！）」

メリ父さんがブチ切れて飛び込んで来ようとしたから、踊りっ娘さんに更に縛り上げられて、お口にはハンカチが詰め込まれている？　美味《おい》しいのだろうか？

まあ、手ぶらで武器も持っていない者へ不意打ちを掛ける決闘って珍しいだろう。だが、たかが猛毒付きの細剣だ。日々棘棘鉄球《モーニングスター》の猛打の雨に降られて、土砂降りの集中豪雨で台風上陸な日々日常に較《くら》べれば平和な物だ！　足や腰と言った動かしにくく、尚且《なおか》つ動かせば体勢が崩れやすい部位に狙いを付け突き続ける対人戦でも決闘特化と言える変則な剣技。

しかし甘い。高々が舞踏会のワルツ程度の異世界人とは違うんだよ？　足を狙う？　狙えば良いけど、こんな生温《なまぬる》い世界の常識は通用しない。だって、俺達のいた世界では足捌《さば》きの限界の更にその先の高みを常に求められるのだ。うん、ダンレボ舐《な》めないでね？

そう、元の世界では不可能だった事が、異世界ではスキルとステータスで可能になる。今なら超難関曲「鬼ＰＡＲＡＮＯｉＡハデス・ダブル」だって超えられる俺の脚に、剣が刺せるとか甘過ぎなんだよ！　うん、先ずはモグラ叩《たた》きから出直して欲しいものだ。

怒濤《どとう》の連打とＢＰＭ３００という超スピードで、低速地帯の1秒間に12回踏む地帯をも潜《くぐ》り抜ける華麗且つ高速な脚捌きで、真足神と化した俺を刺そうなどとは笑止千万過ぎて笑う門には思わず福がキレて仕舞いそうな大笑いのワロスの雨だ！

この程度の剣閃《けんせん》なら、地団駄でも充分だよ。あれっ、だからメリメリさんは地団駄の練習していたんだろうか？　あれって貴族社会版のＤＤＲだったの？　まあ、当たらないよ？

※

大侯爵家が仕掛けたか。少女達の身柄を餌に貴族達を先導して決闘に持ち込み、高額の賭け金をベットして受けられない金額まで吊り上げて勝った気で笑っていた。そこへポイっと1億エレの王貨を投げられ固まっている……何故《なぜ》に王国の富の全てを超えるもの相手に、金で勝てると思うのかが不可思議だ。

大迷宮の秘宝や迷宮王を次々に殺し回る稀代《きたい》の迷宮殺しが、如何程《いかほど》の莫大《ばくだい》な資産を持っているかなど分かりそうなものだろうに。とっくに王国全ての富よりも少年の資産は多いだろうに、何故にその王国の金持ち貴族程度が出し合ったくらいで足りると思うのか不思議な頭の持ち主達だ。

そして、いきなり斬り付けた。最早《もはや》決闘の儀礼すらも守らずに武器も持たぬ少年に斬り掛かっておいて何が決闘だ、飛び出して手打ちにしようとしたら少年の仲間の美姫に縛り上げられてしまった。

まあ、飛び込むまでも無いと言う事だろう。必死に剣を突き払うスキルでの連撃が空を切る。あれを足捌きと言うには規則正しい高速のリズム、だからと言って舞踊と言うには余りにも異質な脚捌き。あれは刺せん、あんな残像を超え予測も理解も不可能な動きに剣などで太刀打ちはできぬだろう。

無様な。異様で独特な低い構えから半身で剣を突き出す特殊な剣技は、ただ決闘に特化しているのだろう。鎧を纏《まと》わぬ剣同士の試合でなら、あそこまで低い姿勢から執拗《しつよう》に下半身を斬り付けられれば攻める為《ため》に踏み込む事もできずに、一方的に斬り刻まれる。実戦では役に立たぬが、決闘なら絶大な威力を発揮する異形の剣技だ。

だが、それが掠《かす》りもしない。あれは追い込みながら刻む剣、だが少年は激しく足を踏み鳴らしはしているが一歩たりとも下がってなどいない。相手を下がらせ攻撃をさせない剣技なのだろうに、無様に剣を突き回るだけの滑稽なお遊び。

疲労困憊《ひろうこんぱい》しふら付きながら剣を振るうが、もう最初の神速の突きの勢いは見る影も無い。涙目で鼻水まで垂らして剣を突き続けるが、もうその足の残像にすら触れられもしない。

勝負はとっくについているのだが、少年は楽しそうに更に加速して複雑怪奇なステップを踏み踊る。

無理だが引けぬのであろう。これで殺せねば、決闘の儀礼を破り王宮で剣を抜いた反逆者として扱われる。処刑されたくなければ、殺して貴族達を味方につけるしかもう手は残っていない。

だが更に速く跳ね打つように脚打の舞踏が、怒濤の連撃でフロアーを叩き続け打ち回る。それは狂乱の打楽器の乱れ撃ち。身体《からだ》に響き、叩き込まれる圧倒的なリズム。人がLvを上げ強くなっても、あんな真似《まね》は到底できまい。狂い踏み鳴らす狂喜乱舞の打楽器の連打がぴたりと止《や》む、思わず皆が拍手しそうになる程の見事な演奏だった。

そして倒れた。勿論少年は元気いっぱいに未《ま》だやっている、見ていると結構楽しそうだが、何で決闘が終わったのに2番が始まるんだろうね？

（（ああ、ツッコミたい……））（我慢だから！）（でも、ツッコミ不在で2番始まっちゃったよ!!）

これで莫大な賭け金は全て少年に没収され、承認した多くの貴族達も連座で裁かれる事になる。美姫に目が眩《くら》み色欲に溺れて無謀な賭けに懸けたのだから、滅亡するのも致し方ないのだろう。嘗《かっ》ては民を守る為に立ち、王を支え国を興した者達の末裔《まつえい》。それが腐り、意義を忘れてしまえば当然の結末なのだろう。

言い逃れようにも、少年は舞踏会に招かれて踊って見せただけで全ては終わった。これで貴賓に手を出した貴族と、それを支持した貴族達は法的にも言い逃れはできなくなった。そして、決闘で殺せなかった時点で爵位は消えた、まして決闘が正規の形式を守らなかった以上は名誉すら与えられずに咎《とが》を言い渡される。

そう、少年が踊っただけで腐敗貴族達は踏み躙《にじ》られて、全てが消え失《う》せた。そして王国に数十枚しかないと言われる王貨を2枚手にした少年は、凄《すご》く嫌そうに王貨を眺めている。これで貴族から没収される資産からも莫大な金額が払われる事になる。確かに褒賞などいらぬはずだ。

王家の財でも、少年の稼ぎには到底追い付ける事は無いのだから。なにせ今日の舞踏とお芝居だけで、王貨1枚を稼ぎだした1億エレ役者の道化師の出演料は、王国の手には余り過ぎるだろう。

※

引き立てられる貴族達《たち》。決闘中に精神攻撃をかけていた事も暴露されて、それ以前から状態異常や毒を用いていた事を捕らえられた従者や使用人が口を割り、曝《さら》け出され罪状は満載で法的にももう言い逃れはできず、逃げようとしては捕らえられていく。

必死に少年の非を唱えて喚《わめ》いているが、その少年は舞踏会に招かれて踊っただけだ。言い掛かりを付けようにも剣すら抜いていないので非も何も付けようがない。まあ、非は無いが貴族達から1億エレを奪い取ったのに不満はある様だ。

「儲かってお大尽様でぼったくったら異世界版の2千円札が2枚に増刷で、使えない硬貨はただの硬貨だって使えないから硬貨の役目すら放棄した何処かの目隠し委員長さん並みな無意味な効果がダブルって意味無いじゃん！　ほらほら2枚を合わせて擦《こす》ると3枚に～って、楽しくないよ！」

歴々の貴族の家がこれで潰《つい》えた。長き歴史を無為にして、その家名も露と消えゆくのだろう。不法に決闘を悪用して美姫《びき》達を求めた以上、資産すらも没収されて貴族達は爵位も失い消えゆくのみ。少年を舞踏会に招いたら、踊っただけで全ての貴族が踊らされて滅びていった。

これで貴族は力を失い王家の主導で国を変えられる。そして没収した資産で空になった国庫も補充されるだろう。

「メロトーサム、これは夢か。王家の悲願が踊っただけで解決したぞ、意味が分からん」

隣で縛り上げられて転がされている友に訪ねてみる、他に答えてくれそうな者がいない。

「だから辺境から『意味不明だが解決した』と知らせたであろう、あれは意味が分からないから不明なのだ」

その手紙こそが意味不明だったのだが、正しい知らせだった様だ。意味が理解できないのだから、知らせは確かに意味不明で間違いなかった。

その隣で縛られているテリーセルは楽しそうに笑っている。まるで楽しくてしょうがない芝居を見るかの様に、王国きっての堅物が声を漏らして笑う。

「舞踏会の演目に合わされたお芝居の舞台で愚かに踊らされたんです、何処までが台本通りかは私などには到底推測も及びませんが、王国で流行《はや》っているあのお芝居から続く長い長い舞台の最後は喜劇だった様です。

あれを見て組みし易しと見て、貴族達は黒髪の道化師を狙ったのでしょうね。そのお芝居もこの舞台も全てその道化師の書いた筋書きとも知らずに、誰も彼もが舞踏会で踊らされていたのですよ。

台本通りに道化師の手の上で踊らされているとも知らずに……迷宮王を殺せる道化師に踊らされて挑んだ、愚かな道化達が自滅する喜劇だったのです。

舞台《ステージ》の上で笑われ嘲られる道化師が仕組んだ台本《シナリオ》の上で、この王都が踊り笑わされていたのでしょうね」

皆が指を差し嘲り笑い者にしていた相手は道化師だった。それは笑われる道化ではなく、笑わせる道化師《トリックスター》。その手の上で皆が踊らされていたと言うのなら、その道化師を舞踏会に招いた私も充分な道化なのだろう。

あの舞踏に魅入られて騙《だま》されていたのだから。なにせ観客の心算でいて実は踊っていたのは我等《われら》の方だったのだから。

陰謀と策謀が渦巻く貴族社会の陰険で悪辣な貴族達の策略は、黒い瞳の軍師には遠く及ばなかったのだ。策を張る前に策の上で踊らされていたのだから勝てる訳が無い。

道化師《いかさまし》のトリックに気付いた時は終幕だった様だ。さて蛇足《カーテンコール》はあるのかな。

孤児っ子達の分もぼったくったからお小遣いをあげようと思うが、手を出すのは同級生な気がする？

77日目　深夜　ディオレール王国　王都　貴族街

王宮を出てすぐ目の前の貴族街を通り、貧民街の入り口に向かってみせる。だって、ぞろぞろとお持て成しが大歓迎でお待ちかねだ。

「まあ、待ってるみたいだから出て来たんだけど、今日は城にお泊りだからね？　だって孤児っ子達も王宮で寝てるんだから待ち伏せてても帰らないんだよ？」

孤児っ子達に手を出そうなんて不愉快な事を考えちゃった御招《おまね》きしてない誘拐犯さん達は、レロレロなおっさんとオタ莫迦《ばか》達に狩り尽くされて地獄よりもっと素敵な場所で誰の手の者かをお聞きされてる事だろうが、廃人にでも、アルプス少女《ハイジ》さんにでもなるが良いが、俳人だったら偉そうだ!?

「せっかく出て来たんだから、美人女剣士さんとかの素敵なお持て成し的なものは無いのかな？　どうせ捕まえて尋問と言う名の拷問なんだけど訓練《ボコ》よりは優しいんじゃないかとの噂《うわさ》もあるんだけど、美人女尋問官さんなら俺もちょっと自白に行ってくるよ！　もう、聞かれて無い事までペラペラしゃべってペロペロしゃぶるのは嫌いじゃなくって、素敵な秘密もカミングアウトなカミングスーンなんだけど誰に捕まれば良いのかな？　もう、このさい贅沢《ぜいたく》は言わずに美人女拷問官さんもありと言えばありなんだけど、優しくしてねって言っても誰も優しくないんだけど優しい拷問って、やらしい拷問っぽくって素敵な響きなんだけど新たな世界《せいへき》の扉が開いたらもう全開開けっ放しって言うくらいに全ての扉が大開放で開放感あふれる閉塞感皆無な何て言うか……」「「「長あああああああ――いっ！　しかも、さりげなく変なカミングアウトしないで！」」」

　折角のキメ台詞《ぜりふ》を潰された。せっかく朗々と調子に乗って来た所だったのに……まあ、女子高生の前で余り新たなる扉の向こう側の話は不味《まず》いだろう。どう考えても美人女拷問官さんよりも鞭《むち》装備の委員長様が危険そうだし？

　待ってるみたいだから貴族街を迂路《うろ》つくと、きっともう説明はいらないと思うんだけど例の如《ごと》く何時《いつ》もの如く空気も読まずに毎度お馴染《なじ》みおっさんが無限増幅《わらわら》と大量発生《あらわれる》。

「深夜にずっと待ってて可哀想《かわいそう》だから出て来てあげたのに、何で全然可愛気《かわいげ》の無いおっさんしか用意できないかなー……いや、可愛いおっさんとか要らないけど？」

だけど、お待ちかねな大量証拠物件な証拠品達《おっさん》だ。タキシードの俺とドレスの女子さん達を見て丸腰だと思い、好機とばかりに攫《さら》うか殺すかしようと我先に出て来て囲んでるんだろう……ボコられてるけど？

「遠距離」「おまかせ！」「ストレス発散！」「うん、ずっとツッコミ我慢大会だったから突撃《ツッコミ》！」「「「了解《ヤー》！」」」

攫うのを諦めたのか遠距離から弓矢や魔法の狙撃も来てるけど、どれも無効化《レジスト》できるレベル。そもそも緩過ぎて女子さん達への牽制《けんせい》にもなってない。うん、孤児っ子攫おうとしたからオコなんだよ？　あと女子さん達に『催眠』とか『誘惑』とか掛けようとしたから結構激オコなんだよ？　なのに未《いま》だに『使役』は解かせてくれないのは何故なんだろう？

王家の復活を舞踏会で見せ付けられ、権威と権力を前に腐敗貴族達は潰されるか没落するかの二択で焦っている。だからありっ丈の私兵を重武装で繰り出してきた様だけど、ドレスの女子さんとガチンコの殴り合いで潰され壊滅されていく……うん、防御力が違い過ぎて避ける必要すら無い。剣と槍《やり》をドレスが弾《はじ》き、弓矢の雨も通さない。魔法なんかドレスに吸収されてMP吸収な状態《ありがとう》だ。

「そんな迷宮上層程度の装備で襲われても、こっちは大迷宮中層も楽勝なドレスなんだよ？　しかも中身は凶暴だし、Ｌｖ差もあるから最初から勝負にもならないんだよ？」

初実戦だったが、この武装《ドレス》ならばスフィンクスのいた木乃伊《ミイラ》の海でも打ち勝てただろう。さっきから投槍《ジャベリン》まで弾いてるし、あれもう面白がってわざと避けてないんだよ？

確かに完全無敵の鉄壁のドレスにビビッて攻撃を仕掛けられなくなっている、でも辺り一帯は踊りっ娘《こ》さんの鎖で封鎖されてるから逃げ場も無い。そして此処《ここ》は貴族街。つまり幾ら破壊して更地になろうとも全く心が痛まない、寧《むし》ろ楽しいし再建も楽だ。って言うかみんなワザと建物に叩《たた》き付けてるよね？

「しかも痛め付ける為《ため》に剣すら持ってないんだよ。うん、ドレスの裾《スカート》から数十のモーニングスターが現れ舞い荒れて……うん、何故《なぜ》か凄く逃げたい気分《デジャヴュ》だった!?」

純白の残像を残してはドレスが舞う、おっさんは吹っ飛ぶ。全く相手にもならないんだけど一体どうやって攫う気だったのだろう？　高々私兵の千や二千で、本気で捕らえられるとでも思ったのだろうか。もう貴族街が半壊して、わざと無傷な建物の方へとみんなで追いやって建物ごと壊す気満々だ。

「な、何でだ、何で剣でドレスが斬れないんだよ……ぐうぉおおっ！」

いや、斬撃耐性に物理耐性も重ね掛けなんだよ？　うん、素材ごとに付与してから編んで、魔法陣柄に織り合わせてあるから重甲冑《じゅうかっちゅう》より硬いんだよ？

「矢が通らない。何なんだよあのドレス。あんなひらひらで矢を弾ける訳が……ごがあっ」

ミスリル加工の鉄線編み込んであるのに、矢なんて通る訳無いじゃん。そのドレスって要Lv100の装備だよ？　うん、結構重いんだよ？

「屋敷に撤退しろ、って、屋敷が……くっ、崩れ落ちていく！　ぐがあぁあっ!!」

うん、せっかくの御招きだから貴族街潰せるチャンスを待っていたんだよ。だって、これなら正当防衛で悪いのはあいつ等で、原因はその飼い主の貴族達だから全く以《もっ》て清廉潔白に選手宣誓をしても良いくらいに俺は悪くないんだよ？

舞踏会であれだけ執拗《しつよう》に精神攻撃や暗殺を仕掛けても、刃物も魔法も全く効かなかった。なのに、まだ襲うって懲りないって言うか物分かりが悪い……まあ、おっさんだ。

「あれだけ苦労して対暗殺者用に暗器を装備させて、屋内での急な急襲にも備えて仕込み武器も収納させたのに……ドレス着てお外でモーニングスター振り回すって、これってもう鎧《よろい》で良かったんじゃないのかな？　うん、何でみんな一斉に目をそらすの！」

まあ、これで言い逃れできなくなった。腐敗貴族の大半がこれで消え失せるはずで、これで動かなかった小者達はもう諦めて大人しく王家に従うんだろう。しかし大暴れデス？いや、半殺しなんだけど容赦は無い。うん、早く辺境に連れて帰ろう、女子さん達は迷宮が無いから暴れ足りなかったみたいだ。きっと迷宮が無いからお金も足りないんだろう。でもおっさんボコっても魔石にはならないんだよ？

本気ならば一瞬で制圧できるのに、ゆっくりゆっくりと近付き、回避もせずに力任せに屋敷ごと壊して行く。破壊神が建築物と一緒に精神破壊し尽くしていく。

俺達を誘《おび》き出して人質に孤児っ子達を狙う手なのかも知れないが、あっちはスライムさんにオタ莫迦レロレロと最強防衛力と過剰攻撃力が揃《そろ》えてある。王女っ娘やメイドっ娘にメリメリさんまでこっちに付いて来てしまったけど手は充分に足りているだろう。

しかし妹エルフっ娘さんが強い。そして剣と魔法の世界にやって来て、初めて真面《まとも》な魔法職を見た様な気がするのは何故だろう？

あれは魔力纏《てん》とは違うものだが原理は同じっぽい？　恐らく魔法を纏《まと》う『魔法纏』、風魔法を纏い次々におっさんを吹き飛ばしている。

「なんか王道っぽい！って、なんで俺だけ『淫技』とか『性王』とかまで纏わないといけないんだろうね？」

後は見るまでも無い。怪我《けが》する心配はおっさんだけだから必要無い、怪我があろうと無かろうと、毛が無くなるまで焼くんだよ？　そして、おっさん達は何とか俺を捕まえて人質にしようとして突っ込んで来ていて、それを女子さん達が守る構図になっている様だ。つまり真ん中でポツンと何もする事も無く立ってるんだよ？　ぼっちの効果なのだろうか？　うん、暇だ。

まあ舞踏会《ダンス》で身体《からだ》が襤褸襤褸《ぼろぼろ》だし良いか。あれって踊りっ娘さんの踊りを『羅神眼』で見て、『智慧《ちえ》』で記録解析して『木偶の坊《でくのぼう》』で強制再生しただけだから無理矢理だった。特に最後の踊りっ娘さんとのダンスで身体が結構自壊してるんだよ……あれ、絶対無理だから！

する事も無いので、こっそりとさり気なく未《ま》だ壊れていないしつこい貴族の邸宅を何気に解体しながら、あっちこっちに散乱して落ちている金目の物を片っ端から拾っていく。
「此処まで落とし物だらけで大量放置中だと拾うのも結構大変なんだよ。あっ、あっちに金庫落ちた！」

何人かはかなりヤバそうな相手も混じっていたけど、こっちはもっとヤバいのが混じっているから何も問題無い。だって高Ｌｖの殺し屋や剣士程度で迷宮皇さんをどうにかできる訳が無いんだから。できるなら誰も迷宮に困ってないんだよ？　うん、だって本当は一人で全滅にできるんだけど、二人ともみんなでワイワイと戦うのがとっても楽しそうだ。きっと永遠の孤独を知っているからこそ、みんなで騒げるのが嬉《うれ》しいんだろう。だから楽しくおっさんをボコり捲《ま》くって、建造物ごと崩落させて微笑《ほほえ》んでいる……うん、楽しそうだから、このデジャヴュは気にしないことにしよう。

「もう全滅みたいだけど、どうする」「でも地方の貴族達《たち》は領地が残ってるんだよね？」

おっさん達はボコられ尽くした様だ。まあ、おっさんがボコられるのは大自然の摂理で何ら問題は無い。辺り一面おっさんが散乱して見苦しいけど、頭だけは焼いておこう。

これで王都の貴族は爵位を奪われ邸宅も無くなり、財産も俺が全部拾ったから無くなって無一文だけど、孤児っ子達と同じ待遇だから文句は無いだろう。だけど地方貴族は逃がせば領地があり財産もある。出張して落とし物を落とさせて拾っても良いけど面倒だ。
「うん、もうちょっと気を利かせて全財産を纏めてから落としてくれると拾い易《やす》いのに気の利かないおっさん達なんだよ？」「「何で気が利くと領地から全財産担いで落とし物しに来るのよ！」」」

　まあ、逃げられない。

「今日の舞踏会は全員出席してるらしいから、領主の身柄も家族も一同御縄に付いて、それはもう素敵な亀甲縛りはMっ娘委員長さんに任せるとしてって……ぐわあああるぐわぁんてぇやあっ！　ちょ！　モーニングスターと鞭の二刀流は斬新なんだけど、その斬線は惨身されちゃうから斬身が我が身で危険で危ないから仕舞おうね!?　はい、マジすいません！　忘れましたって言うか忘れる前に素敵な綾取《あやと》りの亀甲縛りな肉に食い込む緊縛なむちむち緊縛な姿は見てないんだから、記録も記憶もされてないから鞭は仕舞おうね？　うん、もう忘れ過ぎて名前も思い出せないくらいに忘れたから大丈夫だよ？　みたいな？」

　何故か全員からジト睨《にら》みだ、ジトだけで良いんだよ？

「第二師団と憲兵隊が来てくれたみたいだから帰ろうか？」「孤児っ子ちゃん達も寝てるんだから王宮でお泊り会だね」「うん、騒ぎで孤児っ子達が目を覚まして夜更しと夜遊びで非行に走ってたらオタ莫迦達は委員長様のお説教《しおき》だけど、お説教《しおき》であいつ等が目覚めてしまって新たな世界《性癖》の扉を開いたらどうしよう？」「開かないで閉じてて！って言うかお説教に変な意味を付加しないで!!」

　しかし綾取りすると生女子高生緊縛委員長なMっ娘さんに大変身らしいのだが、流麗に鞭を使いこなしモーニングスターも思いのままに操ってしまうんだよ？　うん、伝説の亀甲縛り委員長は見られない様だ。残念だが、ついにドレスの装備のレース鉄鞭《てつべん》では無く、

『豪雷鎖鞭《ごうらいさべん》』に持ち替えてるから黙って帰ろう。うん、あれはヤバいんだよ?

でも、縛られて転がっているおっさんの大軍なんて見ても楽しくないんだよ? うん、男子高校生的にはMっ娘生女子高生緊縛亀甲縛り委員長の方が需要が高いのは間違ってないと思うんだよ? 逆だったらヤバ過ぎる、焼き頭中年マッチョおっさん集団緊縛胡坐《あぐら》転がしにときめく男子高校生は痛過ぎるんだよ。

もうレロレロおっさんやオタ莫迦達が領地へ逃げようとする貴族達もボコっているだろう。どれだけ手練《てだ》れの使い手がいた所で、あいつ等《ら》に室内戦で勝てる訳が無い。チート無双に対人最強が孤児っ子達を守りながら全部終わらせているはずだ。

だから良い子に孤児っ子達は気持ち良く眠っているだろう。もう孤児っ子達を苛《いじ》めていた悪い大人《きぞく》はいなくなったんだから、やっと悪夢は終わったんだよ……ちゃんと慰謝料もたっぷりと取ったたし大儲《おおもう》けなんだよ?

だから目を覚ませばちゃんと楽しい明日は来る。ちゃんと孤児っ子達の分までぼったくったから、明日もいっぱいお小遣いをあげよう。うん、きっと喜ぶだろう。

一応確認してみたんだけど王宮の宝物庫の目録にも俺の好感度さんはいらしてはいないそうだ。

77日目　深夜　ディオレール王国　王都

結局は残った貴族家は3割にも満たなかった。そして、その残った真っ当な貴族達はみな力を削《そ》がれており、分家するだけの余力は僅かだ。さりとて腐敗貴族に関わりのあった者達は永久に貴族家への奉公も役職復帰も許さない。貴族家も人材も足りないが、黒髪の少年達は爵位は絶対に嫌なんだそうだ。

褒美は受け取らず手柄はみな王家に譲り、爵位は絶対嫌で名誉も全く興味が無い。唯一欲しい物は「好感度」なんだそうだが、何でも悪い事をしていないのに怒られるのを防ぐ重要なものらしいが、一応王宮の宝物庫の目録も調べたがそれらしいものは見当たらなかった……あったら吃驚《びっくり》だ。

まあ宝物庫からこっそりと好きな物を持って行って貰《もら》う事で、形だけの礼だけはできたが大した物も残っていない貧乏王家の宝物では全て渡そうと礼には全く足りていない。

「メロトーサムよ、貴族家が足りん。行政に差し障りが出る、誰か爵位を与えられる様な人材はいないか。辺境ならいるんだろう、くれ」

「やらん。それに辺境では貴族は人気無いぞ。家《うち》が貧乏だし貴族のイメージ『危険』『キツイ』『少年に苛められる』だから、なりたがる者はおらんだろうな」

不人気職だった!?　いや、それが正しいのか。民の為に戦い、民の為に働く貴族家や役人の職が羨まれる様なら、其《そ》れこそが間違っていたのだ。だが、嫌がられるって……オムイは大丈夫なのだろうか？

だが辺境ならば、当然と言えば当然過ぎる。それも全て王国の罪。最果てで孤立無援に最強の魔物に立ち向かい続け、死に逝くがオムイ家の歴史。だからこそ誰もなりたいとは思わない、だからこそ皆が慕い盛り立てる。王家とはえらい違いだ。しかし貴族のイメージが少年に苛められるって……。

「報告します、釣れました。以上」「以上ってなに！　少年達は無事なのかって聞くまでも無く無事なのだろうけど……数は」

テリーセルからの知らせが入った、少年達が囮《おとり》になり最後のチャンスを見せ付けて造反貴族を全て釣り出す。王女や美姫《びき》達を引き連れて無防備に出て行けば、それは我先に攫《さら》いに来るのだろう。そして、そこまで愚かなら……滅びるのは自業自得だ。

以前に辺境から届いた手紙こそがその答えだ、「何故、迷宮王に滅ぼされるのを待つ国の貴族が、迷宮王を殺す者に喧嘩《けんか》を売る。自殺ならこっちに言って来ないで、そっちで勝手に死んでくれ。ｂｙオムイ」この手紙で交渉は決裂し、王国は分断した。手紙を書いた犯人は隣でマッサージチェアーを独占している。

だが、これこそ答えだ。貴族達が目を眩《くら》ませている美姫の美しさも、その莫大《ばくだい》な富も王家の血筋も所詮はオマケだ。彼らの本質は迷宮殺し、この大陸で最強の戦闘部隊を攫うって……それが攫えるんなら、自分達で迷宮王を倒した方が早いと何故分からんのか。あの美姫達の美しさと、わざわざ貴族達の目の前で見せた2枚の王貨。それに目が眩み、芝居の効果で甘く見て誑《たぶら》かされた。

王が招いた最賓客を襲えば如何《いか》な貴族でも言い逃れはできない。家を潰しても法的に問題にもならない。追い詰められて言い逃れできない所まで落とし込まれた。最初から最後まで全てが罠《わな》で、その餌こそが最強の処刑人。

「終わったな」「ああ」

王国の歴史が終わった。民の為《ため》にと立ち、志を共にした仲間が今の貴族家達だ。その7割が消え去った、7割もの志が潰《つい》えていた。王国建国の英雄譚《たん》は腐敗し死に絶えた、だが其れでも王家が残ったのならば志を継がねばならない。

「メロトーサムよ……どうしよう!?」

貴族の7割がいなくなれば統治は不可能だ。かと言って腐敗した貴族を残せば何の意味も残らない。ここまでして貰って無意味になんてする訳にはいかない。

「どうしようって、どうにかできるならどうにかできておるだろう。どうにもできなかったんだからどうしようもないさ。お前には無理だ」

「それでもせねばならんのだよ……できなくとも諦めるなんて、あの少年に対して私は絶対にできないんだ」

貴族や官僚は裏帳簿を作り、正しい数字は報告して来ない。資料も改竄《かいざん》されて、どれが正しいかすら分からない。統治するだけの情報すら足りていないが、全てを一から始めれば真面に国家運営できるようになるまでにどれ程の時間が掛かるか分からない。私の代で終わらないとしてもやらない訳にはいかない、たとえ一歩ずつでも前を目指す事しかできないのだから。

だが、王国の混乱は結局は国民を苦しめる。地方にも混乱は波及する。その地を治め、情報を隠していた貴族や役人達を処分する以上は避けられない。情報を集めるのにも、取り纏めるのにも莫大な人手と時間が掛かる。結局、それは民に迷惑をかける事。

「(バサッ)お前には無理だと言ってるだろう、ディアルセズよ。ああ、私も無理だったよ」

そう言って投げてよこした分厚い数冊の本。その表紙には「何とか……チャラ王国？とか言うのかどうか知らないんだけど、チャラ王の所の王国の経営書って言うか計画書って言う感じの何か？　みたいな？」とタイトルが書かれ、その中身は……完全な王国の詳細な情報。改竄されていない税務や収穫量、人口に村や町の正確な数と情報が網羅され纏められている。

王家がどれ程手を尽くしても手に入らなかった真実が、ここに全て纏められている。これが……これが真実なら、王国の税の半分以上は貴族が取り込み、民は規定の倍近い税を取られていた事になる。何十年も何百年も続いた腐敗は、これほどまでに致命的だったのか。滅びないはずが無い、滅びて当然だったのだ。

「これは……」「ああ、少年からだ」

我ら王家が知る数字は全て改竄され捏造《ねつぞう》されていた。だからそれを基に対策しても悪くなるのは当たり前の事だった。王家の知らない町や村に鉱山がどれだけある事か……つまり王都の官僚も噛《か》んでいなければあり得ない事だ。

そして、もう1冊は「ポッケナイナイの行方？　いや、ポッケはあるんだよ？　多分？」は表帳簿と裏帳簿のリストだった。誰がどう偽ってお金を動かし、抜き盗《と》って隠したかが詳細に記されている……やはりぐるか。地方の役人が着服してから領主に報告し、領主が着服した後に王国に納税する。それを王国の官僚が着服して国庫に納められる、その抜き捲くられた数字と金額が最終的に渡されていたのだ。腐敗しきっていた、これは役人も7割は消えるな。

行政から建て直しだ。だが、この本があればできる。調査する必要が無く無駄な利権構造が全て書き記されているのだから、人手も予算も3割で足りる。結局、7割は仕事もせずに着服していただけなのだ……高額の給料付きで。そして立案書には何をどうすべきか手順付きで書かれ、問題になりそうな個所《かしょ》は全て対策案が書かれている。この本があれば役人どころか領主も王も飾り物だ、従うだけで良い。だが従いながら、この本を理解できねば未来は無い。その先を治める為には、この本と同じだけの能力を我等が身に付けねばならない。

またしても王国は救われた様だ。ここまで完璧に調査されて纏《まと》められた本がある、それはつまり最初から決まっていた。王国は死に、新たに建国されるのだと。最初から、そう決められていたと言う事だ。

これ程綿密に調査して、その膨大な数字と情報を纏め上げ、理解して計算するのにはどれだけの時間が掛かっているのだろうか……国を挙げてやり遂げるとしても数年では済まない凄《すさ》まじい量の調査と報告。しかも、どうすれば良いかも何をしたらどうなるかも答えが全て書いてある王国の未来の設計書なのだから。

「これが辺境を生まれ変わらせた力なのか……私は何もかも貫いっ放しだな」

「辺境もだ。それに辺境版はそれよりももっと詳しいぞ。良いだろう」

威張るな、ってまだ凄《すご》いのか！　聞けば産業から農業の具体的政策から公共事業の予定と予算の設計図まで付いて、鉱山の開発計画から新種の農作物に都市計画から治水に防衛計画までありとあらゆる本があるらしい。それは生まれ変わるだろう、もう建国できるレベルだ。つまり王国が見放されればオムイは建国し、王国は滅びていたのだ。それはそう言う意味だ、我等はそこまで辺境を追い詰めた。

「報告です、貴族の私兵全員確保し捕縛して連行しました。貴族街は壊滅して崩壊しました、現在更地にされています。以上」

それで外まで誘いに出たのか。これで貴族は処刑は逃れても、爵位は剥奪され家も財産も失った。そう、あの孤児達《たち》の様に。

つまりは孤児達の為に怒っていた。王国も貴族も皆序《つい》でだ、子供達を苛めた者は苛め尽くされ、子供達の為の未来を作れと我らは助けられて、この本を渡された。「民の為《こども》の王家」をちゃんとやれと。

あの子供達を救えなかった私達に、あの子供達の未来を託して貰えた、それはやり遂げなければならないな。託されたものがあまりにも大き過ぎるのだから。

楚々とした清楚な淑女の様な出で立ちだが、作ってた時もそうだとは限らない。

78日目　朝　ディオレール王国　王都

昨日は客室に帰ってから、ずっとネバーエンドお説教だった。そう、滅茶《めちゃ》怒られた？その原因は俺は悪くないから不明だけど、どうもお芝居の台本を売っていたのがオコの原因らしい。うん、ビキニの美姫がいけなかったのだろうか？

でも儲かった。凄い稼ぎで連日お金が積まれて行く大盛況の大ヒットなロングセラーで上演中。だって異世界にはブラが無かった、つまりビキニ耐性が無いぼったくり放題！

そして異世界のお芝居はしょぼかった。ただ役のまま、立ったまま台詞《せりふ》を大声で読み上げ合うだけの朗読劇。ようは動きが無いし、面白味も無かった。

現代演劇どころではなく古典レベルも程遠い、説明っぽい台詞を大声で読むだけの代物だった。そして、あの時王都で戦争の最新の情報を持っていて、尚且《なおか》つお芝居の台本も書けて脚本まで書けるのだから直《す》ぐ台本は売れに売れて取分だって滅茶大きかった。

うん、売れるんだよ。だって元々が娯楽に飢えていて、ずっと情報にも飢えていた。そんな戦争の恐怖と不安の中で、戦勝の英雄譚は絶対に売れる。そうすると英雄役は王都の人間が良く知っていて身近な方が良くて、そして王都では辺境が大人気で王女っ娘《こ》も人気が高かったし、意外にもチャラ王も評価は良かった。これで配役は決まる。ただ、異世界のお芝居だとこれで終わりなんだよ？　だから面白くない。

敵は他国と貴族だから悪役は良いけど、悪役と英雄の接点が無いお芝居が面白いはずが無い。そして、ただ言葉で倒すだけのお芝居ではメリハリが無いから全く盛り上がらない。

そして、接点がある盛り上げ役なら王弟のおっさんがいる。だけど人気は無い。ならばリア王逆バージョン、英雄の陰で愚かに足掻《あが》いた愚王が英雄を勝たせる物語。意外性もあり大どんでん返しは盛り上げに一番効果的なんだよ？　すると道化役が必要で、至極当然だけどお色気要員も欲しかったんだよ？　うん、いるんだよ！

だって道化抜きのリア王なんて何も面白くないいし、お色気が無いなんて男子高校生的に許せない！　ポロリも欲しかったけど美姫役のお姉さん達はビキニでも大騒ぎで、ポロリまでは駄目だったんだよ……見られなかったんだよ。まあ、女子にバレたらお説教で叱り殺されそうだから無しで我慢した。見たいな？

そして大盛況。なのに、めちゃめちゃ怒られた。もしかすると「辺♥境」ビキニが駄目だったんだろうか？

でも、王都民が知らない役所《やくどころ》だから、こうアピールポイントも欲しいし、お色気は集客に必要不可欠で男子高校生にも不可避な絶対条件で、何よりあれで御土産屋《おみやげや》さんも儲《もう》かった。それはもう、「辺♥境」グッズを衣装にした本物の美姫が働いているお店って連日の大賑《おおにぎ》わいだった。

それは身近な英雄達の英雄譚、そして王都民の不安だったチャラ王の病気からの復活。今まで無かった笑いの要素や、どんでん返しの盛り上げにお色気まで付いていれば売れない訳が無い。実際、殆《ほとん》どのお客はリピーターで何度も何度も見に来るんだよ、見る事で平和と幸せが実感できるんだし、何度も何度でも来れば俺も儲かるんだよ？　うん、だってビキニだし？

そして王国の英雄になったメリ父さん達と王女っ娘がいて、そこに王が復活する。これに王国民は涙を流して歓喜する。すると俺が儲かる？

芸術、特にお芝居や演劇は古来から民衆の人心操作に使われ、王家や貴族がパトロンをしていた程影響力がある。これで国を救った英雄と、何もしなかった貴族達では支持基盤に圧倒的な差が付いた。後は悪役の教会と商国に付いた貴族達をチャラ王が断罪すれば王国は1つに纏まる。昔から最も分かり易《やす》く人気があるのは勧善懲悪の英雄譚なんだよ。

既に王宮の地下で腐敗貴族達は牢《ろう》に繫《つな》がれていて、日和見していた者達は家位を下げられ要職から遠ざけられる。最低でも爵位は剝奪で財産も没収らしいから勝手にのたれ死んでくれるだろう。貴族の幼い子供や子女達は王家預かりでチャンスを与えるらしいけど、復興できる家は殆ど無いだろう。だって、あの貧民街をずっと見下ろしていて何も思わなかった時点で既に終わっているんだから。

そして、終わらないお説教だったんだけど、そんな頑固なお説教は唐突に終わりを迎えた。そう、何と朝食会があったのだ！　夜会用のイブニングドレスしか持ってきていない……つまり、また内職のターン!!

そう、予定外にお泊りしたから朝食会があったんだよ！　結局それからまた全員分のアフタヌーンドレスを大慌てで作らされて、何故《なぜ》かまた下着とストッキングもお揃《そろ》いで注文してきて、当然部屋の中で女子25人が狂乱の身悶《みもだ》えで艶《なま》めかしく倒れて行って痙攣《けいれん》な大騒ぎな深夜の内職が特急料金で大儲けで悶絶《もんぜつ》な生ＪＫの生脚がピクピクと50本乱立しているのは言うまでも無いだろう。

空間魔法で音は遮断できるけど、まだ子供達が隣室で寝ているのにあんなに嬌声《きょうせい》をあげ捲《ま》くると情操教育に良くないんだよ？　あと、男子高校生的にも情動が危ないんだから教育的指導なんだよ？

それからも雑用が舞い込むは、倒れた女子さんに服着せて運んで寝かせてと大忙しで、その度に男子高校生的な用事で甲冑《かっちゅう》委員長さんと踊りっ娘さんも忙しくて寝る間も無かった。男子高校生的にはしっかりと、がっつりと寝捲くったんだけど睡眠が殆ど取れなかったんだよ？

そして――朝日が眩《まぶ》しい中、おニューのドレスで女子達が集まって来た。昨晩のあられもなくはしたない姿とは打って変わって楚々《そそ》とした清楚《せいそ》な淑女の様な出《い》で立《た》ちだ。涎《よだれ》と涙でベトベトだった顔も、さっぱりと洗われてお澄まししているんだよ？

「「「おはよー」」」「そう言えばオムイ様の用って何だったの？」「なんか王国版の計画書が欲しいって言うからあげたんだよ？」

前に仕入れで王宮に来てた時に、隠し部屋で大量の本見付けたからパクっといたら、帳簿と裏帳簿に表向きの資料と本当の資料が詰め込まれた機密書類の山だった。うん、面白い本は無いかと全部目を通したのに昔話の1つも無かったよ！

だから『羅神眼』で全部見た、それを『智慧《ちえ》』が記憶した。だったらすぐ書ける、『魔手』さんが3分も掛からずに書いた。だって、いらないものを無くして、普通にするだけで良いんだから簡単だ。要は貴族と役人がそうできない様に分かりにくく難しくしていただけだ。その仕掛けが全部わかっていれば正しくするだけで良い。これで王宮に有料マッサージチェアーが100台置けるのだから大儲けだ！

お金だけナイナイして何もしなかった工事の書類も、新たに出来たが隠されて貴族達だけで利益を分配している鉱山も何もかもが調査されて隠されていた。つまり役人としての能力はとっても優秀だった様で、腐敗しているけど仕事は見事にこなしていたらしい。だからこそ帳簿が完璧に偽装されてしまい、王家には辻褄《つじつま》のあった報告書が届いてしまう。

全てを調査して理解したうえで、真実の報告書を偽装していたからこそ調査をすり抜けて来られた。それが何代にも何代にも亘《わた》り続けられてきた腐敗の集大成だったのだろう。だからこの書類だけで解決策は分かる、腐敗しきっているが報告書としてだけなら素晴らしい出来だったから。うん、入っていないのは志だけだったんだよ？　そう、だからずっと内職だった。

「皆様、朝食会のご用意が出来ました。広間へご案内します」

メイドさん希望なのに、また爺《じい》やだ。昨日とは打って変わって色取り取りのシンプルなドレスで大はしゃぎな女子さん達と、今日もおめかしでお出かけで楽しそうな孤児っ子達。そして今度はモーニングを作って着る羽目になった男子組は面倒そうな不満顔で朝食会の会場に向かう……だって、女子達《暴君》が近所だから御土産屋に帰って食べようと言う男子の意見を即却下して、御土産屋さんのご飯の方が美味《おい》しいよと言う孤児っ子達の意見も必死に宥《なだ》めて抑え込んでいたんだよ？

「やあ、遥《はるか》君。昨日は最後まで後始末をさせてすまなかったね」

「ちょ、遥君！　何あのマッサージ玉座、あれ辺境にも欲しいんだけど、謁見の間に！」

「遥殿、昨日の回復茸《きのこ》のお礼と言っては何だが今度是非我が家へ……」

ああ、今日も朝からおっさんだ……しかも囲まれてる。女子さん達は貴族の令嬢さんや御婦人さんとおしゃべりしてる、オタ莫迦《ばか》達ですら第一師団長のマッチョなお姉さんとお話していると言うのに、俺の周りはおっさんが集まって来る。しかし異世界にはドリル令嬢はいないみたいだ、ヘアアイロンが完成したら売れそうだな？

ちっこい王子様3人も出席してる様だが王子もおっさんも用は無いし需要も無いが、御土産屋で服とかオマケしてあげた貧しい庶民貴族のおっさん達まで集まって来た！　もう、このおっさん王宮を落とそう!!

「国王様。皆様お揃いになられました、御挨拶をお願い致します」

やっと朝ご飯なんだけど挨拶があるらしい。メリ父さんは聞く気は無いらしく、チャラ王をガン無視してマッサージ玉座っていうか辺境伯座が欲しいと喚《わめ》いている。そしてチャラ王が壇上に立ち挨拶を始めた、これが新しく始まる王国の最初の宣言。

「先《ま》ずはこのめでたき日に乾杯を——あげぽよ、うぇえぇーい！」

「「「チャラ王だった！」」」

うん、やっぱり滅ぼそう。この王国は駄目そうだ。

「おや、これが異国の挨拶では無かったのかい？」

「「「遥君は国王様になに教えてるの!?」」」

チャラ王が何か喋《しゃべ》り、俺は貴族の令嬢さんの方に行きたいのにおっさん地獄に封鎖されて、女子さん達に怒られながら逃げ回り、孤児っ子達は相変わらず飛びついて来て騒がしい。もっと優雅に静やかな朝を愉《たの》しみたいものだ。うん、朝からの22回戦も楽しみたいんだよ？

賑やかな朝食会が終われば、みんな王国の再建で忙しくなり当分パーティーどころではないらしい。まあ、行政を完全作り直しなのに人材不足だから大変だろう。

だけど国を蝕《むしば》み行政を捻《ね》じ曲げて邪魔をしていた7割がいなくなれば国家は自然と動き出す。正しく行政の形だけ作り指示を出せば案外立ち直るのはすぐだろう。これでやっと国家となった、だからあとはもう国の問題だ。

さて、帰ろうか。御土産屋に帰って支度したら今度こそ辺境に帰ろう。辺境の宿屋のキープ料が勿体《もったい》ないし……宿代どうしよう？

JK着用済み生鎧に生甲冑って書くとお得感満載で高く売れそうだ。

78日目　昼　ディオレール王国　王都　王宮

王宮の宝物庫だけあって、広くて物も多い。一応建前上は褒賞は無しだけど、貰《もら》えるものはちゃんと貰う。だって名誉とか勲章より装備の方が役に立つ、期待はできないけど出物があれば儲けものだ。

この宝物庫は玉璽が無いと開かないらしく、猿王子も手を付けていなかったらしい。うん、俺は『マジックキー』で入れたんだけど、仕入れが忙しくてスルーしていた。

だって期待薄。王女っ娘や王弟の装備を見ても、そんなに良い武器や装備は持っていなかった。まあ、くれるって言うんだし出物があればラッキーくらい？　うん、既に俺の好感度さんが収蔵されていない事だけは、確認されてしまっているんだよ？

端から見まわして鑑定していくけど、武器防具はやはりしょぼい。良い物もあるけどみんな微妙。壁に掛けられた豪華な槍《やり》も『旋風の槍　PoW・SpE20％アップ　旋風　風属性（中）』で、これが最高レベルで何とも微妙だし王家の家宝らしい。

これは高Lv装備よりもレアスキル装備を狙った方が良いだろう。だが珍しくても『滑落防止』とか『粘着弱体化』とか『対無機物』とか何とも微妙で、数だけは多いから片っ端から見てるけど、候補はいくつか上がるがどれも決め手には欠ける。まあ、無難にViTやInT装備でも良いけど、これだけ並べられるとレアものを探したくなるんだよ。

「この『エルフの魔弓：【エルフのみ】PoW・SpE・DeX・InT20％アップ　魔法矢』とか妹エルフっ娘に良さそうだけど、性能的には作った方が良いから特化装備の意味が無いし？」

あの「七つ入る」みたいなのがあれば、それこそが大当たりチートなんだけど探し回っても多くて3つ。しかも能力が10％や30％しか発揮できないから使い物にならない。100％なら3つでも2つだって大当たりだ、90％や80％だって充分なのだが無い。

「あれが作れれば装備力が跳ね上がるんだけど、30人以上の装備を更新しなきゃいけないのに一人で何個も入れられる複合アイテムまで出来たら、その瞬間に内職と言う名の永遠が黄昏《たそがれ》の時まで続いてReエンドレスなんだけど……やっぱり無いのかな？」（ポヨポヨ）

あの複合アイテムに超級装備を複合できれば、それは兵器級の武器になる。まあ、強過ぎたら制御できないんだけど、それでも俺の木の棒さんだってここまで立身出世を繰り返して、立派に制御不可能な世界樹の杖《アルティメットウエポン》と化している。

　それに『魔力刀』みたいにミスリル化で大出世を果たして『次元刀』になり、『次元斬』なんて特殊効果が生まれた例だってあるのだから特殊装備は侮れない。ましてや敵が次元斬や神剣なんて持っていたら洒落《しゃれ》にならないくらいに危険なのだから。

「これなら辺境の迷宮潰して行った方が良い物ありそうなんだよ、何か心躍る素敵なアイテムって無いのかな……『説教回避』とか『好感度上昇』とかそういう素敵にレアな……『知識の頭冠：【三つ入る】ＩｎＴ・ＭｉＮ30％アップ　制御（大）　魔導（大）』って大当たりだ！　だけど……冠って言うかカチューシャ？」（プルプル）

　良い物だそうだ。これは大当たりだから女子さん達《たち》の装備に回しても良いけど、俺も『制御（大）』が欲しい。少しでも『魔纏《まてん》』の制御が上げられる可能性があるし、ミスリル化すれば性能が上がるかも知れない。それに『ＩｎＴ・ＭｉＮ30％アップ』と『魔導（大）』も纏《まと》ってしまうけど、どちらも能力が上がった分だけ暴走を制御してくれそうなスキルだ。

　そして「三つ入る」ならデメリット無しの大当たりで間違いは無い。

「頭装備が入れられるのかな？　いつもの黒帽子とか？」

　いや、別段装備の重ね付けは問題が無いみたいだ。実際に女子さん達はブレスレットの重ね付けやアンクレットをＷでしていたと迷宮なのにお洒落してたりする。魔物しか見てないし、しかも甲冑で見えないのにしてたりする？　だったらカチューシャをしてニット帽を被《かぶ》っても問題無いはずだ、効果が割引されたとしても干渉しないならそれで良い。だって男がカチューシャって気恥ずかしいんだよ？

頭装備なら兜《かぶと》も複合で行けるし、これは貰っておけばV・iT不足問題の助けにもなる。

チャラ王は全部あげても足りないくらいだと騒いでチャラチャラしていたが、お付きの爺やさんが空にすると今後の褒賞で困るので人数分と俺だけ10点程度にして貰えないかと頼まれてしまった。だからまだまだ厳選しなければならない、勿論《もちろん》だが孤児っ子達の分も入れれば結構な数だし？　うん、人数分だから問題は無いんだよ？

「これって言うのは僅かだったけど、不足がちな装備系の補塡《ほてん》にはなるし、もっと良いのが手に入ったら売り捌《さば》けばいいからこんな物かな？　スライムさんは何か欲しい物あった？　食べる前に言ってね、食べた後だと何食べたか鑑定できないからね」（プルプル）

スライムさんは『反射の鏡《リフレクト》　反射吸収（特大）　鏡面化』が気に入った様だ。でも、反射しないで魔法も食べちゃうよね？　ああー、『吸収』狙いか？

後は目ぼしい物を掻《か》き集めて、ミスリル化してバーゲンかオークションでも開けば良い。今はみんな貧乏だろうし、辺境でお金を沢山稼いでからぼったくれば良い。

王都で買える物は買い尽くしたし、チャラ王達が貧しくて困っていたから全く使えない王貨2枚を貸しておいたけど、王都の貴族からぼったくった莫大《ばくだい》な資産がまた臨時収入でお大尽様ロングラン記録だ。しかし危険そうだから封印しようかと持ってきた『毒手のグ

ローブ　ＶｉＴ・ＤｅＸ20％アップ　各種毒状態異常付与　耐性無効　狂手』が気になる所だ。この耐性無効は誰かの手に渡ると危険過ぎる。装備の『状態異常無効』が無効化《レジスト》されればＬｖ差や装備によっては確率的に異常状態に陥ってしまう。これは早急に『自動回復』系の生産をしなければいけないようだ。

しかし装備すると纏った時に毒が付与されて危ない気がする。実験が必要と装備してあれこれ使って見ながら『智慧』の解析を待ちながら制御性を試してみると意外な使い道があった。これ効果が選べて限定できる！

つまり『毒』のみに設定すれば『毒』以外は付与されないいし、全てオフ設定すれば纏っても何の問題も無い。そして状態異常も選べる、その効果の中には『催淫』とか『酩酊《めいてい》』とか『麻痺《まひ》』に『気絶』と好感度殺しの危険設定が目白押しだったので封印しようと思いきや……何と『感度上昇』があったのだ！　そう、実験こそが必要だろう、実験の結果によってはミスリル化も辞さない覚悟なんだよ!!　うん、好感度だけが上がらないんだよ!?

後は単体のＶｉＴやＩｎＴの強化装備だけだったけど、底上げできるなら何でも良い。今は緊急事態だから質より数で良い、残ったら同級生用に改造して販売するし。

孤児っ子達には非常用の武器以外はまだ早いだろう。今は沢山食べて、沢山笑って、沢山の幸せを満喫するのが優先事項だ。孤児院にいる間は俺達が守れば良いし、自立して強くなりたいって自分の意思で決めたら武装を作ってあげれば良いだろう。今は未《ま》だ今までの分まで遊び回れば良いんだから。

まあ、安全性の為《ため》に最強子供装備は既に装備してある。思わずやり過ぎた感はあったけど安全対策なんだから……まあ良いや？

結局100個を軽く超えちゃって、宝物庫ががらんとして可哀想《かわいそう》だったから自家製の剣と弓を置いて行ってあげよう。特殊効果こそ無いんだけど、純粋な性能ならばこっちの方が上だから文句は無いだろう。だって委員長さん達がずっと装備更新中だから、中途半端な武器装備が大量に余ってるんだよ。

うん、武器装備はしょぼかったがアクセサリー系や鎧《よろい》以外の装備は中々だった。つまり不人気らしい。だから手作り武器装備と交換したんだから俺は悪くない、寧《むし》ろ数だけなら増えてるんだから沢山持って帰っても問題無いだろう。しかも女子高性着用済み生鎧に生甲冑《かっちゅう》まで入っているのだからお得感満載だ。まあ、おっさんが喜ぶのは癪《しゃく》だからめっちゃ洗浄し捲《ま》くってあるけど一応生なんだよ？

「じゃあ帰ろうか、めぼしい物もかっ攫《さら》ったし。それに今頃はみんな辺境に帰る準備も終わってるだろうし？　馬車も改良済みだし、このくらいで良いか？」（ポムポム！）

そして、爺やさんに貰った物と足した物の目録を渡すと目を見開いて固まっていたけど、文句は言わないからそのまま逃げて来た。やっぱり300個貰い過ぎだったかも？

「いや、だって好きなのを選べとか言われると、なんか欲しくなるんだよ？　うん、真面目に選ぶと時間が掛かりそうだから候補の品に上った300個だけ貰ってきたけど、千個以上は余剰在庫品を置いてきたから宝物庫の在庫的には数は増えてるんだよ？　褒賞に配るにせよ装備の支給にせよお得なんだよ？」

後で装備品のチェックもしなきゃいけないし、新装備のミスリル化とする事は多くて忙しいが先ずは帰ろう。もう準備万端で馬車の前で待っている委員長さん達に合流して出発する。お見送りの王族さん達にみんな手を振っているが、王女っ娘《こ》はすぐに辺境に来るんだよ？　うん、辺境への部隊派遣制度が復活したから派遣部隊の第1陣は王女っ娘の部隊って決まったらしい。しかしチャラ王は王妃を未だ3人も連れていやがった！　うらやまけしからん、今度あったら焼こう!!

そしてレロレロのおっさんも手を振っている。妹エルフっ娘も辺境に行く事になったかららお見送りに来たのだろう。女子さん達や孤児っ子とも仲良くなって離れたくないらしいし、それにもう完治したとは思うんだけど予後経過を見届ける意味でも同行した方が良いと多数決で決定したそうだ。どうして、いつも多数決に呼ばれないのかが最大の疑問なんだけど、スライムさんはちゃんと多数決を聞かれたらしい？　もしかしてスライムさんが使役者なんだと思われているのだろうか？

第一師団のマッチョお姉さんも見送りに来てくれている、って言うかみんなマッチョ美人さん！　莫迦《ばか》達と意気投合して模擬戦とかして仲良くなったらしい。美人さんで大侯爵の令嬢さんだが、めちゃ筋肉の１８０㎝越えの筋肉マッチョお姉さんだったがやっぱり脳筋さんの様だった。

オタ達は未だ手紙を眺めている。ついさっき獣人国から書簡が届いたそうだ、その中にはオタ莫迦達への礼状もあったが、あいつ等《ら》が読み返しているのは助けたケモミミっ娘達からの感謝の手紙だ。初めて心から怒って、初めて自分の意思で戦って誰かを助けた、そして初めて知らない誰かから感謝された。

あいつ等が憧れた異世界で物語みたいに誰かを助けて、そしてようやく認められた。だから何度も何度も読み返してる、と思ったら……そのケモミミさん達めちゃ美少女だったらしい！　やっぱりこいつ等も焼こう!!

もう王都の御土産屋さんも、辺境の雑貨屋さんから店員っ娘が到着して切り盛りを始めている。病気の治った家族一同で王都で頑張るんだそうだ。貧民街から従業員も雇ったらしいし、辺境との流通経路も確保されて御土産屋さんは雑貨屋王都支店に変わる。これで王国中から買い付けができる様になるのだから建物くらい安いものだ。取《と》り敢《あ》えず地下倉庫一杯に商品の在庫を用意しておいたから当分は安泰だろう。

「帰ろうか？」「「「うん！」」」

来た道を戻るだけだが随分と賑《にぎ》やかになった、馬車は東の最果て辺境へと向かう。王都が小さくなっていく……よし脱出成功だ！　うん、『千古不易の罠《わな》』は没収されずに済んだようだ、メイドっ娘が来るまでは大丈夫だろう。

馬車が揺れないなら馬車ごと揺らせば良いじゃないの？　激震中！

78日目　昼過ぎ　ディオレール王国　王都郊外

馬車の旅。まあ何回も乗ってるが初めて馬車の旅って感じの馬車の旅だ。オタ莫迦達の無軌道暴走型馬車は駆け回って消えて行ったんだけど、一体何処《どこ》まで行ってしまったんだろう？　まあ良いや？

こっちは孤児っ子達を慣らす為にもゆっくりと馬車をスタートさせている。何せ孤児っ子達は人生初馬車で、初乗り物で初めての旅。Ｌｖ１の子供だし、体力的なものもあるが乗り物酔いの心配もある。酔っても茸《きのこ》で解決するんだけど、初めての旅だから飽きるまでは景色だって見たいだろう。

そして俺も初めて景色を眺める……そう言えば最高速移動ばかりだったから初めて見るんだった!?　辺境は森と切り立った岩山に囲まれていて景色にはそこはかとなく閉塞感があるが、辺境外は大平原。丘陵はあるけど基本平らに近いから景色も見晴らしも良く、何処までも広がりそうな開放感。果てしなく続く野外はきっと野外プレイも無限に広がって世界を漫遊プレイができそうな勢いだが……しないよ？　睨《にら》まれてるし？

「これだけ空き地って、人口さえ増えれば発展し放題な気がするんだけど？」（ポヨポヨ）

食糧の自給力に問題があるのなら、辺境用の農政レポートを王国用に書き換える必要がありそうだ。だって、こんなに土地があるのに飢えるって勿体《もったい》なさ過ぎる、まずは芋だな。

四輪作法《ノーフォーク》農法はオタ達の専売特許だ。弱点だった肥料問題まで対策されているから、いつかは一面の小麦畑が広がるのかも知れない。教えさせるのは良いけど、あいつ等に農業なんてさせると何が生えて来るか分かったもんじゃないから気を付けておこう。絶対に小麦とは違う何かが生えて来るに決まってるから、焼き払うのが大変そうなんだよ。

いつもは飛ぶから見晴しは良いけど、落ちる時は灰色の壁しか見えない。ましてや空から見下ろすから景色は見た事が無い。うん、結構旅してるのに、記憶に残っているのはいつも迫り来る地面だけだったりする？

甲冑委員長さん達と高速移動する時も、最高速だと青や緑や黄緑色の壁しか見えなくなってしまうから、最初はのんびりで良いだろう。来る時に暇潰しを兼ねて整地しながら王都まで来た、つまり辺境まで直線道路が完成しているのだから。

だからこそ「高速移動《ハイウェイ》の孤児様列車《スタートレイン》空力強化仕様《エアロ》」の限界を見せられるのだ、来る時よりも圧倒的な速度が出せるなら1日あれば辺境に着けるはず。お馬さんも順調に魔物の轢《ひ》き逃げでLvアップを遂げて世紀末仕様に成長している。徐々に速度を上げているけど孤児っ子達は案外平気そうだし、景色を見飽きたらもっと加速して行こう。

どうせ夜になれば景色は関係無いし、寝てる間に一気に行こう。だってスライムさんがはしゃいでるんだよ？　看板娘が恋しいのだろうか？　それともダンスバトルがしたいのだろうか？　踊りっ娘まで乱入しそうだ!?

「いい天気で良かったよ。気持ち悪い子はいない？　気分が悪くなったらすぐに言ってね」「「「うん♪」」」

馬車に揺られて副委員長Bさんも揺れている。それはもうぷるんぷるんと馬車の揺れに合わせて、暴れん坊な上下のストロークが緩衝装置としての衝撃的な……ヤバい！

「違うんだよ？　馬車のサスペンションの揺れと振動吸収を目視してただけで、それはもう振動が素敵に弾力に吸収されて暴れ馬じゃないのに暴れん坊なダブルウィッシュボーンどころか豊満なWの揺れがWｉｓｈなんだけど、馬車内で全員で弓構えるのはやめてくれないかな？　そして甲冑委員長さんも踊りっ娘さんもいつの間にそっちの馬車に避難してたの？　うん、俺も逃げないとヤバそうなんだけど、この馬車は美人女騎士さん達《たち》を待つ意味でも離れられない御持《おも》て成《な》しの馬車さんだからバリスタはやめようね？　流石《さすが》にそれは装甲が持ちそうにないんだよ、って言うか何でオタ達のバリスタが孤児っ子号に標準装備されてるの!?」（逃走中&追跡中）

怒られながらも東を目指す、あっちが東らしい。方位磁針も無いから東って言われるよりも辺境行きだけの方が分かり易《やす》い、だって一本道だし？

「しかし未《いま》だに姿が見えないんだけど『爆走珍道中オタ莫迦専用機　超強化サスで速いんだけど超縦揺縦揺《ピッチピッチ》なピッチング号』は何処まで爆走して行ったんだろう？　まあ、あのお馬さん言う事聞かないらしいから運転は不可能だけど？　滅茶《めちゃ》速いのに滅茶安かったんだよ？　まあ、ローリングしながら東に向かったんだから辺境しか無いし、きっといつの日か辿《たど》り着けるだろう？　みたいな？」「「「他人事《ひとごと》みたいに言ってるけど犯人だよね！」」」」

　順調だ。「豪華版素敵系美人女騎士さん熱烈歓迎御持て成しDXローリングSP号」も『智慧《ちえ》』の能力で高められた工業力をいかんなく発揮して、更なる魔改造《チューン》を施されてまだまだ速度には余裕がある。なのに乗り心地が良過ぎて揺れが少な過ぎるせいで「あ〜」とか言いながら素敵な両側の豪華女体壁《クッション》のぽよんぽよんの柔肉堪能素敵《クッションせい》旅を愉《たの》しむ事ができない！　うん、休憩時にサスを緩めておこう。

　こっちはいつものメンバーだけだから御楽しみしても良いのだけれど、何て言うかこう不可抗力《ラッキースケベ》的な展開からの揺れる馬車をもっと揺らす天獄《ヘブンリー》な男子高校生的な心の旅が始まるきっかけが無いとそれはそれで寂しいんだよ？　しかも二人共武装無しの新作素敵美人秘書さん風なミニなスーツがタイトで黒とチャコールグレイな素敵で素晴らしいから黒いストッキングを剝がしてお美味《おい》しそうな素肌さんに、こんにちはってしたい気分にストッキングがすべすべで気持ちいい。遠回りして帰ろうかな！（馬車激震中《アースクエイク》！）

　さて、心も晴れやかに休憩して晩御飯にしよう。うん、きっと景色が晴れやかなんだよ？　暗いけど？　まあ、男子高校生的な晴れがましさで晩御飯の準備を始める。きっと出来上がるまでには二人共復活するだろう。美人秘書さんのサービスは素晴らしい秘所感が堪《たま》らない秘抄な微笑でびしょびしょだったが、やはり狭い車内での全面触手張り秘書秘所責めエターナル触手レインはやり過ぎだった様だ。　勿論《もちろん》その後は男子高校生《スタッフ》が美味しく召し上がったのは言うまでも無いだろう！　うん、今日も一段と良く壊れてる？

そう、エターナル触手レインは見た目は触手だらけで楽しくないけど、『無限の魔手』さんで二人の全身を覆うと普段では堪能できない全身をWで一度に触れ合い摩《さす》り撫《な》で回して感触が愉しめると言う素晴らしいお得感だった！　うん、人的被害も大きいけど、嬉《うれ》しそうな顔で壊れているから良いだろう。お説教の前にご飯を作ろう！

「あれ、何でみんな顔が真っ赤なの？　乗り物酔い、それとも赤面の至りで至れり尽くせりな馬車の旅でお馬さんにまさかの異種間恋愛《アブノーマル》な恋心ではいしどーどー？　的な？」「違うわよ！　あれよ、あれー……あれっ？　ちょっとだけみんな疲れが出たの！」（（まさかの３６０度パノラマ触手無限にょろにょろ快楽号になってるだなんてっ！（ゴクッ！）））

　まだ顔が赤いがご飯は食べる様だ、孤児っ子達も馬車から出て来ると元気いっぱいに走り回っている。

　ずっと王都の高い壁の中だった。ずっと暗い貧民街の朽ち果てたあばら家の中だった。だから大自然だって初めて見るし、ピクニックだって旅行だってみんな初めてなんだから嬉しくて楽しくて興奮している。あんな瓦礫《がれき》の中でお腹《なか》を空《す》かせてじっとしてるなんて言う方が間違ってたんだよ、元気いっぱいに意味も無くはしゃぎまわるのが正しい子供のお仕事だ。だってこれが普通なんだよ。

「謎肉のミートボールに、種族不明な卵焼きにアスパラガスに見えるけど何かは誰にも分からない物と、何かのお肉の挟み焼きロールな何かと、茸クリームコロッケにお結びとサンドイッチなんだけど、空飛ぶ何かの照り焼きさんと唐揚げさんはもうちょっと待ってね？

フライドポテトは揚がったよ、って言う訳で喰《く》いやがれ？」「「「いただきまーす！」」」

ちゃんとご飯時だけはしっかり帰ってくるオタ莫迦達？　あれっ、お馬さんは言う事を聞かないはずだし手綱もつけていない、つまり操縦不能にしてあるのに一体どうやって戻って来たんだろう。ちゃんとご飯バケツまで持って並んでやがる。

ピクニック風に籠詰にしてみたが、もう暗いから雰囲気はいまいち。それでもとっても嬉しそうに食べている。多分これが生まれて初めての野外で食事の子も多いだろう、だったら暗くてもピクニックメニューだ。今まで味わえなかった分まで思い出を作らないと立派なお子様にはなれないだから、立派な子狸《こだぬき》は……もう止めても無駄なんだろう。勿論、立派なのはお腹だけなのは言うまでもないだろう、その上は立派どころか悲しみの大地が哀《かな》しさの余り平坦《へいたん》で陥没の危機すら感じられって……ぢゅわああっりゃああっ！

「いや、ご飯食べて良いから頭を齧《かじ》らないでね？　あんまり齧るとビッチな子狸でぽんぽこがじがじで大忙しって……（ガジガジ！）……がぅぎゃあああっ！」

齧られた！　早めにカチューシャの装備化が必要だ。うん、その為《ため》に選んだんだよ!!

「「「私達は1回だって齧ってないからっ！」」」「あとビッチじゃないって言ってるでしょう！　もう齧ってやろうかしら!!」

子狸だけでも痛いのにビッチーズにまで齧られたら、全身が歯形な男子高校生になってしまうから逃げておく。本来は異性に歯形やキスマークを付けるのは独占欲的なマーキングを心理学では表す事が多いのだが、こいつ等は齧る！　きっと心理学関係なく人肉嗜食《カニバリズム》しか表してないと思うんだよ！　勿論男子高校生的に素敵なお姉さんから「食べちゃいたい♥」って食べられるのならランチョンマットの上で丁重にお待ちするんだけど、ビッチーズに齧られるのは嫌だ！　だって、それは素敵な比喩的表現が皆無なまじガジガジな丸齧りなんだよ！

そうして食後の休憩も済ませてから疾走を始める。もう景色も見えないし、たっぷりたらふく食べたから孤児っ子達はおねむの時間だろう。ここからは「高速移動《ハイウェイ》の孤児様列車《スタートレイン》空力強化仕様《エアロ》」の真価を見せる時だ。

っ……朝までには辺境に入れるな。うん、これ……速過ぎだ！　後方には車輪の鉄輪が火花を散らし過ぎて炎の道が2本連なっているんだよ、早急にゴム素材を探さないといけない様だ。

さあ夜だ、頑張ろう。うん、もう車内で回転パイルドライバーからのスコーピオンデスロックで仕返しされてるんだよ？　だが決して負けられない訳がある。そう、これは男子高校生には決して敗北の許されない聖戦なのだ、だってバニーガールさん達なのだから

——らー——らー（朝までエコー中！）

そして実験の結果『毒手のグローブ』の効果『感度上昇』は破壊力抜群の新兵器さんで、兎《バニー》さん達は背中にのの字だけでびくびくとのたうち回り、喘《あえ》ぎながら身悶《みもだ》え崩れ落ちていったので、もっともっと下の方までのの字を書きながら美味しく食べられたそうな。めでたしめでたし？　みたいなみたいな？

謎のダンスバトルは謎のマイムマイムで終結した様だ。

79日目　朝　辺境　オムイの街

子供達が目を覚ましてからは、馬車の速度を落として、途中で朝御飯休憩も取ったのに……もう、街が見えて来ているの。うん、一体深夜に時速何百キロで走っていたの？　振動も無く音も静かだったのに、ずっと暴走なお馬《はたらきもの》さんだったらしい。

「見慣れた門と……見飽きた門番のおっさん？　『おひさ～』、しかし辺境は門番ってあの二人しかいない？　まあ、宿屋には期待するだけ無駄なのは分かってるんだよ、きっと名前は『白い変人』なまま……うん、分かってたんだよ、俺が看板作ったんだし？」

文句言いながら遥《はるか》君が宿に馬車を止める。その間に降りて来た子供達は珍しそうに超高層宿屋さんを……お口を開けて見上げている。確かに王宮よりも高い建物ってそうは無いよね。

「一般看板庶民っ娘《こ》。おひさー、って元気に庶民していたかい？　いや、王都の御土産は王都名物『辺♥境』グッズなんだけど、王都で大流行だけど辺境でこれ着るってどうなんだろうって言う気もするけど辺境好きにはたまらない至高の至極な至上の逸品って言うか在庫過多の量産品？って言う話もチラホラとゴブやコボ達が森の界隈《かいわい》で噂《うわさ》の的だって言う辺境の伝説が散見されたとかされなかったとかってぇ…………ぐぅぉおおっ！」

看板娘ちゃんが飛び付いたけど、手を広げたまま突っ込んだから突進からのジャンピング頭突き！　意味不明な言動の種族不明な性王さんは倒された様だ。うん、長いから見事な突っ込みだった。涙目でしがみ付いているから寂しかったんだね。

「「「看板娘ちゃん、ただいまー」」」（ポヨポヨ♪）

今度はこっちに突進だ、さり気無く躱《かわ》しながら抱き止めて頭を撫でて上げるとえへらえへらと笑顔に変わる。

「おっ、おっ、おかえりなさいー！」

一先《ひとま》ず宿に入ると相変わらずの貸し切りの棟は懐かしくって、みんなも涙目。遥君は×《ばってん》目だ。相変わらずにＬｖが低いままだから、直撃されると一般人並みに脆《もろ》い。そしてあの頭突きは結構強力だったの！

それからは看板娘ちゃんとスライムさんの感動の再会で謎の踊りが始まって、初めましてのネフェルティリさんの踊りも加わり不思議空間が出来上がっている。アンジェリカさんはヤレヤレってしてるけど、アンジェリカさんも帰って来てとっても嬉しそう。

記憶も曖昧なアンジェリカさんの思い出は、この宿から始まっている。ここでみんなと仲間になったから、ここは思い出の始まり場所なんだろう。それからは三三五五に懐かしい部屋に分かれて荷物を置いて、戻ってきたら食堂に集まっては侃々諤々《かんかんがくがく》と意見を戦わせて喧々囂々《けんけんごうごう》と明日からの事を話し合いながら騒いでいる。

子供達も初めての宿屋さんに緊張の面持ちだったけど、看板娘ちゃんと仲良くなって一緒に踊り始めている。うん、謎の御遊戯会？　でも、誰がマイムマイムを教えたの？

しばらくは宿に泊まって、街に慣れたら孤児院に移る予定で、遥君はみんなで住める新居を立てようかと言っていたけど、辺境の孤児院の子達と差をつけるのも良くは無いし、孤児院なら街のお手伝いや簡単なお仕事を貰《もら》えるから将来の為にもなる。そして何より学校が付いている。

オムイ様が始めた学校制度は孤児院で開かれているし、街の子達も通っているからお友達も沢山できるだろう。早く辺境に馴染《なじ》む為にも孤児院の方が良いだろうと話し合いで決まったんだけど、副委員長Cさんは寂しそうだった。

でも迷宮巡りに戻れば殆《ほとん》ど宿屋にはいない、その間何もする事が無いのも良くないし、一日中働きに行かせるのも良くない。だからと言って一緒にいられるようにと戦闘を覚えさせるにはまだ早過ぎる。

それに冒険者ギルドの傍《そば》だからいつでも立ち寄れるし、宿屋からだって結構近い。寂しくないと言えば嘘《うそ》になるんだけど、その方が絶対に良いだろうってみんなで話し合って決めた。だから副委員長Cさんも反対はしなかったの。

「取《と》り敢《あ》えず挨拶回りしてこようか、ギルドに迷宮攻略の許可も貰いに行かないといけないし？」「「「行こう。どうしよう、手分けする？」」」

挨拶回りには手土産が必要だろうって、茸《きのこ》型辺境ペナントを渡されたけど全力で投げ返しておいた。乙女に茸型のペナントを持たせないでっ！　絵面的にも乙女的にも駄目なんだからね、犯人は売れ残りの処分に「茸杯ペナントレース」とか企画してたからボコっておこう。アンジェリカさん達《たち》も復活してるしお説教だ。

　みんなで久しぶりの街を歩き回る。子供達も初めての街で大興奮だ。本来なら最先端の王都から、最も田舎の辺境へ都落ちして来たんだけど、お店の数こそ負けてるけど商品の質も量も辺境の方が圧倒的に良い。しかも、いなかった間も発展し続けて更にお店も人通りも増えている。みんな笑顔でお買い物して買い食いをして楽しんでいる。これを守れたんだ、これを守りたかったんだ。

「唐揚げさんの屋台出てるよー」「あっちのお店、ホットケーキだよ！」「でも向こうに大判焼きが出てる」「「「きゃあああ～っ！」」」

　乙女大暴走《スタンピード》が始まった、子供達も引き摺《ず》られて行く。みんなで並んで遥君からお小遣いを貰ったけど、瞬く間に無くなりそう。だってお菓子工房が稼働を始めているけど、餡子《あんこ》なんて異世界にあるはずが無いし、大判焼き何て名前も無いはずで、ホットケーキだって間違いなく犯人はいつもの真犯人《はんにん》で、謎を解かなくっても捕まえれば間違いなく犯人で、冤罪《えんざい》の心配要らずないつもの遥君に決まっている。

「あ、あ、あっちのあれホットドッグだ！」「「「おじさん！　それ頂戴！」」」

　屋台もお店屋さんも来た頃の事を思えば考えられないくらいに進歩してる。って言うかし過ぎてる。もう現代に追い付きそうな勢いで、それもこれも魔石動力産業革命と現代知識ばら撒《ま》き犯の犯行だ。だってみんな泣きながら買い食いしてるから、泣き笑いで食べてるの。きっと昔当たり前だった毎日を取り返した気分だから、もうできなかったはずのお祭りではしゃぐあの気分なの。

「「「あれは、あれは、あれって？　あれだよね？」」」「「「えっ！　だって『タコのような謎のウネウネ焼き？　みたいな？』って？　た、た、たこ焼きさんだー！」」」

鰹節《かつおぶし》も青海苔《あおのり》も無かったけど、たこ焼きさんだった。きっとこれを味あわせたくって隠していたんだ。まるで辺境の商店街は縁日の様だったから、こんな事までされて泣かない訳が無い。もうみんな大泣きでパクついてて子供達が心配しちゃってるの。だから子供達にも食べさせたら目を真ん丸にして大喜びしてる。これが辺境の街のお出迎えだ……ただいま。

感動と懐かしさと美味《おい》しさでお小遣いも使い果たして、冒険者ギルドに着いたら……また遥君が掲示板の前で怒られてる。懐かしいと言うか、またやっていると言うか……まだやってるの？

そして遥君は外に出た瞬間に雑貨屋さんのお姉さんに攫《さら》われて行った……王都からの内職品の輸送よりも本人が早く帰って来てしまったんだろう。あの馬車は高速鉄道要らずのすっごい速さだったから。何気に街道まで出来ていて行商の人達も増えていた、増えていたけど全部追い抜いちゃったんだね？

「変わらないね～？　街の人も、遥君も～？」「「「だねー……」」」

久しぶりの辺境は相変わらずの辺境の街だった、だって相も変わらず反省も学習もしないお説教常習犯さんが帰って来たんだから。

　ギルドのお姉さんも嬉《うれ》しそうだったし、街のみんなも引き摺られて行く遥君を見て笑っている。

「ギルドで迷宮の報告を貰ってくるから、各自自由行動だけど子供達を紹介してあげるの忘れないでね？」「「「了解《ラジャー》」」」

　ラジャーって……あれ、正しくはロジャーだからね？　無線通信言語で特に航空関係で使われてるけど、ｒｏｇｅｒさんだから発音的にはラジャーさんなんだけど日本語読みだとロジャーさんなの？　因《ちな》みにあれは「Ｒ」って言いたいだけで、「Ｒ」は通信受領《received and》、了解《understood》の回答を略したもので、頭コードのＲを意味するだけだから音標文字的にはロメオさんの方が標準的なはずなのに何故《なぜ》か大活躍なロジャーさんなの？　うん、誰も聞いてないけど、私も聞く気は無かったのに遥君に解説されて覚えちゃったの、きっと一生使いみちの無い知識を？

「戻って来てくれて嬉しいよ。今の所迷宮に動きは無いんだが、魔の森がまた活性化して来ているんだ」

「森がまた広がってた気はしてました。遥君に伐採依頼を出しておきますね」

　ギルド長さんも慌てて下りて来たけど、既に遥君はいない。確かにおじさんに人気は高いよね。何処《どこ》に行っても気付くとおじさんに囲まれているし？

「こちらが迷宮の現状書類と探索許可証になります。冒険者ですらない誰かさんの分以外は全員許可証を発行しておきましたから宜《よろ》しくお願いしますね」「「「ありがとうございます」」」

これでお金が稼げる、迷宮が浅くて弱い辺境外では魔石が安いし迷宮アイテムもほぼ出なかった。つまり御土産屋《おみやげや》さんのバイト料以外はほぼただ働きだった。王様が報奨金を出して下さったけれど迷宮踏破と較《くら》べると分が悪い。それほど迄《まで》に辺境の迷宮は強い、そして儲《もう》かる！

私達は遥君と一緒にいるから装備や武器はあり得ないくらいに格安で手に入る、だけどそれは国家予算規模の武器を99％オフで買い続ける様なもので、その格安は凄《すさ》まじい金額の格安さんだったりするんだけど……その桁が凄まじく稼がないと99％オフバーゲンでも直《す》ぐに大赤字の火の車で自転車操業のツールド迷宮でマイヨール目指さないと借金生活確定なの。そして……ドレス2着でもう大赤字で、貯蓄分にまで被害が及んでいる。結構ヤバいからね！

「よし、明日から潜ろう！」「「「お——おっ！」」」

遥君のバーゲンやオークションに、デザート販売に対応する為《ため》には稼がなきゃいけない。だってまた服作りのレベルが格段に上昇していた、あれは一国の王女様でさえ唖然《あぜん》とする程の本当に凄《すご》いドレスだった。そして……けっこう高かったの？

茸中毒患者用茸弁当は茸だから茸中毒には効果無かった様だ。

79日目　昼　オムイの街　冒険者ギルド

やっと此処《ここ》まで辿《たど》り着いた。それは長く果てしない日々だった、そして思った通りだった。そう、だからこそ言わねばならないだろう！

「いや、きっと絶対に何があろうとも間違いなくそれはもう恒久的必然と言って良い迄に疑念の余地も無く確信的にそうだろうと思っていたんだけど、やっぱり依頼が変わっていないんよ！　一体全体この掲示板の意味を為《な》していない掲示板の経時的に永久不変な絶対的存在感は何の啓示なのかな？　もう、これもう断固として新しいお仕事掲示する気が無いよね、それはもう掲示板の役割を放棄して冒険者達が蜂起しない様に法規的に規制が必要なくらい掲示板の存在意義を全否定な掲示板なんだけど、掲示板係は一体何を以《もっ》てここまで仕事ボイコットしてるのかな？　寧《むし》ろ働いてくれる掲示板係募集をこの掲示板に掲示すべきな刑事事件な啓示を受けるべきなんだよ？　みたいな――？（ぜーぜーぜー！）」

うん、変わってなかったんだよ？

「はあ――――っ……帰って来ちゃいましたか。そして迷わず真っ先に冒険者でも無いのに冒険者ギルドにやって来て、必然の様に当然の顔をして掲示板に文句を付けやがってくれていらっしゃいますか！　一体どれだけの期間があるとこっそりとして頂けるのか楽しみに待っていましたが、全く変わりなく帰って来た早々に威風堂々に掲示板に騒騒といちゃもん付けないで頂けますか!!　こ・れ・は冒険者の為のお仕事な・ん・で・す!

(ぜーぜーぜーぜー)」

久方ぶりの受付委員長さんのジト目を満悦に満喫して満足して堪能な官能を完納させて貰ったが、以前よりも突っ込みの長台詞《ながぜりふ》に更なる磨きがかかっている!　うん、練習してたんだろうか?　どうやらお互いの肺活量的な限界が試されている様だが、だがそれでも掲示版は何一つ依頼が変わっていなかったのだ。恐るべし、掲示板係!　うん、担当者誰なの!

そして名残惜しいが、後ろ髪を引かれる思い出襟足を少し短くカットしながら雑貨屋さんに行くと……大量の注文票を押し付けられるから、先に武器屋でも覗《のぞ》こうと表に出ると待ち構えていた雑貨屋のお姉さんに頭を鷲摑《わしづか》みにされたまま雑貨屋さんまで引きずられて連れていかれる。茸切れで禁断症状な危険状態なの?　でも指が頭蓋骨に食い込んでて痛いんだよ?　この握力、古傷は完全回復している様だ。

「遅い!　遅過ぎるのよ!!　戦争くらいもっとちゃちゃっと終わらせて来てよね。もう注文が溜《た》まり捲《ま》くってるのよ!　まったく2、3日で帰って来ると思っていたのに」

「いや2、3日って一方的に敵も味方も焼き払わないとそんなにすぐは終わらないんだけど……おっさんばっかりだったからその手があったか!」

まあ王都まで行かずに防衛戦ならそれもできた。でも、防衛戦って出費だけで儲けが無いんだよ？

「って言うか店員っ娘《こ》が増えてる？　分裂したの？」

「雇ったのよ！　何で売り娘が分裂すると思うの、一体店員を何だと思ってるの！」

王都店に店員っ娘を送ってくれたから、また人手不足だと思ったら従業員が増えていた。ずっと配り捲くっていた茸で回復した子達が働いて恩返しすると集まって来たらしい。だけど8人だとまだてんてこ舞いのきりきり舞いでマイマイカブリの手も借りたい程の大盛況だ。

「とにかく服よ服、婦人服出して！　作って!!　もう、ずっと入荷待ちなのよ、服飾工房だけだと高級ラインまで手が回らないの、だから早く！」

目が怖い。きっと奥様達《おばちゃん》にせっつかれているのだろう。そう、あの奥様達《おばちゃん》は迷宮の氾濫も潰した王国無双の修羅の街の覇者、それは逆らえないだろう。うん、俺も無理だから黙って作ろう。

「ああー……魔石《へそくり》」「ええ……それはもうガッツリと！」

空き部屋でありったけの在庫布地を加工していく。布地を『掌握』して魔力を馴染ませて、織地《おりじ》と糸を均一にならして行く。このひと手間で生地の高級感が変わるし、結果的に皺《しわ》にもなりにくくなる。そうしてから裁断し縫製していくと歪《ゆが》みも出ない……『魔手』さんは『智慧《ちえ》』さんの制御で格段に技術を高め高速化している。だから量産も瞬く間にできるけど、多めに作らないと直ぐに注文が来るから注文量の5倍くらいは作っておこう。

細々としたデザインやサイズを変えながら服を山積みしていく。うん、売れ線の靴と鞄《かばん》も一緒に作っておこう。

「また速くなってるわね……あと、支払い溜まってるから置いておくね」

「えっ、王都で王貨貰《もら》ったんだけど？　使えなかったけど？」

うん、あの忌々しい屋台でもお店でも使えない王貨は、あれ1枚で1億エレだった。

「作り置きの最後の茸《きのこ》弁当の分よ。御丁寧にご指名付きだったお弁当の分。あの茸は普通じゃなかったわよね、美味しさも凄かったけど……時間が経《た》ち過ぎて治る事の無かった昔の古傷まで全部完治したわよ、あれ最高級クラスの茸でしょっ！　あんなの一生掛かっても払いきれないわよ………ありがとう、少年」

このお姉さんは怪我《けが》を負っていても尚《なお》強かった。だが深刻な古傷で、不自由な身体《からだ》では本気の戦闘には耐えられない。でも、ムリムリ城が破られていれば必ず最前線に向かっただろう、戦えない身体のままで迷いもせずに戦いに行っただろう。だから治しておいた。だって最高級過ぎて買い取れないって言われるから逆に余ってるんだよ？　うん、最上級って洞窟《おうち》の周辺にボコボコ生えてるし？　しかも、ちょっといなかっただけで魔の森がまた大きくなっていた。当然、茸もいっぱい増えている。うん、恐ろしい繁殖力だ！　だが、また茸採り放題のゴブコボコり放題な稼ぎ時でもある。

「ああ、あれ？　あれは深刻で重篤な茸中毒患者用に作ってみたんだけど、古傷だけ治って茸中毒が治ってないから大した効果じゃなかったんだよ？　だから定価の880エレで良いよ。だって注文票の束の上が全部茸弁当で、しかも急《せ》かしてた割には茸弁当だけ判子が大至急で、結局全くさっぱり重篤な茸中毒に効果が齎《もたら》されていないんだよ！　つまり効かない茸はただの茸で、まあ茸なんだよ？　みたいな？」

うん、治らなかったらしい？

「はあ――っ……あんたはあの茸いくらすると思ってるのよ。それにムリムール様にもあのお弁当あげたんでしょう。メリエール様を出産されてから、ずっと剣を置かれてたのに辺境の冒険者引き連れて防衛戦に出かけていたけど、あれもあんたの仕業でしょう」

ただの茸なのに余りにも高価だと言って頑《かたく》なに受け取らなかった。うん、無料《ただ》なんだよ？　滅茶《めちゃ》生えてるし？　蔓延《はびこ》ってるから採っただけだし？

だからお弁当、しかも賞味期限は当日までと言うトラップ付きで渡しておいた。茸なら食べずに返そうとするだろう、だがお弁当なら口を付けてから気付いてももう食べ掛けなのだから返せない。そして食べる前に気付かれたとしても返そうにも賞味期限は当日まで、食べる事が勿体《もったい》ないと思っていた心理を逆にして、寧ろ食べないと残す事こそが勿体ない気がして食べてしまうと言う心理的価値観の逆転現象を起こさせた見事な賞味期限トラップだ。うん、日々女子さんで探求してるんだよ！　でも、賞味期限って適当なんだよ？　あれって製造年月日を頑なに書きたくないだけなんだよ？

だって、いざと言う時の為に戦力が多いに越した事は無い。そしてムリムリさんはＬｖ１００超えだった、このお姉さんもだ。なら最悪に備えておいた方が良いと思って食べさせておいたんだけど、街の防衛どころか——まさか誰も彼もが戦場《ムリムリ城》にまでやって来るなんて思いもしていなかったよ。

そして辺境軍もムリムリ城の冒険者達《たち》もきちんと補給されていた。軍から冒険者まで何もかもが出払った魔物さん野放しの状態で、あの距離を大人数分の糧食と医薬品に予備の武器装備にアイテムまで輸送されていた。あれだけの資材を持ち、流通させられるのなんて辺境ではこの雑貨屋さんだけ。

うん、だったら茸程度《エリクサーなんか》の価値よりも充分過ぎる価値はあった。だって、だから俺が失敗しても辺境は救われた。それは辺境が自らを救ったんだから。

しかし……あの戦いでこの街の奥様達《おばちゃん》がＬｖアップしてしまった！　もう、この街は駄目だろう。だってスタンピードが返り打ちにされる修羅の街だ。マジ奥様《おばちゃん》ヤバい‼

「これだけあると助かるわ、あの店員の子達も家族の人達にもお店を持たしてあげたいしね。やっと普通に働ける様になれたんだから」

あれは恐らく辺境の濃い魔素による病気だ、何故妹エルフっ娘が罹《かか》っていたかが気になってるんだけど辺境の風土病と言っても良いものだろう。だけど魔素が濃ければ茸が生えるんだから、本来なら茸で治せば人口の減少は抑えられる。そんな単純な仕組みが魔物に遮られ、逆に魔物が茸で強化されてしまっていた。その原因が辺境からの搾取、最前線から武器や薬を奪えば戦える訳がない。

つまり逆に言えば武器や防具さえ充実すれば魔物の被害だって減って、魔物をボコれば採れた茸で病気も治って魔石《ヘソクリ》までゲットで全部解決。そして食料問題が解決した今なら、辺境は人口も増えて行き比例的に発展するだろう。つまり投資した分が人口爆発で増大し続け、永劫《えいごう》に右肩上がり過ぎて四十肩も真っ青って言うくらいのお大尽様な無限機関の超巨大尽様に成長していくはずだ！

だっていくら稼いでもお金が無くなって行く謎の現象で、残高減少中で商国と教国と王国貴族達からぼったくったお金もそろそろヤバい。うん、辺境に帰って来たら出物が増えていたんだよ？　まだまだ余裕だと思っていたのに、大人買いしてたら手持ちが無くなったんだよ？

「やっぱり辺境だよね……迷宮は」

実は最大の収入源は自分で迷宮で稼ぐのと、女子さん達からぼったくるのがお大尽様の2本柱だ。その2本が折れたまま王都で大人買い捲くり、大儲けな予感の先行投資が大量発生であれよあれよと目減りしてしまったのに、現状お小遣いラッシュで止《とど》めを刺されている。そう、お菓子工房が可動を始め沢山の屋台も出ていて、孤児っ子達も瞬く間にお小遣いを使い果たしていたから追加分を配っていると、しっかり同級生達も並んでいた。うん、わんもあせっとも復活のようだ？

さっきも孤児っ子達と女子さん達が綿飴《わたあめ》に齧《かじ》り付きながら泣いていた。ちゃんと幸せは感じられたんだろうか。今はこれで予算限界？　みたいな？

そして……武器屋は暇そうだった。うん、あれだけ武器を無償でばら撒《ま》けばお客も減るだろう。在庫もガラガラだし。やっぱり、このおっちゃんって商売に全く向いていない！

「おひさ〜、っておひさなのに相も変わらず禿《は》げてるは髭《ひげ》ってるは、おっちゃんってるは……禿照《はげ》るの？」

「禿だけだ、照ってねえよ！　やっと帰って来たか。お疲れさんだったな、こっちは全く無事だった。ありがとうよ」

ムリムリ城を守った冒険者や村の自警団達に街の衛兵達にまで、全員に立派な装備が行き渡っていた。なら、おっちゃんが作り上げたんだろう。だから誰も死なずに済んだ。

どんなに大量の治療茸があったって、死んだら生き返ったりはしないんだから。あれは鎧《よろい》が守り、あの剣や槍《やり》が助けた。だから辺境は自らを助けたんだよ……だからお客がいない。うん、だってみんな武器揃《そろ》っちゃったんだよ？

取《と》り敢《あ》えず効果が微妙な貴族街に大量に落ちていた武器と防具を売り払う。貴族街に落ちていた膨大な貴金属は雑貨屋さんで売り払った。落とす貴族あれば拾うお大尽様ありとは良く言ったもので、塵《ちり》も積もればぼったくりで結構なお小遣いになった。

うん、どっちの店もばら撒いてお店に在庫が無かった。だから在庫が有ればお客もまた増えるだろう、装備が行き渡った以上は買い替え需要を狙うしかないのだから。雑貨屋と言い武器屋と言い、売り物をばら蒔《ま》くから在庫が無くなるんだよ。困ったものだ？

そして鍛冶場を借りて試してみる、以前は量産まで行けたが納得のいかない出来だった。だから一振りに全力を込めて錬成し鍛錬し熱し打ち錬成していく、ただひたすらに『羅神眼』で視詰《みつ》め『掌握』で感じ『智慧』で理解し『魔手』と共に鍛え抜く。これだと感じる直感だけを信じて鍛え上げる。そして感じるままに打ち切った時に……ぞわっと背筋に予感が走る、これで正しいと。うん、完成だ。

　これが今できる最高なのだろう、『断絶の剣　PoW・SpE・DeX40%アップ　剣技補正（大）　物理防御無効　断絶　+ATT』。次は槍と盾だな。これを錬成で量産できればミスリル化で全員の装備レベルが上げられる、予備も含めて100個ずつもあれば良いだろう。だけど、たった一振り作っただけで魔力が尽きた。それに、このレベルになると一般販売は危険で、敵の手に渡ると厄介になって来る。

「またえらいもん拵《こしら》えたな……それが打てれば一流を名乗って良いぞ。なんかいきなり一流すら超えてやがるが……鍛冶師の言い伝えでな『最高の技術があっても、本物の気持ちが無ければ効果《スキル》は付かん』そうだ。だから、それ《スキル付き》が打てれば一流《ほんもの》の鍛冶師だよ」

　お墨付きの様だ。禿で髭でおっちゃんでも王国最高の鍛冶師《スミス》の合格が貰えたらしい。だがこれをミスリル化と付与効果でどこまで引き上げられるかで、真の完成度が決まる。

　今回は運良く誰も死ななかっただけだ、運良く守れて運良く助かっただけだった。運が良かった、だったら運が助けられるだけの備えが必要だ。運ですら助けられなくなった時が絶望と言うのだから。だから望みを繋《つな》げるものを、繋いでくれるものを、ほんの僅かでも上の可能性を。

　異世界《こんなせかい》の運命よりも強いものを作り上げなければならない。だって、もう俺は成長限界を超えてしまっている。これから先は強くなった分だけ、脆《もろ》くなっていく。きっと、身体能力《ステータス》の限界を超え過ぎたのだろう。

「まあ、使えば死ぬかもしれないから隠されていた能力《スキル》を探し出して、見付けては引っ張り出して片っ端から混ぜて組み合わせて無理矢理に使っているんだから……って、騙《だま》すな！　スキルが隠れんな!!」

だからＬｖが追い付けない限り、いつかは壊れると分かってはいた……わかってはいたけど、思っていたよりも早く限界を超えてしまった様だ。なのに、どうして『性王』だけがまだまだ余裕が綽々《しやくしやく》そうなのかは謎だ。うん、まだまだ行けるんだよ？　だって、未《ま》だ限界は見えてこないようだ――今晩も頑張ろう！

あとがき

皆様のおかげを持ちまして7回目のあとがきとなりました。本当にありがとうございます。そして――――後は分かるな？

はい、7巻連続で頁数《ぺーじすう》を詰めに詰めて、削りに削って、校正してはまた削ってようやく頁数ギリギリで作業終了し……「2頁余っちゃった（テヘペロ）」と編集Y田さんの一言で7巻で7回目のあとがきとなりました……詰めなくって良かったんじゃん（泣）

今回でようやく王国編終了。前巻で打ち切りだったら物凄《ものすご》く微妙な終わり方だと危惧《GKBR》していましたが、ようやく7巻で終わらせることができました。

はい、1巻2巻まではラストに（Fin）まで入れて綺麗《きれい》に終わらせていたんですが容赦なく消され、3巻から終わりどころが無いまま続刊させて頂けてようやく……って、また（Fin）が消されてる!?

そんなこんなで今巻は永い永いお話がようやく（これって下手な文庫の2冊分くらい文字数圧縮してるんです）の大団円となります。はい、次が出せちゃうともっと長くて終わりどころ難しいんです（汗）

そして恒例となる謝辞ですが、当初十数頁詰めたら「余っちゃった、もう1章追加で」と追加したら、また数頁詰め、「やっぱ余ったから、プロローグも入れましょう」と加筆したらまた削りで、更に校正後に「2頁と1行はみ出してる」と詰めて詰めて……あとがきを2頁も下さった編集Y田さんへは万感の感謝を今度物理で（笑）
そして榎丸《えのまる》さく先生には、またもや素晴らしい絵を描いて頂き感謝感激の御礼を。そしてそして同時発売となるコミックのびび先生もありがとうございますと。はい、毎回原作に描写もなく、指定すら無く申し訳ありません……いや、だってお任せした方が想像を超えた良い画が来るので……ついw
そしてお読みいただきました皆々様にありがとうございますを。ようやく王国編を終わることができました、それもこれも皆様のおかげです。
最後に、書店の皆様にも深く御礼を。こんな本を多くの書店様に置いて頂き、更には多くの書店様に Twitter でまで取り上げて頂いて大変感謝しております。
はい、普通はドドーンと売れてないと7巻までとかとても出せないんですが、お陰様で何かコソコソと7巻を出せました。
そんなニッチな、こんなお話ですが、お気にいって頂けましたら幸せます。

五示《ごじ》正司《しょうじ》

作品のご感想、
ファンレターをお待ちしています

あて先
〒141-0031
東京都品川区西五反田 8-1-5 五反田光和ビル 4 階
ライトノベル編集部
「五示正司」先生係／「榎丸さく」先生係

OVERLAP

ひとりぼっちの異世界攻略 life.7
そして踊り子は黄泉返る

発　　行　2021年5月25日　初版第一刷発行
　　　　　2024年9月1日　　第二刷発行
著　　者　五示正司
発 行 者　永田勝治
発 行 所　株式会社オーバーラップ
　　　　　〒141-0031　東京都品川区西五反田 8-1-5
校正・DTP　株式会社鷗来堂
印刷・製本　大日本印刷株式会社

Printed in Japan　ISBN 978-4-86554-910-2 C0193